Marlene Streeruwitz

Yseut.

Abenteuerroman in 37 Folgen.

S. FISCHER

Erschienen bei S. FISCHER

© 2016 S. Fischer Verlag GmbH, Hedderichstr. 114,
D-60596 Frankfurt am Main

Satz: Dörlemann Satz, Lemförde
Druck und Bindung: CPI books GmbH, Leck
Printed in Germany
ISBN 978-3-10-002516-6

Inhaltsverzeichnis.

1. Folge.		7
2. Folge.	*Wie es kam, dass Yseut nach Kalifornien ging und Feministin wurde.*	20
3. Folge.		32
4. Folge.	*Wie es kam, dass Yseut ihren Namen bekam und schon früh von Byron wusste.*	43
5. Folge.		56
6. Folge.	*Wie es kam, dass Yseut Schauspielunterricht nahm und eine Pistole kaufte.*	68
7. Folge.	*Wie es kam, dass Yseut nicht mehr in Berkeley leben wollte und nach Wien zurückkehrte.*	79
8. Folge.		92
9. Folge.		106
10. Folge.	*Wie es kam, dass Yseut die Briefe von Byron liest und nach Bagnacavallo fahren will.*	118
11. Folge.		130
12. Folge.		140
13. Folge.	*Wie es kam, dass Yseut sich nicht für Filme interessierte und dann den Locations eines Films nachfahren möchte.*	151
14. Folge.		162
15. Folge.	*Wie es kam, dass Yseut Röntgenbilder von sich verschenken konnte und das Küssen lernte.*	173

16. Folge.		184
17. Folge.		193
18. Folge.	*Wie es kam, dass Yseut lernte, was Liebe bedeutet, und trotzdem ihre Ehen nicht retten konnte.*	204
19. Folge.		215
20. Folge.		225
21. Folge.		235
22. Folge.	*Wie es kam, dass Yseut zu rauchen begonnen hatte und im Rose Garden damit wieder aufhörte.*	245
23. Folge.	*Wie es kam, dass Yseut so früh erste Erinnerungen an sich selbst hatte und dann später Mitglied in einem Hospizverein wurde.*	258
24. Folge.		268
25. Folge.		278
26. Folge.	*Wie es kam, dass Yseut die Wahrheit herausfand und das nichts mehr ändern konnte.*	288
27. Folge.		299
28. Folge.		309
29. Folge.	*Wie es kam, dass Yseut das Theater wieder aufgab und trotzdem in Frankfurt blieb.*	319
30. Folge.		331
31. Folge.		341
32. Folge.	*Wie es kam, dass Yseut wieder in die USA gehen hätte können und es dafür aber doch zu spät war.*	351
33. Folge.		364
34. Folge.	*Wie es kam, dass Yseut eine Psychotherapie beginnen wollte und dann den Waffenführerschein machte.*	374
35. Folge.		385
36. Folge.		395
37. Folge.		407

1. Folge.

Lughetto. Lugo. Lova. Conche. Valli. Chioggia. Die Straße von Valli nach Chioggia führte mitten über das Meer. Yseut fuhr mit offenen Fenstern. Das Meer. Das Meer auch so etwas Verheißungsvolles. Immer eine Verheißung und nie ein Wunder. Aber sie freute sich. Das Meer. Der Geruch. Das Licht. Sie setzte sich gerader auf. Schaltete das Radio ein. Werbung. Sie hörte der italienischen Stimme zu. Eine Männerstimme. Tief. Voll. Melodiöser Verkündigungston. Sie war da. Sie war in Italien. Sie fuhr über eine kühlblaue Lagune. Fischerboote. An Stangen festgemacht. Mitten im Wasser. Schaukelten im Wind. Die Sonne stand schon tief. Immer wieder von Wolken verdeckt. Das Wasser spiegelte dann den Wolkenhimmel, bis die Sonne wieder hervorkam und die Wellen zum Glitzern brachte. Sie musste seufzen. Wie wunderbar, hier zu sein. Wie wunderbar, allein zu sein. Wie schön, hier entlangzuflitzen. Im Radio wurde das nächste Waschmittel angepriesen. Sie schaltete ab. Nur schauen. Sie wollte nur schauen. Sie fuhr die vorgeschriebenen 80 Stundenkilometer. Ließ sich in der rechten Spur dahingleiten. Schaute auf das Wasser hinaus. Rollte dahin. Lagune. Das war doch noch Meer. Sie wurde angehupt. Ein Lastwagen hinter ihr. Yseut schaute in den Rückspiegel. Der Fahrer hatte sich vorgebeugt und gestikulierte ihr. Fuhr auf. Der Lastwagen schob sie fast. Scherte dann aus. Fuhr neben ihr. Knapp. Yseut ließ sich zurückfallen. Der Fahrer schwenkte nach rechts. Vor sie hin. Dann bremste er. Er bremste scharf ab. Yseut musste hart auf die Bremse steigen. Sie musste so scharf bremsen, dass sich die Alarmblinkanlage einschaltete. Der Fahrer des Lastwagens hatte sie zu einer Notbremsung gezwungen. Yseut stieg aufs Gas. Sie schaltete den Turbo zu. Zog mit noch blinkenden Lichtern am Lastwagen vorbei. Zog davon. Sie blieb auf der linken Spur. Schaltete die Alarmlichter aus. Fuhr schnell. Sehr schnell. Von glitzerndem Wasser umgeben, segelte sie davon. Links Schiffe. Eine Werft. Ein Schiff nur der Metallkörper. Rau und dunkel. Daneben ein weißlackiertes Passagierschiff. So eines, das von Chioggia aus nach Venedig übersetzte. Venedig. Dahin würde sie nun nicht kommen. Diesmal. Wollte sie denn. Wollte sie überhaupt noch einmal nach Venedig. Sie war so oft da gewesen. Mit so vielen anderen. Mit einem Enkelkind vielleicht. Da konnte sie sich das vorstellen. Noch einmal nach Venedig. Aber Enkelkinder. In Mexiko. Diana wollte warten. Es müsse doch ein Impfstoff gefunden werden, hatte sie im Sommer gesagt. Beim Schnitzelessen beim Ubl. Yseut hatte genickt. Was sollte sie dazu sagen. Dass sie auf Enkelkinder wartete. Das stimmte gar nicht. Sie wartete nicht. Sie hätte sich gefreut. Aber wenn Diana vor diesem Virus Angst hatte. Sie verstand das. Sie musste das verstehen. Sie konnte sich an das Warten auf den Impfstoff gegen Aids erinnern. Goggo schien das alles recht zu sein. Sie könnten ihre Wohnung in Wien haben und da leben, hatte sie Diana und Goggo vorgeschlagen. Da waren sie schon bei den Palatschinken gewesen. Goggo hatte nur gelacht. In diesem Land, hatte er gefragt. In diesem spießigen Land. Sie hielte es ja auch aus, hatte sie gesagt. Immerhin gäbe es den Zika-Virus da nicht. Da hatten Diana und er gelacht und »Noch nicht.« gerufen. »Not yet.« Hätte sie ein Kind bekommen. Unter diesen Umständen. Yseut überlegte. Sie hatte Epidemien erlebt. Kinderlähmung. Contergan. Aids. Sie wusste, dass das Schicksale waren, aber dann auch Leben. Sie seufzte. Es würde sich wohl nicht ausgehen, Venedig noch einmal. Und mit dem Alfred. Nein. Der war sicher auch mit allen Frauen da gewesen. Von Wien aus. Alle Liebespaare waren immer von Wien nach Venedig gefahren. Mit dem Nachtzug. Den ersten Cappuccino im Bahnhofsbuffet und um 7 Uhr am Morgen dann nach Venedig hinein. Nein. Das nicht. Nicht noch einmal. Sie wollte Neues. Ganz Neues. Deshalb war sie ja hier. Sie schaltete wieder das Radio ein. Geigenmusik und dann wieder Werbung. Für Möbel. Sie dachte schon wieder an das Ende. Sie dachte schon wieder darüber nach, was sich noch ausging. Yseut lehnte sich zurück. Sie fuhr auf die rechte Spur. Fuhr wieder langsamer. Fuhr dahin. Der Alfred. Sie sollte jetzt nicht über den Alfred nachdenken. Und die Gedanken, die das nach sich zog. Die machten nur noch ein größeres Durcheinander. Diese Gedanken erinnerten auch wieder nur an die Zeit und wie wenig davon übriggeblieben war. Yseut seufzte. Sie konnte in den nächsten Tagen darüber nachdenken. Über alles. In aller Ruhe. Immerhin. Nach Alfreds Antrag. Es war alles, wie es immer gewesen war. Sehnsucht. Sie musste lachen. Begehren. Yseut wünschte sich oft, der Vater hätte sich durchgesetzt und sie wäre nicht so katholisch erzogen worden. Chioggia. Die Abfahrten trugen Straßennamen. Rechts und links der Straße Lagerhallen. Hafenbuchten. Schiffe. Häuser. Gewerbegelände. Fabriken. Die Straße führte in einem weiten Bogen der Sonne zu. Yseut holte die Sonnenbrille aus dem Fach über dem Rückspiegel. Es war alles in Frage gestellt. Alfreds Antrag. Nein. Ihre Reaktion hatte in diese Verwirrung geführt. Ihre Reaktion. Ihre Sehnsucht. Ihr Begehren. Sie hatte nicht gewusst gehabt, dass sie das konnte. Noch konnte. Sehnen. Begehren. Sie hatte sich weitab von solchen Zuständen gedacht. Sie hatte sich überschaubar gedacht. Aber seine Frage. Sie war sich selbst wieder unbekannt geworden. Liebe. Verlieben. Sie wollte das. Sie konnte sich das vorstellen. Aber es wäre schöner gewesen, Alfred hätte es nicht so indirekt gesagt. Eine Umarmung vor dem Haustor. Die Gleitcreme in die Jackentasche stecken. »Das ist es, was ich möchte.« murmeln. Er meinte das wahrscheinlich als Deklaration. Dass ihn nichts an ihr stören würde. Pragmatisch war das. Praktisch. Romantisch nicht. Oder besonders romantisch. Für sie vorausgedacht. Ihr den Weg ebnend. Alfred kannte ja ihre Geschichte. Yseut lachte. Es war so schwierig geblieben, wie es immer gewesen war. Sie hatte erwartet, irgendwann könne geredet werden. Irgendwann hätten alle so viele Erfahrungen, um begreifen zu können, dass alles ausgesprochen werden konnte. Aber das war nicht so. Und wahrscheinlich war das Alfreds Code. Yseut überlegte. Wie sprach sich dieser Code weiter. Was musste sie ihm in die Jackentasche stecken, um ihre Wünsche auszudrücken. Und hatte sie Wünsche. Oder hatte sie nur Reaktionen. Und war das nicht der Unterschied zwischen Lieben und Verlieben. »Ver«. Das Präfix. Das konnte alles herstellen. Das konnte alles aus einem Verb machen. Mit »ver-«. Das war Zustandsveränderung. Bewirken. Verhalten. Beurteilen. Verben des Tötens und des Verderbens wurden mit »ver-« gebildet. Das hatte sie doch vorgehabt. Sie hatte alle Bändigung durch die Bergpredigt aufsagen wollen und zum Alten Testament übergehen. Sie hatte sich das Mittel dazu verschafft. Sie hatte sich ausgerüstet. Sich bewaffnet. Sie hatte eine Möglichkeit haben wollen und jetzt. Dagegen. Reichte die Vorstellung dagegen, sich jemandem in die Arme werfen. Wieder in jemandes Arme fallen lassen. Sollte das reichen. Änderte das alles. Manchmal schien es so. Yseut musste lachen. Der drängelnde Lastwagenfahrer fiel ihr ein. Sie schlug mit der Hand auf das Lenkrad. Dieser Kerl. Der hatte nicht mehr Recht auf die Straße als sie. Sie hatte sich diese Straße schließlich auch kaufen müssen. Gebühren. Überall Grenzen und Gebühren. Freizügigkeit nicht. Längst nicht. Freiheit, das war nur noch die Entscheidung, wie man bezahlen wollte. Die Zahlungsart. Das Ende der Schnellstraße wurde angekündigt. Yseut bremste. Ordnete sich ein. War das jetzt die Romea. Die Straße, die über Ravenna in den Süden führte. Sie musste immer noch lernen, was es bedeutete, eine Person sein zu wollen. Eine ganze Person. Für sich einstehen. Für sich einstehen und die Würde verlangen. Das hatte sie alles nicht gelernt. Das hatte sie alles nicht gelernt gehabt. Sie musste das nachlernen. Immer noch. Immer wieder. Sie musste immer noch und immer wieder nachlernen, und das würde so bleiben. Yseut lächelte. Wie schön das gewesen war. 1967. Kalifornien. Dafür musste sie Ed dankbar sein. Die Frauen dort. Damals. Wie abenteuerlich das gewesen war. Wie brutal. Wie absolut perfekt. Wie entsetzlich das gewesen war. Das Leben ernst nehmen und nicht wie die Insassen einer Strafkolonie vom Leben nichts wissen dürfen. Sie hatte das nicht gekannt gehabt. Das Leben ernst nehmen. Das Lernen. Die Erkenntnisse. Erlernt. Das waren Schläge gewesen. Schläge aus ihr selbst gegen sie selbst. Zertrümmerungen waren das. Innen. Atemberaubend. Aber auch einfach. Sie hatte es schon gewusst gehabt. Sie hatte es immer schon gewusst gehabt und nur nicht wissen dürfen. Es hatte aus sich selbst ausgegraben werden müssen. Wie bei jeder Person. Wahrscheinlich wusste jede Person alles über dieses Lebensrecht. So wie jede Person sprechen lernte. Es gab dieses Lebensrecht. Ihres war von Anfang an eingemauert gewesen. Eingemauert worden. Österreich halt. Der Himmel wurde lichter blau. Die Sonne lag jetzt rechts von ihr. Rundum war alles flach. Die Sonnstrahlen fielen in Bündeln vom Himmel zu Boden. Und kurz. Wieder das Gefühl seiner Arme um sie und sein Atem an ihrem Ohr. »Das ist es, was ich mir wünsche.« Yseut fuhr durch die flache Landschaft. Waldstücke. Dann wieder weite Flächen. Wiesen und Felder. Ein Polizeiwagen. Blaulicht. Ein Carabiniere winkte, langsam zu fahren. Eine Straßensperre. Stau.

Alarmblinkanlage. Bremslichter. Stehen. Anfahren. Stoppen. Stehen. Anfahren. Eine Autolänge weiterrollen. Lauritz. Sie war so sicher gewesen. Sie hatte Lauritz gebannt gehabt. Den Bann ausgesprochen. Es wurde gehupt. Hinter ihr. Die Autos waren wieder eine Autolänge weitergefahren. Sie war stehen geblieben. Sie schloss auf. Schaltete die Warnanlage aus. Ohne das Ticken war es still im Wagen. Rechts riesige Erdhaufen. Hochaufgeschüttete Erdberge. Manche dichtbewachsen. Andere frisch aufgehäuft. Reifenspuren führten auf die Straße zurück. Sie standen. Sollte man den Motor abstellen. Vor ihr eine Frau in einem weißen SUV. Hinter ihr. Spiegelnde Glasscheiben. Alle ruhig. Niemand stieg aus. Alle hinter den Lenkrädern. Still. Sie seufzte. Dann wieder anfahren. Sie konnte den ersten Polizisten sehen. Der Mann stand am Straßenrand. Das Sturmgewehr im Arm. Die Hand am Abzug. Yseut beugte sich vor und schaute ihn an. Er trug den graublauen Kampfanzug der GIS. Gruppo Intervento Speciale. Die hatten die Führung der Streitkräfte in Italien übernommen. Der hier trug ein rotes Barett. Die österreichische Bundespolizei und die GIS hatten sich verbündet. Zunächst hatte man eine Einkaufsgemeinschaft gegründet und kaufte die gleichen Waffen. Synergie. Alle verwendeten Steyr Sturmgewehre. Dieser hatte sogar sein Nachtsichtgerät montiert. Alle wurden in die Fahrbahnmitte umgeleitet. Ein Bus stand am Fahrbahnrand. Die Passagiere saßen und lehnten in einer langen Reihe an der Leitplanke. Yseut musste sehr langsam fahren. Es waren Reiter aufgestellt. Die Autos mussten sich in einem Slalom durchschlängeln. Carabinieri mit den automatischen Waffen im Anschlag standen rechts. Auf der Gegenfahrbahn war normaler Verkehr. Die Autos flitzten vorbei. Kein Blickkontakt, sagte sie sich. Kein Blickkontakt. Aber dann schaute sie doch. Sie sah, wie sie angesehen wurde. Der prüfende Blick dieser Männer. Kurz. Sie spürte, wie sie in Daten zerlegt wurde. Mittelklassewagen. Wiener Kennzeichen. Einzelfahrer. Unauffällig. Weiblich. Nicht jung. Ungefährlich. Dann ging der Blick zum Auto hinter ihr weiter. Diese Männer zeigten keine Regung. Keine Regungen. Stumm die Waffe im Arm. Sie war an den Carabinieri vorbei. Sie war unbeachtet geblieben. Sie durfte weiterfahren. Am Straßenrand die Ausgesonderten. Sie musste noch ein Stück weiter in der Mitte fahren. Dann war die Straße wieder frei. Yseut war wütend. Der überprüfende Blick. Die wartenden Buspassagiere. Die Autos, die warten mussten. Sie hasste das. Sie hasste sich. Sie blieb ja auch brav sitzen. Das war vernünftig. Aber sie fühlte sich als Sache. Behandelt. Eingeschätzt. Beurteilt. Yseut stieg aufs Gas. Fuhr davon. Die Straße leer. Sie fuhr viel zu schnell. Sie hatte rasch zum fließenden Verkehr wieder aufgeschlossen. Musste in der Kolonne dahinbummeln. Abendverkehr. Immer wieder führte die Straße steil über kleine Brücken. Über kleine Flussläufe. Über Kanäle. Die Straße breit, aber nur eine Fahrspur in jede Richtung. Es wurde riskant überholt. Die durchlaufende Sperrlinie in der Mitte ohne Wirkung. Yseut fuhr am Rand. Ockerbraune Häuschen. Die Häuser tiefer gelegen. Tiefer als die Straße. Die Straße ein Damm in der Landschaft. Die Zäune der kleinen Gärten aus Gussbeton. Der Gussbeton ahmte andere Zäune nach. Es gab Zäune wie geflochtene Äste aus Gussbeton. Holzlatten in Gussbeton nachgemacht. Dickgusseiserne Girlanden in Gussbeton. In den Gärten blühten Herbstanemonen. Phlox. Astern. Dann wieder Lagerhallen. Staubige Parkplätze davor. Keine Autos. Shopping malls. Geschlossen. Die Auslagen mit Zeitungen verklebt. Links von der Straße lag ein Ozeandampfer im Feld. Ein riesengroßes Schiff ragte aus der Wiese und den Wäldchen davor. Es war nur der Körper des Schiffs vorhanden. Rostig rot. Das Schiff war so groß wie die Fähren, die von Triest nach Athen fuhren. Yseut schaute noch einmal genauer. Dieses Schiff schien sogar noch größer zu sein. Es dauerte, bis sie an dem Schiff vorbeigefahren war. Der Bug hatte nach Norden gezeigt. Es hatte ausgesehen, als steure dieses Schiff durch die Wiese. Dann links eine Weltkugel. Ein hausgroßer Globus. Der Globus war ein Restaurant gewesen. Geschlossen. Dann rechts eine rosarote Halle mit gelben Punkten auf der Fassade. Hier waren Kleider verkauft worden. Geschlossen. Die Türen mit Ketten versperrt. Die Straße schien immer höher über den Feldern und Wiesen zu liegen. Die Gebäude waren nur über Brücken zu erreichen. Die Straße mit doppelten Leitschienen gegen die Böschung gesichert. Rechts. Die abgeernteten Felder. Dunkelbraun. Möwenschwärme stiegen von der Erde auf. Flogen in großen Kreisen zum nächsten Feld. Links. Die Wäldchen schattig und grün. Hier hatte die Jahrhunderthitze des Sommers nichts angerichtet. Am Himmel die Wolken rosig. Die Sonnenstrahlen streiften nur noch die Wipfel der Bäume. Yseut suchte nach dem Handy. Schaltete das GPS wieder ein. Sie hatte es fast geschafft. Sie war im Po-Delta angekommen.

Sie musste bald da sein. Die GPS-Stimme befahl ihr, rechts abzufahren. »Jetzt rechts abfahren.« Sie fuhr gerade auf einer langen Brücke. Hohe Gitter versperrten die Aussicht. In Italien standen doch die Flussnamen angeschrieben. Blaue Tafeln am Anfang der Brücke waren das. Sie hatte wohl nicht achtgegeben. War das jetzt der Po. War sie nun über den Po gefahren oder nicht. Die Brücken führten ja auch über sumpfige Landschaften oder Überschwemmungsgebiete. Sie folgte den Anweisungen des GPS. Sie fuhr ab. Die Abfahrt führte an einer Shopping mall für Brautkleider vorbei. Dann eine Siedlung. Häuser in kleinen Gärten. Hier war dichter Verkehr. »Viale John Fitzgerald Kennedy« stand auf dem Display. Dann führte das GPS sie in eine Folge von Einbahnen. Bei der dritten Runde durch die Viale Alessandro Manzoni musste sie sicher sein, im Kreis geführt zu werden. Sobald sie konnte, fuhr sie in die Gegenrichtung. Sie kam an einen Friedhof. Ein Begräbnis schien beendet. Eine Gruppe dunkelgekleideter Personen stand um einen katholischen Priester geschart. Alle schauten ihr beim Umdrehen zu. In der Dämmerung die Gesichter nur helle Flächen. Die Neugierde war aber zu erkennen. Yseut fuhr die ganze Strecke zur Romea zurück. Vor der Shopping mall für die Brautkleider suchte sie einen Weg nach Süden. Sie kam durch eine Siedlung. Nur Rohbauten. Bei manchen waren die Fenster mit Brettern vernagelt. Andere standen ohne Dach da. Zäune. Kein Baugerät zeigte an, dass hier weitergebaut werden würde. Die Tore zu den Zufahrten verschlossen. Eine Siedlung von Bauruinen. Plötzlich wusste das GPS, wo sie sich befand. Eine Straße

Nummer 46. Es wurde dunkel. »Bitte. Rechts abbiegen.« Yseut zögerte. Sie sah eine schmale Sandstraße. Eigentlich einen Feldweg. Hinter ihr eine Kolonne von Autos. Sie musste weiterfahren. »Wenn möglich, bitte wenden.« Es gab aber keine Möglichkeit zu wenden. Von der Fahrbahn weg fiel die Böschung steil nach links und rechts in die Felder hinunter. Die Autos von vorne kamen sehr schnell. Nach langem. Yseut kam zu einer Abfahrt nach links. Sie musste warten, bis sie nach links einbiegen konnte. Sie hielt den Verkehr auf. Weit hinter ihr wurde gehupt. Dann musste sie wieder lange warten, bis sie wenden konnte. Sie fuhr in Richtung Taglio di Po zurück. Diesmal befolgte sie die Anweisung des GPS. Sie wollte nach links abbiegen. Wieder das lange Warten auf eine Lücke in der Kolonne des Gegenverkehrs. Wieder wurde gehupt. Sie fuhr auf die Sandstraße hinunter. Auch diese schmale Straße höher gelegen als die Felder. Sie fuhr langsam. Schaute sich um. Dieser Blick. Dieses Pflügen durch die Landschaft. Das war ein Grund geblieben, mit dem Auto zu reisen. Sich beim Fahren in die Landschaft werfen können. Jederzeit stehenbleiben zu können und zu Fuß weiter. Zu Fuß und sich verlieren. Sie konnte sich selbst sehen, wie sie das Auto abstellte. Wie sie zu Fuß einen dieser Wege zwischen die Felder hinein davonging. Wie sie sich selbst aus den Augen verlor. Aus den Augen verlieren hatte können. So weit hatte sie es mit sich selbst schon gebracht gehabt. Das hatte sie nun wieder verloren. Die Leichtigkeit des Abschieds von sich selbst. Das war in dem Augenblick verlorengegangen. Sie trauerte darum. Aber sie wollte sich nicht mehr in diese Leichtigkeit aufgeben. Das Leben war zurückgekehrt. Das Leben hatte sich eingestellt. Oder was immer. Ungenau und schwierig. Unsicher und schmerzhaft. Aber alles zurück. Alles und vor allem das Begehren. Das heftigste sirrende Begehren. Wie ja immer jedes Begehren das heftigste und sirrendste gewesen war. Aber jetzt. Sie hatte andere Pläne gehabt. Sie hatte andere Pläne. Aber nur der Gedanke an sein Flüstern an ihrem Ohr und das Verlangen war da. Yseut sah ein verfallenes Bauernhaus weit in den Feldern nach rechts. Es war fast dunkel. Im Rückspiegel konnte sie gerade noch erkennen, dass sie eine Wolke von Staub aufwirbelte. Eine schwarze Wolke. Die Lichter auf der Straße weit hinten gerade noch auszunehmen. Eine Brücke über einen tiefen Graben. Dämme rechts und links von der Brücke weg. Sie fuhr geradeaus. Dann endlich Lichter. Sie atmete auf. Das musste die Villa sein. Eine Mauer. Die Einfahrt. Hohe Bäume. Die Straße führte in einer scharfen Kurve nach links. Hinter einer großen Wiese lag die Villa. Breit hingezogen. Die Fenster erleuchtet. Man musste hinter der Villa parken. Das war auf der Homepage angegeben gewesen. Sie fuhr vorsichtig. Auch hier schien die Straße ein Damm zu sein und Gräben rechts und links. Sie fuhr um das Gebäude. Eine kleine Terrasse gleich hinter der Brüstung zur großen Terrasse vor der Villa. Eine junge Frau in der Uniform eines Kammermädchens aus einer Komödie im 19. Jahrhundert kam gelaufen. Sie solle gleich da parken, rief die junge Frau. Yseut parkte. Sie stieg aus. Holte ihren Koffer aus dem Kofferraum. Die junge Frau nahm in ihr ab. Ob mehr zu tragen sei, fragte sie. Yseut verneinte. Sie holte ihre Handtasche aus dem Auto. Folgte der jungen Frau zum Haus. Die junge Frau drehte sich um. »Benvenuto.«, sagte sie. Yseuts Handy läutete. Es war Madeline. Ob alles in Ordnung sei, fragte sie.

2. Folge.

Wie es kam, dass Yseut nach Kalifornien ging und Feministin wurde.

Ihren ersten Mann hatte Yseut beim Kroiss im Neuen Institutsgebäude kennengelernt. Yseut war in der Ecke beim Fenster gesessen. Sie hatte eine Melange vor sich und hörte den Professoren in ihrem kleinen Abteil hinter der weißgestrichenen Holzwand zu. Das Neue Institutsgebäude der Universität war gerade neu gebaut worden. Beim Kroiss schaute es aber aus, als wäre das noch die Kantine des Wehrkreiskommandos XVII, das an der Stelle ausgebombt worden war.

Die Professoren hatten sehr laut gelacht. Der Rauch ihrer Zigaretten und Zigarren stieg hinter dem Holzparavent auf und breitete sich im ganzen Raum aus. Aus der Küche war das Zischen der Eier in der Pfanne für die Spiegeleier zu hören. Yseut war müde gewesen. Sie war verwirrt, und das machte sie müde. Sie hatte es nicht geschafft. Yseut fand sich nicht zurecht. Sie hatte den Sprung vom Gymnasium zur Unversität nicht geschafft. Ihr Problem war, dass sie die Sprache der Sprachwissenschaftler nicht verstand. Wenn es um die Geschichte ging oder die Entwicklung, dann konnte sie alles verstehen. In der Theorie begriff sie nicht, was da gesprochen wurde. In der Mittelschule hatte niemand so geredet. Es schien aber, als ob alle, die da in diesen Einführungsvorlesungen neben ihr saßen, ganz genau wussten, worum es ging oder was gemeint war. Yseut war in die Universitätsbibliothek gegangen und hatte den Texten hinterhergegrübelt. Sie hatte sich in die Nationalbibliothek gesetzt und war den Texten Wort für Wort nachgegangen. Es blieb beim Nicht-Verstehen. Yseut hatte das Gefühl, nicht eingeladen worden zu sein. Ja. Sie musste zugeben, sie hatte gar nicht gewusst, dass es solche Einladungen überhaupt gäbe.

Yseut war traurig und beschämt. Sie wusste nicht, wie sie das ihren Eltern sagen sollte. Wie sollte sie dem Vater in die glänzenden Trinkeraugen schauen und sagen, dass sie ein Versager war und dass sich nur der zweijährige Kurs für Bürokaufmann bei der Kammer der Gewerblichen Wirtschaft ausgehen würde. Wie sollte sie mit der Mutter am Samstag auf den Naschmarkt gehen und das Gemüse für die nächste Woche kaufen und ihr beim Aussuchen vom Salat erklären, dass sie zu dumm für ein Studium war. Der Mutter war das so wichtig gewesen, dass Yseut auf die Universität gehen sollte. Die Mutter würde einen schmalen Mund machen und nichts sagen. Das Studium wurde von ihrem Gehalt bezahlt. Der Vater würde von der Jause am Sonntagnachmittag aufstehen und sagen, dass er noch etwas besorgen müsse. Die Oma Köbrunner würde auch aufstehen und gehen wollen. Und später am Abend mussten die Mutter und sie den Vater dann in die Wohnung zerren. Yseuts Vater fand immer nach Hause zurück, aber oft konnte er das Wohnungsschloss nicht mehr aufsperren. Das Schloss vom Haustor gelang ihm noch. Die Mutter und Yseut rollten den Vater dann auf den Teppich ins Vorzimmer herein. Auch gemeinsam waren sie nicht stark genug, ihn im Schlafzimmer auf das Bett zu hieven. Er war ihnen zu schwer, und sie deckten ihn im Vorzimmer zu. »Seid meine Einzigen.«, murmelte der Vater dann und lächelte. In der Früh war er immer schon aufgestanden und aus dem Haus gewesen.

Beim Kroiss. Die Professoren hatten gerade besonders laut gelacht. Sie waren bei den Schnapserln angekommen, und der junge Kroiss trug runde Tabletts mit kleinen Gläschen und klarer Flüssigkeit hinter den weißen Paravent. Einer der Professoren saß so, dass er Yseut sehen konnte. Er schaute zu ihr hin und sagte etwas zu den anderen Männern, die hinter dem Holzparavent versteckt saßen. Es wurde wieder laut gelacht. Der Professor, der sie sehen konnte, hob sein Stamperl und prostete ihr zu. Die anderen Professoren standen auf und schauten oben über den Paravent zu ihr herüber und prosteten von da. Yseut wurde rot und nippte an ihrer Melange.

Da kam dieser junge Mann herein und schaute sich nach einem Platz um. Die Professoren verschwanden schnell. Yseut saß mit rotem Kopf da. Sie drehte sich verzweifelt nach dem jungen Kroiss um und wollte zahlen. Der junge Mann kam an ihren Tisch und fragte, ob er sich setzen dürfe. Yseut konnte nichts sagen. Sie hätte zu weinen beginnen müssen. Sie konnte nur mit den Achseln zucken. Alle machten sich lustig über sie und hatten auch noch recht damit. Sie war lachhaft, und sie würde eine Sekretärin werden müssen wie ihre Mutter. Aber ihre Mutter hatte es zur Chefsekretärin gebracht, und Yseut war sich sicher, dass sie es nicht so weit bringen würde. Vielleicht sollte sie überhaupt nur Kinder bekommen. Das wenigstens sollte sie fertigbringen. Aber dann war das auch wieder eine so ungeheure Sache, von der sie schon gar nichts wusste und vor der sie sich fürchtete. Es war alles schrecklich.

Der junge Mann zog den Sessel unter dem Tisch heraus und deutete auf den Paravent. Ob man sie belästige. Ob man sie belästigt habe. Er heiße übrigens Eduard Meinrich. Yseut konnte nur mit den Achseln zucken. Sie war jetzt wieder schwach vor Dankbarkeit, dass dieser Mann ihre Situation ernst nahm. Die hätten nur einen Spaß gemacht, murmelte sie dann. »Bitte?«, fragte Eduard Meinrich und rief nach dem jungen Kroiss. Er bestellte auch eine Melange und zahlte gleich. Sie tranken ihren Kaffee, und dann nahm er Yseut am Ellbogen und führte sie aus der Kantine hinaus. Sie gingen zur Votivkirche hinüber und setzten sich auf eine der Steinbänke an der Fassade. »Was ist es denn.«, fragte er, und sie erzählte es ihm.

Die Hochzeit musste dann sehr schnell geplant werden. Eduard hatte eine Einladung an das Institute of Chemical Engineering an der Universität Berkeley. Er sollte da in der Forschung mitarbeiten, aber auch unterrichten. Yseut hatte ihm zugeredet gehabt. Eduard war nicht sicher gewesen, ob er ins Ausland gehen sollte. Er hatte gefürchtet, seine Stelle an der Universität Wien würde nicht verlängert werden und er könne nicht mehr zurück. Sein Professor redete ihm aber auch zu, internationale Erfahrung zu sammeln. Es wurde eine Karenzierung ausgehandelt, und Yseut und Eduard gingen zusammen in einen Englischkurs am British Council.

Yseut war glücklich. Sie ging vollkommen in den Plänen für ihre Zukunft mit Eduard auf. Im Sprachkurs stellte sich heraus, dass Yseut viel schneller lernte als Eduard. Sie lachten darüber, und Yseut schrieb Eduards Hausaufgaben. Yseut bereute, nicht mit dem Dolmetschstudium angefangen zu haben, wie der Vater das immer vorgeschlagen hatte.

Yseuts Mutter plante die Hochzeit. Der Vater blieb an den Sonntagen zu Hause. Eduard und seine Mutter waren an den Sonntagnachmittagen zu Gast in der Gumpendorferstraße. Eduards Vater war in den letzten Tagen im Krieg als vermisst gemeldet worden, und Eduards Mutter studierte immer noch die Listen vom Roten Kreuz und vom Schwarzen Kreuz nach ihm. Eduards Vater war bis zum Kriegsende nicht eingezogen worden, weil er zu alt gewesen war und an einer kriegswichtigen Stelle im Innenministerium gearbeitet hatte. Aber in den letzten Wochen war er an den Ostwall abkommandiert worden.

Eduards Mutter wünschte sich eine kirchliche Trauung für ihren Sohn. Yseuts Eltern fanden, das Standesamt müsste reichen. Wenn darüber angefangen wurde, dann standen Yseut und Eduard auf und gingen davon. Sie sagten, sie gingen spazieren. Sie fuhren dann mit dem Ringwagen zur Börse. Sie gingen in die Wohnung von Eduard und seiner Mutter am Schlickplatz und machten es. Sie redeten aber nie darüber, und Yseut quälte die Angst, noch vor der Hochzeit schwanger werden zu können. Sie hatte Angst, dass Eduard sie dann nicht nach Amerika mitnehmen würde. Trotzdem sehnte sie die Sonntagnachmittage herbei. Sie sehnte sich mit aller Macht danach, von ihm in die Arme genommen zu werden und sanft aufs Bett gezwungen, in seiner Umarmung alles und sich selbst zu vergessen. Eduard sagte dann nachher oft, sie solle wieder zu ihm zurückkommen, wenn es vorbei war. Yseut machte es sich selbst nicht mehr und wartete auf die Sonntage. Sie erlaubte Eduard sogar, während ihrer Periode mit ihr zu schlafen, obwohl sie gehört hatte, dass man davon krank werden konnte. Yseut fühlte sich heilig und rein, wenn sie ihn liebte. Sie fühlte sich auserwählt und schwebend.

Yseut ging mit ihrer Mutter eine Aussteuer kaufen. Sie brauchte ja nichts für den Haushalt. Das musste sie alles in Kalifornien besorgen. Aber sie bekam neue Kleider und neue Unterwäsche. Sie bekam einen Mantel für den Winter und einen Mantel für den Sommer und passende Hüte und Handschuhe dazu. Yseut wollte Pyjamas, aber die Mutter kaufte Nachthemden. Die Mutter lächelte und sagte, dass sie das dann als verheiratete Frau schon verstehen werde. Dann schaute die Mutter sie einen Augenblick erschrocken an, aber sie sagten beide nichts und sie redeten miteinander nie darüber.

Yseuts Mutter traf Eduards Mutter oft nach dem Büro beim Heiner auf der Tuchlauben. Die beiden aßen Mayonnaiseeier oder Schinkenrollen, und Yseuts Mutter kochte kein Abendessen. Yseut ging dann mit dem Vater ins Café Sperl, und sie aßen Frankfurter Würstel mit Senf und Kren. Einmal saßen zwei Mönche in der Nische daneben. Sie saßen im Habit da und tranken Kaffee. Yseut konnte ihren Vater nur mit Mühe davon abhalten, diese Männer hinauswerfen zu lassen. Was diese Pfaffen da machten, zischte ihr Vater immer wieder und wollte den Kellner rufen. Dann bestellte er aber einen weißen G'spritzten, und das war wieder der Anfang. Nach dem vierten weißen G'spritzten stand der Vater auf und stellte sich an den Tisch der Mönche. Die schauten freundlich auf. Der Vater sagte lange nichts und schaute nur stumm auf die beiden Männer hinunter. Dann wurde er aufgeregt. Er fuchtelte mit den Armen, aber er konnte nichts herausbringen. Yseut zerrte an seinem Ärmel und wollte ihn von da wegbringen. Sie machte entschuldigende Gesten und zog ihn weg. Sie hörte es dann gar nicht richtig. Der Vater hatte sich von ihr losgerissen und zu den Mönchen hinuntergebeugt. »Ihr dreckigen Kinderverzahrer.« Er hatte das ganz leise gesagt. Er hatte das in einem Ton gesagt, den Yseut noch nie von ihm gehört hatte. Yseut hatte einen solchen Ton überhaupt noch nie gehört gehabt. Es war ein widerlicher und schmutziger Ton gewesen, aber leise und kaum zu hören.

Yseut konnte den Vater aus dem Café hinausbugsieren. Er hatte zu schluchzen begonnen, und sie hatte ihn aus dem Café hinausgedrängt. Draußen ging ihr der Vater gleich davon, und sie musste der Mutter beichten, dass es nun wieder passiert war. Die Mutter und sie hatten gehofft, dass der Vater sich bis zur Hochzeit benehmen würde.

Bei der Hochzeit hatten ihre Eltern sich nicht durchgesetzt. Yseut wurde nach der standesamtlichen Heirat in der Kapelle der Schottenkirche noch einmal getraut. Es waren nur Yseuts

Eltern da, Eduards Mutter, die Oma Münster und Madeline und Helene. Von Eduard war noch ein Schulkamerad gekommen, der auch Eduards Trauzeuge war. Sie hatte Madeline gefragt. »Sonst sind alle tot.«, hatte Yseuts Mutter gesagt, als sie darüber redeten, wer zur Hochzeit eingeladen werden sollte. Die Verwandten und Freunde, die die Eltern einladen hätten wollen, die waren alle im Krieg geblieben.

Yseut und Eduard fuhren nicht auf Hochzeitsreise. Sie mussten ja ohnehin vier Wochen später in die USA aufbrechen. Eduard hatte eigentlich alle Papiere für Yseut besorgen wollen. Yseut hieß jetzt Yseut Ysabelle Meinrich und nicht mehr Köbrunner. Eduard war jetzt ihr Familienvorstand, und er hatte nach dem Recht die Schlüsselgewalt über sie. Sie lachten beide darüber, aber Yseut fühlte sich sicher. Eduard hatte zweimal »Ja.« gesagt, und er war ihr Familienvorstand. Yseut dachte, dass das eine unzerbrechliche Verbindung begründete. Eduard musste alle Dokumente für sie unterschreiben, deshalb ging sich der neue Pass für Yseut nicht mehr aus, und Yseut reiste unter ihrem Mädchennamen Yseut Ysabelle Köbrunner in die USA.

Bis zur Abreise wohnten sie in der großen Wohnung am Schlickplatz. Neben Eduards Mutter konnte Yseut nicht mit Eduard schlafen, und schon in der Hochzeitsnacht hatte sie nein sagen müssen. Eduard lachte über sie.

In Kalifornien waren sie in Academic housing untergebracht. Sie hatten eine winzige Wohnung mit 2 Zimmern in einem Wohnblock nicht weit von Eduards Institut. Die Eltern hatten versprochen, bald zu Besuch zu kommen. Yseut wusste aber, dass der Vater nicht in ein Schiff einsteigen konnte. Für sie selbst war die Überfahrt in der Schiffskabine schwierig gewesen. Eduard hatte auch Platzangst gehabt, und aus Verzweiflung hatten sie fast ununterbrochen miteinander geschlafen. Sie kamen sehr erschöpft in New York an. Yseut machte sich aber keine Sorgen. Sie sollten zwei Jahre in Berkeley bleiben, und das schienen ihr lange Sommerferien zu werden.

Weil Berkeley eine billige Universität war, schrieb Eduard sie als Hörerin ein. Am Anfang war es schwierig, das englische Englisch vom British Council auf das kalifornische Englisch umzudenken, und Yseut musste lernen nachzufragen. In Wien hatte sie immer so getan, als könne sie alles verstehen. In Wien war nicht nachgefragt worden. In Wien taten alle so, als hätten sie schon immer alles verstanden, noch bevor etwas zu Ende gesagt worden war. In Wien musste einer alles bekannt sein. Es war ja schon über jemanden gelacht worden, wenn einer nicht gewusst hatte, dass der Krawattenknoten gerade sehr klein sein musste und der doppelte Windsorknoten nicht mehr getragen werden durfte. Eduard hatte solche Dinge immer gewusst. Eduard hatte in Wien auch immer sofort einen Tisch in jedem Lokal bekommen. In Eduards Familie hatten alle Männer Jus studiert und waren Richter oder hohe Beamte geworden. Eduard war der Erste, der einen naturwissenschaftlichen Studienzweig gewählt hatte.

In Kalifornien ging Eduard am frühen Morgen in sein Institut und kam um zehn Uhr am Abend wieder zurück. Am Anfang war er noch manchmal zum Mittagessen nach Hause gekommen. Yseut hatte eine richtige Ehe führen wollen und für ihren Mann kochen. Sie hatte das besser machen wollen als ihre Mutter, die immer erst am Abend ein Essen gemacht hatte. Yseut begann aber dann, ins Department of Linguistics zu gehen, und fing mit dem Einführungskurs an. Das war sehr schwierig. Yseut konnte noch nicht genug Englisch dafür, aber sie lernte Leute kennen. Es war nicht so wie in Wien, wo alle immer nur mit den Personen sprachen, die sie ohnehin schon gekannt hatten. In Kalifornien war es leicht, andere Personen kennenzulernen, weil alle mit allen sprachen. Yseut hatte bald neue Freundinnen und lernte, wie sie sich als Studentin anziehen sollte. Sie kaufte ihre ersten Blue Jeans. Ihre weiß und blau gestreiften Blusen aus Wien passten gut dazu. Eduard blieb bei Krawatte und Anzug, und sie musste die Hemden bügeln. Wenn sie mit Eduard ausging, dann trug sie die Kleider aus Wien. Aber sie hatte die Röcke um mehr als zwei Handbreit gekürzt. Eduard fiel das nicht auf.

Eduard schlief nicht mehr mit ihr. Zuerst dachte Yseut, das würde sich wieder ändern und er bräuchte nur einfach Zeit. Eduard hatte große Schwierigkeiten mit der Sprache beim Unterrichten. Er musste jede Vorlesung Satz für Satz vorbereiten, und Yseut konnte ihm nicht helfen. Sie verstand ja nichts von dem, was er unterrichtete.

Yseut sagte sich vor, sie müsse Geduld haben. Sie war jetzt eine Ehefrau, und sie sagte sich alle diese Sätze vor, die sie vor der Hochzeit gesagt bekommen hatte. Ihre Aufgabe war es, das Heim und die Ehe darin zu gestalten. Sie beschäftigte sich, damit sie ihrem Ehemann nicht auf die Nerven ging, weil sie keine Eigeninteressen hätte und nichts erzählen könne. Sie machte sich hübsch. Sie versuchte, ein kulturelles Leben mit ihm zu führen, und suchte nach Theateraufführungen und Konzerten klassischer Musik. Es gab aber nicht viele Gelegenheiten, und Eduard wollte nicht nach San Francisco fahren dafür. In Berkeley gab es nur Pop und Folk und viele Lokale mit Live music. Eduard wäre aber nie in ein Popkonzert gegangen. Eduard hörte Bach und Yseut die Doors oder Roxy Music. Eduard war eben 10 Jahre älter als sie.

Auf dem Campus saßen und lagen an allen Ecken Musiker mit Gitarren und sangen ihre Lieder. Als Studentin setzte Yseut sich dazu und summte mit. Als Ehefrau stöckelte sie vorbei. Sie ging mit Eduard zu allen Einladungen an seinem Institut, und da waren alle sehr nett. Eduard wollte aber nicht, dass sie die Einladungen der anderen Faculty wives annähme. Sie könnten keine Gegeneinladungen machen, mit ihrer hässlichen kleinen Wohnung.

Yseut hatte dann aufgehört zu kochen. Eduard kam ohnehin nicht nach Hause. Sie sparte Geld. Sie machte einen Fahrkurs und begann richtig zu studieren. Eduard war so wenig zu Hause, dass er gar nichts wusste davon.

Nach dem ersten Jahr lebte Yseut am Tag das Leben einer Studentin, und am Abend verwandelte sie sich in eine Wiener Ehefrau. Sie dachte, sie verstünde jetzt, was ihre Mutter mit den Nachthemden gemeint hatte. Es war schwiwig, Eduard für Sex zu interessieren, und sie hatte wieder begonnen, es selbst zu machen. Eines Abends im Frühling war sie so wütend über alles gewesen, und sie hatte wieder damit begonnen. Sie hatte sich sogar gewünscht, Eduard käme nach Hause und fände sie dabei. Er war dann aber erst zwei Stunden später nach Hause gekommen, und da war sie auch mit ihrem Weinkrampf schon fertig gewesen. Von da an nannte sie Eduard dann aber Ed. Sie las von Betty Friedan »The Feminine Mystique«. Wie sie so einen Schund lesen könne, fragte Ed, und sie fragte zurück, ob er mittlerweile genug Englisch könne, überhaupt ein Buch zu lesen.

3. Folge.

Die weiße Masche der Dienstmädchenschürze der jungen Frau schimmerte grau in der Dunkelheit. Die junge Frau trug Yseuts Koffer. Sie gingen auf eine hellerleuchtete Glastür zu. Der Kies knirschte beim Gehen. Yseut hörte hastige Schritte. Hinter sich. Bevor sie sich umdrehen konnte. Sie wurde angerempelt. Ein Mann eilte an ihr vorbei. Er hielt ein Gerät in die Höhe. Das Gerät piepste. Ein schnarrendes Piepsen. Der Mann stürzte vor ihnen durch die Tür. Ins Haus. Die junge Frau drehte sich zu Yseut um. Sagte etwas. Yseut verstand nichts. Die junge Frau war zu weit weg. Sie stand schon in der offenen Tür. Hielt die Tür wieder zu. Yseut hörte etwas von Moskitos. Im Haus. Sie gingen einen Gang nach rechts. Sie könne Yseut gleich zeigen, wo das Frühstück serviert werden würde. Die junge Frau wies auf den Raum hinter dem Büro. Es gab kein Licht. Yseut sah nur einen hohen dunklen Raum. In der Mitte ein großer Tisch. Yseut ging in das Büro zurück. Sie setzte sich. Die junge Frau suchte in den Schreibtischladen. Reichte ihr ein Formular und einen Kugelschreiber. Die junge Frau war hübsch. Eine perfekte Zerlina. Sie lächelte

Yseut strahlend an. »Welcome.«, sagte sie und Yseut solle bitte dieses Formular ausfüllen. Und ja. Den Pass. Das müsse sein, sagte sie. Lächelte entschuldigend. Der Carabiniere käme jeden Abend hier vorbei und kontrolliere. Sie lachte und blinzelte Yseut zu. Yseut nickte. »Ah.«, sagte sie. Sie hätte gerne etwas hinzugefügt wie »Das wird wohl eine sehr persönliche Kontrolle sein.« oder »Das klingt ganz nach Commedia dell'Arte«. Aber sie fand ihr Italienisch nicht. Sie konnte nur sagen, »Then we do not want to be found out«. Das wiederum verstand die junge Frau nicht. Aber sie lächelten einander zu. Yseut suchte währenddessen in ihrer Tasche nach dem Pass. Sie wühlte und hob die Dinge in die Höhe. Der Pass war dann ins Seitenfach weggezippt. Die junge Frau legte den Pass in ein Fach auf dem Schreibtisch oben. Sie nahm den Koffer wieder auf. Yseut wollte ihr zeigen, wie dieser Koffer gerollt werden konnte. Die junge Frau schüttelte den Kopf und trug den Koffer am Griff. Sie führte Yseut zur Tür zurück. Von da ging es eine steinerne Stiege hinauf. Im ersten Stock dann eine Holztreppe. Fünf Stufen. Ihr Zimmer. Ihr Schlüssel. Die junge Frau reichte ihr einen altmodischen Zimmerschlüssel. Sie sperrte auf und ging voran. Im Zimmer. Ein kurzer Gang erst. Das Badezimmer nach rechts. Dann noch eine Tür. Das Zimmer quadratisch. Groß. Terrazzoboden. Alle Lichter brannten. Ein Kristalllüster. Kristallene Wandleuchten an den Wänden. Nachttischlampen. Zwei hohe Fenster nach vorne hinaus. Himmelblau brokatene Vorhänge. Die Wände blau. Ein großer Spiegel zwischen den Fenstern. Kommoden an den Wänden. Regale in Wandnischen. Bücher. Die Möbel weiß und gold. Weiß und goldene Sessel. Weißgolden die beiden Betten. Eine breite Doppeltür links vorne. Die Kommoden und Tischchen vollgestellt. Fotografien in samtenen Rahmen. Döschen. Kerzenständer. Schächtelchen. Bücher. Zeitschriften. Als wäre sie zu Besuch bei einer alten Verwandten, die ihre Erinnerungen ausgebreitet hielt. Die junge Frau stellte den Koffer vor einer Tür in der Wand ab. Die Fensterläden müsse Yseut so lassen, sagte sie und ging an das linke Fenster. Die Moskitogitter wären sehr gut verhakt. Sie rüttelte an dem Gitter unten. Dann machte sie ein Geräusch, »Wusch.«, und spielte Yseut vor, dass ihr die Hand abgerissen werden könnte. Sie lächelte Yseut strahlend an. Sie wünschte »Buona serata.« und ging. An der Zimmertür drehte sie sich noch einmal um. »Molto pericoloso.«, sagte sie. Dann war sie weg. Yseut schaute sich um. Sie ging an das Fenster. Schaute sich das Fliegengitter genau an. Ein stählernes Netz. Der Rahmen in Schienen geführt. Unten eingehakt. Ein schmaler Streifen offen. Zwischen der rosafarbenen Mauer und dem Metallrahmen unten. Im Zimmer. Eine private Atmosphäre war versprochen gewesen. Auf den Fotos hatte diese Ansammlung von Dingen malerisch ausgesehen. Eine vornehme Umgebung. Leben wie im 18. Jahrhundert. Ein aristokratisches Ambiente. Sie wandte sich wieder dem Fenster zu. Das Moskitogitter erlaubte kein Hinausbeugen. Sie konnte nur am Fenster stehen. Unten fiel Licht auf eine weitere Terrasse. Klinkerboden. Am Rand zur Wiese. Rosensträucher. Die rosa Blüten spiegelten das Licht gerade noch. Dahinter dunkle Flächen und noch dunkler die

Bäume. Weit hinten rechts Licht aus einem Haus. Erleuchtete Fenster. Sonst Nacht. Yseut seufzte. Es war nicht viel nach sieben Uhr am Abend und schon dunkel. September. Sie begann sich einzurichten. Sie räumte allen Nippes vom großen Tisch auf die Bücherregale an der rechten Wand. Sie stellt ihre Tasche auf den Tisch. Sie legte ihre Unterwäsche und Pullover in die Laden der großen Kommode. Auch über der Kommode ein großer Spiegel. Auch schräg gehängt. Sie konnte zu sich hinaufschauen. Sie hängte ihre Kleider und Hosen in den Wandschrank. Schob den Koffer unten hinein. Ihre Kleider zerdrückt. Ob die junge Frau das bügeln konnte. Im Badezimmer ein runder Spiegel über dem Waschbecken. Eine Spiegelwand hinter dem Bidet. Das Licht schwach. Yseut musste sich eine Grimasse schneiden. Das Licht war so, dass sie aussah wie ein Vampir. Hohle Augen. Grimmiger Mund. Sie stand dann lange vor dem Bett. Auf welcher Seite sollte sie schlafen. Sie schüttelte den Kopf. Sie wollte nicht überlegen, wie das sein könnte, wenn Alfred hierher mitgekommen wäre. Sie legte ihren Pyjama aber auf die linke Seite. Sie hatte immer auf der linken Seite gelegen. Wenn sie nicht alleine geschlafen hatte. Sie dachte nach. Hatte sie öfter alleine geschlafen oder öfter nicht. Wenn sie ab ihrer ersten Heirat rechnete. Sie war dann doch länger alleine gewesen als zu zweit. Die letzten Jahre ja ohnehin. Sie setzte sich auf das Bett. Wenn die Betten immer so groß gewesen wären wie dieses hier. Hier war jedes Bett für sich schon Queen size. War es vielleicht auch nur eine Platzfrage. In diesen Betten jedenfalls. Hier rollte niemand zufällig gegen die andere Person. In diesen Betten war es eine Expedition, zum anderen aufzubrechen. Yseut sprang auf. Das konnte natürlich sehr charmant sein. Aber sie brauchte jetzt ein Abendessen. Ein schönes italienisches Essen mit einem schönen italienischen Wein. Sie versperrte die Tür. Duschte. Sie zog ein Kleid an. Tuschte die Wimpern. Lippenstift. Rouge. Sie suchte nach der Brille. Sah sich im Spiegel mit der Brille an. Der Lippenstift nicht genau gewesen. Sie besserte den Lippenstift aus. Steckte das Kosmetiktäschchen in die Tasche. Vergrub die Pistole tief in der Tasche. Dieses Kammermädchen hatte ihr beim Suchen nach dem Pass zugesehen. Beim Kramen war ihr das Etui mit der Pistole in die Hand gekommen. Sie hatte die Pistole sofort tief in der Tasche vergraben. Aber hatte die junge Frau das wirklich nicht bemerkt. So etwas sollte nicht passieren. Sie gab der jungen Frau etwas, womit die sich bei ihrem Carabiniere wichtigmachen konnte. Das war dumm. Sie würde Ärger bekommen, und die Reise war gleich wieder zu Ende. Oder besser. Madeline und sie würden Ärger bekommen. Es war ja Madelines Pistole in ihrer Handtasche. Yseut setzte sich auf einen der Fauteuils. Schaute sich um. Draußen Zikaden. Schritte im Zimmer über ihr. Der Kristalllüster klingelte. Jemand stieg die Holzstiege in den zweiten Stock hinauf. Schwere schleifende Schritte. Stimmen hinter der großen Doppeltür. Frauenstimmen. Alles weit entfernt. Gedämpft. Sie saß im hellen Licht des Kristalllüsters. So hell war es damals wohl nicht gewesen. Aber die Geräusche. Das konnte so gewesen sein. Sie war müde. Nein. Sie war nicht müde. Sie hatte keine Kraft. Das war neu. Es fehlte ihr manchmal für die kürzeste Zeit die Kraft aufzustehen. Sich in Bewegung zu setzen. Sich zu bewegen. Eine Müdigkeit. Die konnte mit Argumenten eingesprochen werden. »Reiß dich zusammen.« Das Lächeln des Vaters. »Seid meine Einzigen.«, und sie waren doch aufgestanden und hatten ihm doch wieder geholfen. Yseut schüttelte den Kopf. Invasionen. Diese Invasionen zerrten sie so aus sich heraus und ließen sie doch zurück. Wahrscheinlich hatte sie nicht genug Wasser getrunken. Auf der Fahrt. Und jetzt war sie erschöpft. Sie schaute vor sich hin. Ja. Das war Erschöpfung. Diese Kraftlosigkeit. Die hieß Erschöpfung. Und was für ein schönes Wort war das. Was für eine schöne Form. Präfigierte Verben mit »er-«. Die gehörten zur Inhaltsgruppe der Präfixe, die »bis zum Ende« bedeuteten. Oder »Zustandsänderung«. Ausgeschöpft. Zu Ende geschöpft. Sie konnte sich sehen. Ausgeschöpft. Hohl geschöpft. Leer. Innen. Und nur die Knochen sie aufrecht. Aber es war auch schön. Nur die dünnsten Gedanken waren noch möglich. Weitab von sich dachte sich das. Hoch oben unter der Stirn. In der Wölbung zum Schädeldach. Die Leere dann bis in den Hinterkopf nach hinten. Nur der Körper. Und der. Stumm vor sich hin und nur da. Die Leere eine andere Substanz und sie ausfüllend. Alles gleich und mäßig. Gleichgültig. Alles gleich gültig und lachhaft. Aber nicht lächerlich. Sie saß da. Atmete. Tief. Atmete. Dann war wieder alles weg. Sie dehnte sich. Streckte sich. Als hätte sie geschlafen. Wenn sterben so war. So glasig und glatt und rutschend. Das konnte sie akzeptieren. Sie stand auf. Aber so war es nicht. Die Tode, die sie miterlebt hatte. Die waren gewalttätig gewesen. Überwältigungen. Vergewaltigungen. Die waren nicht so flutend und gleitend vor sich gegangen. Nur der Vater. Der hatte das so. Sie ging ins Badezimmer. Putzte sich die Zähne. Ein Geschmack. Sie frisierte sich vor dem Spiegel über der Kommode und trug den Lippenstift neu auf. Wahrscheinlich konnte man sich vom linken Bett aus in diesem Spiegel sehen, und vom rechten Bett hatte man den Spiegel zwischen den Fenstern. Sie musste lachen. Das interessierte sie jetzt einmal überhaupt nicht. Jetzt wollte sie etwas zu essen haben. Sie suchte den Autoschlüssel und ging. Sie musste von der Tür wieder zurück. Das Licht am Bett und über der Kommode ließ sich nicht von der Tür aus abschalten. Sie knipste die Lampen aus. Ein Geräusch. Ein Surren. Immer wieder. Wie ein sehr kleiner Motor klang das. Sie ging dem Geräusch nach. Über dem Kopfende des Betts war himmelblauer Brokat drapiert. Eine Andeutung von Himmelbett. Das Geräusch kam aus den Falten des Brokats gleich über der Nachttischlampe. Sie beugte sich vor. Erst Stille. Dann wieder das Surren. Sie schob die Stofffalten auseinander. Das Tier war groß. Mantelknopfgroß. Giftgrün. Laut. Hässlich. Was tun. Wieder das Surren. Das Insekt geriet in zitternde Bewegung und surrte. Dann wieder Stille. Erschlagen. Zerquetschen. Wenn ihr das Tier auskam. Herumflog. Sie würde die ganze Nacht nicht schlafen können. Die Vorstellung, dieses giftgrüne Riesending könnte im Zimmer kreisen. Auf ihrem Gesicht landen. Das war unerträglich. Und wenn es gelang. Die zerquetschte Masse. Auf dem Stoff. Auf dem Boden. Solche

Tiere rochen. Die konnten stinken. Sie wollte den Geruch nicht einmal denken. Das Ding in einem Glas einfangen und zum Fenster hinaus. Aber diese Fenster waren verrammelt. Sie musste das aber gleich erledigen. Das Tier durfte nicht entkommen. Yseut legte die Stoffbahnen wieder in die Drapierung zurück. Sie lief ins Badezimmer. Nahm die Handtasche mit. Sie hatte Angst, diese Wanze könnte in die Tasche fliegen. Sie käme dann beim Kramen in der Tasche an dieses Tier. Im Badezimmer fand sie ein Leinenhandtuch. Sie legte das Tuch zu einem Quadrat zusammen. Lief in das Zimmer zurück. Sie schlich sich an die Stelle im Vorhang an. Sie stand still vor dem Brokat und wartete auf das Surren. Dann griff sie hinter den Stoff und stülpte mit der rechten Hand das Leinentuch über das surrende Tier. Sie klemmte das Tier zwischen Brokat und Leinentuch ein. Hielt das Tier zwischen den Stoffen mit gewölbten Händen umfangen und stand von Ekel geschüttelt da. Sie wimmerte. Ein kleiner Laut der Verzweiflung entkam ihr. Dann schob sie das Handtuch über dem Brokat zusammen. Sie konnte das Tier die ganze Zeit spüren. Kantig. Krabbelnd. Surrend. Vibrierend. Sie pflückte das surrend krabbelnde Tier in das Leinentuch und drehte den Stoff zu einem Beutelchen rund um das Tier zusammen. Sie ging. Sie hielt den Handtuchbeutel weit von sich weg. Sie beeilte sich. Sie lief die Stiegen hinunter und wollte hinaus. Dann war sie aber in die falsche Richtung gelaufen. Sie stand plötzlich in einem roten Salon. Rotvergilbte Seidentapete. Rote Samtbezüge auf den Sofas. Rote Vorhänge. Eine weißhaarige Frau saß auf einem der Fauteuils. Sie schaute von einem Buch auf. Der Mann. Es war der Mann, der hinter ihr vorbei ins Haus gelaufen war. Er sah sie amüsiert an. Yseut stand da und hielt den Handtuchbeutel mit ausgestrecktem Arm von sich weg. Sie entschuldigte sich. Auf Italienisch. Die Frau sprach sie auf Englisch an. Ob man ihr helfen könne, fragte sie. Yseut nickte. Sie brauche eine Empfehlung für ein Restaurant. Die Frau stand auf. Da wüsste sie das Richtige. Der Mann klopfte mit einem Stab auf den Tisch. »O yes.«, rief die Frau. Wie unerzogen von ihr. Dürfe sie den Major vorstellen. Major Alfando. Der Mann stand auf und verbeugte sich. Und sie sei. Die Frau zögerte. »I am Yseut Lucas.« »Well yes.« Die Frau schlug die Hände zusammen. »Yseut. We all wondered. But what a smashing name. Delighted. Yseut travelled from Vienna just to follow Byron's path.« Die Frau musterte sie und sagte wieder zu dem Mann gewandt. »With this name. She could be irish.« Der Major, sagte sie dann. Der Major sei ein lieber Freund und käme jedes Jahr. Der Mann stand noch immer. Er verbeugte sich wieder. Die Frau ging hinaus. Yseut lächelte den Mann an. Er nahm den Stab und hielt ihn an seinen Hals. »Welcome.«, schnarrte er. Yseut begriff. Das war eine Elektrolarynx. Eine Stimmprothese. Der Mann hatte also keinen Kehlkopf mehr. Sie nickte ihm zu. Dann riss sie sich aus der Verstörung über diese Überlegung und sagte »Thank you.«. Die weißhaarige Frau kam zurück. Sie war wohl die Besitzerin der Villa und kam aus der britisch-irischen Familie, die die Villa irgendwann im 19. Jahrhundert gekauft hatte. Oder geerbt. Sie hatte diese Geschichte auf der Homepage überlesen. Sie war ja wirklich wegen Byron hier. Also, sagte die Frau. Dieses Restaurant könne sie empfehlen. Das wäre das beste in der Umgebung. Ob sie einen Tisch reservieren lassen solle. Sie schaute fragend zum Major. Yseut drehte das Tuch fester. Das Tier hatte zu surren begonnen. Sie hielt den Beutel so weit weg von sich wie nur möglich. Die weißhaarige Frau bemühte sich, diesen Beutel zu übersehen. Der Major schaute interessiert zu. Seine Augen glitzerten. Yseut fühlte sich, als stünde sie zur Beichte vor ihren Eltern. Das ärgerte sie. Die Frau rief nach Rosina und ging wieder hinaus. Yseut hörte die Frauen sprechen. Sie stand mit der Wanze im Beutel in diesem roten Salon. Major Alfando hatte sich wieder gesetzt. Er grinste sie aus einem rotplüschigen Fauteuil an. »Are you american.«, schnarrte er. Sie verstand ihn nicht gleich und beugte sich vor. Der Mann hielt wieder sein Gerät an den Hals. »Your english sounds american.«, schnarrte er. Sie nickte. Ja. Sie habe in Kalifornien gelebt. Der Mann klatschte in die Hände. Sie lächelten einander an. Yseut wollte gerade erklären, warum sie dieses Bündel in der Hand hielt. Die weißhaarige Frau kam zurück. Der Tisch sei bestellt, sagte sie. Ob Yseut darauf bestehe, allein zu essen. Sie habe sich nämlich die Freiheit genommen, den Tisch für zwei Personen zu reservieren. Der Major habe noch kein Abendessen gehabt, und Yseut sei ja ohnehin ohne Begleitung. Es sei doch so viel netter, in Gesellschaft zu essen. Der Major sei in dem Restaurant gut bekannt. Sie würde mit ihm bevorzugt behandelt werden. Yseut konnte nur zustimmend nicken. Die Frau hatte ihr keine andere Möglichkeit gelassen. Yseut war verärgert. Der Mann verstand ihr Zögern sofort. Er legte den Kopf zur Seite und schaute zu ihr hinauf. Yseut musste lachen. Es würde ihr ein Vergnügen sein, ihn zur Begleitung zu haben, sagte sie. Der Mann stand sofort auf und schnarrte der weißhaarigen Frau eine Verabschiedung zu. Er hielt sein Gerät in die Luft und schnarrte zweimal kurz. »Bye. Bye.« Er ging hinaus. Yseut folgte ihm.

4. Folge.

Wie es kam, dass Yseut ihren Namen bekam und schon früh von Byron wusste.

Schon Yseuts Vater hatte sich erinnern können, wo das rote Buch im Bücherkasten seines Vaters gestanden hatte. Yseuts Vater hatte von seinem Vater die übereinandergestapelten Büchervitrinen und die Bücher darin geerbt gehabt. Yseuts Großvater hatte Reiseberichte aus dem 18. Jahrhundert gesammelt, und eine Vitrine war voll von Büchern wie das »Taschenbuch der Reisen oder unterhaltende Darstellung der Entdeckungen des 18. Jahrhunderts in Rücksicht der Länder, Menschen und Productenkunde. Für jede Klasse von Lesern von E. A.W. von Zimmermann. 1809. Leipzig bei Gerhard Fleischer d. Jüng«.

Yseut durfte diese Bücher nur mit dem Vater zusammen anschauen. Er blätterte vorsichtig um und erklärte ihr, dass man darauf achten musste, den Buchrücken nicht zu brechen.

Das rotgoldene Buch stand in der obersten Vitrine. Yseuts Vater war sehr stolz auf diese Bücherkästen. Er nannte sie »Die Amerikaner« oder »Die Amerikanischen«. Man könne mit diesem Baukastensystem ohne Mühe übersiedeln, hatte der Vater jedem Besuch vorgeschwärmt. Man müsse nur jede

Vitrine einzeln herunterheben, dann könne man sie an der Holzleiste, die oben die Halterung für die wiederum nächste Vitrine abgab, bequem davontragen. Der Vater spielte diesen Vorgang dann vor und sagte, dass er ja immer nach Amerika auswandern hätte wollen.

Yseut hatte schon als sehr kleines Kind gelernt gehabt, mit dem Vater, die unsichtbaren Büchervitrinen schleppend, um den Tisch zu stapfen und nach Amerika zu übersiedeln. Auf die Frage, wo man diese praktischen und vor allem staubsicheren Bücherkästen herbekommen könne, hatte der Vater geantwortet, das könne er nicht sagen. Er wisse nicht einmal, woher diese Bücherkästen in die Familie gekommen seien. Aber er nähme an, der Vater seines Vaters habe diese »Amerikaner« schon gehabt. Wäre das nicht logisch. Diese Bücherkästen gäbe es erst seit den 80er Jahren des 19. Jahrhunderts, und manche Leute nannten sie »Bostoner Bücherkästen«. Irgendwann am Anfang des 20. Jahrhunderts müssten sie also erworben worden sein. Und ja. Da habe es das Geschäft in der Rotenturmstraße noch gegeben. Das sei dann nicht mehr gegangen und habe in den 30er Jahren geschlossen werden müssen.

Wenn der Vater da angekommen war und sagte, dass das Geschäft nicht mehr gegangen sei, dann hatte Yseut schon begonnen, als Geschäft rund um den Esstisch zu humpeln. Sie humpelte als das Geschäft, das nicht mehr gehen konnte, und der Vater lachte und nahm sie in die Arme. »Yseut.«, rief er. »Yseut. Mein kleiner Clown.«

Der Vater war der Einzige gewesen, der Yseuts Namen richtig ausgesprochen hatte. Er sagte »Üsutt.«. Die Mutter rief sie »Isi« oder »Isilein«, und alle anderen sagten »Üseutt« oder auch einfach nur »Isi«.

Die Großmutter Münster nannte Yseut Isabella. Für die Großmutter Münster war Isolde ein heidnischer Name, der in ihrem Heiligenkalender nicht vorkam. Die Großmutter Münster war Mitglied bei der Legio Mariä und ging deshalb in die Pfarre Reinlgasse in die Kirche. Sie beklagte jedesmal, wenn Yseut bei ihr am Samstag zu Besuch war, wie ihre Tochter es zulassen habe können, ihrem Enkelkind einen so hochfahrenen Namen zu geben, und dass man ein Kind doch nicht so belasten dürfe. In ihrer Pfarre hätte es eine Taufe mit so einem Namen nicht gegeben.

Yseut konnte aber deshalb zweimal Namenstag feiern. Im Heiligenkalender der Pfarre Gumpendorf war ihr Namenstag als Isolde am 24. August eingetragen. Am 31. August feierte Yseut bei der Oma Münster den Namenstag der Heiligen Isabella. Die Großmutter las ihr die Heiligengeschichten dieser Namenspatronin vor, und Yseut fragte den Kaplan im Religionsunterricht nach der Heiligen Isolde. Yseut war aber enttäuscht. Keine der beiden heiligen Frauen war eine Märtyrerin gewesen und hatte deshalb fürchterliche Qualen und Drangsalierungen erlitten. Beide Heiligen waren für ihr tugendhaftes Leben und die geduldig ertragenen langen Krankheiten heiliggesprochen worden.

Da waren die mittelalterlichen Sagengeschichten zu ihrem Namen viel interessanter. Der Vater hatte ihr die Sagen alle erzählt. Die Mutter hatte dazu den Kopf geschüttelt und gesagt, sie hätte das Kind Eleonore nennen wollen. Der Vater nahm Yseut dann auf den Schoß und hielt sie fest. »Das ist eine Isolde.«, hatte er gesagt. »Aber keine Wagnerianische. Oder eine von denen. Eine echte.« Yseuts Vater hatte alle keltischen und frühmittelalterlichen Epen gesammelt, und gleich neben dem rotgoldenen Buch stand das kleine graue Buch »Ossian's Gedichte. Aus dem Gälischen von Christian Wilhelm Ahlwardt« von 1846.

Wenn Yseut eine Belohnung verdient hatte, weil sie die Teller ordentlich abgetrocknet hatte oder die Eltern in der Küche etwas zu bereden hatten, dann bekam Yseut das rotgoldene Buch zum Anschauen. Das Buch wurde auf den Tisch gelegt, und Yseut musste sich die Hände waschen, bevor sie es anschauen durfte. Das Buch war auf Englisch geschrieben. Die Einleitung trug das Datum »October 1857«. Auf dem Buchdeckel vorne stand in goldgeprägten Lettern das Wort »Byron«. Yseut wusste immer schon, dass das ein Name war und dass man das »Beiron« aussprechen musste. Die ersten fünf Seiten des Buchs waren leer. Nach zwei Blättern gelben Seidenpapiers kam ein dickes Blatt mit einer Zeichnung. Die Zeichnungen in dem Buch waren alle auf so einem dicken Papier aufgedruckt. Yseut stellte das Buch aufrecht vor sich hin, dann konnte sie diese dicken Blätter gleich sehen und das Buch dort aufschlagen. Die lateinische Druckschrift hätte sie lesen können. Viele Bücher vom Vater hatte sie erst nicht lesen können, weil sie die Fraktur-Schrift nicht entziffern hatte können. Sie solle sich bemühen, hatte die Mutter gesagt, man müsse sich auf diese Schrift nur einstellen. Man müsse sie nicht extra lernen. Die Mutter hatte keine eigenen Bücher, aber die Mutter hörte immer Radio, und später schaute sie fern.

Auf dem Bild auf der vierten Seite im goldroten Buch saß ein schwarzgekleideter Krieger. Er saß in der Mitte und hatte den rechten Arm über eine Lehne gelegt. Es war nicht zu sehen, worauf dieser Ritter saß. Stoffüberwürfe fielen bis auf den Boden, und Schwert und Schild des Ritters lagen achtlos zu Füßen dieses Manns in die Falten dieser Überwürfe gelehnt. Es hätte aber auch der Mantel des Ritters sein können, der so hingeworfen, kunstvoll drapiert dalag. Der Mann saß dräuend brütend zusammengesunken da. Sein Ritterhelm war von einem hohen Federbusch gekrönt, um den ein Turban gewunden war. Der Mann ließ den Kopf hängen und starrte hoffnungslos vor sich hin. Hinter ihm stand eine liebliche junge Frau. Alle Frauen auf diesen Bildern waren jung und lieblich. Sie hatten dunkle Haare, die in langen Locken ihre Gesichter umschmeichelten und über ihre Schultern auf den Rücken fielen. Die junge Frau auf der fünften Seite war weiß gekleidet. Sie schaute auf den Ritter vor sich hinunter und wies mit der Hand auf den Vollmond, der zwischen kannelierten Säulen am Himmel zu sehen war. Ein leichter Wind blähte den Schleier der jungen Frau zu einem Heiligenschein um ihren Kopf. Der Federbusch auf dem Helm des Turbanritters wurde von diesem Wind nicht erreicht. Die Federn hingen so schlaff hinunter, wie der Mann zusammengesunken dasaß. Der kleine Wind wehte nur für die schöne Frau da.

Unter dem Bild stand:

> Dark will thy doom be, darker still
> Thine immortality of ill.
> Siege of Corinth p. 264

Yseut las die Worte in deutscher Aussprache. Sie las sich die Zeilen laut vor und konnte sich das alles vorstellen.

Yseut konnte die Bilder im rotgoldenen Buch stundenlang anschauen. Die Helden standen in mittelalterlicher Kleidung in der Mitte. Sie waren umrankt von Personen, die sie retten wollten oder die die Helden um Rettung anflehten. Da waren Zuleika oder die Gläubigen aus »Childe Harold« oder der Jäger aus »Manfred«. Das erste Bild, das auf der fünften Seite, das Bild von Lanciotto vor den Säulen Korinths mit dem wolkenverhangenen Vollmond am Himmel, blieb Yseuts Lieblingsbild. Sie hätte Lanciotto beschworen, die Liebe zu retten und zu fliehen. Yseut war überzeugt, an ihrer Seite hätte Lanciotto alle Ungemach und Schmach des Verrats vergessen. Er hätte ihre Hand nehmen und mit ihr in ihre gemeinsame Liebe fliehen können. Yseut war überzeugt, die Liebe war ein Land, in das man fliehen musste. Dort aber war dann alles Glück und die Liebenden sicher. Wenn Yseut dieses Bild betrachtete und während sie die Worte langsam vor sich hin murmelte, wusste sie alles über die Welt. Sie war derart sicher in diesem Wissen, dass sie lächeln musste, so überlegen fühlte sie sich. »Dark will tü doom be, darker still thine immortality of ill.« Das war Yseuts Zauberspruch, und sie verstand, wie das zwischen Männern und Frauen war. Yseut hatte großes Mitleid mit dem schwarzen Turbanritter. Yseut hatte Mitleid mit allen Männern auf diesen Bildern. Sie waren alle die Mächtigen und doch besiegt.

Als dann Yseuts Sohn 1969 zur Welt kam, nannte sie ihn George Gordon nach George Gordon Byron. Yseuts Sohn kam noch in Kalifornien auf die Welt. Yseut war nicht mit Ed nach Wien zurückgegangen. Sie war zu ihrem Dozenten für vergleichende Grammatikkunde gezogen, und er war dann der Vater ihres Kinds. Yseut hatte Simon in einem Tutorial für Indoeuropäisch kennengelernt. Yseut hatte das bis dahin gar nicht gekannt, dass die Lehrenden an der Universität sich dafür interessierten, ob sie alles verstanden hatte. Sie hatte immer Angst gehabt, nicht gut genug zu sein, aber Simon beruhigte sie und stellte ihr einen Plan zusammen, wie sie den Stoff bewältigen könnte.

Von da an saß Yseut nur noch in der Bibliothek und las und lernte. Sie war glücklich und sehr unglücklich. Yseut hatte das Gefühl, noch nie irgendetwas gewusst zu haben, und war sehr verzweifelt darüber. Bis dahin hatte sie aber noch nie etwas so gefangengenommen, das nur mit ihr zu tun hatte. Das Lesen und Lernen war so allumfassend, wie die Liebe zu Ed das gewesen war. Yseut hatte auch das Gefühl, solange sie noch mit Ed lebte, ihn mit dem Studium zu betrügen, und sie fand sich unvollständig und verloren. Aber das Lesen und Lernen gehörte nur ihr, und es schien ihr nicht verlorengehen zu können, wie es ihrer Liebe ja widerfahren war.

Im Hauptseminar der vergleichenden Sprachwissenschaft in Berkeley war mit der Aufzeichnung der Sprache der Wiyot begonnen worden. Dafür mussten alle im Seminar nach Fresno gehen und dann nach Madera, und danach lebten sie im Trailer in den Table Mountains. Yseut ging mit Simon mit. Yseut sagte sich, dass Ed ihr diese Studien nie erlaubt hätte, und sie fühlte sich besser wegen der Trennung.

Auf der Suche nach Personen, die die Sprache der Wiyot noch sprachen oder sich wenigstens daran erinnern konnten, trafen sie auf Personen, die aus der Geschichte ihres Volks lebten und daraus erzählen konnten. Yseut beneidete diese Personen um ihre Tradition. Aus ihrer Welt kannte sie nur die Wiener Lieder, die am Sonntagvormittag beim Kochen im Radio zu hören gewesen waren. Yseut wollte erst gar nicht mehr nach Berkeley zurück, aber Simon hielt sie davon ab, in die Table Mountains zu übersiedeln. Diese Forschung wäre ein viel wichtigerer Beitrag, als sich einer Phantasie anzuschließen. »O yes.«, hatte Yseut gerufen. Dafür hätten die Weißen in den USA ja gesorgt. »Die Indianer ausrotten und dann eine Phantasie nennen.« Simon war wütend geworden und hatte sie angeschrien, dass sie als Deutsche lieber nicht über Ausrottung reden solle. Yseut müsse nämlich wissen, dass seine Mutter mit ihr nie sprechen werde, weil sie eine Deutsche sei. Yseut schrie zurück, dass sie aus Österreich käme. »Austria.« Sie käme aus Österreich, und Simon schrie sie an, dass das scheinheilig sei. Sie wären Deutsche gewesen, und ob sie nicht wüsste, was passiert sei.

Yseut fuhr dann doch mit Simon wieder nach Berkeley zurück. Sie hatten sich versöhnt und einander versprochen, nie mehr so miteinander zu sprechen. Simon hatte einen Bong geraucht und war gleich wieder freundlich. Yseut rauchte das nicht und lag noch lange wach. Sie wusste wirklich nichts. Im Amerling-Gymnasium waren sie in Geschichte bis zum Ersten Weltkrieg gekommen. Yseut war ins Amerling-Gymnasium gekommen, weil sie doch in öffentliche Schulen gehen hatte müssen. Der Vater hatte schon früh nicht mehr arbeiten können, weil sein Tremor zu stark geworden war, und die Mutter verdiente das Geld für die Familie. Für das Schulgeld vom Sacré Cœur hatte es deshalb in der zweiten Klasse Volksschule nicht mehr gereicht, und die Mutter war traurig darüber. Der Vater war sehr zufrieden damit. Er wolle eine heidnische Tochter, hatte er gesagt und die Mutter sarkastisch angelächelt.

Was nach dem Ersten Weltkrieg in Österreich weiter geschehen war, wusste Yseut nur in Eindrücken. Nach dem Zusammenbruch dieser Monarchie gab es nur so eine Wolke aus Bildern und Gelegenheiten. Der letzte Russe und wie auf dem Schwarzenbergplatz die Russen und die Wiener geweint hatten, als die Lastwagen anfuhren. Wie zu Hause die Gesichter steinern wurden, wenn von den Großvätern die Rede war. Sie konnte sich fühlen, wie sie in der Straßenbahn aufstand, weil ein Mann mit nur einem Bein eingestiegen war. Etwas dunkel Verbotenes kam mit diesen Erinnerungen mit.

Yseut ging dann auf die Suche nach der Wahrheit. In der Bibliothek in Berkeley fand sie das Buch »The final Solution. The attempt to exterminate the Jews of Europe, 1939–1945.« Der Autor hieß Gerald Reitlinger. Yseut hatte in der Volksschule eine Elisabeth Reitlinger in der Klasse gehabt, und deshalb begann sie mit diesem Buch. Sie hatte nichts von dem gewusst, was sie da las. Deshalb konnte sie Simon nicht sagen, dass sie schwanger geworden war. Es erschien ihr als eine Ungeheuerlichkeit, als Kind aus diesem Land, in dem so viele Kinder ermordet worden waren, selbst ein Kind zu bekommen.

Yseut zog sich zurück und ging nur noch zur Universität. Sie schrieb ihre Arbeiten und studierte die neuen Grammatiktheorien. Sie verbarg ihre Morgenübelkeit und wurde mit jedem Tag verzweifelter. Sie ging zu den Demonstrationen für Frauenrechte und redete alle an, ob jemand eine Adresse wüsste. Yseut besuchte Workshops und Gruppen zu weiblicher Sexualität, um an eine Adresse für Abtreibung zu kommen. Sie fand aber nichts heraus. Abtreibung war ein Verbrechen und wurde schwer bestraft, deshalb kostete es schon so viel Geld, sich eine solche Adresse zu kaufen. Die Abtreibung hätte Yseut sich also ohnehin nicht leisten können. Sie hatte von Frauenkollektiven gehört, die das gratis machten. Sie hörte von Hausmitteln und nahm eine Großpackung Chinin zu sich. Yseut war elend und unglücklich, und sie wusste nicht weiter.

Diesmal konnte Yseut ihre Mutter nicht anrufen und sie um Geld bitten. Die Mutter war ohnehin über die Trennung von Ed verstört. Die Mutter und Eds Mutter besprachen in Wien, was in Kalifornien schiefgegangen sein könnte. Yseut machte der Gedanke an diese Gespräche schon krank, und sie konnte nicht um Geld bitten. Sie wäre endgültig als Versagerin dagestanden, und sie wollte nichts mehr mit Wien zu tun haben. Yseut hätte der Mutter ja auch nichts sagen können.

Sie hätte sagen müssen, dass sie das Geld für eine Abtreibung bräuchte, weil sie ein Kind von einem Mann bekam, dessen Mutter sie nicht sehen wollte, weil sie, Yseut, aus dem Land der Täter kam, die ihre Familie ermordet hatten. Simons Eltern waren schon 1931 in die USA gekommen. Sein Vater hatte eine Stelle in Chicago in der Firma seines Onkels angetreten, der wiederum Anfang der 20er Jahre dahin ausgewandert war. Die Familie von Simons Mutter in Deutschland war von den Nazis ausgerottet worden, und die Firma des Onkels in Chicago musste schließen, weil sie Deutsche waren und wegen des Kriegs gegen Deutschland geächtet wurden und keine Aufträge mehr bekamen.

Yseut fühlte sich für das alles verantwortlich. Sie lag auf dem Bett und stellte sich vor, wie das sein musste, wenn die kamen und die Eltern abholten und die Geschwister. Wenn man nie wieder etwas von denen hörte und nur eine Postkarte übrig blieb. Yseut stellte sich vor, sie würde selbst abgeholt. Dann wieder brach die Vorstellung über sie herein, dabei zuzusehen, wie die langen Reihen der nackten Menschen langsam in die Tür zur Gaskammer vorrückten, und sie wusste, was nun geschehen würde, diese Personen aber nicht. Dann wieder ging sie mit ihrem eigenen Kind selbst auf diese Tür zu.

Yseut schleppte sich von zu Hause zur Bibliothek und las die Ungeheuerlichkeiten nach. Dann schleppte sie sich wieder nach Hause. Yseut war von den Ungeheuerlichkeiten besessen und las auch noch die Geschichte der Indianer in Nord- und Südamerika nach. Sie fühlte sich von Gewalt umgeben und in steter Gefahr.

Simon war da zur Feldforschung in den Bergen, und Yseut war allein. Ihr war in einem fort übel, und sie wollte nur noch ein Ende ihres Elends. Sie kaufte Schlaftabletten und sammelte sie in einem Schüsselchen auf dem Tisch neben dem Bett. Sie lag dann da und schaute das weiße Schüsselchen an. Es war längst zu spät für eine Abtreibung.

Simon kam für eine Woche nach Berkeley zurück und sah sie im Badezimmer. Yseut versuchte, die Schwangerschaft abzustreiten. Sie hätte nur so zugenommen, weil sie immer allein gewesen wäre und vor Langeweile essen müsse. Aber Simon hielt sie fest und legte seine Hand auf ihren Bauch. Seit wann Fettleibigkeit sich nur am Bauch zeige, fragte er. Yseut konnte nicht einmal mehr weinen, so erschöpft war sie. Sie habe alles versucht. Sie sei eben nicht begabt. Nicht einmal dafür. Wirklich. Simon verstand sie nicht, und sie musste ihm dann erklären, warum sie das Kind abtreiben hätte müssen.

Simon ging sofort weg. Yseut hatte das erwartet und legte sich auf das Bett. So ist das vor Hinrichtungen, hatte sie gedacht und wollte die Tabletten nehmen. Aber sie schlief ein, und als sie wieder aufwachte, saß Simon neben ihr. Er hatte eine Marriage licence besorgt und holte sie für den Bluttest ab. Yseut brachte es nicht fertig, ihm in dem Augenblick zu gestehen, dass sie eigentlich schon verheiratet war.

Sie heirateten drei Tage später. Yseut war von Ed noch gar nicht geschieden. In Österreich musste man da drei Jahre getrennt leben, obwohl Yseut Ed ohnehin schon ihre Eheunwilligkeit schriftlich bestätigt hatte, damit Ed die Prozedur der Scheidung beginnen konnte. Ed hatte aber auch eine kirchliche Scheidung eingeleitet und von ihr eine schriftliche Erklärung gefordert, dass sie sich geweigert habe, Kinder zu bekommen.

Yseut und Simon heirateten im Rathaus von Berkeley, und Simon ging gleich danach wieder zu einem Komitee. Am nächsten Wochenende fuhren sie zu Simons Eltern. Simons Mutter nahm Yseut gleich in die Arme, und alles war ganz einfach. Simon wollte das Kind Noah nennen, aber Yseut bestand auf George Gordon. Wenn sie allein mit ihrem Sohn war, nannte Yseut ihn George und sprach das englische George auf Deutsch aus.

5. Folge.

Yseut ging hinter dem Major zur Hintertür. Rosina kam gelaufen und reichte ihr einen Zettel mit der Adresse des Restaurants. Major Alfando deutete Rosina, er wisse den Weg. Man brauche keinen Zettel. Rosina kicherte. Der Major verbeugte sich zeremoniell vor ihr. Rosina knickste zeremoniell vor ihm. Der Major schnarrte wieder das »Bye. Bye.«. Hielt sein Gerät hoch in die Luft. Draußen. Yseut hielt weiter den Handtuchbeutel mit ausgestrecktem Arm von sich weg. Sie trug den Beutel zum Auto. Klickte die Türen auf. Der Mann ging rund um das Auto. Stieg ein. Yseut überlegte, ob sie den Beutel hier vor den hohen Büschen an der Villa aufmachen sollte. Dann surrte es wieder im Stoffbündel. Yseut warf ihre Tasche auf den Rücksitz und stieg ein. Sie ließ das Fenster herunter und streckte das Handtuchbündel zum Fenster hinaus. Der Major beobachtete sie von der Seite. Er hielt seine Elektrolarynx fragend in die Höhe. »Whereto.«, fragte Yseut. Sie startete. Lenkte mit einer Hand. Sie musste stehenbleiben, die Lichter mit der rechten Hand anzuschalten. Der Major deutete ihr mit seinem Gerät den Weg. Wie mit einem Offiziersstock hieß er ihr die Richtung. Yseut ärgerte sich. Warum hatte sie sich in diese Situation hineinmanövrieren lassen. Warum konnte sie nicht nein sagen. Sie fuhren hinter der Villa eine Runde um einen Kreis aus kantig geschnittenen Buchsbaumsträuchern. Steinerne Zwerge standen in Nischen in dieser Hecke. Dann fuhren sie durch ein Steintor auf eine steile Straße hinaus. Die Sandstraße führte auf einen Damm hinauf. Auf dem Damm die Straße wieder befestigt. Asphaltiert. Die Lichter der Villa versanken beim Hinauffahren auf den Damm unter ihnen. Links glänzte das Wasser von Yseuts Scheinwerfern auf. Sie waren am Po angekommen. Das Wasser hoch herauf. Die Villa lag tief unter dem Wasserspiegel des Flusses. Auf der flachen Dammböschung zum Fluss Sumpfpflanzen. Große hellgrüne Blätter im Scheinwerferlicht. Dann ein Streifen Auwald. Dann wieder freier Blick auf den Fluss. Der Mond stand tief im Osten. Sein Licht hatte das Wasser noch nicht erreicht. Bis zum anderen Ufer hinüber war alles dunkel. Yseut hielt an. Sie schaltete die Alarmblinkanlage an. Zog den Handtuchbeutel vorsichtig durch das Fenster zurück und stieg aus. Sie ging an den Rand der Straße und trat zwischen die Sumpfpflanzen. Der Boden trocken. Sie wagte sich weiter vor. Dann schüttelte sie das Handtuch aus. Sie schüttelte. Schwenkte das Tuch. Schnalzte den Stoff aus. Dann lief sie schnell zum Auto zurück und ließ sich auf den Fahrersitz fallen. Sie hatte den Motor laufen lassen und fuhr sofort wieder an. Der Major drückte die Taste für die Alarmblinkanlage. Schaltete sie aus. Sie hielt das leere Tuch zum Fenster hinaus und hatte keine Hand dafür frei gehabt. Major Alfando schnarrte mit seinem Gerät. Ein langer Ton, der am Ende in die Höhe ging. Eine Frage. »Well.«, sagte Yseut. »You might think me a neurotic and actually I am one. But this ...« Ein Auto kam entgegen. Yseut musste ihren Arm ins Auto ziehen und das Tuch zwischen sich und die Autotür stopfen. Das andere Auto hatte die Fernlichter eingeschaltet und kam sehr schnell auf sie zu. Sie beugte sich vor, besser zu sehen, und schaltete ihre eigenen Fernlichter ein. Die Autos fuhren aufeinander zu. Es knallte. Sie sausten weiter. Die Rückspiegel waren aneinander angestoßen. Yseut musste hinausgreifen, ihren Spiegel wieder in die Halterung zurückzuklappen. Sie ließ ihre Scheinwerfer aufgeblendet. Die Umgebung verschwand in der Dunkelheit außerhalb des Lichtkegels. Was das gewesen wäre, fragte der Major. »A poor motorist.«, fragte sie zurück. Der Major schnarrte eine Verneinung. »Prior.«, schnarrte er. Ach so, sagte sie. Sie fuhr hinter ihrem Scheinwerferlicht hinterdrein. Nach langem dann Häuser rechts. Tief unter dem Damm. Fenster erleuchtet. Terrassen. Der Major deutete ihr, die nächste Abzweigung vom Damm hinunterzufahren. Unterhalb des Damms ein kleiner Platz. Mülltonnen waren an einer Mauer aufgereiht. Yseut fuhr dahin. Hielt an. Sie stieg aus. Warf das Handtuch in eine Tonne. Stieg wieder ein. Sie hatte das Tuch nur mit zwei Fingern angegriffen. Wieder hinter dem Lenkrad. »I don't know the name of this insect.«, sagte sie. »It is neongreen. It has a kind of hard shield on the back. It makes a terrible noise. It stinks abominably.« Schnarr, antwortete der Major. Er hielt die Elektrolarynx an seine Kehle. Sie beugte sich zu ihm hinüber. Er wiederholte das Wort. Sie verstand es nicht. Er wedelte mit dem Gerät und deutete ihr, es aufschreiben zu wollen. Sie solle jetzt geradeaus fahren. Dann links. Dann wieder geradeaus. Dann rechts. Dann geradeaus. Der Major deutete ihr die Richtungen mit napoleonischen Gesten. Sie fuhren durch enge Straßen. Ein rechteckiger Platz. Die Kirche. Platanen. Ein Brunnen ohne Wasser. Licht. Kaum Menschen. Dann wieder eine Wohngegend. Sie kamen an den Brautmoden vorbei und fuhren auf die Romea hinauf. In Richtung Norden. Auf dieser Straße starker Verkehr. Es wurde überholt und gehupt. Alle fuhren sehr schnell. Dann musste sie abfahren. Sie kamen auf eine Landstraße. Dunkles unbewohntes Land. Sie dachte, es wären Felder rundum. Dann ein Ort. Kein Ortsschild. Yseut wusste nicht mehr, wo sie sich befand. Der Major lenkte sie durch den Ort. Dann schnarrte er sie ungeduldig an. Rechts. Sie musste nach rechts auf einen kleinen Parkplatz einbiegen. Die Häuser rundum alle ohne Licht. Die Jalousien heruntergezogen. Wohnte da jemand. Der Major deutete Yseut, sich zwischen einen Maserati und einen Porsche Carrera zu stellen. Es war kaum Platz, auszusteigen. Yseut zwängte sich aus dem Wagen. Wo sollte hier das Restaurant sein. Der Major schnarrte ihr zu, ihm zu folgen. Yseut ging hinterher. Sie fühlte sich wie ein Kind, das zum Gehorsam gezwungen wurde. Der Major ging vor ihr auf das dunkle Haus nach links zu. Bei jedem Schritt von ihm wurde es heller. Ein Sicherheitsscheinwerfer nach dem anderen schaltete sich ein. Der Major stand dann lichtumflutet vor einer Eingangstür. Er winkte Yseut, schneller nachzukommen. Im Lokal. Der Major blieb stehen und schaute sich um. Im Lokal helles Licht. Gemurmel. Lachen. Musik. Gläserklirren. Ein dicker Mann saß in einer Nische gleich rechts. Weiße Ledersofas mit hohen Lehnen bildeten einen abgetrennten Raum. Der dicke Mann sah den Major und stand auf. Der Mann musste sich auf dem Tisch aufstützen, um in die Höhe zu kommen. Der Major ging an den Tisch. Er wartete, bis der Mann zum Stehen gekommen war. Dann fielen die beiden einander in die Arme. Der dicke Mann begrüßte den Major auf Italienisch. Der Major schnarrte mit seinem Gerät eine Freudenarie. Yseut ging langsam auf den Tisch zu. Das Lokal wirkte neu. Glas. Holz. Weiß. Ein langer Raum. Die Sitzgarniturnische gleich rechts. An der linken Wand eine lange weißlederne Bank. Tische davor. Bistro. Der dicke Mann schaute über die Schulter des Major auf und sah Yseut. Er fragte den Major etwas. Der wandte sich um und hielt sein Gerät einen Salut schnarrend in die Höhe. Yseut musste lachen. Alle Gäste im Lokal schauten her. Yseut und der Major mussten sich an den Tisch in der Nische setzen. Der dicke Mann schien der Besitzer und der Koch zu sein. Er tätschelte Yseut die Hand und verabschiedete sich in die Küche. Der Major zog sie um die Ecke auf die Bank hinten quer. Yseut musste ihm folgen. Der Major nahm ihre Hand und hielt sie. Das wäre jetzt seine Einladung, schnarrte er ihr zu. Sie wollte protestieren, aber er hielt ihre Hand fest auf den Tisch gedrückt, bis sie nickte. Er schnarrte mit dem Gerät nach der Kellnerin. Die musste sich gerade um einen Neuankömmling kümmern. Ein dunkelhaariger Mann. Um die 40, dachte Yseut. Nein, doch eher 50. Eine Frau in einem tiefausgeschnittenen roten Kleid und roten Schuhen mit sehr hohen Absätzen. Noch nicht ganz 40, dachte Yseut. Ein sehr junger Mann. Die Kellnerin hielt diesen Personen die Tür auf. Der ältere Mann hatte die Kellnerin gar nicht zur Kenntnis genommen. Er steuerte an der Frau vorbei, die ihm die Tür aufhielt. Ging gleich auf die Sitzgarniturnische zu. Der jüngere Mann war in der Tür stehen geblieben. Schaute auf sein Handy. Die Kellnerin hielt weiter die Tür für ihn auf. Der ältere Mann rief über seine Schulter »Aldo.«, und der junge Mann setzte sich wieder in Bewegung. Die Frau war gleich hinter dem älteren Mann hereingekommen. Der wollte auf den Platz, auf dem der Koch gesessen hatte. Er wartete und ließ den jungen Mann an sich vorbei auf die Bank. Die Frau war unschlüssig stehen geblieben. Beide Männer saßen schon und starrten auf ihre Handys. Der ältere Mann hatte es vor sich auf den Tisch gelegt. Beide Männer hatten dem Major zugenickt. Der ältere Mann schnippte mit den Fingern nach der Kellnerin. Die kam sofort herbeigeeilt. Er bestellte etwas bei ihr. Er schaute dabei nicht von seinem iPhone auf. Der Major schnarrte mit seinem Gerät der Kellnerin zu und deutete ihr über die Köpfe der beiden Männer hinweg, dass er etwas zum Schreiben brauche. Die Frau schaute ihn erst erstaunt an. Dann verstand sie und lächelte. Sie eilte davon. Die Frau im roten Kleid schob sich auf die Bank gegenüber von den beiden Männern. Sie schaute vor sich auf das weiße Tischtuch. Die Kellnerin kam zurück. Sie brachte dem Major ein Blatt Papier und einen Stift. Dem älteren Mann hielt sie auf einem Silbertablett ein Aufladekabel hin. Der Mann nahm das Kabel, steckte es in sein Gerät und hielt der Kellnerin das andere Ende hin. Die Kellnerin ging hinter ihm in die Knie und steckte das Kabel in die Steckdose da. Währenddessen hatte der Major auf das Papier geschrieben und hielt Yseut das Blatt hin. »Green shield bug.« hatte der Major geschrieben. »A stinker.« Yseut schaute auf, und der Major deutete mit einem Blick auf den älteren Mann. Yseut lachte laut auf. Die Frau im roten Kleid schaute sie böse an. Yseut wollte gerade vorschlagen, an einen anderen Tisch zu gehen, da wurde die Tür aufgerissen und Albert Spica kam herein. Yseut setzte sich auf. Sie fühlte sich sofort in den Film versetzt. Dieser Mann. Der Mann, der da hereingekommen war. Der liebte Gewalt. Yseut dachte noch, sie solle nicht in solche Klischees verfallen. Aber der Mann sagte mit jeder seiner Bewegungen oder Geste, dass Gewalt ihm selbstverständlich war. Und mit Lust. Und ohne Rückhalt. Dieser Mann stellte all das dar, was Michael Gambon als Spica spielen hatte müssen. Der Mann war in der offenen Tür stehen geblieben. Er war erst nur als Umriss zu sehen gewesen. Hinter ihm das überhelle Licht der Sicherheitsscheinwerfer. Der Mann lehnte sich mit seinem linken Unterarm auf den Türknauf. Schaute sich im Lokal um. Er schlenkerte mit einem Bein, als wolle er einen Tanz beginnen. Oder jemandem einen Tritt antragen. Nachdem er mit seinem Schauen alle im Lokal gezwungen hatte, sich ihm zuzuwenden. Die Gespräche stockten. Es war leiser geworden. Da stieß der Mann sich ab und stürzte auf den Tisch in der Nische zu. Er stellte sich an den Tisch. Stützte sich mit beiden Händen auf dem Tisch auf. Er schaute alle der Reihe nach an. Schaute sich suchend um. Der Koch kam aus der Küche. Eilig. Die Männer umarmten einander. Schlugen einander auf den Rücken. Sie lachten laut. »Amigo.« »Fratello.« »Cugino.« Der Mann ließ den Koch abrupt stehen und kam zum Tisch zurück. Er wolle neben dem Major sitzen, sagte er. Der ältere Mann winkte der Frau im roten Kleid auf der Bank hineinzurücken. Platz zu machen. Ohne von seinem iPhone aufzuschauen. Die Frau bewegte sich nicht. Der Albert-Spica-Mann winkte aber ab und sagte, er wolle ohnehin zwischen den Damen sitzen. Er zog die Frau im roten Kleid in die Höhe und küsste ihre Hand, während er sie aus der Bank herauszog und sich an ihr vorbei auf die Bank schob. Er rutschte die Lederbank entlang und nahm Yseuts Hand. Was wäre denn das, fragte er zum Major gewandt. Er hatte sich so zum Major gebeugt, dass sie seinen Atem im Ohr hatte. Seine Stimme tief. Kratzig. Ein tiefer Bariton. Der Major schnarrte einen Ton der Zustimmung. »Ecco.«, sagte der Mann. Yseut musste lachen. Sie müsse sich entschuldigen, sagte sie zum Major. »I beg your forgiveness.« Das würde sie alles ohne ihn nicht erleben. Der Major nickte und schnarrte. Zustimmend. Dann wies er mit dem Gerät auf seine Schrift auf dem Papier. »A stinker.« Er tippte mit dem Gerät auf das Wort und schaute auf den Mann neben Yseut. Das könne man sehen, sagte sie. Der Major schnarrte wieder. »Vino.«, schrie der Mann. Der Koch stand noch da und redete mit der Kellnerin. Der Albert-Spica-Mann stand unvermittelt auf. Er stieg auf die Bank. Kletterte über die Lehne. Ging zum Koch. Er redete auf den Koch ein. Die Männer schlugen einander wieder auf die Schultern. Der

Albert-Spica-Mann wandte sich unvermittelt wieder ab und kam zur Bank zurück. Er lehnte sich auf die Rückenlehne zwischen Yseut und der Frau im roten Kleid. »Colonnello.«, rief er dem Major zu. Der hielt sein Gerät hoch und piepste einen Protest. Er sei nur Major, sagte er auf Englisch. »But in the CIA.«, freute sich der Mann. Der Major wedelte protestierend. Dann zeigte er auf den Albert-Spica-Mann und piepste fragend. Der Mann nickte. Ja. Wie unhöflich. »Sono Gio Gio.«, sagte er zu Yseut. Der Major krächzte »Mafia.« »No. Gio Gio come Giorgio.«, lachte er. Die Frau im roten Kleid starrte vor sich auf den Tisch. Trotzig. Gio Gio nahm sie um die Schultern. »Maria. Mascha. Non si può avere la botte piena e la moglie ubriaca.« Sie solle zu ihm kommen. Bei ihm würde sie es viel besser haben als bei diesem Adriano. Die Frau machte eine unwillige Bewegung. Schüttelte seinen Arm ab. Yseut überlegte. La botte piena. Das hieß doch, etwas war voll, und ubriaco, das hieß betrunken. Man konnte etwas nicht voll und zugleich die Frau betrunken haben. Sie musste »botte« nachschauen. Oder war das einfach »bottle«. »Ein Mann kann nicht eine Familie haben und reich sein.« So hatte das bei den Wiyot geheißen. Yseut rutschte zur Seite. Sie wollte nicht an Gio Gio ankommen. Mascha schaute weiter auf den Tisch vor sich. Sie lächelte aber. Gio Gio beobachtete die beiden Männer. Aldo. Der sehr junge Mann. Aldo war ein Jüngling. Schwarze Locken. Dunkle glänzende Augen. Eine zarte Gestalt. Aldo sah von seinem Handy auf und grinste Mascha an. Sie könne es sich verbessern, sagte er und wies mit dem Kopf auf Gio Gio. Der schaute prüfend von Aldo zu

Mascha. Er grinste. Yseut hatte sich gleich gedacht, dass zwischen diesen beiden etwas lief. Offenkundig gehörte diese Mascha zum Vater. »L'amante.« Der ältere Mann musste der Vater von Aldo sein. Die gleichen schwarzen Augen. Die gleiche Stirn. Der Sohn hatte die gleichen Züge wie der Vater. Nur weicher. Der Vater trug die Haare kurz geschoren. Sah ausgezehrt aus. Asketisch. Ehrgeizig. Angestrengt. Anstrengend. Gio Gio hatte wieder »Vino« in das Lokal hineingerufen. Er beugte sich weiter über die Bank zum Tisch herüber. Schaute Yseut von vorne ins Gesicht. Wie sie denn heiße. »Isabella.«, sagte Yseut. »Isabella.« Der Major riss seinen Kopf hoch. Schaute sie verwundert an. »Isabella.«, sagte Yseut noch einmal. Der Major wandte sich wieder weg. Schnarrte mit dem Gerät. Die Kellnerin kam an den Tisch. Sie dirigierte zwei andere Frauen, und es wurde aufgedeckt. Teller wurden hingestellt. Gläser verteilt. Servietten gereicht. Eine Platte mit zweidaumendicken Scheiben Salami wurde in die Mitte des Tischs gestellt. Rotwein wurde eingeschenkt. Yseut verlangte Weißwein. Eine der Kellnerinnen lief davon. Ob ein Lugana recht sei. Yseut bejahte. Gio Gio wartete ungeduldig auf sein Glas Wein. Er hielt das Glas in der Hand und musste warten, weil Yseut noch nichts zu trinken hatte. Aldo und sein Vater tranken längst. Mascha spielte mit ihrem Glas. Gio Gio nahm ein Stück Salami. Aß es wie ein Stück Brot. Mascha griff nach der Salami. Der Vater von Aldo sagte, ohne aufzusehen, »Mascha.« Die Frau zog ihre Hand zurück. Gio Gio nahm ein Stück Salami und legte es Mascha auf den Teller. Aldo lachte. Er langte über den Tisch und legte noch ein Stück dazu. Aldos Vater schrieb auf seinem iPhone. Er hatte die Stirn gerunzelt und die Lippen zusammengepresst. Dann kam Yseuts Weißwein. Mascha sagte, dass sie Champagner haben hätte wollen. Sie sagte das vor sich hin. Vorwurfsvoll. Gio Gio rief nach Spumante. Wieder zu Yseut heruntergebeugt sagte er, jetzt wolle er aber mit Isabella anstoßen. Willkommen Isabella. Yseut stieß mit dem Mann an. Beim Anstoßen. Sie musste ihm in die Augen schauen. Sie trank. Der Wein fröhlich und leicht im Mund. Was sie mache. Woher sie komme. Gio Gio drehte sein Glas in der Hand. Der Major ließ sein Gerät unwillig schnarren. Gio Gio machte das Geräusch nach und lachte. Sie habe Linguistik studiert, sagte Yseut auf Englisch. Aber gearbeitet habe sie als Schauspielerin. Gio Gio richtete sich auf und hielt sein Glas hoch in die Höhe. »Un' attrice.«, rief er. Wieder schauten alle im Lokal zum Tisch herüber. Das sei ja ein großes Glück. Gio Gio schenkte sich Wein nach. Sie könne also alle Sprachen verstehen und alle Szenen spielen. Yseut lachte. Sie wäre auf die Sprachen der nordamerikanischen Ureinwohner spezialisiert gewesen. Und vielleicht. Vielleicht wäre das eine gute Grundlage für das Verständnis aller Sprachen. Yseut sagte das auf Englisch. Gio Gio sprach Italienisch. Yseut schaute zu dem Mann hinauf. Die ganze Zeit. Während sie so redeten und tranken und an der Salami kauten. Sie dachte die ganze Zeit an die Waffe in ihrer Tasche. Sie konnte diese Waffe spüren. Seit sie ihm beim Zuprosten in die Augen schauen hatte müssen, weil man ihr das in Wien so beigebracht hatte. Yseut war sicher, dieser Mann wusste das auch. Sie war sich sicher, Gio Gio wüsste, dass sie eine Waffe in ihrer

Handtasche mit sich herumtrug und dass dieses Wissen sie verband. Auch noch ein Aphrodisiakum, dachte sie. Sie redeten so obenhin und waren darunter in diesem Wissen verbunden. Der Vater von Aldo hatte eines der Stücke Salami von Maschas Teller an sich genommen. Gio Gio beugte sich vor und legte Mascha ein neues Stück hin. Seufzend drehte er sich zu Yseut und stieß mit ihr an. Sie schauten einander wieder in die Augen.

6. Folge.

Wie es kam, dass Yseut Schauspielunterricht nahm und eine Pistole kaufte.

Yseut hatte sich einmal ein kleines Haus mit Garten gewünscht. Schon ihr Vater hatte davon geschwärmt, wie schön es sein müsste, so für sich allein und unbehelligt leben zu können. Yseuts Mutter hatte dann gelacht und gemeint, der Vater habe ja keine Ahnung. Yseuts Mutter war in Hütteldorf am Ende der Linzer Straße in genau einem solchen Häuschen aufgewachsen. Die Oma Münster sagte dann auch, der Rudolf warte nur auf ihren Tod, damit er in ihr Haus einziehen könne. Das war ein Scherz. Für die Oma Münster konnte Yseuts Vater nichts falsch machen, und sie warf ihrer Tochter immer vor, sich nicht genug um ihren Mann gekümmert zu haben.

Das mit dem Haus war dann anders gekommen. Nachdem die Oma Münster begraben worden war, musste das Haus verkauft werden. Der Onkel Hansi hatte seinen Anteil sofort haben wollen. Der Onkel Hansi hatte mit seiner Mutter und seiner Schwester schon lange nicht mehr gesprochen gehabt, und es hatte geheißen, dass seine Frau das von ihm verlangt habe. Er ließ sich deshalb auch nicht auf eine Ratenzahlung wegen des Hauses ein, und die Mutter wollte keinen Kredit aufnehmen. Die Eltern ließen vom Geld aus dem Hausverkauf eine Therme in der Gumpendorferstraße einbauen.

Für Yseut wäre es der Garten gewesen, von dem sie sich Ruhe und Frieden erhofft hätte. Yseut hatte sich vorgestellt, mit so einem Garten ein Stück Natur für sich selbst und ganz alleine zu besitzen. Sie hätte dann in diesem Garten sitzen und eine ewige Gegenwart von Natur haben mögen. Da solle sie einmal mit den Schnecken reden, sagte Helene, und dass die Natur eine doch ausschließen würde. Helene hatte einen Garten mit sehr hohen Bäumen, die sie wegen der Wiener Baumverordnung nicht fällen durfte. Unter den Bäumen gedieh fast nichts, und Helene hatte nur Schatten.

Eine Zeitlang hatte Yseut die Natur dann fotografiert. Sie hatte schon zum 14. Geburtstag eine Kamera bekommen, damit sie auf den Reisen nach Italien auch fotografieren konnte. Yseut hatte so geklagt und gejammert, wenn der Vater immer noch eine Aufnahme von einer Kirche oder einer Landschaft machen hatte müssen. Yseut und ihre Mutter hatten oft sehr lange warten müssen, bis der Vater über Mauern geklettert und Hügel hinaufgeeilt war, um einen besonders interessanten Ausschnitt einzufangen. Die Kamera war mit der Aussteuer nach Kalifornien mitgekommen. Yseut fotografierte nur Landschaften. Yseut konnte keine Personen aufnehmen. Yseuts Vater war oft ganz nahe an Personen herangegangen und hatte sie fotografiert. Yseut hatte ihm dann schon als kleines Kind den Rücken gekehrt und nichts mit ihm zu tun haben wollen. Sie hatte sich für ihn besonders geschämt, wenn die Personen nicht merkten, dass er sie aufnahm.

Am Beginn der Feldstudien in Madera und den Table Mountains hatte Yseut wieder mit dem Fotografieren begonnen. Sie hatte versucht, die Himmel einzufangen und die Weite zu bannen. Es wurde ihr aber immer mühsam, die Landschaften in den Rahmen der Fotografien zu denken, und während der Schwangerschaft hörte sie ganz damit auf.

Yseut hatte daran gearbeitet, alle Empfindungen in Erinnerung zu behalten. Zuerst hatte sie gedacht, ein Foto könne wie ein Auslöser wirken und alle Eindrücke zurückrufen, die sie in derjenigen Landschaft gehabt hatte. Yseut wollte die Farben wieder vor sich haben. Die Gerüche. Die Luft und wie sie auf der Haut zu spüren gewesen war. Die Geräusche. Wie es gewesen war, als die Weiten rund um sie ausgebreitet lagen oder wie sie sich von einem Tal bedrängt gefühlt hatte. Es blieb aber bei Bilderfetzen. Das Aufrufen der vollständigen Erinnerung gelang kaum und dann meist in Träumen und da vage und nicht greifbar.

Yseut musste in die Natur gehen. Die Natur war immer nur gerade jetzt vorhanden. Sie musste sich damit abfinden, dass sie zu diesen Wallfahrten in die Natur verurteilt war. In den letzten Jahren waren diese Ausflüge wie zu einem Beruf geworden, und Yseut fuhr fast täglich in den Wiener Wald, in einen Park oder an den Neusiedler See oder auf einen Berg im Süden von Wien. Wegen dieser vielfältigen Umgebung war Yseut gerne von Frankfurt nach Wien zurückgekehrt.

Ihre Schauspiellehrerin war erstaunt gewesen, wie gut Yseut sich an jedem Ort zu Hause fühlen konnte und wie Yseut sich immer gleich einen Alltag herbeidenken hatte können. Frau

Meister meinte aber, dass Yseut diese Fähigkeit, sich ihr Leben so plastisch vorstellen zu können, nicht weiter forcieren solle. Es wäre doch die Aufgabe des Regisseurs, hatte sie gemeint, eine solche Umgebung für eine Rolle auszumalen. Yseuts Aufgabe wäre es, ein Innenleben zu diesen äußeren Bedingungen zu phantasieren. So bekäme der Regisseur genügend Material, sie in seine Vorstellung vom Theaterstück einzubauen.

Yseut hatte 1979 mit dem Schauspielunterricht bei Frau Meister begonnen. Yseut hatte in Kalifornien bei ihrer eigenen Theatergruppe »The Gestalt Gestalters« zu spielen begonnen, und sie waren mit ihren Performances auch herumgereist. Von Frau Meister hatte Yseut ein Interview in der Zeitung »Die Presse« gelesen. Frau Meister war unter einem ganz anderen Bühnennamen Kammerschauspielerin, und sie sagte in diesem Interview, dass sie unterrichten wolle. Sie wolle nämlich nicht untätig herumsitzen. Frau Meister war vom neuen Intendanten des Burgtheaters nicht mehr besetzt worden. Sie bekam ihr Gehalt ausgezahlt, aber sie durfte nicht mehr auftreten. Am Burgtheater gab es immer solche Kammerschauspieler und Kammerschauspielerinnen, die ihr Gehalt vom Burgtheater bezogen, aber nicht auftreten durften. Manchmal war das, weil sie Nazis gewesen waren. Dann wieder weil diese Schauspieler aus Wien kamen und die deutschen Intendanten die wienerische Schauspielerei verachteten. Yseut dachte, dass es doch ein schönes Leben sein musste, aber Frau Meister wollte spielen und nicht in Pension geschickt werden. Sie machte dunkle Andeutungen, einer Verleumdungskampagne zum Opfer gefallen zu sein, und sie riet Yseut, sich aus allen Ensemblequerelen herauszuhalten.

Frau Meister stellte einen englischen Akzent bei Yseut fest. Yseut habe sich in Amerika vom wienerischen »r« getrennt und könne »ei« und »au« nicht mehr sauber aussprechen. Yseut lernte wieder die richtige Aussprache und wie sie die Stimme bis in die letzte Reihe des Burgtheaters verständlich machen konnte. Yseut spielte dann winzige Rollen in Kellertheatern. Die Wiener Theaterreform in den 80er Jahren führte aber zur Schließung von all diesen kleinen Theatern. Yseut bewarb sich dann um ein Engagement in Frankfurt. Sie hatte da Lauritz gerade kennengelernt, der in Frankfurt lebte. Yseut bekam auch wirklich die Stelle in Frankfurt, und Frau Meister war sehr stolz auf sie.

Nach der langen Zeit in Frankfurt und nach der Scheidung von Lauritz war Yseut in der Wohnung in der Gumpendorferstraße sehr zufrieden. Mittlerweile war sie froh, nicht in einem kleinen Häuschen zu wohnen. Sie konnte bei Helene sehen, wie viel Arbeit so ein Garten war. Wenn Helene verreiste, übernahm Yseut, die Blumen zu gießen, und das reichte ihr.

Die Wohnung in der Gumpendorferstraße hatte Yseut nach der Parifizierung des Hauses für die Mutter gekauft. Der Vater war da schon lange tot gewesen. Yseut war im Grundbuch eingetragen, damit sie dann nicht Erbschaftssteuer zahlen musste. Die Mutter war sehr alt geworden, und Yseut brauchte die Wohnung gleich selber, weil sie in Frankfurt ausgezogen war.

Yseut hatte gedacht, diese Wohnung als Geldanlage zu

benutzen. Aber Alfred hatte vom Vermieten abgeraten. Alfred war Immobilienanwalt gewesen. Sie hatte ihn bei einem Konzert für Neue Musik im Konzerthaus zufällig wiedergesehen. Alfred hatte fast sein ganzes Leben in einer Kanzlei in der Windmühlgasse gearbeitet, aber sie hatten einander nie getroffen. Sie hatten dann bei einem Glas Prosecco lange überlegt, wie sie ihre Bekanntschaft nennen sollten. Sie hatten sich darauf geeinigt, ihre Schmusereien damals in Salzburg eine Sandkastenliebe zu nennen.

Es war an dem Tag gewesen, an dem die Berggorillas im Virunga Nationalpark hingerichtet worden waren und Yseut im Internet auf ein Video von dieser Hinrichtung gestoßen war. Muslimische Rebellen hatten sich bis in den Kongo vorgekämpft, und sie drangsalierten die Bevölkerung in unvorstellbarem Ausmaß. Den Gorillas war der Schauprozess gemacht worden, weil sie für die Rebellen ein Symbol westlicher Dekadenz darstellten. Die bis dahin noch überlebenden 30 Gorillas waren von den Rebellen enthauptet worden, und das Video davon hätte Yseut anschauen können.

Yseut hatte noch das Bild von Ken Saro-Wiwa in Erinnerung. Die Richter dieses Manns waren auf einer langen Bank gesessen und hatten Hüte getragen. Das waren Hüte gewesen, wie ihr Vater sie getragen hatte, wenn ihm sein Stirnhöhlenkatarrh zu schaffen gemacht hatte. Ganz normale Herrenhüte waren das gewesen, und Ken Saro-Wiwa hatte stehen müssen. Yseut hatte damals beim Fernsehen gewusst, einem Mord zuzusehen und dass sie nichts dagegen unternahm. Sie hatte vorgeschlagen, den Roman »Sozaboy« im Bockenheimer Depot aufzuführen. Sie war aber die Einzige gewesen, die von der Hinrichtung dieses Autors so betroffen war. 1995. Da waren in Frankfurt alle damit beschäftigt, sich neu einzurichten. Es gab viele Kolleginnen und Kollegen aus den neuen Bundesländern, und alle glaubten, dass das mit der Wiedervereinigung folgenlos gelungen war.

Yseut saß lange vor dem Bildschirm und starrte auf das Bild des ältesten Gorillas. Der kleine rote Kreis mit dem roten Pfeil in der Mitte zum Start des Videos war genau über der Nase des Tiers. Yseut legte schützend die Hand über die Augen des Gorillas. Sie hatte begonnen, solche magische Gesten gegen die Bilder des Schreckens einzusetzen, die ihr auf den Bildschirm gesetzt wurden. Sie schaltete den Laptop ab und brach in den Wald auf.

Es war später Frühling. Die Baumblüte war vorbei. Wiesen und Bäume prangten in saftigem Frühsommergrün. Yseut fuhr zum Schwarzenbergpark und ging zum Hameau hinauf. Sie stürmte zum Hameau hinauf. Sie hastete die steilsten Wege bergan und war froh, um Atem ringen zu können und die Muskeln die Waden herauf brennen zu spüren. Sie kam keuchend zum Hameau hinauf und ging gleich den anderen Weg wieder hinunter. Unten angekommen, setzte sie sich auf eine Bank unter einen Baum und lehnte sich zurück, um in die Baumkrone zu schauen. Sie wurde aber nicht ruhig.

Yseut hatte lange gedacht, dieses Gefühl unter einer dunklen Wolke gefangen zu sein, das käme aus der Geschichte mit Lauritz. Aber die Scheidung war mehr als fünf Jahre her, und die Symptome davon hatten sich alle wieder verflüchtigt. Sie konnte wieder in Ruhe U-Bahn fahren oder in ein Flugzeug steigen. Aber lange Zeit hätte Yseut erklären müssen, warum sie nicht in ein Flugzeug steigen konnte, und sie hatte sich zurückgezogen. Sie traf sich mit immer weniger Personen.

Bei einem Essen hatte dann eine wichtige Kulturjournalistin allen am Tisch erklärt, wie großartig Uber sei. In Moskau käme man ohne Uber überhaupt nicht weiter, sagte sie. Yseut hatte eingewandt, dass das alles Schattenwirtschaft sei und die Fahrer Versicherungsschutz und Arbeitsrecht koste. Die Kulturjournalistin hatte das als reaktionäre Meinung abgetan. »Wenn schon, dann bitte linksradikal.«, hatte Yseut gemurmelt, aber danach redete an diesem Abend niemand mehr mit ihr. Plötzlich trugen alle Trachtenkleidung, über die sie sich einmal lustig gemacht hatten. Sie solle nicht so humorlos sein, wurde ihr gesagt. Alfred hatte ihr beim Kaffee im Prückel zugestimmt, dass alle diese Journalisten gedankenlose Komplizen des Neoliberalen seien, aber Yseut fühlte sich verlassen und ging zu keinem Essen mehr von diesem Freund. Sie hatte wieder einen Kreis von Bekannten verloren.

Auf der Bank im Wienerwald beim Hinaufschauen in den Wipfel des Baums war Yseut so wütend und verzweifelt über das Schicksal der Gorillas, dass sie ihre Brust fast platzen spürte. Sie fuhr dann über die Höhenstraße nach Neustift und über die Krottenbachstraße und die Gymnasiumstraße zur Martinstraße. In der Martinstraße kam sie in einen Stau hinter einem Müllwagen. Sie wartete. Dann war die linke Fahrbahn frei, und sie wollte am Müllwagen vorbeifahren. Ein Auto kam mit überhöhter Geschwindigkeit von oben. Der

Fahrer ließ ihr keine Gelegenheit, am Müllwagen vorbeizuschlüpfen. Der Fahrer fuhr ihr vor die Kühlerhaube und zwang sie zurückzusetzen. Yseut musste wieder nach hinten zurückfahren. Der Fahrer im weißen BMW machte wütende Gesten. Yseut deutete noch, dass hinter ihm alles frei sei. Hinter ihr hatte sich ein Stau gebildet. Der Wagen hinter ihr war schon aufgerückt, und es gab kaum Platz, hinter den Müllwagen zurückzulenken. Sie musste das Auto direkt hinter den Müllwagen hinein zurückfahren. Der BMW-Fahrer raste hupend an ihr vorbei. Ein Müllmann rollte von rechts gerade eine Mülltonne an den Müllwagen heran. Er ließ die Mülltonne gegen Yseuts rechten Kotflügel vorne anstoßen. Er schrie durch das offene Fenster, »Heast. Wie weit wülst no zuwi foarn. Du deppate Oalte.«. Yseut hatte sich nach rechts gebeugt und sich entschuldigen wollen. Sie richtete sich aber schnell wieder auf und fuhr mit Kickstart davon. Sie riss das Steuer nach links. Es knirschte. Metallen. Yseut wusste sofort, dass sie sich die Seite ihres Autos an dem Metalltreppchen eingerissen hatte, auf dem die Müllmänner hinten mit dem Müllwagen mitfuhren. Sie zögerte keinen Augenblick. Sie stieg aufs Gas. Sie überholte den Müllwagen. Die Martinstraße lag 3 Blöcke lang bis hinauf zur Ampel an der Kreuzgasse leer vor ihr. Sie gab noch mehr Gas. Im Rückspiegel konnte sie sehen, wie der Fahrer des Müllwagens von seinem hohen Sitz heruntergesprungen war und mit ausgebreiteten Armen neben seinem Fahrzeug stand. Yseut fuhr. Die Ampel an der Kreuzgasse schaltete gerade auf grün. Sie raste über die Straßenbahnschienen da und flog ein kleines Stück über den

Hügelrücken, so schnell war sie gefahren. An der Antonigasse dachte sie kurz, sie sollte zur Polizei da gehen und sich stellen. Sie fuhr weiter. Sie wollte dieses Gefühl nicht verlieren. Schon beim ersten Gasgeben hatte ein Rausch eingesetzt. Mit jedem Meter zwischen ihr und dem Müllwagen und den Leuten da wurde der Rausch größer. Sie fuhr von diesem Gefühl getrieben. Dieses Gefühl war beflügelnd. Es war befreiend. Es war Freiheit. Sie war sicher und frei. Sie hatte sich diese Sicherheit und Freiheit genommen. Während der Flucht. Während des Fahrens war sie sicher und frei. Sie wollte so lange wie möglich in diesem Gefühl bleiben. Es war ein Delikt, das sie gerade beging. Fahrerflucht war auch ohne Personenschaden ein Delikt und wurde mit Strafen bis zu 3 Jahren Gefängnis geahndet. Aber wenn das Kriminalität war, dann wollte sie das haben. Yseut war dann gleich wieder unauffällig gefahren und hatte sich eingeordnet. Sie musste aber immer wieder laut lachen. Dieses Gefühl war vollständiger als alle Zustände, die sie kannte. Dieses Gefühl kam von innen und außen, und sie konnte sich nicht entscheiden, ob dieses Gefühl das Beste war oder doch ein Orgasmus.

Danach musste Yseut eine Werkstatt suchen, die so schnell wie möglich den Schaden beheben konnte. Sie fand im Internet eine VW-Werkstatt im 19. Bezirk. Dorthin musste sie dieselben Straßen zurückfahren. Sie fuhr über die Martinstraße in der Gegenrichtung. Ihr kaputtes Auto fiel niemandem auf, und kein Polizist stürzte aus der Antonigasse hervor, sie zu verhaften.

In der Werkstatt fragte der Meister sie, wie das passiert sei, und Yseut sagte, sie habe den Pfosten einer Einfahrt übersehen. Der Mechaniker schaute sie ungläubig an, aber sie lächelte zurück, und der Mann fragte nicht weiter. Yseut ließ ihr Auto gleich in der Werkstatt und wanderte zu Fuß zur U6. Dann fuhr sie aber doch mit der U2 zum Stadtpark und spazierte von da zu ihrer Wohnung hinüber.

In der Paniglgasse kam sie an einem Waffengeschäft vorbei. Yseut ging hinein. Im Geschäft ließ sich ein sehr alter Mann gerade alle Pistolen vorführen, mit denen er den tschetschenischen Einbrecher aus seinem Haus und seinem Garten vertreiben konnte. Der Waffenhändler sprach mit leiser freundlicher Stimme und erklärte dem Mann, dass er erst einen Waffenschein bräuchte und dafür erst die Prüfungen für einen Waffenführerschein bestehen müsse. Davor wieder bräuchte er sein Leumundszeugnis und ein psychologisches Gutachten. Er könne diese Psychologin empfehlen. Dr. Jäger hieße die, und die habe immer einen Termin frei. Der alte Mann nahm eine Pistole in die Hand und richtete sie auf Yseut. Yseut trat erschrocken zurück, und der Waffenhändler nahm dem alten Mann die Pistole ab. Die Waffen seien natürlich alle nicht geladen, aber es wäre gut möglich, dass man den Waffenführerschein nicht bekäme, wenn man die Waffen nicht ordnungsgemäß führen könne. Der alte Mann schnaubte und sagte, er werde wiederkommen. Er räumte die Prospekte und Visitenkarten, die der Waffenhändler ihm gereicht hatte, in seine Handtasche und ging. Was er für sie tun könne, fragte der Waffenhändler Yseut. Yseut sagte, »Ich möchte eine Pistole kaufen«.

7. Folge.

Wie es kam, dass Yseut nicht mehr in Berkeley leben wollte und nach Wien zurückkehrte.

Yseut hatte sich immer vor dem Kinderkriegen gefürchtet. Als kleines Mädchen war sie schon die Straßen hinauf- und hinuntergegangen und hatte sich vorgesagt, dass diese Menschen, die sie da sah, alle auf die Welt gekommen waren und dass es deshalb nicht so schlimm sein konnte. Yseut wusste aber auch als größeres Mädchen nur irgendwie über die Sache Bescheid. Es gab die schematischen Abbildungen im Brockhaus 1934 im Bücherkasten. Der Brockhaus 1934 stand da, weil der Vater sagte, dass man an den Eintragungen sehen könne, wie schnell in Deutschland alles geändert werden hatte können. Die Mutter schüttelte dann den Kopf und sagte, er solle es gut sein lassen, und der Vater lachte dann böse.

»Die Frau« war in diesem Brockhaus mit einer anatomischen Zeichnung vertreten. Der Gebärapparat der Frau wurde in einer gesonderten schematischen Abbildung dargestellt. Yseut wusste deshalb, wo das alles an ihr stattfinden würde, und aus dem Religionsunterricht wusste sie von den Schmerzen.

Mit 14 bekam Yseut von ihrer Mutter einen Roman zu lesen, der sie über die Mysterien der Liebe aufklären sollte. Der Roman hieß »So grün war mein Tal«, und eine Frau umarmte Bäume, weil sie sich in einen jüngeren Mann verliebt hatte. Yseut fand das Buch seltsam und fragte sich, was ihre Mutter mit »den Mysterien der Liebe« gemeint haben konnte. Sie sprach aber mit ihrer Mutter nicht darüber. Die Mutter hatte ihr das Buch über den Tisch herübergeschoben und so vor sich auf die Tischplatte geschaut. »Damit du weißt, wie das so ist. Mit den Mysterien der Liebe.«, hatte sie gesagt. Yseut hatte Angst bekommen. Die Mutter war plötzlich eine ganz andere Person gewesen, wie sie das gesagt hatte.

Yseut hatte sich von ihrer Mutter an die Mysterien der Liebe ausgeliefert fühlen müssen. Nach dem ersten Jahr in Berkeley hatte Yseut gehofft, in der Sommerpause nach Wien zurückzukommen. Sie hatte sich ausgemalt, dass Ed in Wien wieder der Alte sein würde. Sie sehnte sich so ungeheuerlich nach der Person aus dieser ersten Zeit, dass sie ihm gegenüber ein schlechtes Gewissen bekam. Sie hatte das Gefühl, sie betrüge ihn mit der Erinnerung an ihn. Sie versuchte es wieder damit, den ganzen Tag auf ihn zu warten. Vielleicht brauchte er ihre ganze Zuwendung, um als Ehemann funktionieren zu können. Sie kaufte sich einen Bikini und setzte sich frühmorgens auf dem winzigen Balkon in die Sonne. Ed sagte aber nur, dass sie in diesem Aufzug hoffentlich nicht in die Öffentlichkeit ginge. Er teilte ihr mit, dass er einen Sommerkurs übernehmen habe müssen. Im Übrigen bekäme er Besuch aus Wien. Yseut erwartete Martin Seyregger, den Schulkameraden von Ed, und fragte, ob Katrin, Martins Frau mitkäme. »Katrin.

Welche Katrin.«, fragte Ed. »Nein. Die Gertrud kommt.« Yseut hatte noch nie von einer Gertrud gehört. Ob das eine Studienkollegin sei, fragte sie. Ihr Mann sah sie an und schüttelte den Kopf. Nein, sagte er spöttisch. Die Gertrud sei sicher keine Studienkollegin. Im Übrigen habe es am Institut für Chemie überhaupt keine Mädchen gegeben. Dann ging er.

Yseut wollte dann diese Gertrud nicht treffen. Sie wusste nicht, warum, aber sie war plötzlich scheu. Ed verstand das nicht. Das war das erste Mal, dass er Yseut misshandelte. Zuerst warf er sie nur auf das Bett. Aber dann hielt er sie nieder. Was sie für eine Niete sei, zischte er sie an. Er hätte es gleich wissen können, was für eine hohle Nuss er sich da geangelt habe. Nur Stroh unter den blonden Haaren. Hübsch und dumm und zu nichts zu gebrauchen. Dann schob er ihr das Nachthemd hinauf und zerriss ihren Slip. Das habe sie doch schon lange haben wollen. Das hätte sie doch so dringend gebraucht. Er sagte das in demselben spöttischen Ton, wie er verneint hatte, dass diese Gertrud eine Kollegin wäre. Yseut konnte nur weinen. Nachdem er fertig war, stand er auf und befahl ihr, sie solle sich schön machen. Wenn er am Abend wiederkäme, wolle er eine Frau vorfinden, von der man verstehen könne, warum er sie geheiratet habe. Sie wären zum Abendessen verabredet, und sie solle wenigstens hübsch aussehen.

Yseut musste ein Kleid mit langen Ärmeln anziehen. Am Abend waren die blauen Flecken auf ihren Armen deutlich zu sehen. Yseut war apathisch. Ed war reizend und zuvorkommend zu ihr. Gertrud war eine ehemalige Geliebte und mindestens so alt wie er. Es war auf den ersten Blick zu sehen, dass diese Gertrud Ed noch nicht abgeschrieben hatte. Gertrud war sehr teuer angezogen. Sie trug ein Brillantarmband mit Uhr und Brillantringe. Gertrud wollte dann wissen, wie Yseut in Berkeley lebe. Yseut wollte dieser Frau nichts erzählen, und Ed musste antworten. Ed war charmant und witzig und beschrieb ihr Leben als eine einzige Institutsparty mit Strandausflügen. Zu Hause sagte er kalt, dass er nicht verstünde, warum sie sich so als dummes Gänschen geben hatte müssen. Yseut wollte antworten, dass das doch seinem Bild von ihr entspräche, aber dann schoss sie mit einem Blumenstock nach ihm. Es waren Lobelien. »Die heißen Männertreu.«, schrie sie ihn an. Die Oma Münster hatte ihr in ihrem Gärtchen alle Blumennamen beigebracht. Ed schaute sie lange an. Dann drehte er sich um und ging. Yseut rief ihre Mutter an. Aber in Wien war es schon 8 Uhr am Morgen, und die Mutter war längst im Büro. Im Büro durfte Yseut nur wegen der allergrößten Katastrophen anrufen, und Yseut wusste da schon, dass das alles ganz normal war.

Nachdem Yseut und Simon geheiratet hatten, hatte Yseut gehofft, sie würde ihr gemeinsames Kind auf die Welt bringen und das Gefühl des Fremdseins wäre für immer vorbei. Yseut hatte gehofft, das Kind würde sie unauflösbar in die Welt binden. Zum Ende der Schwangerschaft blieb Yseut in Madera, weil die Reisen zu anstrengend geworden waren. Simon fuhr jede zweite Woche an die Universität zurück und hielt sein Seminar. Yseut war in Berkeley in eine Frauengruppe für die Lamaze-Übungen gegangen, und sie machte diese Übungen in einer Birthing group des Madera County Community Hospitals weiter. Simon war in Berkeley, als es dann so weit war, und Yseut fuhr mit einem Taxi allein in die Klinik. Die Lamaze-Hebamme hatte aber nicht Dienst, und Yseut erwachte aus einem Twilight sleep aus Scopolamin und Morphinen und hatte einen Sohn im Arm.

Yseut lag auf einer Liege, von der aus sie durch ein großes Fenster auf den Gang hinaussehen konnte. Das Kind war ihr in den linken Arm gelegt, und im Bauch spürte sie die Schmerzen der Nachgeburt. Ein sirrendes Ziehen hoch oben im Bauch brach immer noch gerade ab, bevor Yseut die Sinne schwinden konnten. Alles war aber auch wie weit weg. Das Kind lag ruhig mit geschlossenen Augen in ihrem Arm. Simon war draußen. Sie konnte ihn durch das Fenster sehen. Er sprach mit einem Mann in einem Operationskittel. Simon drehte seinen Kopf immer wieder in die Richtung der Tür, hinter der sie lag. Er sah sie aber nicht und wandte sich gleich wieder dem Arzt zu. Yseut schaute ihm beim Reden zu, und in ihrem verlangsamten Denken formte sich die Erkenntnis, dass dieser Mann da draußen der Vater ihres Kinds war und dass nichts mehr geändert werden konnte. Yseut schaute auf ihr Kind hinunter und wünschte sich, es schlüge die Augen auf. Aber das Kind schlief.

Yseut blieb zuerst in Madera, und dann zogen sie ganz in die Berge nach Eureka und zu den Klamath Falls hinauf. Yseut kam ja mit den Befragungen gut voran. Mit Baby George stellte sie sofort Kontakt mit den Frauen her, die Nachfahren der Wiyot waren und noch etwas über die Sprache wussten.

Yseut schleppte den Ampex Taperecorder und Baby George in verfallene Farmhäuser, in Hütten und Trailer homes. Die alten Frauen hielten das Baby, während Yseut das Bandgerät aufstellte und die Befragung begann, wenn Strom zu Verfügung stand. Ohne Strom musste Yseut die Interviews in Lautschrift notieren. In der Nacht schrieb Yseut die Transkriptionen der Interviews. Yseut war sehr allein. Dann hatte sie auch nicht genug Milch für Baby George. Sie hatte von Anfang an Flaschenmilch zufüttern müssen und gab das Stillen schon sehr bald auf. Der Arzt hatte gemeint, dass 6 Wochen Stillen genüge. Die Frauen in den Frauengruppen stillten mindestens ein Jahr lang. Aber von da an konnte Yseut Baby George auch bei Simon lassen, wenn er da war, und sie setzte sich in das Auto und fuhr stundenlang in den Bergen herum.

Simon war ein guter Vater, aber zwischen Yseut und ihm gab es nichts mehr. Yseut hatte gedacht, die Geburt des Kindes würde eine neue Liebe zwischen ihnen auslösen. Sie hatte eine zärtliche Innigkeit erwartet, wenn sie sich vorgestellt hatte, wie Simon an das Bett treten würde und mit ihr zusammen das Kind betrachten. In ihrer Vorstellung sollte Simon darüber weinen, was sie durchgemacht hatte, und sie sollte ihn tröstend in ihre Arme ziehen. Simon war aber dann gar nicht an ihr Bett getreten. Er hatte sich von seinem Gespräch auf dem Gang draußen vor ihrem Zimmer abgewandt und war davongegangen. Es stellte sich bald heraus, dass ihm der Arzt gesagt hatte, sie wäre noch im Dämmerschlaf und Simon könne ruhig noch einen Kaffee trinken gehen. Simon war so schnell wie möglich zu ihr gekommen, aber sie hatte zusehen müssen, wie er davongegangen war. Sie hatte nichts tun können. Sie hatte ja das Baby im Arm und ein grünes Tuch über ihren Unterleib gebreitet. Ihre Füße waren in Bügelhalter geschnallt, und sie hätte nicht einmal aufstehen können. Der Arzt war gleich ins Zimmer gekommen und hatte ihr noch eine Injektion gegeben. Sie hätte gar nicht wach sein sollen, und sie war auch gleich wieder in diesem Dämmer versunken.

In den ersten Wochen musste Yseut ihre Mutter so oft wie nur möglich anrufen und ihr sagen, wie viel Baby George zugenommen hatte. Yseut musste von einem Drugstore aus anrufen. Sie stellte hohe Stöße von Quartermünzen oben auf das Wandtelefon und warf die Münzen nach den Anweisungen der Telefonistin ein. Die schon sehr kurzen Gespräche mit ihrer Mutter waren von diesen Anweisungen durchlöchert, und die Verbindungen waren schlecht.

Simons Eltern hatten vorgeschlagen, sie solle in der ersten Zeit nach der Geburt zu ihnen kommen oder überhaupt schon vor der Geburt bei ihnen leben. Yseut war verstört über diese Fürsorge. Sie wäre dann nur schwanger gewesen und hätte nichts anderes zu tun gehabt, als sich um sich selbst und dann um das Kind zu kümmern. Yseut kam sich vor wie ein Tier, das sich nur um das blanke Weiterleben besorgte, und sie konnte auf diesen Vorschlag nicht eingehen.

Yseut war seit Beginn der Schwangerschaft von Gedanken ans Sterben verfolgt gewesen. Einmal war sie in den Drugstore gegangen, um ihre Mutter anzurufen, und da lag eine Protestzeitschrift oben auf dem Telefon. Yseut musste sie erst weglegen, um ihre Münzen stapeln zu können. Sie nahm die Zeitschrift dann und schaute sie bei einem Sundae an der Theke an. Sie löffelte Schokoladesauce und schaute auf die Fotos von getöteten amerikanischen Soldaten hinunter. Die Zeitschrift war hektographiert, und die Bilder schwarz und weiß und ungenau. Die jungen Männer lagen tot in Sümpfen zwischen Wasserpflanzen, oder sie hingen in Bäumen, auf denen kein Laub mehr war. Yseut nahm das Heftchen mit und schaute es immer wieder an. Da war sie noch schwanger gewesen und hatte noch gar nicht wissen können, dass sie einen Sohn haben würde, aber sie musste darüber grübeln, dass dieses Kind wieder sterben musste. Yseut ging herum und fühlte sich als Zwischenglied in diesem Sterben. Sie fühlte sich unwichtig und ausgelöscht. Sie las Sylvia Plath und sagte sich deren Schwangerschaftsmetaphern vor. Auch sie war das neunsilbige Rätsel. Der Elefant. Die auf Fühlern wandelnde Melone. Der aufgehende Germteig. Die neugestanzte Geldbörse.

Ich habe einen Sack grüner Äpfel gegessen,
eingestiegen in den Zug, aus dem es kein Entkommen gibt.

Yseut übersetzte sich »there's no getting off« mit »kein Entkommen«. Yseut konnte »Metaphors« auswendig, und sie war sicher, dass eine Schwangerschaft eine psychotische Episode und eigentlich Wahnsinn war. Yseut suchte nach philosophischen Schriften, die sich der Leib-Seele-Problematik einer Schwangerschaft annahmen. Aber das war nicht zu finden. Das hatte die Philosophie ausgelassen. Philosophen ließen sich nur auf die Welt bringen, oder sie ließen auf die Welt kommen. Mit »Metaphors« hatte Yseut aber das erste Mal ein Gedicht gefunden, das mit ihrem Leben zu tun hatte. Bis dahin hatte sie in den Gedichten immer den anderen in deren Leben zusehen müssen.

Yseut war über die Schwangerschaft auch unglücklich, weil sie dachte, dass sie mit dieser Schwangerschaft so viele andere unglücklich machte. Simons Eltern bekamen ein Enkelkind von einer Deutschen. Yseuts Mutter freute sich, aber sie war sehr traurig darüber, dass sie das Kind nicht sehen konnte. Es gab nie gute Nachrichten aus Wien, und die Mutter konnte sich die Reise nach Kalifornien nicht leisten. Es war wieder Geld verschwunden, obwohl die Mutter ein teures Bankschließfach für die Sparbücher gemietet hatte. Der Vater war gesetzlich zeichnungsberechtigt, und es war ihm der Zugang zum Bankschließfach seiner Ehefrau nicht zu verwehren gewesen. Die Mutter hätte eine Entmündigung anstreben müssen.

Simon war freundlich und verständnisvoll. Yseut wusste aber, dass er erleichtert nach Berkeley davonfuhr und sie in ihrer Stummheit in Madera gerne zurückließ.

Nach der Geburt von Baby George blieb Yseut zuerst in den Bergen, aber dann wollte Yseut wieder studieren und an allem teilnehmen. Sie traf dann gleich am ersten Tag bei der Bibliothek Lynn, die sie aus der Lamaze-Gruppe gekannt hatte. Lynn hatte in der Zwischenzeit Jewel geboren. Yseut hatte bei den Frauen in den Bergen gelernt, wie man ein Baby in ein Tragetuch bindet, und Lynn wollte das gleich von Yseut gezeigt bekommen. Yseut nahm Baby George im Tragetuch überallhin mit, und sie wurde oft gefragt, wie das Tuch gebunden werden musste. Yseut traf sich von da an fast täglich mit Lynn und ihren Kindern, Jerry und Jewel. Lynn lebte in einer Wohngemeinschaft mit noch vielen anderen Kindern. Allegra hatte den Sohn Clover. Casey die Tochter Love. Sharon hatte Elton. Alle Kinder waren klein oder überhaupt noch Babys. Tim war Lynns Bruder und lebte mit Tate zusammen. Die WG wohnte in einem winzigen heruntergekommenen Holzhäuschen, und da war immer jemand, der auf die Kinder achtgab. Yseut kam mit Baby George nur noch zum Schlafen nach Hause zu Simon. Sie konnte ihr Studium fortsetzen, und in der Gruppe las sie die Texte von Sigmund Freud und C.G. Jung oder Carl Stumpf und Max Wertheimer oder Wilhelm Reich auf Deutsch vor und übersetzte sie für die anderen. Sie versuchten dann, Improvisationen über diese Texte zu machen, und Tate und Tim sangen ihre Lieder gegen den Krieg.

Am 20. Mai 1969 waren sie alle gemeinsam zum People's Park unterwegs. Sie hatten mit dem Komitee da einen Auftritt ausgemacht. Auf dem Weg zum Park kamen sie in die Tränengaswolke, die Governor Reagan über dem Campus von Berkeley aus Hubschraubern versprühen ließ. Die heftigen Winde an dem Tag verbreiteten das Tränengas über die ganze Stadt und noch weit darüber hinaus. Niemand konnte der Wirkung des Tränengases entkommen. Die Gruppe flüchtete in einen Supermarkt, aber da waren die Kinder schon alle krank. Sie versuchten, den Kindern die Atemluft durch Tücher weniger giftig zu machen, aber sie konnten selbst nichts sehen und nicht mehr atmen. Sie lagen dann mit den erstickt keuchenden Kindern im Supermarkt in der Gemüseabteilung unter den Gemüsekisten. Dann kam die Polizei und trieb sie aus dem Geschäft auf die Straße hinaus. Sie mussten froh sein, nicht verhaftet worden zu sein. So hatte ihr erster großer Auftritt nicht stattgefunden. Governor Reagan hatte gesagt, »Once the dogs of war have been unleashed, you must expect that things will happen, and people, being human, will make mistakes on both sides.«. Aber sie hatten die Hunde nicht von den Ketten gelassen.

Yseut zog dann ganz in die Wohngemeinschaft. Sie nannten sich »The Gestalt Gestalters«, und Yseut war für die Texte der kleinen Szenen zuständig, die sie einstudierten. Erst traten sie in Berkeley und Umgebung auf. Dann reisten sie auch in VW-Bussen umher. Sie traten in Pfarrsälen und Public libraries auf. Sie thematisierten Krieg und die Gier der Waffenlobby. Ein Sketch beschäftigte sich damit, wie der Konflikt zwischen Isreal und den Palästinensern gelöst werden könnte. Die Kinder waren bei den Aufführungen dabei und liefen mitten in Szenen auf die Bühne. Sie verlangten nach ihrer Mummy und wurden in die Szenen eingebaut. Tate war mit Lynn und Tim mit Casey verheiratet, aber eigentlich lebten die Männer zusammen, und es war nur zum Schein und damit sie nicht zum Militär eingezogen werden konnten. Yseut und Baby George teilten sich auf den Fahrten einen Bus mit Lynn und Jerry und Jewel.

Simon war dagegen gewesen, dass Yseut in diese Hippie-WG zog. Erst bestand er darauf, dass Yseut Baby George zu seiner Mutter geben solle. Er wolle nicht, dass sein Sohn in so einer verlotterten Umgebung aufwachse. »Scruffy environment.«, sagte er. Es war ihm aber nicht wirklich wichtig, und Yseut dachte, dass das nur der Wunsch von Simons Mutter gewesen war. Simon war im Free speech movement und hatte längst keine Zeit mehr für eine Familie gehabt. Am Ende genügte es ihm, wenn Yseut ihn regelmäßig anrief und ihm berichtete, wie es Baby Geroge erginge.

Als Baby George zu sprechen begann, nannte er sich selbst Goggo. Yseut sprach Deutsch mit ihm, obwohl alle anderen davon abrieten und ihr sagten, dass ihr Sohn dann keine der beiden Sprachen richtig sprechen können würde. Yseut lachte und sagte, dass sie doch auch in zwei Sprachen leben könne, und was für sie funktioniere, das könne ihrem Kind nicht schaden. Sie rief George Georg Gordon in der deutschen Aussprache. Auf Deutsch hatte sie mit Goggo eine kleine eigene Welt, in die die Gruppe nicht eindringen konnte. Manchmal war es schwierig, nie allein sein zu können. Yseut hatte in der Zeit gedacht, das Verhältnis mit Lynn hatte sich daraus ergeben, dass sie immer miteinander zusammen waren. Aber Lynn fehlte dann Yseut sehr, und sie blieben einander die besten Freundinnen. Lynn blieb die einzige Person für Yseut, zu der sie immer kommen hätte können.

Das Leben in der Gruppe hatte sich verändert, und als die Mutter Yseut fragte, ob sie ihren Vater noch einmal sehen wolle, da kaufte Yseut die Karten für den Flug von San Francisco nach Washington und von dort nach Amsterdam. Bis zur Abreise wohnte sie mit Goggo noch einmal bei Simon und seiner neuen Freundin. Alle verstanden sich gut, und es war aufregend, was rundherum geschah. Yseut hatte plötzlich die schreckliche Angst, die falsche Entscheidung getroffen zu haben und nicht dabei zu sein. Sie hätte aber nicht sagen können, was sie da versäumt hätte. Dann hatte Simon keinen Platz für sie beide, und die Flugkarten waren besorgt. Yseuts Mutter wartete, und Goggo und sie reisten ab. Yseut war mit zwei Koffern und einer Reisetasche nach Kalifornien gekommen. Zurück nach Wien hatte sie ein kleines Köfferchen mit Goggos Kleidern.

8. Folge.

Dann wurde die Pasta aufgetragen. Wieder eilten die Kellnerinnen rund um die Sitzecke. Es wurde Wein nachgeschenkt. Wasser. Teller wurden über die Sitzlehne nach vorne auf den Tisch gereicht. Linguine colla granseola. Der Major piepste seine Zustimmung. Er hielt die Elektrolarynx wie einen Dirigentenstab in die Höhe. Gio Gio aß nichts. Er stand außerhalb der Sitzecke. Stützte sich mit den Ellbogen auf der Rückenlehne auf. Er hielt sein Glas der Kellnerin hin. Ließ sich Wein nachschenken. Dann nahm er der Frau die Flasche aus der Hand und stellte sie auf dem Tisch ab. Lehnte sich wieder über die Rückenlehne zwischen Yseut und Mascha. Er lächelte vor sich hin. Spielte mit dem Glas. Trank das Glas plötzlich in einem Zug aus und schenkte sich nach. Ob es ihr schmecke. Er wandte sich an Yseut. »Köstlich.« Sie sagte es auf Deutsch. Dann schaute sie ihn an. »Delizioso? Gustoso?«

»Ah!«, sagte er. Sie sei die Frau, die die Sprachen beherrsche. Possedere le lingue. Er radebreche ja nur. Selbst in seiner eigenen Sprache. Masticare la sua lingua. Yseut nickte. Der Major neben ihr pickte die großen Stücke Seespinne aus den

Nudeln heraus. Aldo zerbröselte sein Brot und aß nichts. Sein Vater ließ die Linguine lang aus dem Mund hängen und kaute sie sich mit schmatzenden Lippen in den Mund. Mascha machte es wie der Major. Sie suchte nach den Stücken vom Fleisch der Seespinne. Yseut drehte sich die langen Nudeln zurecht. Sie musste lachen. Warum sie lache. Gio Gio beugte sich zu ihr hinunter. Yseut schüttelte den Kopf. Das Essen schmecke ihr, sagte sie. Mi piace la pasta. Sie musste es langsam sagen. Sie hatte erst cena sagen wollen. Dann wusste sie aber gleich nicht, ob cena richtig war. War das nicht das Mittagessen. Sie sagte lieber pasta. Gio Gio nickte zustimmend. Sie spräche also ja doch viele Sprachen. Yseut rollte Linguine ein. Sie spießte noch ein Stückchen Seespinne auf. Steckte die Gabel in den Mund. Kaute. Der süßwürzige Geschmack. Es war sicher Schlagobers in der Sauce. Gio Gio stand nach vorne gelehnt und schaute ihr beim Essen zu. Er grinste. Yseut musste lachen. Mascha beobachtete Gio Gio, wie er Yseut zuschaute. Mascha wandte sich Aldos Vater zu. Dann Aldo. Aldo zog gerade Linguine auf. Auch er ließ die Nudeln aus dem Mund hängen. Schmatzte sie sich in den Mund. Er schaute auf. Die Nudeln hingen über sein Kinn hinab. Er grinste. Mascha sagte, »Tesoro mio. Il figlio di un tesoro è pure un tesoro.«. Sie fragte es so obenhin Aldos Vater, aber sie schaute Aldo dabei an. Der Vater von Aldo sagte, ohne aufzuschauen, dass Schätze keine Söhne hätten. Normalerweise jedenfalls. Aber Adriano, schmollte Mascha. Natürlich könnten Schätze sich vermehren. Ja, antwortete Aldos Vater. Schätze könnten das. Schätze bekämen aber nur Bäuche, aus denen keine Kinder kröchen. Serpeggiare, sagte er. Schlängeln. Sich winden. Der Mann sah kurz zu Mascha auf. Dann wandte er sich seinem Essen und dem Display seines Handys zu. Er textete. Mascha griff zu wütend nach ihrem Glas. Das Glas fiel um. Gio Gio reichte Mascha sein Glas. Mascha nahm es und trank es in einem Zug aus. Gio Gio richtete sich auf. Er stieß sich von der Rückenlehne ab und ging weg. Aldos Vater Adriano schaute ihm kurz nach. Mascha schmollte. Aldo grinste Mascha an. Aldo war ein hübscher Bub. Die schwarzen Locken fielen ihm über die Augen, und er warf seine Haare immer wieder mit einer kleinen scharfen Bewegung aus dem Gesicht. Er machte diese Bewegung und grinste dann wieder Mascha über den Tisch hinüber an. Er wünsche sich, dass Mascha seine Mama würde, sagte er und aß weiter. Der Vater schüttelte irritiert den Kopf. Mascha legte die Gabel ab. Lehnte sich zurück. Der Vater machte eine ungeduldige Handbewegung. Als triebe er eine Herde Schafe weiter. »Tu Mangia. Mangia.«, sagte er zu Mascha. »Ti senti male se non mangi.« Mascha stand auf. Sie nahm ihre Handtasche und ging. Sie ging um die Sitzecke herum und nach hinten weg. Auf den überhohen Absätzen. Sie konnte nicht schnell gehen. Es dauerte lange, bis sie hinter den beiden Männern vorbeigegangen war. Aldo schaute ihr nach. Er drehte seinen Oberkörper, ihr beim Gehen zuzusehen. Mascha schaute an den Männern vorbei. Aldos Vater textete weiter. Die Tür ging auf. Zwei Männer standen in der Tür. Sie schauten sich im Lokal um und kamen dann auf die Sitznische zu. Rasch und bestimmt. Yseut hörte zu essen auf. Die Männer bauten sich vor dem Tisch auf. Sie schauten aber nur auf Adriano. Yseut dachte, Adriano würde abgeholt werden. Verhaftet. Abgeführt. Beim Eintritt der beiden Männer. Aldo hatte sich aufgesetzt. Er saß zurückgelehnt und beobachtete die Männer. Sein Vater deutete den Männern zu warten. Die Männer entspannten sich. Yseut konnte sehen, wie die Männer schrumpften. Die Schultern sanken zusammen. Die Beinmuskeln gaben nach. Die Köpfe senkten sich ein wenig. Die dunkelblauen Blazer der Männer saßen plötzlich lockerer, und beim rechten Mann zeichnete sich das Schulterholster über seinem Herzen ab. Der andere Mann trug die Waffe wohl in einem Seitenholster. Oder nur in den Gürtel hinten hineingeschoben. Das war gefährlich. Der Major begann zu husten. Die beiden Männer warfen ihm einen kurzen Blick zu. Dann schauten sie wieder auf Adriano hinunter. Der linke Mann machte einen Schritt zur Seite und schielte auf das Display hinunter. Adriano nickte. Aldo nahm die Weinflasche und füllte sein Glas. Dann hielt er die Flasche seinem Vater fragend entgegen. Der schüttelte den Kopf. Der Major piepste mit der Elektrolarynx einen Entschuldigungston und stand auf. Yseut stand auch auf. Sie schob sich die Sitzbank an Maschas Platz entlang und stand dann neben den beiden Männern. Eine Kellnerin brachte Wein. Nahm die leeren Flaschen. Der Major piepste einen Dank und ging hustend und ein wenig würgend an ihnen vorbei. Nach hinten weg. Yseut hatte gerade noch sehen können, dass aus dem offenen Loch im Hals des Majors. Da, wo er die Elektrolarynx ansetzte. Dass da etwas herausgequollen war. Sie hatte es nur flüchtig gesehen. Der Major hatte sich von ihr abgewandt an ihr vorbeigedrängt. Aldos Vater Adriano hob den Kopf und schaute sich nach dem Major um. Dann sah er zu Yseut auf. Colonello Alfando sei ein Freund, sagte er. Colonello Alfando sei hier eine wichtige Person. Ob sie das wüsste. Gio Gio stand plötzlich neben ihr. Er nahm sie um die Taille und drängte sie auf die Bank zurück. Er behielt seinen Arm um sie. Setzte sich mit ihr und beugte sich vor, ihr Glas von ihrem alten Platz zu nehmen. Stellte das Glas vor sie hin. Der Colonello habe sie hier befreit, sagte er. Der Colonello sei als sehr junger Ami in diese Gegend gekommen und habe im Untergrund mitgeholfen, den Widerstand gegen General Kesselring zu organisieren. Ohne den Colonello wären weder er, Gio Gio, noch Adriano und damit auch dessen Sohn Aldo heute hier. Es gäbe sie gar nicht. Gio Gio nickte zu Aldo hinüber. Aldo hatte die Arme hochgereckt und hinter dem Kopf verschränkt. Er streckte sich und drehte den Kopf im Genick, als säße er am Morgen im Bett und müsste sich den Schlaf aus den Gliedern dehnen. Er schaute prüfend auf Yseut herüber. »Siete una bella coppia.«, sagte er zu Gio Gio. Er grinste. Sein Vater sah kurz auf. Yseut sah, wie er Gio Gio musterte. Dann beugte Adriano sich wieder über das Handy und hielt die Hand hoch. Die beiden Männer sollten noch warten. Die standen mit den Händen vor ihrem Geschlecht geballt da. Der rechte Mann ließ seinen Blick durch das Lokal schweifen. Der linke Mann schaute Adriano beim Schreiben zu. Gio Gio saß auf der Bank und zog Yseut näher an sich heran. Er hielt sie um die Taille fest und zog sie über das glatte Leder der Bank zu sich. Mit schönen Frauen ergäbe jeder Mann ein schönes Paar, sagte er zu Aldo. Yseut saß an ihn gepresst. Er hielt sie fest, und sie spürte seinen harten Körper gegen ihren. Seine Wärme. Sie seufzte. Unwillkürlich. Der Mann zog sie noch näher. »Isabella.«, sagte er dann. »Isabella.« Yseut musste lachen. Gio Gio hatte diese heisere italienische Stimme. Eine Adriano-Celentano-Stimme. Er sprach ebenso rauchig hauchend, wie der das »Azzurro« damals gebrummelt hatte. Wie Adriano Celentano behauchte Gio Gio die Verschlusslaute. Yseut fühlte sich weich werden. Ein sanfter Strom von Wärme zog von der Brust weg zwischen ihre Beine hinunter. Gio Gio presste sie noch stärker an sich. »Literae halatae« fiel ihr ein. Dass man bei Behauchung nicht singen konnte. Das hatte sie gelernt. Aber das stimmte nicht. Wie das meiste nicht gestimmt hatte. Sie seufzte wieder und lachte. Sie richtete sich auf und lehnte sich gegen den Arm des Manns. Der nahm sie um die Schultern und lachte auch. Warum er nichts gegessen habe, fragte sie ihn. Adriano schaute von drüben kurz zu Gio Gio auf. Dann zog er das Kabel aus dem Gerät und ließ es auf den Boden fallen. Er stand auf. Die beiden Männer strafften sich wieder. Sie traten zur Seite und machten zwischen sich Platz für Adriano. Der stand auf und nahm diesen Platz ein. Er schaute noch kurz auf Aldo zurück. Dann wandte er sich der Tür zu. Er blieb aber mit dem Rücken zum Tisch stehen. Er zeigte den Männern etwas auf seinem Display. Hielt ihnen das Handy jeweils hin. Der linke Mann nahm das Handy. Beugte sich darüber. Sagte etwas. Yseut konnte nichts verstehen. Gio Gio und Aldo beobachteten die drei Männer. Die gingen. Ein Mann hielt Adriano die Tür auf. Der andere schaute sich noch einmal im Lokal um.

Draußen war es einen Augenblick dunkel, dann gingen die Sicherheitsscheinwerfer an. Es wurde überhell. Adriano trat in den Raum zurück und hieß den Mann, die Tür zu schließen. Der Koch wurde geholt. Adriano verlangte etwas. Der ungeheuer dicke Koch wies den Männern den Weg. Er hielt sich an der Rückenlehne der Sitzecke fest und ging nach hinten in Richtung der Toiletten voran. Die Männer überholten ihn und gingen rasch davon. Mascha kam gerade zurück. Yseut saß neben Gio Gio jetzt so, dass sie sie beim Hereinkommen ansehen konnte. Die junge Frau hatte ihren dunkelroten Lippenstift aufgefrischt. Die blonden Strähnen fielen in perfekten Wellen den Hals entlang auf ihre Schultern und in den Ausschnitt. Das Dekolleté glitzerte. Das Rouge auf den Wangenknochen war verstärkt. Yseut überlegte, ob Mascha auch das Augen-Make-up noch nachgezogen hatte. Das Gesicht der Frau war so viel stärker konturiert als davor. Die Männer eilten an Mascha vorbei. Mascha blieb einen Augenblick stehen. Adriano nickte ihr nur zu und sagte etwas im Vorbeigehen. Mascha sah ihm nach. Die Männer verschwanden in den Gang zu den Toiletten. Mascha stand einen Augenblick. Dann holte sie tief Luft und ging weiter. Sie ging um die hohen Rückenlehnen herum und setzte sich neben Aldo. Aldo nahm sofort ihre Hand. Er legte die Hand vor sich auf den Tisch und begann mit seinem Zeigefinger, Maschas Finger nachzuzeichnen. Er beugte sich über Maschas Hand und berührte die Hand fast mit dem Mund. Mascha sah ihm dabei zu. Sie schaute von oben auf seinen Kopf über ihrer Hand. Dann zog sie mit der linken Hand ihre Handtasche zu sich. Sie öffnete die Tasche mit der einen Hand. Suchte in der Tasche. Kramte herum. Sie fischte eine Packung Zigaretten heraus. Kippte sich eine Zigarette auf den Tisch. Steckte die Zigarette in den Mund. Schaute sich um. Eine Kellnerin eilte herbei. Die Kellnerin wedelte verneinend mit den Händen und wollte gerade etwas sagen, da schaute Aldo auf. Er schaute die Kellnerin nur an, während er ein Feuerzeug aus seiner Hemdtasche herausholte. Die Kellnerin ging sofort wieder weg. Aldo zündete Maschas Zigarette an. Nahm sich selbst eine. Zündete seine an. Er atmete den ersten Zug tief ein. Beim Ausblasen beugte er sich wieder über Maschas Hand und küsste sie. Der Rauch quoll während des Kusses aus seinem Mund. Stieg um seinen Kopf auf. Mit unendlicher Zärtlichkeit blieb er im Kuss über Maschas Hand hängen. Dann begann er wieder mit dem Zeigefinger Maschas Finger nachzuzeichnen. Er rauchte und schaute seinem Finger zu, wie er Maschas Finger zart berührend entlangfuhr. Mascha rauchte und schaute weg. Yseut saß von Gio Gio gehalten. Warm. Lebendig. Niemand sagte etwas. Aldo drehte Maschas Hand um und begann, Maschas Handlinien nachzuzeichnen. Dann küsste er die Handfläche. Den Daumenballen. Mascha lachte auf. Sie entzog Aldo die Hand und steckte ihre Zigarette in den Mund. Sie griff über den Tisch herüber und nahm Yseuts Glas und tauschte es gegen das Glas von Gio Gio aus. Sie nahm Gio Gios Glas und stellte es vor Yseut hin. Dann nahm sie die Zigarette aus dem Mund, schwenkte sie wieder mit der Hand und schaute zufrieden auf die Gläser. Gio Gio zog Yseut noch mehr an sich. Er drückte ihre Schulter gegen seine. Er begann, sie ein wenig in seinem Arm zu wiegen. Ein winziger Pendelschlag hin und her. Yseut ließ ihn. Dann aber setzte sie sich auf. »Non volutamente.« Sie hätte es nicht absichtlich gemacht. Alt werden. Sie wäre nicht mit Absicht alt geworden. Yseut suchte nach Vokabeln und wie der Konjunktiv der Vergangenheit von »nicht entkommen« heißen sollte. Gio Gio schaute sie von der Seite an. Dann nahm er sein vertauschtes Glas und hob es. Er trank es aus und küsste Yseut auf den Mund. Er lachte. Yseut musste selbst lachen. Gio Gio hielt sein Glas hoch in die Höhe und rief nach Champagner. Er bedankte sich bei Mascha. Mascha lächelte alle an. Scheu. Sie lächelte alle scheu an, und dann schaute sie gleich wieder vor sich auf den Tisch. Aldo stimmte in den Ruf nach Champagner ein. Wieder schauten alle anderen Gäste zum Tisch herüber. Die Oberkellnerin kam gelaufen. Es wurde verhandelt, welche Marken von Champagner es zur Auswahl gäbe. Der Koch schaute aus der Küchentür. Die Oberkellnerin lief zu ihm und verschwand dann im Gang nach hinten. Der Major kam zurück. Er sah bleich und müde aus. Er piepste auch nur einen kleinen Ton mit der Elektrolarynx und setzte sich neben Gio Gio an den Rand der Bank. Es gäbe Champagner, sagte Aldo zum Major. Mascha habe gerade eine neue Liebe gestiftet. »Ha generato un nuovo amore.« Der Major schaute sich fragend am Tisch um. Mascha wies auf Gio Gio und Yseut. Der Major schwenkte seine Elektrolarynx. Scherzhaft drohend. Der Champagner wurde gebracht. Gläser wurden verteilt. Der Major lehnte sich zurück und schaute hinter Gio Gios Rücken zu Yseut herüber. Yseut zuckte mit den Achseln.

Sie hielt schon ein Glas Champagner in der Hand und prostete dem Major zu. Gio Gio lehnte sich zwischen Yseut und den Major zurück. Rief nach einem Glas für den Colonello. Mascha lächelte vor sich hin und rauchte. Aldo hatte seinen Kopf an Maschas Schulter gelehnt. Er lächelte zu Yseut herüber. Zwinkerte verschwörerisch. Gio Gio sagte »Cara« zu Yseut. Yseut rückte wieder auf ihren alten Platz um die Tischecke. Gio Gio rutschte ihr nach. Der Major piepste ein »Cheers« mit der Elektrolarynx. »I need to leave.«, krächzte er dann. Ob Isabella. Er betonte den Namen. Ob Isabella mitkommmen wolle oder noch bleiben. Yseut lächelte ihn an. Wollte gleich aufstehen. Gio Gio beugte sich ihr zu. Von der Seite. Er sah ihr von unten in die Augen. Fragend. Auffordernd. Schelmisch. Yseut musste lachen. »Come gentile.«, sagte sie. Einen Augenblick war sie verführt. Ging es nicht darum. Abenteuer. Dann sagte sie, sie müsse den Major nach Hause in die Villa bringen. Der Major schnarrte zustimmend. Gio Gio presste die Lippen zusammen. Sie müsse ihn besuchen. Er suchte in seinen Sakkotaschen. Holte eine Visitenkarte aus der Brusttasche innen. Hielt ihr die Karte hin. Sie müsse versprechen, morgen vorbeizukommen. Er könne sie auch abholen lassen. Er könne auch den Major nach Hause bringen lassen. Jetzt. Er nahm sie wieder um die Schultern. Yseut lachte. Sie habe doch ihr Auto, sagte Yseut. Dann sei das abgemacht. Sie komme morgen. Es werde ihr gefallen. Yseut lächelte. Sie wolle den Major nach Hause bringen. Das habe sie der Contessa versprochen. Der Major war schon aufgestanden. Trank seinen Champagner im Stehen aus. Gio Gio machte Yseut nicht gleich Platz. Er hielt ihre Hände. Streichelte im Halten ihre Handflächen. Ließ die Finger über ihren Handteller gleiten. Zögernd suchend. Ob sie nicht doch bleiben könne. Yseut stand zwischen Tisch und Bank eingeklemmt ihre Hände in den Händen Gio Gios. Sie unterdrückte ein Gähnen. Gio Gio sah das. Er sprang auf und stieg auf die Sitzfläche und über die Rückenlehne aus der Sitzecke heraus. Er führte Yseut an der Hand aus der Sitzecke heraus. Einen Augenblick. Yseuts Hand in seiner. Er ließ die Hand hängen. Hielt Yseuts Hand fest in seiner. Sie standen. Als wären sie immer schon ein Paar. Dann drückte er Yseuts Hand und ließ los. Yseut schaute sich um. Sie wolle ihr Essen bezahlen. Der Major schwenkte die Elektrolarynx verneinend. Dann setzte er sie wieder an dem Loch im Hals an und schnarrte, »This is taken care of.«. Er ging zur Tür voraus. Yseut überlegte, wie alt er sein musste, wenn er im Zweiten Weltkrieg schon da gewesen war. Yseut verabschiedete sich von Mascha und Aldo. Sie gab ihnen die Hand. Aldo lächelte sie wieder verschwörerisch an. Mascha lächelte automatisch. Sie hatte das Interesse verloren. Aldo setzte sich wieder hin, und nun begann er mit dem Texten. Mascha rauchte. Gio Gio hatte die Hände am Rücken verschränkt. Er gäbe ihr die Hand nicht. Er wolle keinen Abschied. Yseut lachte und ging. An der Tür wandte sie sich noch einmal um. Gio Gio war verschwunden. Aldo hatte ihr nachgeschaut, und ihre Blicke trafen sich. Jetzt schaute Aldo nachdenklich. Prüfend. Yseut folgte dem Major auf den Parkplatz. Im grellen Licht. Der Porsche war nicht mehr da, und Yseut konnte gut einsteigen. Sie fuhr aus der Parklücke hinaus und ließ den Major einsteigen. Der ließ sich ins Auto fallen. Piepste einen Dank. Yseut fuhr los. Sie rollte nach hinten aus dem Parkplatz. Die Tür zum Restaurant ging auf. Yseut hatte keine Zeit mehr, genau hinzuschauen. Sie dachte aber, dass die Person in der Tür Aldo gewesen war. Wieder musste der Major den Weg weisen. Der winkte ihr mit der Elektrolarynx die Richtungen. Er sprach nichts mehr. Sie waren bald aus dem Ort heraußen. Fuhren durch die dunkle, flache Landschaft. Dann die Romea. Kaum andere Autos. Die Abfahrt an den Brautmoden vorbei. Die Kennedy-Straße und nach Taglio di Po hinein. Yseut hatte den Weg ungefähr in Erinnerung. Der Major saß zusammengesunken da. Yseut dachte, er schliefe. Sie schaute aber nicht hin. Sie verfuhr sich an derselben Stelle wie bei der ersten Fahrt. Fuhr die Einbahnstraßen zweimal im Kreis. Dann fand sie den Weg heraus und kam zu dem kleinen Platz zurück, auf dem sie das Handtuch in den Müll geworfen hatte. Auf dem Damm. Der Mondstand hoch. Das Wasser des Po glänzte im Mondlicht. Yseut blendete das Licht auf. Insekten klatschten gegen die Windschutzscheibe. Wolken von Insekten. Yseut musste das Fenster schließen. Dachte an die Wanze. Ein Schild wies den Weg zur Villa hinunter. Yseut fuhr die Sandstraße ab. Vom Geräusch und dem Gerumpel aufgeweckt, fuhr der Major auf. Yseut sah jemanden geduckt hinter das Buchsbaumrondeau laufen. Sie fuhr langsam auf den Parkplatz neben der Terrasse zu. Sie hatte die Hand am Griff der Autotür, als die drei Männer aus dem Rondeau hervorbrachen. Die Männer trugen Skimützenmasken. Sie waren sehr schlank. Dünn. Jung.

Sie trugen Baseballschläger und kamen auf das Auto zu. Yseut drückte auf die Türsperre. Die Männer traten in den Radius des Aufblendlichts. Yseut hatte ihre Tasche auf den Rücksitz gestellt. Sie fand das Gurtschloss nicht, sich loszumachen. Sie konnte die Tasche nicht erreichen. Der Major starrte nach vorne hinaus. Die drei Männer stellten sich vor dem Auto auf. Der Motor lief. Die Scheinwerfer. Die Männer waren bunt gekleidet. Gefärbte Lederjacken. T-Shirts darunter. Einer hatte Fransen an den Ärmeln und an den Schultern seiner gelben Lederjacke. Im Aufblendlicht glitzerten die Augen in den Skimasken. Der Major wollte seine Tür aufmachen. Er starrte die Männer an. Die zeigten mit ihren Baseballschlägern auf ihn. Tippten die Schläger in ihren Händen und wiesen dann wieder auf ihn. Der Major gurgelte etwas. Yseut hielt ihn fest. Sie lehnte über die Rückenlehne ihres Sitzes und griff nach ihrer Tasche. Sie ließ sich wieder in den Fahrersitz fallen und suchte nach der Pistole. Es dauerte lang. Die Pistole ganz unten. Unterhalb all des Krams in ihrer Tasche. Geldbörse. Puderdose. Haarbürste. Schlüsseltäschchen. Notizbuch. iPhone. Papiertaschentücher. Tic tac. Dann fand sie das Etui, riss es auf und holte die Waffe heraus. Sie entsicherte. Die Männer standen jetzt fast an das Auto gelehnt. Das Licht der Scheinwerfer von unten. Sie sahen kopflos aus. Die schwarzen Hauben. Yseut legte ihre linke Hand an die Autotür. Den Mittelfinger auf der Entsperrtaste. Die Männer starrten in das Auto herein. Vorgebeugt. Warteten. Yseut drückte auf die Entsperrtaste. Die Schlösser klickten auf. Die Männer richteten sich auf. Traten zurück. Yseut ließ die Tür aufschnappen und schoss durch den Spalt in der Tür. Sie zielte auf den Mann vor ihr. Mit dem Öffnen der Tür waren mit einem Mal alle Geräusche der Nacht zu hören. Die Zikaden. Ein Wind. Der Motor. Yseut schoss. Die drei Männer kamen einen Augenblick auf sie zu. Sie schoss wieder. Die Männer drehten sich und liefen. Sie liefen tief vorgebeugt durch das Steintor und den Damm zum Po hinauf.

9. Folge.

Mit dem Öffnen der Tür war das Innenlicht angegangen. Yseut schoss noch einmal. Ihr war plötzlich klar, dass sie sichtbar geworden war. Sie hörte den Major nach dem Lichtschalter suchen. Yseut schaltete den Motor ab. Das Licht im Auto. Der Major hatte den Schalter gefunden. Dunkelheit. Yseut saß aufrecht. Die Arme durchgestreckt. Die linke Hand als Stütze für die rechte. Die Pistole im Spalt zwischen offener Tür und Karosserierahmen. Sie folgte den Schattengestalten mit dem Pistolenlauf. Im Mondlicht nur die Jacken zu ahnen. Die Bewegung. Tiere. Sie holte Luft. Trat die Autotür mit dem Fuß auf. Nachlaufen. Weiterschießen. Niedertrampeln. Mit jedem Atemzug. Die Wut stieg an. Wurde rasend. Die hatten ihr Angst gemacht. Richtige Angst. Richtige alles bedeutende Angst. Die hatten ihr beigebracht, was Ohnmacht war. Gefangen. Sie war in dem Auto gefangen gesessen. Ein gefangenes Tier und nichts an ihr noch die Person. Sie war zu einem Körper gemacht worden. Ohne jede Eigenschaft. Ein Körper. Nur zum Töten. Sie hatte die Autotür aufgetreten und wollte aus dem Auto springen. Für das Auftreten hatte sie sich nach hinten neigen müssen. Sie hatte Schwung genommen. Da fühlte sie die Hand des Majors auf der Schulter und wie er sie weiter nach hinten und nach unten drückte. Der Mann keuchte. Gurgelnd. Er hielt sie an der linken Schulter nieder. Sein Kopf über ihren gebeugt. Yseut ließ sich nach hinten ziehen. Was war nun. Der Major. Das war doch. Ein Freund. Sie war doch seinetwegen. Der Major nutzte ihren Augenblick der Schwäche und kletterte über sie. Er griff nach der Pistole. Sie hielt die Waffe immer noch mit durchgestreckten Armen weit von sich fort. Sie streckte die Arme noch weiter aus. Hielt die Pistole so weit weg wie möglich. Der Major musste sich lang ausstrecken, an die Waffe zu kommen. Er griff über ihre rechte Schulter in die Richtung ihrer Hände. Er legte sich über ihre Schulter auf ihren Oberkörper und angelte nach der Waffe. Yseut konnte die Arme nicht bewegen. Sie konnte sich überhaupt nicht bewegen. Ihr Kopf war ins Genick gestemmt. Sie atmete nur so obenhin. Der Major gurgelte. Schnaufte. Er musste sich noch mehr ausstrecken. Dann bekam er die Pistole zu fassen. Er fuhr mit seiner Hand in ihre gekrümmte Hand. Schob seine Finger zwischen ihre und die Waffe. Er arbeitete seine Finger zwischen ihre. Vorsichtig suchend. Dann hatte er sie vom Abzug weggedrängt. Er ließ sich endgültig gegen sie fallen. Die Waffe in der Hand. Yseut hörte ihn sichern. Ihr fielen die Arme zur Seite. Taub. Der Major lag auf ihr. Röchelnd. Einen Augenblick. Sie lagen. Beide atmeten heftig. Yseut konnte weiter nur so obenhin Luft bekommen. Ein stechender Schmerz um die Rippen rechts. Keine Bewegung. Der Major drückte ihren Brustkorb noch weiter ein. Sie lag bewegungslos. Zog den Atem hechelnd ein. »Literae halatae.«, fiel ihr ein. Und »Curanderos und curanderas.« »Shuar.« »Vedische Schamanen.« Alle sangen mit Behauchung. Alles war falsch gelehrt worden. Fast alles. Immer dieser enge Horizont als Weite verkauft. Begrenzt. Alles so begrenzt gewesen. Dann begann sie zu lachen. Der Major. Sie musste lachen. Das tat sehr weh. Der Major rappelte sich auf. Er musste sich ihren Körper entlang hochstemmen. Er stützte sich auf ihren rechten Busen. Er grunzte. Es klang nach Entschuldigung. Er kroch rückwärts aus dem Auto. Yseut blieb einen Augenblick noch liegen. Die Zikaden. Auf dem Damm oben rauschte ein Auto vorbei. Ein großes, schweres Auto. Yseut hörte den Major um den Wagen herum gehen. Sie zog sich am Lenkrad auf. Morgen. Sie würde überall blaue Flecken haben. Sie bekam jetzt so schnell blaue Flecken, und es brauchte so viel länger als früher, bis die verschwunden waren. Sie schob ihre Beine aus dem Auto. Sie musste sich noch einmal zurücklehnen, den Schlüssel zu ziehen. Dann war der Ganghebel nicht auf Parkposition, und sie musste sich wieder hinsetzen. Die Bremse antippen und den Gang richtig einlegen. Kurz die Versuchung, sich über das Lenkrad zu legen und einzuschlafen. Sich um nichts mehr kümmern. Alles sein lassen. Dann drehte sie sich wieder zur Tür. Stellte die Füße auf den Boden. Sie konnte sich nur langsam bewegen. Sah sich selbst in Zeitlupe. Langsame gedehnte Bewegungen. Schön. Das war schön. Sie sah sich funktionieren. Die ausgestreckten Arme. Wie sie aufsprang. Die Verfolgung. Der Major zog sie dann an der Hand in die Höhe. Aus dem Auto heraus. Er drängte sie vom Auto weg. Zerrte sie davon. Sie wollte nicht. Sie wehrte sich. Sie machte sich schwer. Sie blieb stehen. Sie klickte das Auto zu. Der Major zuckte beim Aufflackern der Lichter. Er zog sie auf den Grasstreifen am Straßenrand. Sie solle leise sein, deutete er ihr. Der Mond stand genau über dem Dach der Villa. Die Zwerge hell. Grotesk lauernde kleine Gestalten. Yseut wurde schwindlig. Brechreiz. Schreien. Sie hätte schreien mögen. Wild Schreien. Aber es wäre kein Ton gekommen. Sie taumelte hinter dem Mann zur Tür ins Haus. Ein Rosenstrauch an der Hauswand. Stacheln. Sie fuhr zurück. Stieg auf den Kies. Knirschte. Der Major wartete schon an der Tür. Er drückte ihr die Elektrolarynx in die Hand. Behielt die Pistole. Das Metall des Geräts war warm vom Halten. Feucht. Ein dünnes Stäbchen nach dem Griff der Pistole. Der Major suchte in seiner Jackentasche. Holte einen Schlüssel hervor. Er sperrte auf. Leise. Vorsichtig. Er zog sie ins Haus. Sperrte hinter ihnen zu. Er schaute lange durch das Fenster in der Tür zum steinernen Tor hinüber. Dann wandte er sich ab. Deutete ihr zu folgen. Yseut wusste nicht mehr, wie sie in ihr Zimmer kommen sollte. Wo war die Stiege, die dahin führte. Der Schlüssel. Sie hatte den Schlüssel in der Tasche. Sie hielt die Tasche an sich gepresst. Sie hatte die Tasche mitgenommen. Das hatte sie gar nicht gewusst. Sie war so erleichtert, dass sie nicht noch einmal vor das Haus hinausmusste und zum Auto. Sie sank in sich zusammen. Sackte ein. Der Major griff ihr unter den Arm. Zog sie weiter. Yseut schauderte. Sie hätte in den Schatten des Monds hinausgemusst. Sie wollte weinen, aber der Major hielt sie an der Hand. Er führte sie eine Stiege hinauf. Blieb stehen. Deutete ihr, leise zu sein. Yseut blieb stehen. Sie griff nach seinem Arm. Wollte ihn anhalten. Polizei, war ihr eingefallen. Polizei. Man musste das melden. Sollte das nicht jemand wissen. Es musste einen Bericht geben. »Police.«, flüsterte sie. Der Major schüttelte den Kopf. Schob sie weiter. Yseut blieb stehen. Zog ihre Schuhe aus. Die Absätze. Auf den Holzstufen. Das klickte so laut. Auf dem Marmorboden war das gedämpfter gewesen. Der Marmor kühl unter ihren Füßen. Das Holz warm und weich nach dem Stein. Vor der Tür. Sie stellte ihre Tasche ab. Suchte nach dem Schlüssel. Wühlte. Das war laut. Sie griff langsam weiter. Der Major stand noch auf dem Stiegenabsatz. Ein Schattenriss vor dem Mondlicht draußen. Er hielt die Pistole mit dem Lauf nach unten. Yseut hatte seine Elektrolarynx in die Tasche gelegt. Sie brauchte die Hände zum Suchen des Schlüssels. Sie hockte vor ihrer Tür. Der Major. Yseut zögerte. Der Major war nicht mehr der alte Mann mit diesem schrecklichen Gebrechen. Die Silhouette vor dem Gangfenster. Ungeduld. Drohung. Fordernd. Der Major zischte. Leise. Es war fast ein Pfeifen. Yseut begann wieder, nach dem Schlüssel zu suchen. Der Schlüssel im Seitenfach eingezippt. Sie suchte nach dem Schlüsselloch. Der Major schlich sich die letzte Holzstufe herauf. Stand an sie gedrängt. Yseut kratzte mit dem Schlüssel im Schlüsselloch herum. Dann endlich. Der Schlüssel ließ sich drehen, und die Tür sprang auf. Der Major schob sie zur Seite. Ging an ihr vorbei ins Zimmer voraus. Er nahm sie an der Hand und führte sie den kurzen Gang ins Zimmer hinein. Kindergartengruppe, dachte Yseut. Faschingseinzüge im Kindergarten. Da hatten sie einander so an den Händen nehmen müssen und waren in einer langen Reihe in die Aula eingezogen. Sie war immer als Clown verkleidet gewesen. Das Kostüm war gekauft worden und musste wiederverwertet werden. Die Mutter hatte nicht nähen können wie die anderen Mütter, die jedes Jahr ein neues Faschingskostüm herbeigezaubert hatten. Im Zimmer. Dunkel grauschattig. Die Terrasse draußen fast taghell beschienen. Die weite Wiese ein silbrig schimmernder Teich. Die Bäume schwarzscherenschnittige Arabesken. Alles in Mondlicht getaucht. Getaucht. Yseut fühlte sich versinken. Sie stand in der Zimmermitte. Als führe sie in die Tiefe. Sanft. Ohne Widerstand. In die Tiefe geglitten. Stehend in die Tiefe gefahren. Sie taumelte zum Fenster und stützte sich auf den Fensterrahmen. Roter Stein. Auch Marmor. Rau. Sie musste warten, bis sie wieder selber stehen konnte. Das dicke Fliegengitter. Sie konnte sich nicht hinausbeugen und sich umschauen. Einen Augenblick schien ihr auch nicht genug Luft durch dieses Gitter hereinzukommen. Sie brauchte Luft. Frische, kalte Luft. Die Tränen begannen zu rinnen. Sie brauchte Luft. Sie hörte den Major herumgehen. Auf Zehenspitzen. Er hatte die Tür wieder versperrt. Kam ins Zimmer zurück. Schloss die Zimmertür hinter sich. Es war der Anblick gewesen. Der Anblick. Diese drei Gestalten. Buben waren das gewesen. Ganz junge Männer. Wie sie da gestanden hatten. So unbeweglich. So unbewegt. So sicher. Ihrer Opfer so sicher. Ihres Vergnügens sicher. Die waren ihres Vergnügens sicher gewesen. Erwartungsvoll. Das hatte erwartungsvoll ausgesehen. Ruhig und gemessen erwartungsvoll.

So pulsierend vor Sicherheit, dass nichts anders kommen könne als das, was sie vorhatten. Yseut hörte einen Schuh fallen. Sie drehte sich um. Der Major zog sich die Schuhe aus. Er winkte ihr. Deutete etwas. Ach ja. Sie hatte ja die Elektrolarynx. Wo war die Tasche. Sie hatte die Tasche umgehängt. Sie ging an das große Bett und reichte dem Mann das Gerät. Die Tasche hielt sie wieder an sich gepresst. Der Major legte sich die Pölster zurecht. Er stapelte die Pölster auf dem rechten Bett hoch auf und lehnte sich in die Pölster zurück. Er schlug mit der Hand auf ihr Bett. Sie solle sich hinlegen. Yseut musste aber zuerst auf die Toilette. Sie tappte zur Tür. Tastete sich zur Badezimmertür. Sie drehte das Licht im Badezimmer auf und schloss beide Türen hinter sich. Trotzdem hatte sie das Gefühl, das ganze Haus konnte ihr zuhören, und sie setzte sich auf das Bidet. Da plätscherte nichts. Sie wusch sich. Es war plötzlich wichtig, sauber zu sein. Vor allem da. Sie stellte sich dann doch noch unter die Dusche. Putzte die Zähne. Ihr Spiegelbild im Spiegel hinter dem Bidet. Sie erkannte sich nicht. Sie reinigte diese fremde Person. Trocknete sie ab. Sie zog ihr Kleid wieder über. Sie konnte nicht nackt in das Zimmer zurück. Sie ging bloßfüßig. Der alte Terrazzoboden krümelig unter ihren Sohlen. Yseut ging um das Bett herum und stopfte sich die Pölster zum Sitzen zurecht. Yseut hatte das Licht im Badezimmer angelassen. Die Türen standen offen. Ein rosiger Schein, und sie konnte den Major besser sehen. Yseut setzte sich auf das Bett. Was das nun alles bedeuten solle, fragte sie. Der Major öffnete kurz die Augen. Winkte müde mit der Elektrolarynx. Dann hielt er sie doch wieder an das Loch im Hals. »Old stories.«, krächzte er leise. »Fathers and sons and grandsons. Old, old stories.« »That was against you. Why?«, fragte sie. »Old stories.« So. What are we going to do. And may I have my gun back. Please!« Yseut drehte sich zu dem alten Mann. Sie konnte das Loch in seinem Hals nicht sehen. Er hatte sich so gelegt. Sie sah nur den Schleim auf seinem Hals. Im Lichtschein aus dem Badezimmer. Der Major setzte sich auf. Abrupt. Er hielt die Pistole in der rechten Hand und die Elektrolarynx in der linken. Er hielt die Pistole aber immer abwärts und von ihr abgewandt. Er tauschte die Geräte und hielt sich die Elektorlarynx wieder mit der Rechten an die Kehle. »War.«, krächzte er. Krieg in Europa. Schon längst ausgebrochen. Seine Regierung. Die Mafia zu Hilfe. Wie im Zweiten Weltkrieg. Die Zusammenschlüsse der Sicherheitsdienste. Polizei gegen Militär. Datenaustausch. Datenbesitz. In Italien alles Militärpolizei. Besonders gefährlich. Zentrum der Bewegung. Europa längst das Europa der Polizei. Camps. Atrocities. Fascism. Gio Gio Mafia. Adriano Polizei. Und dann noch die Nazis. Die alten Faschisten. Von da kam der Anschlag. Glaubte er. Und wer sei aber nun sie. Die Diva mit der Waffe. Warum sie eine Waffe habe. »I wanted one.« »Just like that?« »Just like that.« »Unusual for a woman in Europe.« Yseut wandte sich dem Mann wieder zu und schaute ihn an. Sie lag ein wenig tiefer als er. Sie musste ihr Genick überdehnen, ihm in die Augen sehen zu können. Der Major betrachtete sie ebenso und nickte. Zuckte mit den Achseln. »Why did you give a wrong name?«, fragte er sie. »Do you always give your real number?«, fragte sie zurück.

Der Mann grinste und hielt die Elektrolarynx zustimmend in die Höhe. Yseut lag im Bett. Über ihr die hellblaue Drapierung des Betthimmels. Der blaue Brokat, in dem das grüne Tier gewohnt hatte. In der Erinnerung. Sie zuckte zusammen. Der Major hob den Kopf. Sie müsse keine Angst haben. Es ginge nur um ihn. Sie müsse wohl abreisen, flüsterte Yseut. Der Major schwenkte das Gerät. Das solle sie entscheiden. Er. Er müsse verschwinden. »My gun.«, sagte Yseut. Aber sie konnte es nur noch so vor sich hinsagen. Schlafüberfallen wollte sie es noch einmal sagen, aber sie konnte nur noch die Lippen öffnen. Sie hörte sich selbst schnaufen. Das mit dem Schnarchen. Das war das Peinlichste am Älterwerden. Sie hatte zu schnarchen begonnen. Getrennte Schlafzimmer. Sie hatte sich nicht beobachtet wissen wollen. Getrennte Wohnungen. Lauritz hatte selber so fürchterlich geschnarcht. Lautbildung im posterioren Abschnitt des oronasopharyngealen Systems. Yseut wachte in den Schrecken wieder auf. Die drei Gestalten vor sich. Wie sie aus der Dunkelheit in das Scheinwerferlicht ihres Autos geglitten waren. Wie sie sich aufgepflanzt hatten. Wie sie sich in das Licht gedrängt hatten. Gesehen hatten werden wollen. Schauspieler, die an den Bühnenrand drängten. Eine Revuetruppe zum Applaus an die Rampe. Sie schaute nach rechts. Der Major lag da. Er bemerkte ihren Blick und schaute herüber. Er lächelte. Hob die linke Hand. Grüßend. Irgendwie grüßend. In dem riesigen Bett war er weit entfernt. Yseut schaute vor sich hin. Draußen Dunkelheit. Kein Mondlicht mehr. Die gotischen Rahmen der Fenster mit Dunkelheit gefüllt. Die Zikaden. Ein Auto fuhr im

Park draußen. Das hatte sie geweckt. Das Geräusch des Autos. Das Scheinwerferlicht streifte die Bäume. Die Villa. Einen Augenblick das Scheinwerferlicht im Zimmer. Dann bog das Auto um das Haus und fuhr nach hinten weg. War das dieses starke Auto gewesen. Auf dem Damm. Der tiefe Ton bei der Beschleunigung. Yseut seufzte. Sie fühlte sich stumm. Neben diesem Mann, der nicht sprechen konnte, fühlte sie sich selbst verstummt. Sie hatte das Gefühl, aller Sprache beraubt zu sein. Die Kehle trocken. Der Kopf. Doch zu viel getrunken. Sie starrte vor sich hin. Das Licht aus dem Badezimmer. Ein rosiger Hauch im Spiegel zwischen den Fenstern. Im Haus. Vollkommene Stille. Der Atem des Manns neben ihr. Rasselnd röchelnd. Dieser Mann. Sie holte Atem. Dieser Mann. Der starb ja. Der lebte im Sterben. Dieser Mann. Der wusste das. Die Beklemmung dieses Wissens. Sie geriet selbst in die Beklemmung eines solchen Wissens. In eine Beengung von innen und außen. Noch die Füße quollen ihr auf in diese Bedrängnis und wurden von außen wieder gestaucht. Sie lag in einen Zwangsgriff gespannt. Unfähig, sich zu bewegen. Ihre Kehle ausgetrocknet. Ein rauer Ton entfuhr ihr. Der Major wandte sich ihr zu. Er rutschte in dem weiten Bett näher an sie heran. Was es sei, fragte er. Im Liegen. Er hielt die Elektrolarynx nicht genau an das Loch in seinem Hals. Er musste die Frage dreimal wiederholen. Sie begann zu weinen. Sie musste weinen. Das Weinen geriet in ein Schluchzen. Sie wurde vom Schluchzen in die Höhe gerissen. Ihr ganzer Körper dem Zucken der Schluchzer ausgeliefert. Der Major rutschte noch näher und nahm ihre Hand in seine. Hielt sie. Bei jedem

Schluchzen drückte er ihre Hand und summte. Beruhigend. Das Summen machte alles noch schlimmer. Yseut war verzweifelt, und der Ausbruch begann von neuem. »What is it. Buttercup. What is it?« Yseut schluchzte weiter. Sie konnte ihm ja nicht sagen, dass sie weinte, weil er sterben musste. Wie sollte sie ihm sagen, dass er sie trösten musste, weil er starb. Das Tier sei so grauslich gewesen, flüsterte sie dann. Sie lag ihm seitlich zugewandt. Er hob ihre Hand und drückte sie. Das seien auch schreckliche Insekten, krächzte er leise. Er lächelte sie an. Sie lächelte zurück und drückte seine Hand. Dann lag sie. Ihre Hand in seiner. Wie oft hatte sie so geweint. Wie oft war diese Verzweiflung über sie hergefallen und hatte sie aus allem herausgerissen. Hatte sie immer schon gewusst, wie das war, wenn sie erschlagen werden sollte. Hatte sie immer schon alles gewusst. Über die Vernichtung. Über ihre Vernichtung. Ihr Ende. Sie hatte ihn nicht geschafft. Diesen Pakt. Gegen die Zeit. Sie hatte es zu allen Zeiten zu jeder Zeit gewusst. Das Ende. Die Vernichtung. Sie war im Kampf mit der Vergänglichkeit. Mit ihrer Vergänglichkeit. Und schon immer. Die Liebe. Sie hatte von der Liebe das Gegenmittel erwartet. Erhofft. Erfleht. Erbettelt. Aber sie kannte das. Sie hatte das immer schon gekannt. Das Gefühl, in die Enge genommen zu werden. Rettungslos. Trostlos. Allein. Sie musste tief seufzen. Der Major drückte ihre Hand. Sie schloss die Augen. Holte wieder tief Luft. Sie lag auf der Seite und in ihr. Die glühendste Wut. Auf diese Männer. Und sie wollte die quälen. Sie wollte denen nachlaufen. Sie jagen. Ihnen Kugeln in den Leib treiben und sie dann liegen lassen. Für die anderen Tiere.

Warum aber. Sie drehte sich auf den Rücken und schaute in den Brokathimmel hinauf. Warum aber hatte niemand die Schüsse gehört. Warum war niemand zu Hilfe gekommen. Aus dem Haus gelaufen. Waren nächtliche Schüsse hier normal.

10. Folge.

Wie es kam, dass Yseut die Briefe von Byron liest und nach Bagnacavallo fahren will.

Yseut hatte die Briefe von Byron im Sommer 1982 gekauft. Das Buch lag bei den Neuerscheinungen im British Bookshop in der Blumenstockgasse. Yseut hatte sofort zugegriffen. Sie nahm das Buch und las es im Strandbad Alte Donau, während Goggo mit seinem Freund Davey Tischtennis spielte oder im Wasser herumtobte.

Yseut war zufrieden. Sie hatte ihre winzige Wohnung in der Taborstraße. Goggo ging das erste Mal gerne in die Schule. Goggo war ja amerikanischer Staatsbürger und konnte deswegen in die amerikanische Schule gehen. Da war er den ganzen Tag, und Yseut konnte arbeiten. Yseuts Mutter bezahlte das Schulgeld. Yseuts Mutter verdiente mittlerweile sehr gut, und sie war ja jetzt allein.

Yseut hatte bald nach ihrer Rückkehr nach Wien einen Job als Empfangsdame in der Werbeagentur A&B begonnen. Da hatten sie noch bei der Mutter in der Gumpendorferstraße gewohnt. Yseut lebte mit Goggo wieder in ihrem Mädchenzimmer, und manchmal ging sie mit Madeline aus.

Madeline holte sie dann ab, und sie spielten noch mit

Goggo. Dann gingen sie durch die Innenstadt zu Madeline in die Biberstraße, und Yseut zog sich da um. Madeline hatte Kleider vom Adlmüller, sie kaufte in den Boutiquen rund um den Graben. Yseut und Madeline hatten schon auf den Sommerlagern der Katholischen Jungschar Kleider getauscht. Sie hatten einander mit 12 Jahren auf so einem Sommerlager kennengelernt und waren Brieffreundinnen geworden. Madeline lebte da in Baden bei ihrer Mutter und ihrer Großmutter, und sie durfte nicht allein nach Wien fahren. Der Badner Bus und die Badner Bahn hatten zwar beide ihre Endstation auf dem Karlsplatz, und Yseut hätte Madeline abholen können, aber Madeline durfte nur zu ihrer Tante nach Wien fahren. Madelines Tante wohnte auf dem Schwarzenbergplatz, und wenn Madeline da hinmusste, wurde jede Minute gezählt, in der Madeline alleine in Wien unterwegs war. Madeline lachte immer und sagte, die Großmutter fürchtete, dass sie sich in Wien in Luft auflöse.

Die Jungscharlager waren in Berghütten abgehalten worden. Sie machten jeden Tag Ausflüge auf irgendeinen Berggipfel. Yseut bekam von ihrer Mutter eine Stange Wiener Wurst mit. Das Brot erhielten die Kinder von den Betreuern. Die Schwester Fini verteilte die Brotscheiben, und jedes Kind schnitt sich von der selbst mitgebrachten Wurst mit selbst mitgebrachten Taschenmessern Wursträder ab und machte sich ein Wurstbrot. Die Wurst musste für die ganze Woche reichen.

Yseut hatte schon am Donnerstag keine Wurst mehr und hätte das Brot trocken essen müssen. Madeline mochte ihre

Speckwurst nicht essen und nahm lieber von den Äpfeln, die ausgeteilt wurden, die aber die anderen Kinder nicht essen wollten. Madeline aß Yseuts Apfel und Yseut Madelines Wurst. Sie saßen und schliefen die ganze Woche nebeneinander, und während des Schuljahrs schickten sie einander Briefe. Sie konnten einander aber keine Geheimnisse schreiben, weil Madelines Großmutter die Briefe las. Sie machten sich einen Geheimcode aus. Wenn sich eine verliebt hatte, dann schrieb sie, dass der Onkel Ritter zu Besuch gekomen war. Wenn die Tante Käthe zu Besuch gekomen war, dann hieß das, dass sie die Menstruation hatten. Dann schrieben sie einander, wie sich die Tante Käthe aufgeführt hatte, und die andere konnte wissen, dass die Schmerzen wieder unerträglich gewesen waren. Sie nahmen beide Unmengen Irocophan gegen diese Schmerzen und bekamen dann wiederum Magenschmerzen von den Tabletten. Für die Magenschmerzen mussten sie keinen Code erfinden.

Madeline hatte sich in ihren Chorleiter verliebt, und sie schrieb, der Onkel Ritter habe ganz dunkle Haare und eine sehr tiefe Stimme. Dann aber schrieb Madeline nur noch über ihren Bruder und was sie alles gemeinsam machten. Yseut beneidete Madeline um diesen Bruder, aber sie mochte ihn nicht sehr. Er wollte immer wissen, was sie machten, und wenn sie es ihm gesagt hatten, lachte er über sie.

Wenn sie in die Splendid Bar gegangen waren, trugen Madeline und Yseut die kürzesten Miniröcke, und sie tanzten am wildesten. Yseut hatte ein mintgrün und rosa quergestreiftes Hängekleidchen von Madeline an, und sie tanzte allein auf der Tanzfläche. Außer ihr hatte noch niemand zu tanzen begonnen. Yseut kam so selten aus dem Haus, dass sie keine Sekunde dieser Gelegenheit versäumen wollte. Madelines Bruder winkte sie an den Tisch zurück. Ein großer, schwerer Mann saß schon da, und Georges Dimou brachte selbst die Getränke. Madelines Bruder hatte dem Mann gesagt, Yseut suche einen Job und dass sie sehr gut Englisch sprechen könne, weil sie gerade aus den USA nach Wien zurückgekommen sei.

Der Mann redete Yseut auf Englisch an, und Yseut musste sehr lachen. Der Mann sprach ein schlechtes britisches Schulenglisch, und sie gab ihm schnippische Antworten. Ja, sagte sie. Sie wäre eine geschiedene Frau. Immerhin sei sie damit nicht mehr eine Bigamistin, weil sie ja in Amerika immer noch verheiratet sei. Und ja. Sie habe einen kleinen Sohn und sie müsse gerade eine Schule für ihn suchen. Und ja. Sie wäre sicher, Kinder könnten zweisprachig aufwachsen. Ja. Sie spräche Englisch mit dem Kind. Hier in Wien spräche sie Englisch mit ihm. In Kalifornien hätte sie Deutsch mit ihm geredet. Der Mann sagte dann, er sei der Chef einer internationalen Werbeagentur und er brauche eine Hilfskraft für die Rezeption. Englisch müsse diese Person schon können. Yseut lachte.

Sie tanzten dann alle, es wurde sehr spät. Der Mann hieß Herbert. Yseut und Madeline lachten über diesen Namen und nannten den Mann »den Onkel Ritter«. Der Chorleiter von Madeline hatte auch Herbert geheißen. Dieser Herbert wollte Yseut nach Hause bringen. Es war früh am Morgen. Er fuhr aber nicht in die Gumpendorferstraße. Er nahm Yseut mit zu seinem Haus in Weidling am Ölberg. Nachdem sie miteinander geschlafen hatten, verfiel dieser Herbert in einen tiefen Schlaf, und Yseut musste bis zur Landesstraße nach Wien zu Fuß gehen und mit dem allerersten Bus nach Nussdorf fahren. Von Nussdorf fuhr sie mit dem D-Wagen bis zur Oper und ging von da nach Hause. Die anderen Leute schauten an ihr vorbei. Sie trug ja noch das Glitzerkleidchen, und diese Menschen waren auf dem Weg zur Arbeit. Zu dieser Zeit gingen die Leute in Wien um 10.00 Uhr am Abend ins Bett und standen sehr früh wieder auf. Die Amtstunden hatten da um 7.00 Uhr am Morgen begonnen, und die Schulen fingen um 7.30 Uhr an.

Das war das Schwierigste bei der Rückkehr nach Wien gewesen. In Wien lächelte niemand. Yseut war in Kalifornien gewohnt gewesen, jede Person mit einem Lächeln zu bedenken. Es war so üblich, und alle hatten verständnisvoll miteinander gesprochen. In Wien wurde nichts geredet. Die Menschen saßen stumm in den Straßenbahnen nebeneinander und schauten vor sich hin. Die Häuser waren alle schwarz vom Braunkohlenstaub, und in der Nacht war die Stadt schlecht beleuchtet. Alles war ärmlich, und viele Menschen hatten schlechte Zähne. Yseut fehlte die Sonne und das Meer. Sie hatte sich aber über den ersten richtigen Regen in Wien auch wieder sehr gefreut.

Yseut war dann ohne Schwierigkeiten aus dem Schlamassel mit den Ehen herausgekommen. Mit Ed hatte sie nicht mehr reden können. Ed lehnte jeden Kontakt ab. Er hatte gehört, dass Yseut ein Kind habe. Er ließ Yseut über seine Mutter ausrichten, dass er nicht daran dächte, dieses Kind als seines anzuerkennen. Die Scheidung von Ed war ja noch immer nicht gültig, und deshalb war Goggo in Wien automatisch Eds Kind.

Eds Mutter war zu Yseuts Mutter gekommen und hatte Goggo besichtigt. Yseut war da gar nicht dabei gewesen. Sie hätte das gleich klargestellt, daß Goggo nicht von Ed sein konnte. Eds Mutter hatte aber herumgerechnet und gedacht, Goggo könnte doch noch von Ed sein. Yseuts Mutter hatte es so eingerichtet, dass Yseut am Samstagnachmittag in das Kunsthistorische Museum gehen konnte. Yseut hatte begonnen, sich für Wien zu interessieren, als wäre sie zu Besuch hier. Bis dahin war sie als Kind mit dem Vater im Kunsthistorischen gewesen, aber dann fast nur noch im Museum der Akademie der Bildenden Künste. Das wäre ohnehin das beste Museum in Wien, hatte der Vater gesagt, und dorthin mussten sie überhaupt nur zwei Straßen überqueren und waren dort.

Yseut war also in der Gemäldegalerie herumspaziert, während Eds Mutter Goggo anschaute. Sie sei sehr enttäuscht gewesen, hatte Yseuts Mutter später zugeben müssen. Niemand in Eds Familie hatte rötliche Haare gehabt, und Eds Mutter musste ihren Wunsch auf ein Enkelkind aufgeben. Ed hatte da zwar längst eine neue Freundin, aber Ed sah seine Mutter nicht mehr so oft, weil sie mit Yseuts Mutter immer noch zum Heiner ging. Ed warf seiner Mutter vor, Yseut zu verteidigen, aber es war nicht Yseuts Schuld, dass das mit der Scheidung so lange dauerte. Yseut hatte alles unterschrieben und keine Einsprüche erhoben. Die Scheidung von Simon war dann ganz unkompliziert, und sie behielt seinen Namen.

Yseuts Vater war bald nach ihrer Rückkehr gestorben. Sie hatten ihn nach Hause nehmen müssen, weil er im Spital Goggo nicht sehen hätte dürfen. Es war streng verboten, Kinder zu den Besuchszeiten mitzubringen. Die ersten Male war Yseut mit Goggo im Kinderwagen unten im Park vom Wilhelminenspital gestanden, und der Vater hatte von oben heruntergeschaut. Er war zu schwach, in den Park herauszukommen. Es war aber dann ganz einfach. Yseut und ihre Mutter lernten, wie der Schleim aus dem Schlund vom Vater abgesaugt werden musste. Sie machten es vorsichtiger und häufiger, als die Schwestern es im Spital gemacht hatten, und der Vater hatte weniger Erstickungsanfälle. Der Vater lag hochgebettet auf dem Sofa im Wohnzimmer und schaute Goggo beim Spielen zu. Der Vater konnte nicht mehr viel reden. Der eine Rettungsmann hatte beim Hinauftragen des Vaters in die Wohnung gesagt, dass er das seinem Vater nicht antun würde. Yseut gab dann nur dem anderen Rettungsmann ein Trinkgeld.

Beim Tod vom Vater war Yseut mit ihm allein. Sie hatte sich mit einem Buch zu ihm gesetzt. Sie hatten nichts geredet. Da sagte der Vater plötzlich, »Ich werde bald sterben.«. Yseut hatte nichts sagen können. Sie schaute ihn an und suchte nach einem Satz, der ein Trost sein hätte können. Es war aber die Wahrheit. Er habe seinen Frieden gemacht, flüsterte der Vater nach langem. Er schaute Yseut in die Augen, und Yseut schaute in seine. Sie wusste wieder nichts zu sagen, aber sie konnte ihn anlächeln. »Ich war nicht gut zu euch.« Yseut saß stumm. Sie fühlte ihre Lippen steif und schmal werden. »Aber ich habe euch gern gehabt.« Yseut hatte aufstehen müssen. Sie ging zum Fenster und schaute hinaus. Die Häuser gegenüber. Sie stand da. Sie hatte die Hände auf dem Rücken gefaltet und merkte den Zug in ihren Schultern beim Zurückziehen der Hände. So war sie bei Prüfungen gestanden. Die Hände auf dem Rücken ineinandergelegt und weit nach hinten gestreckt. Manchmal hatte sie mit den ineinandergeballten Händen aus Nervosität vor- und zurückgewippt. Sie stand mit gesenktem Kopf. Schaute auf die Straße hinunter. Sah Autos fahren. Leute gehen. Sie wollte nicht weinen. Sie wollte den Vater mit klaren Augen ansehen und nicht tränenverschwommen. Für Tränen war es ja zu spät.

Während sie so am Fenster stand, veränderte sich etwas im Zimmer, und sie wusste es sofort. »Papa!«, schrie sie und lief zu ihm. Sie beugte sich über ihn. Sie rüttelte an seinen Schultern. »Papa! Papa! Bitte. Papa!« Aber es war kein Hauch mehr in ihm, und er fiel schlaff aus ihren Händen in die Pölster zurück. Yseut setzte sich dann hin und hielt seine Hände. Sie hatte Angst, es war ihr unheimlich, aber sie wollte seine Hände nicht kalt werden lassen, bevor die Mutter nicht nach Hause gekommen war. Sie hatte ein schlechtes Gewissen für ihn, dass er nicht auf die Mutter warten hatte können.

Nach dem Tod vom Vater war Yseuts Mutter nicht zu trösten gewesen, und Yseut hatte sich große Sorgen gemacht. Die Mutter machte sich Vorwürfe, den Vater nicht freundlicher behandelt zu haben. Sie beschuldigte sich selbst, ihm die Freude am Leben genommen und immer nur an ihre Arbeit gedacht zu haben. Aus diesen Selbstbeschuldigungen erfuhr

Yseut erst, wie schwierig das Leben mit ihrem Vater gewesen sein musste, und sie versuchte, die Mutter zu trösten. Die aber wehrte ab und sagte, der Vater wäre nicht Alkoholiker gewesen. Er wäre ein unglücklicher Mensch gewesen, dem böse mitgespielt worden war und der die schlimmen Zeiten nicht verkraften hätte können. Am Ende war es Goggo, der verhinderte, dass Yseuts Mutter sich vollkommen selbst aufgab. Für Goggo und Yseut zu sorgen wurde ihr ganzer Lebensinhalt.

Yseut hatte nach dem Abend in der Splendid Bar diesen Herbert doch angerufen. Zuerst hatte sie gedacht, dass sie das nicht tun wollte, aber dann rief sie an. Sie ging zu einem Gespräch in die Agentur. Der Mann sagte nichts, aber sie bekam den Job. Zuerst saß sie in der Rezeption. Dann fragte ein Kontakter sie, ob sie für ihn arbeiten wolle. Sie wechselte in ein Büro am Ende des Gangs und sah diesen Herbert überhaupt nicht mehr. Aber immer, wenn sie ihn gesehen hatte, hatte sie ihn angelächelt und gewartet, ob er etwas sagen würde. Er war immer gleich höflich, und es war so, als ob sie nie miteinander im Bett gewesen wären. Er starb dann an einem Herzinfarkt. Da war Yseut schon längst in einer anderen Agentur. Sie organisierte Pressekonferenzen und schrieb Texte auf Deutsch und auf Englisch. Sie lernte das von einer Frau, die ihre eigene Agentur gegründet hatte.

Aus der Wohnung der Mutter zog Yseut aus, weil sie Dieter kennengelernt hatte. Yseut hatte zu der Zeit oft Stirnhöhlenkatarrhe, und sie bekam eine Wärmetherapie bei Dr. Theissen am Schwedenplatz. Einmal hatte die Sprechstundenhilfe sie vergessen, und Yseut lag viel zu lange unter dem Wärmekasten. Yseut versuchte selbst, diesen Kasten in die Höhe zu stemmen. Jemand half ihr und hob den Kasten für sie weg, und da stand dann Dieter Finster. Er schaute besorgt auf sie herunter. Yseut war rot und verschwitzt, und die Schmerzen hinter den Augen hatten sich vom Stechen ins Pochen verwandelt. Sie mussten aber beide lachen und gingen zusammen aus der Praxis weg. Dieter fragte Yseut, ob sie zur Abkühlung ein Eis essen wolle, und von da an trafen sie einander fast jeden Tag.

Yseut wusste nicht, wie sie ihrer Mutter sagen sollte, dass es einen Mann gäbe, und sie wusste nicht, wie sie Goggo beibringen sollte, dass sie sich verliebt hätte. Die Wohnung auf der Taborstraße hatte Yseut gerade zu der Zeit zufällig gefunden. Sie war die Taborstraße entlanggegangen und hatte gesehen, wie aus einem Haus Möbel herausgetragen wurden. Sie ging den Möbelpackern nach. Die trugen die Habseligkeiten einer Malerin zum Möbelwagen hinunter. Yseut redete mit dieser Frau. Die wollte nach Barcelona ziehen und konnte sich die Wohnung nicht mehr leisten. Yseut schlug der Frau vor, ihr die Wohnung in Untermiete zu überlassen. Dann könne die Malerin die Wohnung wieder haben. Das machten sie auch so.

Yseut malte die Zimmer aus und kaufte ein Bett. Nachdem das geliefert war, traf sie sich erst einmal nur mit Dieter in der Wohnung. Dieter hätte es lieber gesehen, wenn sie zu ihm in die Paniglgasse gezogen wäre, aber Yseut wollte eine Wohnung für sich. Sie hatte bis dahin nie eine eigene Wohnung gehabt. Goggo war da schon in der 4. Klasse Volksschule, und

Yseut wollte auch nicht, dass er seinen Vater vergaß. Sie waren nur zweimal bei Simon in Berkeley gewesen, und Simons Eltern wollten Goggo so bald wie möglich für die ganzen Sommerferien bei sich haben. Goggo wäre auch gerne zu seinen Großeltern gereist, aber Yseut konnte sich noch nicht vorstellen, ihn die weite Reise allein machen zu lassen.

Eines Tages war Yseut dann dazugekommen, wie ihre Mutter einer Bekannten am Telefon sagte, dass sie noch die Wäsche für Yseut und Goggo zu bügeln habe. Und nein. Sie bekäme keinen Dank dafür. Dabei mache es ihr große Mühe, diese Wäscheberge zu bewältigen. Sie sei ja nun eine alte Frau und eine Witwe und könne nicht mehr so gut, wie sie es einmal gewohnt gewesen war. Da war Yseut mit Goggo ausgezogen, und Yseuts Mutter wehrte sich nicht sehr dagegen. Yseut erwähnte nie, was sie gehört hatte, aber sie war sehr gekränkt. Ihre Mutter hätte ihr doch nur sagen müssen, dass sie mit dem Bügeln der Wäsche überfordert gewesen war.

Yseut hatte die Briefe von Byron gelesen, da wohnten sie schon lange in der Taborstraße. Yseut las immer und überall und hatte immer ein Buch in der Handtasche. An dem Tag im Strandbad Alte Donau hatte ein leichter Wind geweht, und die Sommerluft war warm und weich auf der Haut. Yseut hatte einen Liegestuhl gemietet gehabt und unter einer Weide gelegen. Sie konnte auf das Wasser hinausschauen, und gleichzeitig hatte sie den Tischtennistisch im Blick. Sie las. Byron amüsierte sie, und sie überlegte, ob sie noch jemanden kannte, der seiner Erotik so offen und ungeniert frönen konnte. Sie wusste niemanden. Über Erotik wurde nicht geredet, und sie war auch bei Dieter schon nicht mehr sicher, ob alles stimmte. Sie hätte über Erotik auch auf Englisch reden müssen, aber Dieter sprach nicht gut Englisch. Am besten hatte sie sich mit Lynn darin verstanden. Und das war auf Englisch gewesen.

Auf Seite 286 von Byrons Briefen hatte sie dann gelesen, dass Allegra Byron mit fünf Jahren in einem Nonnenkonvent in Bagnacavallo verstorben war. Byron hatte seine kleine Tochter dahin bringen lassen und hatte sie nie wieder gesehen, obwohl er doch ganz in der Nähe in der Villa Ca'Zen als Liebhaber von Teresa Guiccioli gelebt hatte. Ja, die Contessa Guiccioli hatte den Konvent empfohlen. Sie war selbst dort erzogen worden.

Yseut war im Liegestuhl gelegen und hatte sich nicht vorstellen können, wie das gehen sollte. Das Kind abgeben lassen. Vom Tod des Kinds hören. Den Abtransport der Leiche organisieren. Eine Grabinschrift bestellen.

When Sorrow weeps o'er Virtue's sacred dust,
Our tears become us, and our Grief is just,
Such were the tears she shed, who grateful pays
This last sad tribute to her love, and praise.

Das sollte auf einer Tafel eingraviert werden. Über dem Grab sollte der Satz stehen:

I shall go to her, but she shall not return to me.

11. Folge.

Yseut wachte auf. Das Zimmer hell. Sonnenlicht. Weit herein. Die Sonnenstrahlen strömten in einem breiten Streifen von links. Fingen sich an der Wand rechts. Der Spiegel zwischen den Fenstern dunkel. Yseut lag. Sie war mit der weißen Überdecke zugedeckt. Sie lag auf dem Rücken. Gerade ausgestreckt. Sie ließ sich in den Schlaf zurückgleiten. Wo war sie. Was war geschehen. Sie öffnete die Augen wieder und hob den Kopf. Das Bett rechts leer. Die Überdecke zu einem Berg neben sie zusammengeschoben. Die Pölster zerwühlt. Der Major nicht mehr da. Yseut schloss die Augen wieder. Es musste sehr früh am Morgen sein. Das Haus ruhig. Still. Keine Bewegung zu hören. Yseut lag in der Wärme ihres Körpers. Das Kleid hinaufgerutscht. Ihre Hände auf dem Bauch. Die nackte Haut. Sie schob die Hände zum Nabel hinauf und dann zur Scham hinunter. Die Haut. Ihr Bauch. Glatt und nur eine dünne Weichheit das Alter. Sie strich mit der rechten Hand zwischen die Beine. Fühlte nach der Feuchtigkeit. Feucht. Nicht nass. Sie begann zu streicheln. Griff mit der linken Hand nach den Brustwarzen. Und jetzt. Sie lag ja genauso da wie Ingrid Thulin. In dem Film damals. Mit genau so einer Decke über sich. Wie die Schauspielerin. Diese Szene war von hinter dem Kopf der Schauspielerin aufgenommen gewesen. Schräg von oben. Die Bewegungen so, als sähe eine an sich selbst entlang. Sie hörte wieder auf. Drehte sich zur Seite. Schaute in den Deckenberg neben sich. Sie schob den Kopf in diesen Berg. Lag still in der Schlafwärme und der Dunkelheit. Der schwere Stoff aufgeworfen. Ihr Kopf in einer Höhle. Begehren. Stieg auf. Wieder. Stieg wieder auf. Erfasste sie. Schüttelte sie. Ein lebendiges Ding über sie in sie hergefallen. Atemholen dagegen. Zischend atemholen dagegen. Ein Schluchzen. Das war doch befriedet gewesen. Ein Gleichgewicht. Sie hatte ein Gleichgewicht. Gehabt. Erworben. Ein ruhiges Maß war das gewesen. Ebener Grund, auf dem zu stehen. Von dem zu planen. Von dem aus ihre Verteidigung. Sicher und ruhig. Ruhig. Ruhe. Nur Ruhe. Aber. Sie war wieder gejagt. Sie war wieder gehetzt. In ihr. Es jagte in ihr. Es hetzte in ihr. Der Magen. Bis zur Kehle herauf verschnürt. Hall. Widerhall. Im Bauch. In der Brust. Ein Hall von all den Zeiten, in denen es so gewesen war. Begehren. Es war wohl nie befriedet gewesen. Zu keiner Zeit kein Hunger nach Auflösung. Nach Vergehen. Sich verlieren. Versinken. Sich in Arme werfen und dann nichts. Keinen Morgen mehr nach der Nacht und keinen anderen Namen als den einen. Dann. Sie hätten einander zufallen müssen und alles voneinander wissen und sonst nichts. Aber. Nicht ein Mal hatte sie das gehabt. Kein einziges Mal. Nie. Immer hatten die Brosamen der Vernunft aus dem Wald herausgeführt, und es hatte keinen anderen Weg gegeben. Immer war das Ende schon vereinbart gewesen. Die Wellen schon gebrochen. Sie krümmte sich zusammen. Sollte der Tod das einzige Mal sein, dass Grenzenlosigkeit. Sie lag wieder still. Unterbrach ihr Atmen und horchte. Weinte da ein Kind. War das das Weinen eines Kinds. Tief unter ihrem Bett. Gab es ein Kind in diesem Haus. Sie lag und lauschte. Aber sie hörte dann nur Türen und Schritte. Jemand ging auf der Terrasse unten. Ein Auto. Dann wieder die Morgengeräusche aus dem Park. Vögel. Morgenwind. Yseut rutschte unter dem Deckenberg hervor und schob sich in ihre Pölster hinauf. Sie lag in die Pölster gelehnt und schaute in den himmelblauen Brokathimmel über sich hinauf. Die Gestalten. Fielen ihr ein, und sie überlegte. Musste nachdenken. Brachte die Leere ihrer Einsamkeit diese Gestalten mit den schwarzen Masken an die Oberfläche. Produzierte ihre Verlorenheit diese Hände mit den Baseballschlägern. Und. Die hatten keine Handschuhe getragen. Es waren die Hände gewesen, die die Baseballschläger gehalten hatten. Nackte helle Hände, die mit den Spitzen der Schläger so in die andere Hand getippt hatten. Und auf den Major gezeigt. Helle Hände. Weiße Männer. Eine Chorusline war das gewesen. Synchrone Bewegungen. Ihre Einsamkeit. Sie dachte das so. »Meine Einsamkeit.«, dachte sie. Stellte ihre Einsamkeit diese Gestalten her. Waren die Wirklichkeit. Waren das die Abgesandten ihrer Einsamkeit. Ihrer lebenslänglichen Einsamkeit. Das Urteil ja gesprochen gewesen. Diese Urteile immer schon gesprochen und nicht zu verändern. Und die Gestalten dann die Repräsentanten davon. Hatte sie nun endlich die Richter getroffen.

Waren die aus dem Dunkel von Lebensgeschichte und Geschichte herausgetreten und hatten sich in ihr Scheinwerferlicht gestellt. Diese wie ausgehungert schmalen jungen Männer. Ohne Gesicht. Sie zu erschlagen. Und sie wäre nicht einmal gemeint gewesen. Nicht einmal die Hauptrolle. Eine Nebenfigur, und der Major war der Star gewesen. Sie lag still. Die hatten den Major gemeint. Sie wäre nur mundtot zu machen gewesen. Mundtot. Sie fühlte den Schlag gegen ihre Kiefer. Die Zähne. Sie hörte das Brechen der Knochen. Spürte das Blut aus ihrem Mund schießen. Sah die Masken vor sich. Unbewegt. Ohne Antwort auf das Geräusch. Ohne Bewegung, den Blutstrom zu stillen. Ohne Reaktion auf ihr ersticktes Gurgeln. Aber sie schrie nicht. Sie hatte nicht geschrien. Sie hatte nie geschrien. Im sonnigen Zimmer. Gegen die Pölster liegend. Sie hörte sich nicht schreien. Sie hatte die Arme hochgerissen und der Schlag gegen die Unterarme. Klatschend. Knackend. Nein. Das war ein ganz anderer Schmerz als der im Gesicht. Und eine ganz andere Wut. Sie konnte nicht atmen vor Wut. Sie rollte sich auf das andere Bett hinüber. Lag auf der rechten Seite. Die Wut. Der Zorn. Die Verzweiflung. Sie musste sich aufsetzen. Sie musste sich wieder zurückfallen lassen. Sie warf sich auf die linke Seite. Atmen. Atmen. Und es war wichtig, im Gesicht nicht getroffen zu sein. Nicht ausgelöscht. Nicht so ausgelöscht. Nicht sehen können. Nicht sprechen können. Nichts mehr sagen. Und die Arme. Hätten die hart zugeschlagen. Aber die hätten hart zugeschlagen. Sie war nicht wichtig. Sie musste nur verstummen. Lavinia. »Come, let us go, and make thy father blind.«

Mundtot. Zerstört. Nicht wichtig. »For such a sight will blind a father's eye.« Mundtot und alle Aufmerksamkeit auf den Major. Ihr wurde übel. Heiß brennende Säure in die Kehle herauf. »One hour's storm will drown the fragrant meads; What will whole months of tears thy father's eyes?« Die Übelkeit. Ekel. Das war Ekel darüber, wie die davongelaufen waren. Wie die davon. Hurtig war das gewesen. Im Mondglänzen auf der Böschung den Damm hinauf. Gewieselt waren die. Widerlich anzusehen war das gewesen. Gewieselt. Tiere mit Augen ohne Sprache. Widerliche, widerliche Tiere. Die Schüsse. Sie wusste die Schüsse in den Händen. In den Schultern. Im Oberkörper. Und wie das Genick in einem leichten Schlag wippte. Sie konnte ihren eigenen Blick an sich selbst sehen. Abschätzend. Ziel nehmend. Sie hatte in die Luft schießen wollen. In der Nacht. Sie hatte in die Luft geschossen. Jetzt. Sie setzte sich wieder auf. Zog die Beine an. Beugte sich über ihre Knie. Umfing sich selbst. Jetzt. Sie hätte auf diese Männer geschossen. Sie hätte tief gezielt. In die Mitte. Sie ließ sich wieder auf die Seite fallen. Lag. Horchte. Nichts zu hören. Sie hatte sich getäuscht. Wer sollte ein Kind in diesem Haus haben. Sie stand auf. Ging ans Fenster. Draußen. Im Morgengefunkel. Die hohen Rosensträucher am Rand der Terrasse rosarot und weiße Blütengischt. Smaragde die Wiese. Die Bäume. Alles tauig und frisch. Wieder hörte sie Schritte auf der Terrasse und konnte nichts sehen. Das Fliegengitter. Sie ging ins Badezimmer. Zog das Kleid aus. Warf es auf den Boden. Zerknautscht. Das Kleid war zerknautscht. Wurde in diesem Hotel hier Wäsche gemacht. Sie holte Unterwäsche.

Ordnete die Lade. Sie ging duschen. Immer wieder. Dazwischen. Sie musste ans Fenster gehen. Lauschen. Sie musste an die Tür gehen und die Klinke niederdrücken. Vorsichtig. Beobachtete jemand die Tür von draußen. War das Schloss fest versperrt. Sie summte die Melodie. »Love me. Love me. Say that you love me. Fool me. Fool me. Say that you fool me. Love me. Love me. Fool me. Fool me. Pretend that you love me.« Das war in Santa Monica gewesen. Goggo war längst nach L. A. gezogen. Sie waren alle da. Simon mit Shoona und den Kindern. Goggo. Seine Freundin damals. Keeta. Sie war allein gewesen. Lauritz hatte sie zum Flughafen gebracht. Er war ohne Koffer gekommen, und sie hatte es schon gelernt gehabt. Lauritz wollte mit Goggo nichts zu tun haben. In L. A. Ein Barbecue war vereinbart gewesen. Auf der Terrasse bei Keeta in Brentwood, und sie hatte nichts zu tun. Keeta wollte keine Hilfe. Sie war ins Kino gegangen. Sie summte. »Fool me. Fool me.« Sie drehte die Dusche auf. Ging noch einmal zur Zimmertür. Rüttelte an der Klinke. Die Tür war versperrt. Sie war dann auf dem Parkplatz vor dem Kino gestanden und hatte zu den Billboards hinaufgesehen. Leonardo DiCaprio im Kuss mit Claire Danes. Sie hatte noch die Hubschraubergeräusche im Kopf, und dieses »Love me. Love me. Fool me. Fool me. Pretend that you love me.« war im Hinaufschauen eingeschlossen gewesen. Der Rhythmuswechsel zu »So I cried and I prayed« und dann wieder das kindlich flehende »Love me. Love me. Fool me. Fool me.«. Ein Augenblick der äußersten Verlorenheit war das gewesen. Auf den Billboards tanzte ein brutaler Gott Hollywood seine Herrschaft über sie. Vom

Hubschrauberlärm aus dem Film noch eingeschlossen und zu diesem »Love me. Love me. Fool me. Fool me.« in ihrer eigenen Mädchenstimme verdammt. Sie war so allein gewesen wie als Mädchen. Da. In der Abendsonne Santa Monicas. Sie hatte niemanden dazugewonnen gehabt. Für sich gewinnen können. Nicht für länger. Goggo war da schon weit weg von ihr geraten, und vielleicht war es das gewesen. Der Verlust dieses Kinderkörpers. All die Umarmungen in all den Zeiten. Das Kind. Der Bub. Alles rund um ihn. Und sie nicht mehr dabei. Alles rund um ihn waren jetzt andere. Der Lauf der Dinge. Aber hatte man ihr nicht Ewigkeiten versprochen gehabt. Ewigkeiten im Angesicht eines Gotts. »Pretend that you love me.« Das hatte sie bekommen. Jetzt. Im Nachhinein. Das war es, was sie bekommen hatte. Dieser Mann hatte ihr eine Liebe vorgespielt, und das war die bessere Version gewesen. »Pretend that you love me.« Das Schauspiel sehr viel schöner als die Wirklichkeit. Sie hätte das alles so lassen sollen und seine Lügen als eine andere Art von Wahrheit anerkennen. Seine Wahrheiten. Sie konnte in Frankfurt immer noch die Ehefrau geben und er den Ehemann. Es hatte ja nie Streit gegeben. Nur wenn sie Fragen gestellt hatte. Sie hätte sich von seinen Wahrheiten regieren lassen können. Yseut stand vor dem Spiegel. Nass. Von der Dusche tropfend. Hatte sie sich doch betrogen. Wann hatte sie begonnen, die Liebende zu spielen und nicht zu sein. Und hatte sie das. In Santa Monica. Vor diesem Kino. Sie hatte sich so gesehnt nach ihm und deswegen. Sie hatte ihn sterben lassen müssen. Dort. Auf dem Parkplatz. Mit Blick in die tiefstehende Abendsonne hinter den Billboards. Die riesigen Gesichter vor orangerosa Abendhimmel. Sie hatte es genau gespürt. Sein Tod in ihr. Immer wieder sein Tod in ihr. Wie müde sie das gemacht hatte. Wie erschöpft. Und warum war sie damals nicht gegangen, sondern zurück zu ihm. Sie beugte sich zum Spiegel über dem Waschbecken. Ihr Schatten beugte sich im Spiegel hinter dem Bidet mit. Sie starrte in ihre Augen. Sie hätte es nicht ertragen. Sie hatte Angst gehabt, nur sie könne fühlen, und sie hatte es nicht ertragen können, dass er schmerzfrei davonkommen sollte. Sie hatte ihn für ihre Liebe bestraft. Sie lächelte. Grinste sich an. »Pretend that you love me. Fool me. Fool me.« Sie hatte Hunger. Sie brauchte Kaffee. Sie streckte sich vor dem Spiegel. Streckte sich die Zunge heraus. Sie musste aus dem Zimmer hinaus. Mittlerweile waren Geräusche zu hören. Türen. Schritte. Sprechen. Ein Auto fuhr um das Haus nach hinten. Yseut zog Hosen an. Leichter Pullover. Sportschuhe. Sie nahm die Tasche. Wie bekam sie ihre Pistole zurück. Diese Waffe war illegal eingeführt, aber in Wien legal registriert. Auf Madeline. Sie durfte Madeline nicht in den Kampf um ihre Ehre hineinziehen. Aber es hatte alles seine Ordnung gehabt. Prüfungen bestanden. Tests. Ja. Angst vor Home invasions. Lebe allein. Alles war vergebührt und registriert und von ihrem Konto abgebucht. Dann musste sie wieder lachen. Der Major mit der Waffe in der Hand neben ihr im Bett. »Mama tells me I shouldn't bother.« Was für eine Operette. Und Claire Danes spielte mittlerweile die Carrie Mathison in »Homeland«. Die kleine Juliet als Agentin. Alle hatten ihre Waffen in die Hand genommen. Und damals. Claire Danes sechzehnjähriges Gesicht war zu diesem Song in einem Versteckspiel mit Romeo in die Landschaft des Hauses geschnitten gewesen. Erhaschte Bilder. Bilder, die nur der Geliebte zu sehen bekommen sollte. Bilder der Augenblicke außerhalb der Gewalt. Weitwinkelbilder der Unschuld. Die Kampfszenen waren Zufahrten gewesen. Zooms in das Aufblitzen von Waffen. Stürze in Wunden. Jump cuts in Gesichter, die in den Tod zerbrachen. Schnelle heftige Reisen und knapp vor dem Ankommen schon wieder der Schnitt. Claire-Danes-Julias Unschuld als Parallelmontage. Verführungen, dachte sie. Versprechungen. Die Lüge. Hinter der Gewalt warte ein solches Gesicht. Yseut ging. An der Tür. Sie wollte den Schlüssel drehen. Sie hielt den Schlüssel zwischen den Fingern. Daumen und das zweite Glied vom Zeigefinger. Sie wollte drehen. Keine Bewegung. Die Tür ließ sich nicht öffnen. Yseut stand vor der Tür. Erstarrt. Erschreckt. Eingesperrt. Gefangen. Sie musste sich daran erinnern zu atmen. Sie musste sich vorsagen, wie es ging, ein Türschloss aufzusperren. Sie schloss die Tür sorgfältig hinter sich ab. Ging vorsichtig auf den Holzstufen hinunter. Geräuschlos. Unten. Im dunklen Frühstückszimmer. Es war für eine Person gedeckt. Yseut nahm ein Stück von der Torte auf dem Tisch. Ein Marmeladekuchen. »Linzertorte.«, dachte Yseut. Sie hörte Stimmen. Weit drüben am anderen Ende des Hauses. Es wurde geredet und gelacht. Es klang nach vielen Personen. Yseut schenkte sich Kaffee aus einer Thermoskanne ein. Sie aß und trank im Stehen. An dem Platz, an dem für sie gedeckt war. Sie hätte mit dem Rücken zu beiden Türen in den Raum sitzen müssen. Sie nahm ihre Tasse und ging auf die Terrasse hinaus. Liegestühle standen da. Sie setzte sich. Lehnte sich zurück. Sie saß im Schatten der hohen Rosenbüsche. Schaute auf die Wiese hinaus. Die Villa im Rücken. Hier war das alles gewesen. Sie wollte sich das Leben im Jahr 1817 nicht vorstellen. Wie es damals gewesen sein musste. Öffentlich. Alles öffentlich. Und rüde. Und in gewisser Weise. Sie setzte sich wieder auf. Trank den Kaffee aus. In gewisser Weise war alles wieder dort. Nur heute wusste nicht die Kammerzofe, dass es Sex gegeben hatte, weil sie das Leintuch wechseln musste. Heute wurde der Kauf einer Gleitcreme vom Konto abgebucht, und das Finanzamt registrierte diesen Kauf schon an der Registrierkasse. Das war alles notiert, und es ging nur darum, wer die Notizen zu lesen bekam. Wer den Aktendeckel öffnete. Yseut stand auf. Sie stellte die Tasse auf dem Tischchen zwischen den Liegestühlen ab. Sie wollte weg. Sie wollte die Contessa nicht treffen. Oder Rosina. Oder den Major. Sie lief zum Auto.

12. Folge.

Yseut musste noch einmal ins Haus zurück. Sie musste in ihr Zimmer. Sie brauchte die Ausdrucke mit der Adresse von dem Hotel, bei dem sie das Fahrrad bestellt hatte. Yseut ging ins Haus zurück. Geriet wieder in die falsche Richtung. Kam wieder in den roten Salon. Die Scuri vor den französischen Türen auf die Terrasse noch geschlossen. Der Raum dunkel. Niemand da. Das Gerede und Gelache war von hier sehr laut zu hören. Yseut flüchtete. Sie lief zurück. Rannte die Stufen zu ihrem Zimmer hinauf. Sie musste den Schlüssel aus der Tasche heraussuchen. Konnte vor Eile kaum aufsperren. Im Zimmer. Das zerwühlte Doppelbett. Sie musste lachen. Das sah nach einer wilden Liebesnacht aus. Yseut suchte die Unterlagen in der Computertasche. Sollte sie den Laptop mitnehmen. Aber es war nichts auf dem Laptop, was jemanden interessieren konnte. Sie machte immer noch kein Internetbanking. Sie gehörte zu diesen älteren Personen, die zum Postamt gingen, Erlagscheine einzahlten und dafür eine höhere Gebühr bezahlen mussten. Auf dem Laptop waren die E-Mails mit den Freundinnen. Und von Alfred. Für alles andere. Wenn sie etwas wissen wollte. Sie ging dann in die Hauptbibliothek. Dort logte sie sich als Antigone Huber ein und forschte, welche Pistole für sie am besten wäre oder wie hoch die Strafen für Fahrerflucht waren. Der Laptop war fast 7 Jahre alt. Sie konnte viele Dinge schon nicht mehr machen. Manche Bestellungen im Internet waren gar nicht mehr möglich, weil ihr Betriebssystem veraltet war. Sie war von vielen Möglichkeiten ausgeschlossen. Dieser Laptop würde niemanden interessieren. Yseut schlug die Decke von ihrem Bett zurück. Schüttelte die Pölster auf. Das andere Bett. Der Major. Der sollte das seiner Contessa gegenüber selbst verantworten. Was hatten die überhaupt für ein Verhältnis. Yseut schüttelte den Kopf. Gestern Abend. Das war ja fast so gewesen, als hätten die auf sie gewartet. Aber das konnte nicht sein. Hier wusste doch niemand etwas über sie. Vor dem Zimmer. Heroben. Es war nichts zu hören. Beim Hinuntergehen wieder das Reden. Gelächter. Yseut hätte Rosina sehen wollen und nach dem Major fragen. Aber sie traf niemanden. Draußen. Auf dem Weg zum Auto. Sie ging dann wieder auf dem Gras. Der Kies knirschte ihr zu laut. Einen Augenblick. Sie traute sich nicht, das Auto anzuschauen. Was, wenn diese jungen Männer zurückgekommen waren und das Auto. Vandalisiert. Es war aber nichts zu sehen. Sie stieg ein. Fuhr los. Sie fuhr um das Zwergenrondeau herum zum steinernen Tor hinaus. Zum Damm hinauf. Links das Wasser des Flusses fast so hoch wie der Damm. Die Felder rechts weit unten. Rund um die Felder niedrigere Dämme. Ein Schachbrettmuster. Sie hielt dann an und schaute auf der Karte nach, wie sie nach Cannevié kommen wollte. Sie gab dann die Adresse doch ins GPS ein. Es war paranoid von ihr, sich vorzustellen, es interessierte irgendjemanden, wo sie sich aufhielte. Es war einfacher so. Das Auto stand auf dem Damm. Hoch über der Landschaft rechts. Der Fluss. Links. Sie überlegte, an den Flussrand zu gehen. Dann fiel ihr die grüne Wanze ein. Sie blieb sitzen. Schaute. Sie war ganz allein. Kein anderes Auto auf der Dammstraße. Niemand auf den Feldern. Kein Traktor auf dem Weg zu einem Feld. Die Villa lag hinter langgezogenen Windungen des Damms weit hinter ihr. Heiß. Es war Morgen, aber die Sonne sehr heiß. Das war keine Septembersonne. Am Wasser der Auwaldstreifen schütter. Ausgeholzte Strecken, in denen die Waldrebe den Boden entlangkroch. Am Ende der Lianen die Blätter herbstlich rot. Wieder einzelne Stämme der riesigen Schafgarben. Dazwischen der Blick auf das Wasser. Eine dunkle weiche Fläche. Yseut hätte nicht sagen können, in welche Richtung das Wasser floss. Und dann. Sie musste nach rechts schauen. Etwas hatte sich bewegt. Sie suchte. Was war das gewesen. Und dann sah sie es. Bei einem verfallenen Bauernhaus bewegte sich etwas. Das Haus weit drinnen inmitten der Felder. Die Mauern waren an zwei Seiten eingebrochen. Das Dach eingesunken. Hohe Büsche rundum. Ihr wurde sofort übel. Zwei Personen liefen von dem Haus auf einem der kleinen Dämme in östliche Richtung. Zur Straße durch die Felder, auf der sie das erste Mal zur Villa gefahren war. Die Personen. Sie liefen gebeugt. Liefen von Strauch zu Strauch. Von hohem Grasbüschel zu hohem Grasbüschel. Fanden Deckung hinter den Dämmen. Diese Personen. Sie liefen, wie die Gestalten in der Nacht den Damm hinaufgelaufen waren. Geduckt wieselnd. Yseut wurde wütend. Der Anblick dieses hüpfenden Versteckens machte sie wütend. Sie hupte. Sie hupte langanhaltend und laut. Sie schrie zum Fenster hinaus. Sie werde sie kriegen, schrie sie. Sie stieg aus und schrie über das Autodach hinweg und drückte auf die Hupe. Immer wieder. Die sollten nur warten. Sie würden bekommen, was sie verdienten. Ihre Schreie und ihr Hupen waren aber nicht zu hören. Die Personen setzten ihren Weg fort. Sie wandten sich nicht in ihre Richtung. Schauten sich nicht einmal um. Oder blieben stehen. Yseut sah dem gebeugten Hüpfen und Eilen dieser Gestalten zu. Dann verschwanden die hinter einer kleinen Brücke über einen Kanal zwischen den Feldern. Yseut fuhr wieder an. Das GPS sagte ihr, dass sie offroad sei. Sie fuhr. In Taglio di Po nahm sie die Abfahrt von der Dammstraße in den Ort. Sie fand ohne Probleme zur Viale Kennedy und weiter zum Brautmodenshoppingcenter. Das GPS hätte sie wieder in den Kreis der Einbahnen geschickt. Waren die Einbahnen kürzlich umgedreht worden und ihr GPS veraltet. Irrgarten, dachte sie. Irrgärten. Und wieso hatte sie gewusst, dass das nicht die jungen Männer aus der Nacht gewesen waren. Sie hatte nur die Bewegung sehen können. Aus dieser großen Entfernung. Hätte sie die Lederjacken erkennen können. Aber dann wusste sie, dass es das nicht gewesen war. Sie fuhr auf die Romea auf. Die jetzt. Diese Personen gerade. Die hatten nicht gelacht. Diese Personen auf dem Feldweg eben. Die hatten Deckung gesucht. Die hatten sich geduckt, um nicht gesehen zu werden. Die jungen Männer in der Nacht.

Die hatten sich gekrümmt, weil sie so lachen hatten müssen. Die hatten sich vor Lachen gekrümmt. Yseut musste bremsen. Sie war zu schnell gefahren. Sie war zu nah an den Lastwagen vor sich aufgefahren. Sie schlug gegen das Lenkrad. Sie sagte sich vor, dass sie sich konzentrieren musste. Dass solche Augenblicke gefährlich waren. Dass da die Dinge schiefgehen konnten. Fehlleistungen. Und alles wurde noch schlimmer. Aber sie hatte Lust auf dieses Gefühl der Überwindung. Sie wollte schnell fahren. Alle überholen. An allen vorbei und allen voran. Sie wollte diesen jungen Männern gegenüberstehen. Sie sah sich denen gegenüberstehen. Angriffslustig. Keine Angst. Auch keine Angst, ihr könne etwas geschehen. Nur die Lust, es zurückzuzahlen. »To inflict.«, dachte sie. Sie wollte etwas antun und schon die Vorstellung ein Hochgefühl. Und warum war sie so vernünftig gewesen. Sie hätte schon üben können. Ein Manöver hätte das sein können. Sie hätte zielen sollen. Einer dieser jungen Männer hätte am Morgen gefunden werden sollen. Auf dem Kies liegend. Yseut überholte den Lastwagen. Sie raste die Straße dahin. Sie fuhr erst nach langem wieder langsam. Sie kam an einer romanischen Kirche vorbei. Das musste die Abbazia di Pomposa sein. Yseut fuhr wieder vorschriftsmäßig. Sie fuhr mit Bedacht. Schaute in die Rückspiegel. Innen. Außen. Hielt Abstand. Ließ sich überholen. Sie fuhr wieder umsichtig. Ruhig und sicher. Aber sie atmete nicht ruhig. In ihr. Es tobte. Hinter der Umsichtigkeit ihres Fahrens. Der dünne Strang einer aufsteigenden Verzweiflung. Das Kreiseln unerfüllbarer Erwartungen. In der Brust. Im Oberbauch. Die Zuschnürungen der beginnenden

Depression. Der Ausruf »Ende. Ende. Alles zu Ende.« um den Leib kreisend. Arme und Beine. Lose baumelnd. Weghängende Tentakel. Yseut bremste dann nicht. Sie begann den U-turn aus voller Geschwindigkeit. Sie musste das Lenkrad gegen die Fliehkräfte stemmen. Ein Lastwagen hupte sie an. Im Umdrehen hörte sie den Doppler-Effekt an sich vorbei. Sie fuhr zurück. In der Gegenrichtung. Bei der Abbazia bog sie ab. Der Parkplatz weit von der Kirche entfernt. Sie parkte in der Mitte. Das einzige Auto. Sie saß einen Augenblick im Wagen. Der Tumult in ihr. Sie stieg aus. Die Bewegung eine Erleichterung, und sie ging den angewiesenen Weg Rosenbeete entlang. Rosenblüten in allen Farben. Die Ränder der Rosenbeete von Blumenpölstern begrenzt. Kleine blaue Sternchen in dichter Blüte. Yseut bekam wieder leichter Luft. Auf den Wegen zum Kloster eine Gruppe. Eine Frau hielt einen schwarzen Regenschirm aufgespannt. Die anderen folgten ihr. Yseut bog nach rechts ab. Ging in den Garten vor der Abbazia davon. Sie setzte sich auf eine Bank und schaute den Campanile an. Der Turm. Im neunten Stockwerk. Unter dem steinernen Spitzdach. Die Fensterbögen nahmen fast die ganze Breite der Turmmauer ein. Romanische Säulen teilten die Öffnung in vier Bögen. Im Stockwerk darunter waren die Öffnungen schmäler. Die Säulen höher. Dünner. Im siebten Stockwerk die Säulen so hoch und dünn wie die Säulen darüber. Aber es waren nur noch zwei Säulen. Im sechsten Stockwerk waren die zwei Säulen wieder niedriger und gedrungener. Die Fensterbögen nahmen noch die Hälfte der Mauerbreite ein. Im fünften Stock gab es nur noch eine der kurzen gedrungenen Säulen und zwei Fensterbögen. Zum ersten Stockwerk herunter dann nur ein Fensterbogen. Im vierten Stock war dieser Fensterbogen gedrungen und breit wie die Säulen wieder darüber. Nach unten hin wurde der Bogen immer schmäler und kürzer. Yseut konnte von der Bank aus keine Tür in den Turm sehen. Man gelangte wohl von einer der anderen Seiten in den Turm. Oder von der Eingangshalle. Oder der Kirche selbst. Yseut saß. Schaute zum steinernen Spitzdach hinauf. Hier waren Sümpfe gewesen. Damals. 1063. Dante Alighieri war hier gewesen. Und der Erfinder der modernen Tonleitern. Der hieß Guido Monaco, und sie hatte vorgehabt, ihn zu googeln. Sie hatte darauf vergessen. Das waren die Informationen, die die Provinz Ferrara zur Abbazia auf ihrer Homepage veröffentlicht hatte. Dante. Das war doch 13. Jahrhundert. Und ging es bei dieser Anordnung der Fenster um den Schall. Waren die Fenster oben größer, damit die Glocken weithin zu hören waren. Wurde der Schall nach unten hin eingefangen und wieder nach oben gedrückt, durch die großen Fenster oben hervorzuquellen. Yseut verschränkte die Arme vor der Brust. Das war sie. Das war so, wie es in ihr war. Ihre Gefühle wurden in sie hineingedrückt und sollten in Schreie verwandelt wieder aufsteigen. In ihr. Die Gefühle. Die stiegen aber nur bis in diese Lähmung in der Brust hinauf. Wurden von dieser Lähmung gestoppt. Und sie schrie nicht. Konnte nicht schreien. Hatte nicht geschrien. Der Schall in ihr. Der detonierte in ihrer Brust. Wurde da zur Detonation gebracht und deshalb diese Schmerzen. Da. Gleich unter dem Brustbein. Ein Schmerz, über dem zusammenzubrechen. Und es waren nicht nur die Erbschaften. Aber es waren die Erbschaften. Sie war zu langsam. Sie war zu langsam gewesen. Sie hatte immer erst begriffen, dass sie schreien hätte müssen, wenn es zu spät gewesen war. Wer hatte ihr das beigebracht. Dieses Stillhalten. Sie beugte sich vor. Lehnte ihre Arme auf die Knie. Schaute von tief unten zu den offenen Fensterbögen im Turm hinauf. Vielleicht hatte diese Anordnung der Fenster aber auch militärische Bedeutung. Schutz vor Eindringlingen. Nur eine Tür, und die leicht zu verteidigen. Yseut musste lachen. Sie verfiel in Metaphern. Und Metaphern waren dumme Ratgeber. Sie setzte sich wieder aufrecht. Lehnte sich gegen die Rückenlehne. Sie musste lächeln. Dieser Turm. Er war so gelungen. So richtig. Sie konnte lachen, weil dieser Turm so perfekt war. 1063 war der fertig gewesen. Dann stand der über 900 Jahre da. Ein Kleinod war das. Einer dieser Nachweise, dass es nicht so schlimm war. Nicht ganz so schlimm. Oder doch nur der Hinweis, dass die Zeit weiterging, auch wenn es das Leben nicht tat. Yseut saß da. Sie hätte sich jemanden herbeigewünscht, um erzählen zu können. Die Ereignisse der Nacht erzählen zu können. Aber das war so. Das kannte sie. Sie war mit den Ereignissen immer allein geblieben. Wann hatte sie Ereignisse erzählen können. Sie in die Sprache wegbannen. Lauritz fiel ihr ein. Wie er ihr nach der ersten Nacht bei ihm gesagt hatte, er müsse aufhören zu telefonieren. Er müsse noch das Bettzeug wechseln. Sie hatte sich hinweggefegt gefühlt. Sie hatte sich in Waschmaschinen gesteckt gefühlt. Gereinigt. Ausgewaschen. Weggewaschen. Ausgetrocknet. Die Spuren beseitigt. Die Tat ungetan, und nur noch der Täter davon wissen konnte. Das Opfer konnte keinen Nachweis führen. Wieso fiel ihr das jetzt ein. Sie. Sie hätte so lange wie irgend möglich im Bett der ersten Nacht geschlafen. Sie hätte das Bettzeug umarmt. An seiner Stelle. Sie hätte einen Faden in der Zeit aufgespannt und die Spur bestätigt. Jubelnd. Und wie sie damals begreifen hätte sollen. Und nicht verstehen hatte wollen. Es gab dann nur ihn zum Erzählen. Oder zum Anschreien. Sie hätte nur ihm erzählen oder ihn anschreien können, wie sie zusammengezuckt war und wie sie sich zusammengekrümmt hatte über seinem Unverständnis ihrer Symbole. Damals hatte sie gesagt, dass er eben so sei. Dass er das eben so sähe. Aber es war dann immer alles weggeräumt worden. Die Person, der sie die Geschichte erzählen hätte müssen, hatte die Geschichten schon weggeräumt gehabt, bevor sie mit der Erzählung anfangen hätte können. Das war ein Selbstgespräch gewesen. Die Geschichte mit Lauritz. Ein selbstverschuldetes Selbstgespräch. Und warum saß sie nun hier und dachte über Bettwäsche nach. Wenn sie damals geschrien hätte. Aber sie hatte nicht. Und sie konnte ihren Trinkervater schon lange nicht mehr dafür verantwortlich machen. Sie hatte nicht geschrien und das Gefühl in ihr, überhaupt noch nicht gelebt zu haben. Sie musste aufstehen. Sie hatte von Anfang an die Erfahrung, dass die, die für sie Sorge tragen sollten. Dass die sie zerstörten. Yseut schüttelte den Kopf. Es war so schwierig, sich selbst als Gegenstand der Misshandlung zu sehen. War es nur, dass sie als ältere Frau die Verachtung zur Kenntnis nehmen musste. Dass es keine Ausreden mehr gab. Sie wurde verachtet. Als Frau ihres Alters. Oder nein. Das war es auch nicht gewesen. Yseut ging zwischen den Rosenbeeten. Sie hatte gemacht, was sie konnte. Dass sie nicht wirklich davongelaufen war. Das lag an diesem Kind. Yseut setzte sich auf eine andere Bank. Hatte sie vielleicht schon immer nur Söhne gehabt. Hatte der kaputte Vater, der bemuttert werden musste. Hatte der sie zur Mutter aller ihrer Männer gemacht, und alles so grausam. Deshalb. Yseut schaute zum Turm hinauf. Sie stellte sich das Glockengeläut vor. Wie das davon kündigte, dass es andere gab. Dass man sich einfinden sollte und beten. Die Maiandachten. Die Litaneien. Das Geratsche. Zeit in der Zeit. Eine Frau kam aus dem Gebäude rechts. Sie spannte einen Regenschirm auf und ging am Glockenturm vorbei nach hinten. Die Gruppe. Die Personen kamen in Paaren und kleinen Gruppen aus dem Gebäude. Niemand ging schnell. Alle trödelten. Redeten. Die Frau mit dem Regenschirm kam um die Ecke zurück und schwenkte den Schirm. Es dauerte lange, bis Yseut wieder allein vor dem Turm saß. Während die Gruppe an der Kirche und dem Turm langsam vorbeizog. Yseut mußte sich immer wieder umdrehen. Sie saß mit dem Rücken zur Straße. Sie hatte das Gefühl, jemand sähe ihr zu. Beobachte sie. Sollte sie doch nach Wien zurück. Aber es hatte so lange gedauert, bis sie das Geld für diese Reise gespart hatte. Sie hatte gehungert dafür. Sie hatte nichts von dem Bargeldfreibetrag ausgegeben, der jedem und jeder zustand, und einfach nichts gegessen. Hätte sie von einer Karte Geld fürs Essen abgebucht, man hätte sie gefragt, wofür sie den Bargeldfreibetrag verwendet habe. Man hätte sie gefragt, ob sie

Bargeldvorräte anlege. Ob sie Geld spare. Und man hätte es ihr weggenommen. Und deswegen war es wichtig gewesen, auf dieser Reise Bargeld mitzuhaben. In Italien war es nicht so weit gekommen, mit dem Verbot des Bargelds. Die hatten diesen Oberbetrag vor Jahren eingeführt und dann nichts mehr geändert. Es war die reine Nostalgie von ihr gewesen, mit Bargeld zu reisen und keine Dokumentation in den Kartenabrechnungen vorgelegt zu bekommen. Es war eine schmale Freiheit, aber eine Freiheit. Wie das Auto, das die ihr als Nächstes wegnehmen würden. Yseut ging zum Parkplatz zurück. Im Auto. Sie zog das Kabel aus dem GPS, wie der Mechaniker ihr das gezeigt hatte. Sie wollte doch einen unbeobachteten Tag haben. Auf der Straße dann. Links Wälder und rechts Felder. In den Siedlungen. Gussbetonzäune und Bungalows dahinter. Mitte 20. Jahrhundert. Bis in die 80er Jahre. Dann die Globalisierung. Leere Lagerhallen. Leerstehende Gewerbehallen. Verlassene Fabriken. Geschlossene Shopping malls. Dazwischen weithin das ebene Land. Riesige Felder. Warum hatte sie nicht mit den Filmlocations begonnen. Bei der Hinweistafel »Lido di Volano« bog sie von der Romea ab. Aber Yseut wusste, warum sie zuerst nach Canneviè gefahren war. Von da aus kam man zum Lido delle Nazioni. Und sie hatte es die ganze Zeit gewusst. Da war Gio Gio.

13. Folge.

Wie es kam, dass Yseut sich nicht für Filme interessierte und dann den Locations eines Films nachfahren möchte.

Der Film war 1956 gedreht worden. Yseut hatte ihn aber erst in den 80er Jahren gesehen.

Yseut hatte nie viel mit Kino zu tun gehabt. Yseut hatte immer gelesen. Ganz früh wusste sie von Kino nur, dass die Eltern dahin gingen, wenn sie am Samstag bei der Oma Münster in Hütteldorf übernachtete. Yseut schlief dann in dem Zimmer, in dem schon ihre Mutter als Mädchen gewohnt hatte. Die Mutter hatte das kleine Mansardenzimmer links gehabt. Im Zimmerchen vom Onkel Hansi standen die Marmeladen und die Gläser mit dem eingelegten Gemüse und den Kalkeiern. Im Zimmer von der Mutter war alles so, wie es immer gewesen war. Yseut konnte in den alten Schulheften ihrer Mutter blättern und in ihren Büchern lesen.

Ein Buch hieß »Peterchens Mondfahrt«. Auf dem ersten Blatt stand in gotischer Schrift »Deutsche Märchenbücherei« gedruckt und darunter in Kurrentschrift geschrieben »Weihnachten 1938! Deine Eltern«. Das Buch konnte nicht ihrer Mutter gehört haben. Die war 1938 ja schon groß gewesen. War der Onkel Hansi damals noch ein Kind gewesen. Über den Onkel Hansi wurde nicht geredet, und sie wusste sein Alter nicht.

Yseut hatte in Schönschreiben die Kurrentschrift gelernt gehabt, und die gotische Schrift brachte sie sich selber bei. In dem Buch rächten ein Bub und ein Mädchen die jahrtausendealte Schmach der Familie Sumsemann. Das war eine Familie von Maikäfern, denen der barbarische Mondmann ein Beinchen geraubt und sie so zu Krüppeln gemacht hatte. Mit Hilfe der Sterne und der Sonne gelang es den Kindern, den schrecklichen Mondmann zu besiegen und ihm das Beinchen wieder zu entreißen. Am besten konnte Yseut sich an die große Farbtafel erinnern, auf der die Nachtfee die Sonne zu ihrem Fest begrüßte. Yseut hatte lieber die Nachtfee sein wollen, weil die das Fest gab und weil auf ihrem schwarzen Kleid eingestickte Sterne glänzten. Die Sonne hatte ein Kleid aus Sonnenstrahlen, aber das war einfarbig und ganz ohne Muster. Yseut hatte das Buch behalten und auch Goggo zum Anschauen gegeben. Goggo hatte das Buch nicht gemocht, und Yseut musste ihm doch recht geben. Es war wohl alles sehr wilhelminisch, was der Herr von Bassewitz da erfunden hatte, und Goggo hatte ja keine kleine Schwester, mit der er so ein Abenteuer bestehen hätte wollen.

Yseut hatte sich drei Kinder gewünscht gehabt. Sie hatte sich das schön vorgestellt, und Dieter hätte es nicht gestört, noch Kinder zu haben. Am Anfang ihrer Liebesgeschichte hatte er Yseut mit diesem Wunsch sogar bedrängt. Aber dann war er immer gerade nicht da gewesen, wenn eine Empfängnis möglich gewesen wäre. Yseut hatte das lange nicht bemerkt. Sie sahen einander nur noch an den unfruchtbaren Tagen. Yseut hatte das erst begriffen, da hatte sie schon lange begonnen, am Abend im »Mondo« in Off-Off-Produktionen aufzutreten, und Dieter war als Richter an den europäischen Gerichtshof nach Straßburg versetzt worden.

Bei der Oma Münster hatte Yseut als Isabella in die Kirche gehen müssen. Die Eltern waren nur zu Schulmessen mitgekommen, und sonst war Yseut allein in die Kirche gegangen. Bei der Großmutter durfte Yseut am Sonntag nicht lange schlafen. Sie gingen meistens in die 8-Uhr-Messe, weil Yseut es nicht lange ohne Frühstück aushalten konnte. Manchmal stand die Oma Münster ganz früh auf und machte Yseut um 6.00 Uhr das Frühstück, damit sie in das Hochamt und da zur Heiligen Kommunion gehen konnte. Die Oma Münster nahm die Nüchternheitsregeln, bevor man den Leib Jesu in der Heiligen Kommunion in sich aufnehmen durfte, sehr ernst, und Yseut verstand das sehr gut. Yseut fand auch, dass Jesus nicht im Frühstückskakao in ihrem Magen herumschwimmen, sondern in ein reines Inneres gelangen sollte. Sie war sehr unglücklich über all diese Übelkeiten und Schwindelanfälle und das Nasenbluten, das manchmal dann auch noch aufgetreten war. Yseut hatte nie das Gefühl, ihr Inneres sei rein und unberührt, wenn sie das Erbrochene oder das Blut schmecken hatte müssen.

Eine Zeit, in der Yseut sehr oft ins Kino gegangen war, war in Polen gewesen. Das war zur Zeit der Jaruzelski-Regierung. Es hatte Kriegsrecht geherrscht, und alle waren fürchterlich arm gewesen. In Wrocław waren alle Lokale geschlossen, und in den Literatenclub konnte man erst ab 10.00 Uhr am Abend. Bis dahin saß Yseut mit Ryszard im Kino. Sie sahen all die 7 Tage, die Yseut da gewesen war, jeden Abend denselben polnischen Film. Niemand schaute aber auf die Leinwand. Alle Personen redeten und lachten und schmusten. Yseut verstand kein Wort Polnisch, aber Ryszard sprach ein perfektes deutsches Deutsch. Yseut saß vor der Leinwand inmitten des polnischen Geredes und Gelächters rund um sich. Die Stimmen von der Leinwand gingen in diesem Lärm unter.

Yseut saß neben Ryszard, aber sie konnten nicht schmusen. Yseut konnte sich bei Ryszard nur anlehnen. Ryszard hatte sich am ersten Abend den Arm gebrochen. Er hatte die Wohnung einer Freundin für sie beide aufgetrieben und Yseuts schweren Koffer in den 7. Stock hinaufgeschleppt. In der letzten Kurve zum Dachgeschoss war er hingefallen und die Stiege hinuntergestürzt. Er hatte nichts gesagt, und sie hatten eine wunderbare Liebesnacht miteinander verbracht. Am nächsten Tag hatte Ryszard aber doch in die Notfallambulanz gehen müssen. Es war dann ein komplizierter Bruch der Elle und der Speiche festgestellt worden. Yseut hatte sich alle Vorwürfe gemacht, so rücksichtslos gewesen zu sein und nichts bemerkt zu haben.

Sie saßen dann im Kino. Yseut lehnte sich gegen Ryszards linke Seite, und sie hielten einander an der Hand.

Ryszard konnte keine schmerzstillenden Mittel bekommen, und die Packung Aspirin, die Yseut mitgehabt hatte, war bald verbraucht gewesen. Nach dem Kino gingen sie in den Literatenclub und tranken Wodka. Im Literatenclub betranken sich alle in aller Eile in den zwei Stunden, die der Club offenhalten durfte. Dann gingen alle durch die ungewöhnliche Kälte des Winters 1981/1982 wieder in ihre ungeheizten Wohnungen davon. Yseut führte Ryszard an der Hand in die Wohnung im 7. Stock. Sie schliefen dann nicht mehr miteinander. Ryszard war von seiner Verletzung vollkommen gefangengenommen. Yseut hatte gedacht, diese Verletzung drücke wohl seine gesamte Situation so genau aus, dass er sich nur noch hinlegen konnte und in tiefen Schlaf verfallen. Es gab damals gerade wieder Judenverfolgungen, und es war auch deshalb gut, dass Ryszard unter seiner normalen Adresse nicht anzutreffen war.

Yseut saß ganze Nächte am Fenster und schaute dem Schnee beim Fallen zu. Yseut musste aber wieder nach Wien zurück. Sie hätte mit Goggo nicht nach Wrocław ziehen können, wie Ryszard sich das vorgestellt hatte. Es hatte nichts zu essen gegeben, und Goggo war gerade in dem Alter, in dem er immer hungrig gewesen war. In Polen hatten die Schlangen vor den Milchgeschäften um die Häuserblöcke gereicht, und Gemüse war überhaupt nicht zu bekommen gewesen. Wodka war immer vorhanden, und Yseut hatte auch nur Frauen gesehen, die sich um Lebensmittel anstellten. Die Männer gingen mit Flaschen in den Händen umher, und aus den Kirchen drang Orgelmusik.

Der Film in dem Kino in Wrocław war Schwarz und Weiß gewesen. Es hatte fast nur Großaufnahmen von Gesichtern gegeben. Das Surren des Filmprojektors war oft lauter zu hören gewesen als die Stimmen der Schauspieler. Wenn Yseut das Surren eines Filmprojektors hörte, dann wurde sie sofort in das kalte Kino in Wrocław versetzt, und sie hatte den rundklaren Geschmack von Wodka im Mund.

Yseut war damals für die Agentur in Polen gewesen. Ryszard hatte sie bei einem Empfang der österreichischen Botschaft in Warschau getroffen. Er hatte sie nach dem Empfang in der Nacht zum Hotel begleitet. Dabei waren sie an einem großen Kaufhaus vorbeigekommen, und Ryszard hatte gemeint, Yseut könne da sehr billig sehr schönen, handgemachten Christbaumschmuck kaufen. Für Yseut mit ihrer Westwährung würde das sogar noch billiger kommen und er könne sie am nächsten Tag zum Frühstück im Hotel treffen und sie dann zum Kaufhaus begleiten.

Beim Frühstück im Hotel wollte das Personal Ryszard zuerst den Zutritt zum Speisesaal verweigern, und Yseut musste mit dem Geschäftsführer reden. Der wollte wissen, in welchem Verhältnis Ryszard zu Yseut stünde, und Yseut sagte, Ryszard wäre ihr Lover. Ryszard bemühte sich dann, nicht über das Essen herzufallen, aber es war zu sehen, dass er hungrig war. Dann sah Yseut, wie er Brot und Butter in Servietten wickelte und in seinen Taschen verschwinden ließ. Sie machte ihm das nach, und sie gingen mit allen ihren Taschen voller Essen von diesem Frühstück weg. Yseut hatte einen Teller mit Schinken in ihre Handtasche gesteckt. Der Teller beulte ihre Handtasche aus, und Yseut musste lachen, dass man sie mit einem Schinkenteller in der Tasche erwischen könnte.

Auf dem Weg zum Kaufhaus hatte Ryszard ihr dann erklärt, dass er das Essen für seine Frau brauche. Yseut hatte geseufzt und sich gerade damit abfinden wollen, dass sie wieder einen von diesen verheirateten Männern getroffen hatte, aber Ryszard hielt sie am Arm fest. Sie musste mitten auf der Straße stehenbleiben. Diese Frau, sagte Ryszard. Diese Frau habe er nicht geheiratet, weil er einen solchen bürgerlichen Zwang lächerlich gefunden habe. Er werde aber immer für diese Frau sorgen, und das alles habe mit ihnen beiden nichts zu tun. Er war mitten auf einer breiten Straße stehengeblieben, und obwohl sehr wenige Autos in Warschau herumgefahren waren, hatte sich doch ein kleiner Stau rund um sie gebildet.

Yseut schaute Ryszard in die Augen, und wie er sie anschaute, das erinnerte sie an die alten Frauen bei den Wiyot. Er schaute sie auch so ruhig an, und sie fühlte sich in dieser Ruhe sich selbst zurückgegeben. Sie kehrten um und gingen ins Hotel auf ihr Zimmer. Ein paar Wochen später kam Yseut zurück, und sie trafen einander in Wrocław. Ryszard lebte da. Ryszard hatte aber recht behalten. Es waren nicht seine Verpflichtungen gewesen, die sie auseinandergezwungen hatten. Das war die Politik gewesen.

Die Frau, von der Ryszard die Wohnung im 7. Stock besorgt hatte, hatte zu malen begonnen, die Wohnung war voller Kopien der Sonnenblumen von van Gogh gewesen.

Yseut hatte lange nicht verstanden, warum sie nicht gerne ins Kino ging. Lange Zeit war Kino nämlich der einzige Weg gewesen, aus dem Haus zu kommen. Sie hatte sagen können, dass sie mit der Helene oder der Margarete ins Kino gehen wolle, und die Eltern hatten sofort alles erlaubt. Sie hatte das Geld für die Kinokarte bekommen, und von ihrem Taschengeld wurden Rumkugeln oder Bananensplit gekauft. Manja-Stangen aßen sie auch, wenn sie zu dritt durch die Innenstadt oder den Stadtpark wanderten. Sie hatten sich mit diesen Süßigkeiten vollgestopft und waren alle ein wenig dick davon geworden.

In den Filmen saß Yseut gegen die Rückenlehne gepresst und erwartete das Schlimmste. Sie fühlte sich von allem betroffen, was auf der Leinwand passierte. Als geschähe es ihr, zuckte sie bei Schlägen zusammen oder spürte das Krachen einer Faust gegen die Kieferknochen. Wenn es irgendwie ging, blieb Yseut im Kaffeehaus und ließ sich den Film erzählen, obwohl die Eltern ohnehin nie danach fragten.

Yseut hatte da begonnen, Zeitungen zu lesen. Sie las im Café Heumarkt alle deutschen Zeitungen und die »Neue Zürcher«. Das Café Heumarkt war weit genug von zu Hause weg, und sie hatte den Vater nie davon reden gehört.

Es war dann erst, nachdem sie wieder nach Wien zurückgekommen war, dass sie sich ernsthaft für Film zu interessieren begonnen hatte. Sie ging in das Filmmuseum und lernte, wie sie vor dem Kinobesuch einschätzen konnte, was sie erwartete. Es schien das Unerwartbare zu sein, das ihr das Filmschauen so schwierig gemacht hatte.

»Il grido« hatte sie in den 80ern aber im Stadtkino auf dem Schwarzenbergplatz gesehen. Da hatte sie schon gewusst, wie sehr Antonioni sie erschrecken hatte können. »Il deserto rosso« hatte sie in tiefe Verzweiflung geworfen. Sie hätte Monica Vitti auf der Leinwand anschreien können, dass man sich um ein Kind kümmern müsse und dass Kinder nicht betrogen werden durften. Sie hatte sich so sehr dieser kleine Bub gefühlt, dass sie sich während des ganzen Films fragen musste, warum dieses Kind nicht mehr auftauchte. Sie schaute sich »Il deserto Rosso« noch sehr oft an. Sie hatte sich selbst beibringen wollen, dem Leben der anderen in Ruhe zusehen zu können. Aber das lernte sie nicht richtig, und in »Il grido« war es zuerst noch viel schlimmer. Da war es ja auch noch das kleine Mädchen Rosina mit Zöpfen, wie sie sie gehabt hatte, das zwischen die Leben der Eltern geraten war. Das erste Mal hatte sie bei der Szene am Schultor aus dem Kino gehen müssen. Damals gelangte man durch die Kinoausgänge direkt auf die Straße, und sie konnte schnell weggehen. Die tiefe Schmach, vor den anderen Kindern vom Vater geschlagen worden zu sein, war nicht auszuhalten gewesen. Yseut konnte sich nicht erinnern, dass ihr Vater sie geschlagen hätte, und doch hatte sie gewusst, wie sich das anfühlte.

Mit den Videobändern war es dann einfacher geworden, alle diese Filme anzuschauen und mit den DVDs dann überhaupt. Yseut hatte eine große Bibliothek von DVDs angesammelt und veranstaltete für sich selber Filmabende. Die große Leinwand konnte sie immer noch nicht ertragen. Sie schaute sich einen Film erst auf DVD an, und danach ging sie ins Kino und sah das große Format. So machte sie es mit »Mullholland Drive« und mit allen Filmen von David Lynch oder David Cronenberg.

Yseut dachte, David Lynch wäre der beste Realist von allen,

als deutlich wurde, dass es in der ununterbrochen kreiselnden Strudelbewegung von Veränderungen in der Welt keine Richtungen mehr gab. In diesem steten Davongleiten der Realitäten schien es ihr logisch, zum Märchen zurückzukehren.

»Il grido« war kein Märchen gewesen. In den 50er Jahren hatte die Realität noch gereicht, die Geschichte davon zu erzählen, dass der Schrei nie geschrien worden war. Aldo schrie ja nicht. Nicht in der Masse der Arbeiter bei der Schließung der Zuckerfabrik. Im Film. Niemand schreit, wenn den Menschen die Umsiedlung aufgezwungen wird und die Menschenmassen durch die Straßen jagen, bis sie von einem Cordon von Carabinieri aufgehalten werden. Aldo durchbricht den Cordon, um sich von dem Turm zu stürzen, auf dem er im Film das erste Mal ganz am Anfang gesehen wird. Da glaubt er sich noch im Besitz seines Lebens. Die Zuschauenden wissen aber schon, dass er längst alles verloren hat, und Yseut hatte Mitleid mit diesen Figuren, von denen alle alles wussten, nur die selber nicht. Aldo kann dann auch nur auf die Frau einschlagen. Für eine Revolution reicht es ja doch nicht, und die Prostituierte wird ihm seine Situation ausdeuten. In der Wiyot-Sprache gab es die Frage, ob jemand es in der Welt aushalten könne. Yseut verstand diesen letzten Augenblick Aldos auf dem Turm oben sehr gut. Sie hatte sich oft dieses Hineinneigen in den Absturz ins Nichts gewünscht, und sie fiel jedesmal beim Ansehen des Films mit ihm mit. Auf dem Boden aufgeschlagen, stand sie dann auf, schaute zurück hinauf zum Turm, und die Wehmut über das Unglück verwandelte sich in rasende Empörung. Für diese Empörung war Yseut Antonioni dankbar, und sie hatte gedacht, sie sollte die Locations dieses Films besuchen. Das Wallfahren hatte sie von der Oma Münster gelernt, mit der sie jedes Jahr nach Mariazell fahren hatte müssen. Sie wollte auch sehen, aus welchen Landschaften die Filmlandschaft herausgeschnitten worden war. Sie wollte sich die dritte Dimension zurückerobern.

14. Folge.

Gleich nach der Abfahrt von der Romea gabelte sich die Straße. Es gab keine Hinweisschilder. Yseut überlegte noch, welche Straße sie nehmen sollte. Der Schwung des Abbiegens hatte sie da schon in die linke Straße gelenkt. Sie war wieder zu schnell gefahren. Das GPS blieb stumm. Yseut fuhr auf der linken Straße weiter. Sie fuhr. Wald. Hohe Bäume. Sonnenfleckiger Boden. Der Wald in Fellinis »Giulietta degli spiriti« fiel ihr ein. Die Bäume hier auch so hoch, ein Baumhaus weit oben zu verstecken. Yseut seufzte. Jemand wie Fellini hätte die Regie übernehmen sollen. Wenn die ganze Welt ein Fellini-Film geworden wäre. Wie freundlich und leicht hätte dann alles sein können. Und der Regisseur wäre bekannt gewesen. Der Verursacher. So. Jetzt. Wenn alles Regie war. Regime. Und wahrscheinlich war das so wie mit den Büchern. Die Täter schrieben die besseren Bücher. Die Täter machten auch sicher die bessere Regie. Und nie Verantwortung, weil alles gekauft war. Das GPS sagte, sie solle noch 3 Kilometer auf dieser Straße bleiben. Sie hatte also die richtige Straße erwischt. Zufall. Yseut schüttelte den Kopf. Sie schaltete das iPhone aus.

Schaltete Flugmodus ein. In transit. Das war der schönste Zustand. In transit. Enthoben. Nicht erreichbar. Unerreichbar. Alles konnte sich ändern, und sie musste es nicht wissen. Musste die Änderungen nur zur Kenntnis nehmen. Nicht erleben. Nicht durchleben. Sie musste nur ankommen. Oder abreisen. Und konnte das Handy dann geortet werden. War in transit ein unkontrollierter Zustand. Sie fuhr. Die Kurven eng. 90 Grad um die Ecken der Felder herum. Immer wieder waren niedrige Dämme zwischen Feldern zu überwinden. Die Sicht reichte immer nur von einem dieser niedrigen Dämme bis zum nächsten. Nach rechts versperrte ein sehr hoher Damm die Landschaft. Ragte in den Himmel hinein. Yseut ärgerte sich. Es war sicher die rechte Straße gewesen, die nun da oben entlangführte und von der aus der Überblick so weithin sein musste. Wie der Blick von der Straße entlang des Po. Yseut umrundete die Felder. Sie fuhr langsam. Beschleunigte nicht. Bremste in den Kurven nicht. Ein einziges Kurven um die Felder. Manche Felder abgeerntet. Die Erde in Schollen aufgepflügt. Viele Felder grasbewachsen oder schon lange brachgefallen. Zwischen den aufgeschossenen Sträuchern kleine Bäume. Dazwischen die riesigen Stauden der schafgarbeähnlichen Pflanze. Yseut überlegte. Sie hatte doch eine Dokumentation darüber gesehen. Eine Dokumentation über die Pflanzeninvasionen in Europa. Die Globalisierung der Pionierpflanzen. Sie erinnerte sich an den Namen »Japanknöterich«. Aber Knöterich. Das waren doch Büsche. Diese Pflanzen waren keine Büsche. Das waren doch Stauden. Diese Pflanzen schauten so aus, als blieben sie weich und verholzten nicht. Sie wurden nur einfach riesengroß. Manche dieser Stauden waren ebenso hoch wie die jungen Bäumchen. Neophyten. Diese Stauden hießen Neophyten. Oder sie gehörten zu der Gruppe der Neophyten. Phythón zu phýein. Das Hervorgebrachte. Das Entstandene. Das Gewachsene. Die neue Pflanze. Nur eben riesengroß. Und wo kamen solche Pflanzen dann her. Diese. Diese hier. Die kamen wahrscheinlich aus Afrika. Yseut musste lachen. In der Rassenkunde, die bei der Oma Münster im Bücherkasten zu finden gewesen war. In dieser Rassenkunde war genau diese Art der Einwanderung das Hauptthema gewesen. Da war diese Einwanderung »Durchnegerung« genannt worden. Vom Süden kommend war ein Ansturm aus Afrika beschrieben gewesen. Vom Süden anbrandend war diese Einwanderung bis zu den Alpen als vollzogen angesehen worden. Erst nördlich der Alpen war da geschrieben gestanden. Erst nördlich der Alpen war da »Rassenreinheit« überhaupt denkbar. Die Alpen waren wie ein Damm gegen diese Bedrohung aus dem Süden gedacht. Yseut schaute zu dem hohen Damm hinauf. Wie hatten die italienischen Faschisten auf solche Diagnosen reagiert. Mussolini war schon gezwungen gewesen, seine Erinnerungen immer wieder zu kürzen. Seine antideutschen Texte wegen der Waffenfreundschaft mit dem Deutschen Reich zu unterdrücken. Das Antideutsche war dann gesagt worden. Das Antideutsche. Das wäre alles gegen die k.u.k. Monarchie gerichtet gewesen. Aber wahrscheinlich hatte das alles nur an den Übersetzungen gelegen. Diese Rassenkunde. Die von der Oma Münster. Das war ein hellblaues Buch gewesen. Hellblaues Leinen. Verstaubt. Wenn dieses Buch ins Italienische übersetzt gewesen wäre. Obwohl. Es fühlten sich die Gemeinten ja nie betroffen. Die Faschisten hatten sich sicher selbst ihre »Rassenreinheit« zugestanden und sich den Regeln ohnehin mittels ihrer Macht entzogen. Es lag ja nur daran. Wer definierte wen. In der Flüchtlingskrise des Jahrs 2015. Da war das wieder ganz deutlich zutage getreten. Da war diese Art des Definierens wieder zur Realität geworden. Obwohl es Nationalismus gar nicht geben konnte. Wo gab es eine Nation. Wo waren Personen darauf angewiesen, um ihre Sprache zu kämpfen. Um ihre Tracht. Um ihre Religion. Das waren dann ja eigentlich die Flüchtlinge. Es schien ein Neid zu sein. Ein Neid darauf, ein Schicksal zu haben. Nicht in die sanften Kontrollregimes der Privatisierung hineingesogen zu werden. Sanft gebändigt. Sanft erstickt. Sanft begraben. Es war so wenig, was noch gelebt werden konnte. Sie wollte sich auch nicht begnügen. Aber sie schlug andere Leute dafür nicht zusammen und sagte dann, ihre Identität habe ihr das diktiert. Oder war es doch sexuell. Überwältigungsphantasien. Die Flüchtlinge als Objekte, die unterworfen sein sollten und die das nicht mehr waren. Denen die Menschenwürde zugestanden werden musste. War das der Vorwurf an Multikulti. Dass sie die Flüchtlinge nicht ficken konnten, wie das früher der Fall gewesen war. Man musste ja nur Schnitzler lesen und seine süßen Mädeln als das sehen, was sie waren. Migrantinnen, die sich mit ihren Körpern auf der ersten Stufe der sozialen Leiter befanden. Aber vielleicht sollte Europa sich einfach in seine Dialekte auflösen und gar niemand mehr sich mit irgendjemandem verständigen können. Hinterweltler waren die meisten ohnehin. Und vorbei. Vorbei mit denen. Keiner dieser wieder zuschlagenden Männer hatte noch irgendeine Möglichkeit. Ihre Väter und Großväter hatten sich alle ihre Rechte nehmen lassen, damit sie ihre Pflichten los sein konnten. Diese jüngeren Männer. Die konnten nicht einmal mehr eine Staatsbürgerschaft verleihen. Über Heirat. Die konnten keine Pension vererben. Die konnten keine Familie erhalten. Die waren auf ihr sexuelles Vergnügen herunterkastriert, und die Jungen wollten das mit dem Niederbrennen von Flüchtlingsheimen garnieren. Aber es ging sowieso immer um Gastarbeit. Beim süßen Mädel und bei den Asylbewerbern. Wenn einmal begriffen war, wie die ausgebeutet werden konnten, dann würden schon wieder alle still sein und das tun. Ausbeuten. Yseut musste lachen. Die Männer hatten sich so total verrechnet. Yseut stellte sich vor, wie die Gesetze und die Globalisierung und die Privatisierung sich an den Geschlechtsorganen zu schaffen machten und sie umarbeiteten. Wie in einem Cronenberg-Film wurden die Geschlechtsorgane der Männer in der Vollnarkose ihrer Selbstbelügung mit Fälschungen vertauscht. Die Frauen brauchten das ja nicht. Denen war die Lust ohnehin schon immer abgesprochen worden. Die hatten das über Jahrtausende hindurch schon hinter sich. Die Identitäten und die muslimischen Männer und die Katholen kämpften noch gegen ihre Ankunft in der flexiblen Moderne. Dass sie alle zusammengehörten. Das konnten die nicht begreifen. Nur die Jobbik in Ungarn. Die waren rechtsnational und für den Islam. Und eigentlich. Yseut musste wieder lachen.

Sie stellte sich graue Gestalten mit übergezogenen Hoodies vor. Wie sie sich über die narkotisierten Männer beugten und ihnen den Sex wegnahmen. So von einem Mann zum nächsten huschend. Den Sex in großen Containern wegführend. Aber so persönlich war das alles mit dem Kapitalismus nicht. Das mussten schon alle selber machen und sich die Narkose mit dem Superego verpassen. Sie. Sie selbst. Sie war das beste Beispiel. Als Frau war sie sowieso ein Spielball gewesen und hatte niemanden etwas gekostet. Früher hätte sie von diesen Männern versorgt werden müssen. Irgendwie. Und als arbeitende und geldverdienende Person. Da hatte sie die Regeln noch besser befolgt als irgendeiner. Sie war ein Berufsmann gewesen. Männlicher als alle die. Aber für diese Männlichkeit hatte sie als Frau wiederum bezahlen müssen. Es hatte nur eine kleine Bemerkung von Lauritz dafür gereicht, die Kosten festzustellen. Er hatte seine Arbeit als wertvoller angesehen. Er hatte weniger verdient, aber er hatte eine andere Lohnskala zur Verfügung, die ihm den höheren Wert einräumte. Lauritz machte Kultur. Sie hatte Wirtschaft gemacht. Sie hatte die Kultur verraten, als sie die Schauspielerei aufgegeben hatte und wieder in die Agentur gegangen war. Konzernzentrum in Frankfurt. Marketing. Die Lauritzens. Die waren dann Identitäre von links. Die schlugen auch zu. Die verdrängten. Die vernichteten. Die waren um nichts besser als die Schlägertrupps. Jan Lauritz. Sie hatte ihn beruhigt. Das war einfacher gewesen. Und sie hatte sich ja immer alles nehmen lassen. Schon wie sie in dieses blöde spießige Europa zurückgekehrt war. Sie hätte in der Sonne Kaliforniens bleiben sollen. Aber sie hätte da den Kampf auch verloren. Sie hatte ja nicht einmal gewusst, dass sie kämpfte. Die anderen da. Die waren unterlegen. Die waren auch alle unterlegen. Die waren alle dick geworden. Als wäre eine Straßenwalze über alle hinweggerollt. Simon. Lynn. Die Kinder. Alle waren aufgeblähte, watschelnde Gestalten geworden. Lynn. Lynn war ein Reh gewesen. Rehaugen. Rehbraune Haare. Schlank und schmal und die wunderbarsten Bewegungen. Wahrscheinlich war das auch wieder nur das, was die grauen Gestalten im Hoodie machten. Der Austausch der Sexualität. Der Umtausch des Begehrens. Sexualität durch Substanzen ersetzt. Simon. Lynn. Jewel. Sie waren auf Zucker und Fett umgestellt worden. Nicht die Vorstellung einer Liebesgeschichte trieb sie noch an. Einer Liebe. So eine Dauer. Das konnten die sich nicht mehr vorstellen. Für die ging es nur noch von Mahlzeit zu Mahlzeit. Von Einkauf zu Einkauf. Jewel. Was war sie für ein lebendiges Kind gewesen. Ein Elfenkind. Nichts übrig davon. Nichts. Nichts. Aber sie. Sie selbst. Sie war um nichts besser. Sie hatte sich mit Geld beruhigt. Sie hatte ihre eigene Verführbarkeit vermarktet. Aber weil sie in alle Fallen gegangen war, wusste sie, wie man Fallen aufstellt. Sie war zum Trapper geworden und hatte alle anderen eingefangen. Marketingexpertin. Textexpertin. Konzeptausdenkerin. Salespushmeisterin. Ihren Hass auf die Verführer. Den hatte sie gleich mit ausgebeutet. Diesen Hass. Den hatte sie für die anderen abgeriegelt und die Täter damit geschützt. Sie hatte sich selbst jeder Nachsicht beraubt. Sie hatte einmal geglaubt, dass das Rache wäre. Dass sie Rache nähme. Aber sie hatte nur alle anderen verkauft. Es gab keine Entschuldigung. Sich in Fett und Zucker festzusetzen. Das war dann ein Akt der Verweigerung. Wahrscheinlich war das Verweigerung. Das hatte sie nicht geschafft. Lauritz' Vorwürfe waren berechtigt. Sie hatte auch in diesem Beruf alles nur gespielt. Wie sie alles immer gespielt hatte und dahinter kalt geblieben war. Unberührt. Kontaktlos. Sie hatte sich hinter den Spiegel gesetzt und stillgehalten. Nicht gefunden werden. Nur nicht gefunden. Und jetzt. Wo war sie jetzt. Wo lauerte sie jetzt. Wo war ihre Person. Wo konnte sie die finden. Jetzt. Sie wusste alles so genau. Die Erkenntnisse purzelten nur so über sie hernieder. War das, weil es zu spät war. War das der endgültige Betrug. Weisheit und auf nichts anzuwenden. Auf nichts mehr. Weil keine Zeit übrig. Aber es war gar nicht das Alter. Es war auch nur so eine Fettsucht. Sie hatte sich kaputtmachen lassen. Sie hatte nicht gewusst, dass es das war, was geschah. Sie hätte es aber wissen können. Während des Kaputtmachens. Und jetzt war alles vorbei, weil sie nun kaputtgemacht war. Und nicht, weil sie alt war. Sie hatte es versäumt. Sie hatte nicht gelebt. Und sie war nicht einmal so toll, fettsüchtig zu werden. Sie hatte funktioniert. Sie hatte sich nicht Fett und Wasser ins Gewebe gepumpt, um nicht mitmachen zu müssen. Sie. Sie hatte nur die Angst, ihr Busen fühle sich zu weich an und ihre Haut zu wenig fest und ihre Scheide zu wenig feucht. Sie hielt diesen Mann von sich weg, weil sie nicht die glatte Pracht der Jugend anbieten konnte. Und anbieten. Das war das richtige Wort. Sie war nicht mehr als eine Gastgeberin geworden. Eine Gastgeberin, die Bröselchen von sich selbst anbot. Ausspeisung. Sie. Sie selbst kam nicht ins Spiel. Kein Wunder, dass sie sich ausgeschlossen fühlte. So, als ob nur ihr Körper existierte. Sie lebte, als gäbe es nur ihren Leib und auch sie wäre da manchmal zu Gast. Yseut seufzte. Der Alfred war auch nicht die Rettung. Yseut fühlte sich lächeln. Traurig. Eine Liebe. Sie wünschte sich eine Liebe, um alles anders machen zu können. Eine große Liebe noch und dann wirklich nur darin leben und nichts zwischen sie und diese Liebe kommen lassen. Eine Flucht in die Liebe und sie ein Flüchtling. Diesmal nicht normal werden. Nicht sesshaft. Immerhin. Sie war nicht territorial geworden. Mehr hatten die Feminismen ihr nicht eingetragen. Von der Sucht nach Sehnsucht und Selbstaufgabe hatten die sie nicht entwöhnen können. Wie auch. Die Sehnsucht, frei zu sein. Das war auch nur eine Hoffnung und falsch deswegen. Alles falsch. Alles falsch. Yseut musste bremsen. Sie war an einem Pfeil mit der Aufschrift »Cannevièwvorbeigefahren. Sie bog in einen Feldweg und reversierte. Fuhr zurück. Folgte dem Hinweisschild. Ein Parkplatz. Sie überlegte. Wo würde die Sonne über Mittag hinscheinen. Sie nahm das iPhone in die Handtasche und stieg aus. Auf dem Weg zur Rezeption. Es war ihre Wut, dachte sie. Es war ihre Wut, die sie so unglücklich machte. Sie hatte in jedem Augenblick ihres Lebens das Richtige gemacht und war damit ins Falsche geraten. Im Hotel. Ein Mann kam hinter einer Holzwand hervor. »Buon giorno.« Er lächelte sie an. Sie käme wegen des Fahrrads, fragte er. Yseut fragte, ob er die Buchungsbestätigung brauche. Der Name und die Kreditkarte würden reichen, sagte der Mann. »Don't they ever.«, murmelte Yseut und fischte die Geldbörse hervor. Die Karte in die Maschine. Der Ausdruck der Rechnung. Ihre Unterschrift. Der Mann ging vor ihr hinaus. Das Fahrrad stand um die Ecke. Yseut hätte noch die Toilette benutzen wollen. Dann vergaß sie darauf. Der Mann ließ sie aufsteigen. Sie brauche den Sattel etwas tiefer. Der Mann schob den Sattel tiefer. Yseut stieg wieder auf. Sie legte die Tasche in den Korb vorne und fuhr los. Yseut war lange nicht Fahrrad gefahren. Sie wackelte mit der Lenkstange herum. Dann trat sie in die Pedale. Das leichte Wackeln hörte sofort auf und das Fahrrad surrte dahin. Sie fuhr auf die Straße hinauf. Bog nach links. »Lido di Volano« stand an der nächsten Kreuzung angeschrieben. Ein altes Gebäude rechts. Eine Art Turm. Der Zugang mit einer Schranke versperrt. Bergab. Der Ort. Niedrige Häuser. Kleine Gärtchen. Blühende Blumen hinter den Gussbetonzäunen. Sie bog nach rechts ab. Folgte dem Piktogramm »Fahrradweg«. Zuerst eine breite Asphaltstraße. Bungalows aus den 80er Jahren. Drahtzäune. Die Häuser verschlossen. Nachsaison. Der Zugang zum Fahrradweg war für Autos versperrt, und sie musste absteigen. Ihre Fahrkünste reichten noch nicht für das Umfahren der Sperre. Dann lag der Fahrradweg vor ihr. Schnurgerade zog sich ein breiter Weg durch den Wald. Grasbegrenzt. Unter den Bäumen Kühle. Yseut stieg wieder auf. Sie überlegte. Zum Meer nach links fahren. Meer. Da war sie früher hingeeilt, den ersten Blick zu erhaschen. Sie fuhr auf dem Weg weiter. Die Kühle. Die Stille. Das Grün der Bäume. Die Sonne. Abgeschirmt. Das hohe Gras unter den Bäumen. Sie war allein. Yseut fuhr. Radelte. Sie schaute um sich. Sie ließ sich über den weichen Boden tragen. Atmete tief. Sie hätte gerne die Arme ausgebreitet, wie sie es früher gekonnt hatte. Radeln und die Arme ausbreiten und mit Hüftschwung lenken. Sie fuhr. Immer wieder führten Spuren von großen Reifen quer über den Weg in den Wald zum Meer hinüber. Eine Sandstraße verlief parallel zum Fahrradweg. Sie fuhr auf dem Weg. Es gab kaum Steigungen. Sie fuhr ohne Anstrengung. Allein. Das Meer zu hören. Vögel. Möwen irgendwo weit weg. Sie hätte singen können. Nach langem. Sie war mehr als eine Stunde gefahren. Der Wald wurde lichter. Pferde grasten rechts in einem Feld. Eine Fattoria. Verfallene Häuser. Dann Villen. Dann die kleinen Häuschen aus der Zeit vor den Touristen. Die Straße asphaltiert. Hin und wieder ein Auto. Yseut hatte zu schwitzen begonnen. Die schmale Straße mündete in den Bogen einer sehr breiten Straße. »Al mare« stand auf einem Pfeil nach links. Gio Gio stand in einer Auffahrt nach rechts hinauf. Er schaute gerade auf seine Uhr. Yseut beugte sich vor. War dieser Mann wirklich Gio Gio. Da schaute er auf und sah sie. Er warf beide Arme in die Luft und lachte. »Isabella.«, rief er. »Perché mi ha fatto aspettare cosí a lungo.«, schrie er und lief auf sie zu. Yseut musste sich erinnern, dass sie für Gio Gio Isabella hieß. Sie hatte nicht gleich verstanden, dass sie gemeint war.

15. Folge.

Wie es kam, dass Yseut Röntgenbilder von sich verschenken konnte und das Küssen lernte.

Eduard war nicht Yseuts Erster gewesen.

Yseut hatte ihren Vater zum HNO-Arzt begleiten müssen. Der Vater hatte unter Stirn- und Kieferhöhlenkatarrhen gelitten, und die Mutter hatte darauf bestanden, dass Yseut mit dem Vater zum Arzt mitgehe, damit sie nicht allein zu Hause bleiben müsse. Yseut saß dann im Wartezimmer und las die Illustrierten, die sie zu Hause nicht anschauen durfte. Der Vater bekam Stirnhöhlenspülungen und Wärmebehandlungen. Manchmal wurde der Vater in eine Art Zaumzeug eingespannt und am Genick aufgehängt. Yseut hatte dann große Schwierigkeiten, nicht über den Vater zu kichern, wenn er da so hing. Sie schämte sich für ihn, wie er hilflos baumeln musste.

Mit 13 Jahren hatte Yseut das erste Mal dann selber einen Stirnhöhlenkatarrh. Ein Schnupfen hatte zu lange gedauert, und Yseut hatte Schmerzen in der Stirn gleich hinter den Augen. Yseut wurde zu Dr. Schöner geschickt, und nun bekam sie die Spülungen und die Wärmebehandlung.

Für die Spülung musste Yseut wie der Vater mit langen Haken in der Nase in einem Nebenraum warten. Mit den Haken waren Wattestücke ganz hinauf in die Nase geschoben worden. Auf der Watte war ein rosarotes Lokalanästhetikum aufgetragen, und Yseut musste auf die Wirkung der Betäubung warten. Wenn Dr. Schöner dann dachte, dass das Siebbein genug narkotisiert war, dann wurde Yseut in den Behandlungsraum geholt. Es saßen auch andere Patienten und Patientinnen da und warteten auf die Wirkung der Lokalanästhesie, und allen standen diese Haken aus der Nase heraus.

Zur Behandlung musste man sich auf einen Sessel in der Mitte des Raums vor den großen weißen Ledersessel von Dr. Schöner setzen. Dr. Schöner hielt Yseuts Kopf mit der linken Hand von hinten fest. Mit der rechten stieß er ihr ein dickes Metallröhrchen in das Siebbein und schob das Röhrchen durch den Knochen hinauf. Das knirschte, und es kam Blut. Dann wurde warmes Wasser durch das Röhrchen in die Stirnhöhle geleitet. Yseut musste den Kopf vorhalten, damit das Wasser aus dem anderen Nasenloch herausrinnen konnte. Es kam ein grauschaumiges Gemisch aus ihrer Nase geronnen. Yseut ekelte sich davor, und nachher schmeckte alles scharf und seifig. Der Geschmack hielt bis zum Abend an, und manchmal blieb er bis zum Morgen. Yseut konnte dann nichts essen, und es gab Szenen mit der Mutter, die immer sagte, Yseut wäre zu dünn und würde noch an der Schwindsucht umkommen.

Yseut musste nach den Spülungen liegen und sich erholen, oder sie bekam eine Wärmebehandlung. Dr. Schöner rief sie dann in sein Büro, in dem er mit den Patienten sprach. Er fragte sie nach dem Vater und ob der sich mit der Mutter gut verstand. Yseut wollte nichts erzählen, aber dann musste sie doch Antworten geben. Yseut hatte nach diesen Gesprächen ein schlechtes Gewissen und mochte gar nicht nach Hause gehen. Dr. Schöner sagte aber, dass er das alles wissen müsse, damit er den chronischen Stirnhöhlenkatarrh vom Vater richtig behandeln könne. Solche Krankheiten, sagte er, könnten viele Ursachen haben. Yseut konnte sich nicht vorstellen, was die Streitereien zwischen ihren Eltern darüber, dass der Vater begonnen hatte, der Mutter Geld aus der Geldbörse zu nehmen, mit seinen Stirnhöhlenkatarrhen zu tun haben sollte. Aber Dr. Schöner war ein Arzt, und Ärzte wussten, was richtig war.

Dann begann Dr. Schöner Yseut zu fragen, ob sie alles über ihren Körper wüsste. Ob sie wisse, wie das alles funktioniere und was man da machen müsse. Ob sie wüsste, wie das alles vor sich ging und woher die Babys kämen. Dr. Schöner fragte das mit einem höhnischen Ton. Yseut war sich dumm vorgekommen, und sie hatte im Brockhaus nachgeschaut. Aber dann lachte Dr. Schöner wieder über ihr Wissen und fragte sie, ob sie nun wüsste, wo bei ihr die Schamlippen seien und wo der Muttermund. Ob sie sich selbst überhaupt schon einmal angeschaut habe. Dr. Schöner sagte dann auch immer, dass es eine Schande sei, wie Frauen nichts über ihren Körper wüssten und dass Yseut genauso wäre wie alle anderen Frauen. Dr. Schöner war dann aufgestanden und im Zimmer auf und ab gegangen und hatte über die Unvernunft der Frauen geredet. Yseut saß da und fühlte sich seltsam. Wie

Liebe gemacht wurde, wusste sie trotzdem nicht. Alle in der Klasse flüsterten darüber. Es wurde gesagt, man müsse gut im Bett sein, und Yseut hatte keine Idee, was das bedeuten konnte. Manchmal musste Yseut während der Tiraden von Dr. Schöner zu weinen beginnen, aber dann stellte er sich vor Yseut hin und redete auf sie herunter. Das dauerte dann noch länger. Yseut fürchtete sich vor den Besuchen bei Dr. Schöner.

Während der ganzen 6. Klasse ging Yseut jeden Montag und Mittwoch statt in Französisch zu Dr. Schöner für die Behandlung ihres chronischen Stirnhöhlenkatarrhs. Yseut versäumte jede Woche zwei der drei Französischstunden, und sie hatte bald den Anschluss verloren. Sie hatte aber eine Erlaubnis für dieses Versäumnis vom Schularzt, der sich der Empfehlung für die Behandlung von Dr. Schöner angeschlossen hatte.

Dr. Schöner ließ in regelmäßigen Abständen Röntgenbilder von Yseuts Stirnhöhlen machen. Yseut hatte dann 18 Röntgenbilder von ihrem Schädel. Wenn sie jemand fragte, ob er ein Bild von ihr haben könne, dann verschenkte sie ein Röntgenbild.

Französisch lernte Yseut nie richtig. Die Eltern wollten sie als Au-pair-Mädchen zu einer Familie in die französische Schweiz schicken. Dr. Schöner riet dem Vater davon ab. Er sagte, dass man in der Schweiz kein schönes Französisch lernen könne. Der Vater hatte da eine schlechte Zeit und kam mit Yseut in die Ordination mit. Yseut hatte keine Kopfschmerzen mehr und ließ den Vater dann doch alleine zu Dr. Schöner gehen. Sie sagte, sie wolle keinen Nachmittagsunterricht mehr versäumen. Yseut ging statt in Französisch ins Kaffeehaus und las Zeitungen. Dr. Schöner ließ ihr über den Vater ausrichten, sie solle unbedingt zur Kontrolle kommen.

Da war Yseut dann schon in der 7. Klasse und hatte begonnen, in die Tanzschule zu gehen. Yseuts Eltern hatten darauf bestanden, Yseut dürfe erst mit 16 in die Tanzschule gehen. Das war eine Katastrophe. Alle in Yseuts Klasse waren in der Sechsten in die Tanzschule gegangen, und es war unvorstellbar, mit gleichaltrigen Buben tanzen zu lernen. Dann aber lernte Yseut in der Perfektion am Samstagabend den Nicki Obermayer kennen. Der war 19 Jahre alt und ging auf die Universität. Er studierte Jus und sollte einmal die Kanzlei seines Onkels übernehmen. Zur gleichen Zeit traf Madeline sich in Wien heimlich mit einem Schüler vom Akademischen Gymnasuim, den sie im Strandbad in Baden kennengelernt hatte. Dieser Dominick hatte einen Schulkollegen, der mit ihm mitkam. Der Schulkollege hieß Bryan und war der Sohn eines amerikanischen Soldaten. Bryan lebte bei seinen Großeltern in Wien.

Yseut fand den Namen »Bryan« romantisch, und sie trafen einander zu viert. Sie gingen im Stadtpark auf und ab oder, wenn das Wetter schlecht war, ins Café Heumarkt. Madeline war froh, wenn Yseut mitkam. Madeline hatte dann weniger das Gefühl, ihre Mutter und Großmutter zu hintergehen, wenn Yseut dabei war. Madeline fürchtete sich aber vor allem vor ihrer Tante am Schwarzenbergplatz und war nur mit Mühe in das Café Heumarkt zu bringen. Sie hatte Sorge, die Tante könne sie da entdecken. Yseut fand das übertrieben.

Die Tante hätte durch Häuser hindurchsehen können müssen und um die Ecken schauen, aber Madeline hatte trotzdem immer Angst vor der Entdeckung.

An einem kalten Abend im Oktober waren alle auf den Otto-Wagner-Steinbänken gleich beim Eingang zur Stadtbahnstation Stadtpark gesessen. Es war dämmrig und kalt. Madeline lachte mit Dominick über seine Verwandten in Baden, und Bryan beugte sich zu Yseut und küsste sie auf den Mund. Yseut hatte das nicht erwartet und war erschrocken zurückgezuckt. Bryan wandte sich sofort ab und versteckte sein Gesicht in den Händen. Yseut zog seine Hände vom Gesicht weg, und sie küssten einander. Yseut wollte küssen. Alle redeten davon, und es wurde verglichen, wer gut küssen könne und wer nicht, und Yseut wollte das auch alles wissen.

Das war dann Yseuts erster richtiger Kuss. Yseut fand Küssen schön, und sie wollte gleich gar nicht aufhören. Sie liebte es, das Schwellen dieser anderen Zunge in ihrem Mund zu spüren, und am nächsten Samstag probierte Yseut das Küssen mit dem Nicki Obermayer aus. Der küsste wiederum ganz anders als Bryan. Yseut traf eine Zeitlang den einen und den anderen.

Bryan schickte ihr selbstgeschriebene Gedichte, und Yseut dachte, dass er damit dem Nicki Obermayer überlegen war. Bryan schrieb die Gedichte auch noch auf Englisch. Dann aber fand Yseut heraus, dass Bryan einfach nur ein paar Zeilen aus dem Gedicht »To night« von Percy Bysshe Shelley abgeschrieben hatte.

When I arose and saw the dawn,
I sighed for thee;
When light rode high, and the dew was gone,
And noon lay heavy on flower and tree,
And the weary day turned to his rest,
Lingerin like an unloved guest,
I sighed for thee.

Yseut wollte Bryan deshalb nicht wiedersehen. Madeline traf sich dann auch nicht mehr mit Dominick. Sie kam zu Yseut nach Hause, und sie schauten Modezeitschriften an oder hörten Musik. Madeline musste einmal in der Woche heimlich nach Wien kommen. Sie sagte, sie müsse sich umbringen, wenn sie nicht aus Baden herauskäme.

Der Nicki Obermayer war ein guter Tänzer, und sie meldeten sich an, den Philharmoniker-Ball zu eröffnen. Aber dann war etwas mit dem Vater, so dass Yseut für eine Zeit zur Oma Münster nach Hütteldorf ziehen musste. Von Hütteldorf aus kam Yseut mit Mühe in die Schule, und sie musste gleich nach der Schule zur Großmutter zurückfahren.

Mit dem Nicki Obermayer hatte Yseut nur so herumgeschmust. In Perugia ging Yseut aber dann mit einem Mann mit und machte es. Eigentlich hatten Yseut und Madeline den Sommerkurs für Italienisch an der Università per Stranieri gemeinsam besuchen wollen und hatten schon die Zimmer gemietet gehabt. Madelines Mutter war aber sehr krank geworden, und Madeline hatte in Baden bleiben müssen.

Yseut war trotzdem nach Perugia gefahren. Sie war das

erste Mal in ihrem Leben ganz allein und konnte machen, was sie wollte. Sie lernte eine Studentin aus der Schweiz kennen. Sie gingen denselben Weg zur Universität, und dieses Mädchen zeigte ihr, in welcher Bar man einen Cappuccino und ein Brioche zum Frühstück haben musste. Dann nahm diese Brigitte sie auch zum Mittagessen in eine Trattoria mit. Dort traf sie sich mit ihrem Verlobten, der Gynäkologe an der Universitätsklinik war. Alle Ärzte der Universitätsklinik kamen zur Mittagspause in diese Trattoria, und so lernte Yseut diese zwei Männer kennen.

Yseut wusste selbst nicht, warum sie das machte. Diese Männer waren nicht einmal nett zu ihr. Viel später wurde ihr klar, dass diese Männer sich über sie verständigt und sie einander zugeteilt hatten. Aber auch wenn sie das gewusst hätte, was sich da abspielte, sie hätte es gemacht. Sie schlief mit diesen Männern, und es war ihr vollkommen gleichgültig. Sie schaute sich dabei zu, wie ihr das gleichgültig war. Für sich selbst ging sie weg, wie sie gekommen war. Sie hatte nie einen Orgasmus mit einem dieser Männer, und sie fühlte sich kühl und überlegen. Es war ihr recht, dass sie sich nicht erinnern wollte, wer der Erste gewesen war. Mit dem Chef des Spitals ging sie nicht mit. Er lud sie zu sich ein und kochte Spaghetti mit Curry für sie. Dann sah sie aber die Betten seiner kleinen Töchter, die da gerade für die Ferien mit ihrer Mutter am Meer waren.

Das Mühsamste am Sex war die Verhütung gewesen. Die Ärzte verschrieben die Antibabypille nicht gleich. Yseut hatte nach Hietzing zu einem Dr. Tallmeyer fahren müssen, um eine Verschreibung zu bekommen. Dr. Tallmeyer fragte sie, für wen sie die Antibabypille nehmen wolle, und Yseut erfand einen Verlobten, damit sie das Rezept bekam. Dieses Rezept musste alle drei Monate erneuert werden.

Nach Perugia war Yseut mit einem Martin ausgegangen. Yseut hatte gerade mit der achten Klasse begonnen, und es musste überlegt werden, was sie nach der Matura machen sollte. Dieser Martin war gerade mit seinem Maschinenbaustudium fertig geworden und wollte rasch heiraten. Er kam aus Vorarlberg und sah sehr gut aus. Die Mutter hatte es gern, wenn er Yseut abholen kam, und sie sagte nie zu ihm, dass Yseut um 10.00 Uhr zu Hause sein musste. »Sie bringen sie mir schon gut nach Hause.«, hatte die Mutter gesagt. Sonst musste Yseut pünktlich um 10.00 Uhr nach Hause kommen, und die Mutter wartete auf sie. Mit Martin ging Yseut auf den Techniker Cercle, und da lernte sie Alfred kennen.

Martin drängte Yseut, ihre Freundinnen und Freunde aufzugeben und in seine »Clique herüberzukommen«. Sie redeten die ganze Zeit darüber, wie viele Kinder man haben sollte und wie groß eine Wohnung sein müsste. Sie fuhren mit dem Opel Admiral von Martins Vater in die Weinberge an der Agnesgasse in Sievering und schmusten im Auto.

An einem Abend hatte Martin Yseut von sich weggeschoben und sie gefragt, ob sie noch Jungfrau sei. Yseut war erschrocken und antwortete nicht gleich. Da erklärte Martin ihr, dass er nur eine Jungfrau heiraten können würde. Er wolle nur, dass sie das wüsste, weil es ja doch sicher kein Problem sei, weil Yseut ja sicher noch Jungfrau war. Yseut käme ihm als ein ordentliches Mädchen vor.

Yseut hatte da nichts sagen können, weil sie Angst hatte, zu lachen anfangen zu müssen. Da hatte Martin gesagt, Yseut solle nicht beleidigt sein wegen dieser Frage. Das alles sei deshalb für ihn so wichtig, weil eine Frau doch diese Angelegenheit mit dem Geschlecht bestimmen könne und eine Frau mit Erfahrung schon verdorben für die Liebe sei. Er konnte das Wort »Geschlecht« nur leise aussprechen, und Yseut musste seufzen. Ja, rief er laut. Ja. Das habe er so gelernt. Das habe man ihm in der Stella Matutina so beigebracht, und dann weinte er.

Yseut hielt ihn fest und weinte mit ihm. Sie hatte ihn ohnehin nicht heiraten wollen. Sie war auch nicht verliebt in ihn gewesen. Sie war gern mit ihm ausgegangen, weil das die Mutter so beruhigt hatte. Aber nun konnte sie ihn nicht heiraten, weil sie keine Jungfrau mehr war, und das war plötzlich doch ein Verlust. Es war alles so kompliziert, und Yseut wollte überhaupt niemanden sehen. Sie blieb zu Hause in ihrem Zimmer und machte nichts. Sie wollte nicht einmal fernsehen. Diesen Martin traf sie dann nie wieder. Sie ließ die Mutter die Ausreden am Telefon erfinden. Er gab die Anrufe aber nicht auf, und die Mutter musste sich noch lange Ausreden ausdenken.

Im Sommer nach der Matura war Yseut bei einer Freundin von der Oma Münster in Salzburg zu Besuch. Die war Schuldirektorin gewesen und wollte Yseut in Konzerte der Festspiele mitnehmen. Alfred lebte in Salzburg, und Yseut rief ihn an. Alfred hatte einen Fiat 500, in dem sie in den Bergen hinter Salzburg herumfuhren. Einmal hatte Alfred auf einer

Forststraße angehalten und sich zu Yseut herübergebeugt, um sie zu küssen. Er hielt aber inne und schaute Yseut fragend an. Wenn sie das nicht wolle, sagte er, dann müsse sie das nicht machen. Yseut fragte ihn, was er damit meine. Alfred antwortete, dass sie zurückgezuckt sei. Sie sei vor seiner Umarmung zurückgezuckt, als wäre das eine Bedrohung für sie. Yseut war beleidigt, und sie fuhren wieder in die Stadt zurück. In der kleinen Wohnung der alten Freundin der Großmutter musste Yseut sich ins Bett legen und weinen.

Sie hatte Alfred dann noch oft in diesem Sommer getroffen. Sie saßen in allen Kaffeehäusern Salzburgs und redeten. Yseut war dann nach Wien zurückgefahren und hatte in Wien zu studieren begonnen. Alfred hatte in Salzburg bleiben und in der Kanzlei seines Vaters mithelfen müssen. Alfred war Jurist und wollte Strafverteidiger werden. Die Kanzlei seines Vaters war aber auf Immobilienfragen spezialisiert. Yseut hatte dann nie mehr etwas von Alfred gehört und ihn erst wieder 50 Jahre später zufällig wiedergetroffen. Da stellten sie auch fest, dass Alfred fast sein ganzes Leben nur 200 Meter weit weg in einer Kanzlei in Wien gearbeitet hatte.

16. Folge.

Yseut musste lachen. Gio Gio hob sie vom Fahrrad. Er war gelaufen gekommen, hatte sie angegrinst. Hatte sie um die Hüften genommen, bevor sie absteigen hatte können, und lachte. Er stellte sie neben sich auf den Boden. Dann ging er um sie herum. Nahm das Fahrrad und schob es durch die Einfahrt, in der er gestanden hatte. »Che sorpresa.«, sagte er. »Ma che bella sorpresa.« Und. »Isabella sorpresa.« Währenddessen spazierte er mit dem Fahrrad die Straße weiter. Die großen grünen Torflügel begannen sich zu schließen. Yseut musste ihre Schritte beschleunigen. Gio Gio wanderte weiter. Ruhig. Lächelnd. Ein wenig in sich gekehrt. Also wäre sie wirklich gekommen. Yseut schaute zu ihm hinüber. Was denn das sei. Das hier. Dieses Resort. »Happy Valley«. Das erinnere sie an Kalifornien. Und dann. Wo gäbe es hier ein Tal. »O felicità.«, sagte Gio Gio und grinste. Aber sie habe schon recht. Das Prinzip für das glückliche Tal. Das Prinzip käme sogar direkt aus Kalifornien. »California.«, seufzte Yseut. »Isabella Isabella sorpresina.« Gio Gio lachte. Fragte, was sie mit Kalifornien zu tun habe. Sie habe da gelebt, sagte Yseut. Sie habe einen Sohn da gehabt. Sie sagte »Ho avuto un figlio.« Gio Gio blieb stehen und schaute sie erschreckt an. »Io ho.«, sagte Yseut. »Io ho un figlio.« Gio Gio ließ die Schultern wieder sinken. Er seufzte. Yseut legte den Kopf schief und schaute ihn an. »Non voglio ni meno immaginare una tragedia tale.« Gio Gio hielt das Fahrrad. Ließ den Kopf hängen. Schüttelte den Kopf. Yseut entschuldigte sich. Das sei ihr schlechtes Italienisch. Sie könne Italienisch überhaupt nicht und sollte es nicht verwenden, wenn sie damit ihren Sohn. Gio Gio hielt die Hand in die Höhe. Abwehrend. Sie könnten auch Englisch miteinander sprechen, sagte er. Er käme nämlich eigentlich aus New York. Aha, meinte Yseut. Daher das amerikanische Geschäftsmodell. Sie gingen weiter. Schwiegen. Yseut wurde ärgerlich. Sie brachte ihren Sohn nicht grammatikalisch um. Was hatte dieser Mann sich gedacht. Wo dieser Sohn nun sei, fragte er dann. Der lebe in Mexiko, sagte Yseut. Der habe sich in eine Mexikanerin verliebt und sei dageblieben. Gio Gio nickte. Yseut erwartete, dass er etwas über die Liebe sagen würde. Wie sie alles durcheinanderwirbeln könne. Gio Gio schob das Rad. Er sagte, dass das schwierig sein müsse. Für sie. Das Kind so weit weg. Yseut ärgerte sich, weil er nichts über die Liebe gesagt hatte. Dieser Mann sollte nicht so über Goggo reden. Er sollte nicht so über ihre Angelegenheiten reden. Sie wollte diese Art von Verständnis nicht. Gio Gio fragte, wie der Sohn heiße. »George Gordon.«, sagte Yseut. Patzig. Gio Gio lachte leise. Er heiße auch Giorgio. Sie gingen eine breite rot asphaltierte Straße entlang. Nach einer leichten Steigung lag ein Park vor ihnen. Hohe alte Bäume. Rasen. Gruppen von

Büschen und Bäumen. Auch hier die Lagerströmien. Nach Farben getrennte Gruppierungen. Rot. Rosa. Purpur. Weiß. Der Rasen smaragdgrün. Yseut konnte keine Begrenzung sehen. Weitverstreute Gebäude. Hallen. Waren das Lagerhallen. Yseut konnte keine Fenster in den grasfarbenen Gebäuden sehen. Aber die Hallen waren immens. Das Grasgrün ließ sie kleiner erscheinen. »We have different concepts, of course.«, sagte Gio Gio. Er zeige ihr jetzt einmal alles. Dass so viel Platz sei. Dass das alles so groß sei. Yseut drehte sich einmal um sich. Ja, lachte Gio Gio. Das hier. Das sei einmal eine Shopping mall gewesen. Eine schöne große Shopping mall mit riesengroßen Lagerhallen gewesen. Sie gingen auf die erste Halle zu. Ob das eine Shopping mall für Flugzeuge gewesen wäre, fragte Yseut. Gio Gio hatte ein Handy aus seiner Brusttasche gezogen. Er redete mit jemandem. Lächelte dabei Yseut zu. Redete weiter. Sagte etwas. Schüttelte den Kopf. Nickte. Leise. Yseut konnte nichts verstehen, obwohl es ruhig war. Vogelgezwitscher. Ein leichter Wind. Sonst nichts. Gio Gio ging an die Halle heran. Er nickte Yseut zu, ihm zu folgen. Eine Tür an der Seite der Halle wurde geöffnet. Gio Gio schob Yseuts Rad an die Wand. Lehnte es an. Nahm Yseut an der Hand und führte sie durch die Tür. Yseut wollte noch sagen, dass dieses Fahrrad gesichert werden musste. Im Korb vorne lag ein dickes schwarzes Seil mit Fahrradschloss. Gio Gio machte eine Handbewegung. Sie solle sich nicht sorgen. »Abbiamo bisogno d'attraversare le saracinesche.«, sagte er. Yseut verstand nichts. »The sluice. We need to pass the sluice.« Yseut verstand noch immer nichts. Sie standen in einem kleinen Vorraum. Sichtbetonwände. Lifttüren an allen Seiten. »You go here.« Gio Gio schob sie zum Lift in der Mitte. Er gab etwas auf seinem Handy ein. Die Lifttür ging auf. Gio Gio deutete ihr einzutreten. Er lächelte ihr zu. Die Lifttür schloss sich, und Yseut hatte plötzlich Angst. Was war das hier. Wo war sie hingeraten. Yseut ärgerte sich wieder. Warum hatte sie sich darauf eingelassen. Sie schaute sich um. Es gab keine Knöpfe. Es gab nur glatte Wände. Spiegelglattes Nirosta. Sie konnte sich selbst sehen. Ihre verzerrte Silhouette. Sie stand in der Mitte des Lifts. Sie spürte nichts. Bewegte sich dieser Lift. Sie wollte sich gerade auf den Boden setzen. Ein Schwindelgefühl. Da rauschten die Türen schon wieder auf. Eine junge Frau in einem rosaroten Overall stand da. Sie schaute Yseut prüfend an. Ging einen Schritt zurück. Lächelte. »Come with me.«, sagte sie und ging voraus. Yseut ging hinter ihr her. Sie fand sich in einem kleinen Vorraum mit rohen Betonwänden wieder, in dem sie in den Lift gestiegen war. Sie wusste nicht, ob das oben oder unten gewesen war. Die junge Frau öffnete eine Tür nach rechts. Sie kamen in eine Garderobe. Theatergarderobenspiegel mit den Glühbirnen, rund um den Spiegel montiert, in einer langen Reihe. Schminkzeug auf den Tischchen davor. Die junge Frau machte eine Tür in der Schrankwand links auf. Bunte Kleider. Schuhe. Hüte. War sie in ein Theater geraten. Yseut wollte die junge Frau fragen, aber die hielt ihr ein Kleid an. Es war ein Courrèges-Ensemble. Kurzer weißer Rock. Schwarz und weiß längsgestreiftes Jäckchen. Die junge Frau stellte weiße Stiefelchen dazu. Dann schaute sie Yseut wieder so prüfend an. Sie schüttelte den Kopf. Es wäre schade, sagte sie dann. Es wäre schade, einen so eindeutigen Hippie in so formale Kleider zu stecken. Die junge Frau sprach amerikanisch mit Südstaatenakzent. Sie dehnte die Vokale und sang das Satzende hinauf. Yseut konnte nichts dazu sagen. Sie hatte keine Ahnung, worum es ging. Die junge Frau ging die Schrankwand entlang und machte eine andere Tür auf. Yseut ging mit ihr mit. Bunte Kleider waren zu sehen. Die Frau griff nach einem hellpastellfarbigen Kleid. Blumenmuster. Ein Hängekleidchen. Ein Kinderkleidchen. Fast durchsichtig. Die junge Frau kramte unter den Kleidern. Welche Schuhgröße sie denn habe, fragte sie. Yseut sagte 38. Deutsche 38. In den USA wäre das eine Größe 7. Die junge Frau sagte etwas. Yseut konnte es nicht hören. Dann ging die junge Frau und holte die Lackstiefelchen und stellte sie neben den Schminktisch. Sie deutete Yseut, sich hinzusetzen. »Buttercup.«, sagte sie. »You're a visitor. We don't need to make real changes. But tell me. How did you do your eyes.« Sie öffnete eine Box. Alle Farben für Lidschatten waren in kleinen Pölsterchen aufgereiht. Ein Malkasten, dachte Yseut. Die junge Frau deutete auf die blauen Puderpölsterchen. Yseut nickte. Ja, sagte sie. Sie habe einen weißen flüssigen Lidstrich gemacht und den dann mit hellblauem Puder überstäubt. Die junge Frau machte eine andere Schachtel auf. Ja. Das habe man so gemacht, sagte sie. Sie öffnete ein Fläschchen. Yseut musste sich im Schminksessel zurücklehnen. Die junge Frau beugte sich über sie. Yseut fühlte den Pinsel mit dem Lidstrich. Kühl. Ein wenig rau auf den Lidern. Dann die Puderpinsel. Eine Foundation wurde auf ihrer Haut im Gesicht verteilt. Wimperntusche. Sehr viel

Wimperntusche. Sie sei gegen falsche Wimpern, sagte die junge Frau. Damals wäre das nicht so selbstverständlich gewesen wie heute. Yseut nickte. Sie hatte sich nur einmal falsche Wimpern aufgeklebt. Das war für einen Ball gewesen. Sie konnte sich nicht erinnern, für welchen Ball das gewesen sein konnte. Sie hatte den Wandspiegel im Vorzimmer in der Gumpendorferstraße in Erinnerung und wie sie nichts unter dem Spiegel hatte ablegen können und sich einen Sessel hingezogen gehabt hatte. Weil der Sessel aber nicht flach gewesen war, sondern eine geschwungene Sitzfläche gehabt hatte, war ihr der Nagellack umgefallen und ausgeronnen. Der Spiegel hing noch an derselben Stelle. Was für einen Lippenstift sie aussuchen wolle. Die junge Frau hielt ihr eine Palette mit Lippenstiften hin. Yseut nahm einen hellrosaroten. Die junge Frau bürstete Yseuts Haare in eine Hochsteckfrisur. Dann schüttelte sie den Kopf und toupierte die Haare nur ein wenig in die Höhe. Vor allem am Hinterkopf. »And now we dress.«, sagte sie und ging wieder voran. Yseut nahm ihre Handtasche. Sie gingen in einen Umkleideraum. Die junge Frau zeigte ihr einen Garderobenschrank. Der Schlüssel war an einem Plastikband befestigt. Rosarote Blütenranken auf dem durchsichtigen Plastikband, das als Armband zu tragen war. Das passe ja perfekt zu ihrem Outfit. Die junge Frau freute sich. Sie hängte Yseuts Kleid in den Garderobenschrank. Sie wünsche einen schönen Tag. »Darling.«, sagte sie. »Have a good day and enjoy.« Dann war Yseut allein. Sie starrte in den großen Spiegel an der Wand. Sie sah aus wie damals. Fast. Yseut streckte sich im Spiegel die Zunge heraus. Dann zog sie sich aus. Sie hatte einen hautfarbenen Slip und BH an. Unter dem fast durchsichtigen Kleid. Es sah aus, als hätte sie nichts darunter an. Yseut quälte sich in die weißen Lackledertiefelchen. Zippte sie zu. Sie stand vor dem Spiegel. So war das gewesen. Sie hängte ihre Hose und den Pullover auf die Haken im Garderobenschrank. Stellte die Tasche in das Fach darüber. Sie zögerte. Es war aber nichts in der Tasche. Die Pistole war ja nicht da. Die Schuhe. Sie schob ihre Söcklinge in die Schuhe. Die Schuhe unten hinein. Sie verschloss den Schrank. Zog den Schlüssel ab. Befestigte das Armband an ihrem linken Handgelenk. Es passte wirklich zum Kleid. Sie schaute sich noch einmal im Spiegel an. Dann sagte sie laut, »Happy Valley. Here I come.« und ging zur Tür, auf die die Garderobin verwiesen hatte. Das war eine Studiotür. Der Griff war nach oben gerichtet, und man musste ihn 180 Grad nach unten drehen. Yseut zog mit aller Kraft und stemmte sich gegen den Griff, ihn nach unten zu drücken. Sie musste ihr ganzes Gewicht einsetzen, die Tür zu sich heranziehen zu können. Sie trat in den Raum hinter der Tür. Die Tür glitt hinter ihr zu. Die Musik. »Strawberry Fields Forever.« Yseut stand am Rand eines Platzes. Helle Sonne. Hellstes Sonnenlicht. Clapboard-Häuschen im Halbrund. Nach rechts Sandstrand. Weiter hinten ein Strandcafé. Yseut machte einen Schritt. Die Musik. Yseut schritt in die Musik hinein. Die Musik war nicht laut. Sie war aber überall. Sie umgab Yseut von allen Seiten. Yseut musste tief Atem holen. Mit dem Atemzug alle Erinnerung. Die süße Schwere aller Erinnerung. Die Musik löste eine schwebende Schwere in der Brust aus. So war das gewesen. Das war ich gewesen. »Strawberry Fields Forever.« Das »Forever«. Yseut musste wieder so tief atmen. Seufzend. Alles Verlorene und Nie-Gewesene. In ihrer Brust versammelt. »Strawberry Fields Forever.« Sehnen und Wünschen. Sie musste sich um den Atem bemühen. Sie musste die Luft einziehen und ausstoßen. Die Luft zwischen all den unerfüllten Hoffnungen in ihrer Brust hindurch in sich ziehen, um nicht zu vergehen. Ihr Kopf hell und weit weg. Ein Ziehen im Hals. Ein Davonfließen. Alles in die Schwere. Alles zur Schwere hinter ihrer Brust floss. Die Beine so leicht wie der Kopf. Unerreichbar. Kopf und Beine unerreichbar. Yseut stand rund um ihr Leben in sich als leere Schwere. Schön. Vernichtend. Hinter dem Gesicht die Tränen. Im Gesicht. Keine Regung. Das alles. Das alles wusste nur sie. Das war nur ihr bekannt. Und sie hätte es sagen wollen. Hätte jemanden haben wollen, dem sie sagen hätte können, »Das ist der Song, der mir mein ganzes Leben erzählt, und ich erzähle es jetzt dir.«. Sie musste sich vorbeugen. Über sich beugen. Schützend. Verbergend. Sie stand so. Sie wartete immer noch auf die Liebe. Auf eine Liebe, in der aufzugehen. Sie wartete immer noch auf diese besondere Form der Mitteilung. Warum erwartete sie das immer noch. Was erwartete sie. Was sollte sein. Für sie. In ihrem Alter. Warum konnte sie nicht abschließen. »Strawberry Fields Forever.« Die schnarrenden Töne des Endes. Verklangen. »Let me take you down.« Und dann kam »You keep me hangin' on.« Die Supremes. Sie konnte sich genau erinnern. Autoradios. Das Kofferradio in ihrem Zimmer. Radio Luxemburg. Leise gedreht. Der Plattenspieler bei Helene. Am Boden sitzen. Elvis gegen die Eltern verteidigen. Dem Leben entgegensehen. Erwartungsvoll. Immer erwartungsvoll. Immer hohen Herzens. Nur Gutes erwartend. Ein Mann kam auf sie zu. Er trug eine Seargent-Pepper-Jacke. Yseut musste grinsen. Gio Gio hatte diese Jacke angezogen, und sie musste laut lachen. Warum sollte man ein Verbrecheraussehen wie Gio Gios in die 60er Jahre zurückbauen. Das war überzeitlich. Er war auch nicht dünn genug. Die Buben waren damals die Dünnen gewesen und die Mädchen viel fester als sie. Yseut dachte, Gio Gio schaute aus wie der Emcee aus einer Fernsehshow. Aber aus einer amerikanischen Fernsehshow. Oder einer englischen. Ein Clown und kein Pädagoge, wie in den deutschen Fernsehshows. »Isn't it awesome.« Gio Gio stellte sich neben sie. Yseut drehte sich um. Sie konnte keine Tür erkennen. Die Wand hinter ihr. Ein Zaun und ein Blick aufs Meer. Gio Gio folgte ihrem Blick. »Lovely projection. Isn't it.« Er nickte. Sie standen da. Die Musik. »Twist and shout.« Yseut schaute Gio Gio fragend an. »I prefer the version of the Isley Brothers.«, antwortete der. »Rougher. You know.« Gio Gio begann zu gehen. Yseut stand. Gio Gio hatte die Hände in die Hosentaschen gesteckt. Er zog die Schultern hoch. Vergnügt. Siegessicher. Yseut atmete tief ein. Hielt den Atem an. Einen Augenblick. Ließ die süße Bitterkeit aufsteigen. Kurz. Hielt die Erinnerung von ihrem Brustbogen umfangen fest. »Let me take you down.« Dann ging sie Gio Gio nach.

17. Folge.

Gio Gio blieb stehen. Wartete auf sie. »You are a very beautiful woman.«, sagte er. »Standing there like in a trance. I thought …« Er schaute ihr in die Augen. Yseut musste sich zwingen, seinen Blick zu erwidern. Sie wollte keine Antwort geben. Links am Strand. Rollstühle waren aufgestellt. Eine Krankenschwester in weißer Uniform stand vor den alten Menschen in den Rollstühlen. Sie machte die Bewegungen vor. Im Rhythmus der Musik mussten die Arme gestreckt und gebeugt werden. Die Beine gehoben. Ausgestreckt. Der Kopf wurde gebeugt. Im Genick gerollt. Alle lächelten. Alle rutschten im Rhythmus der Musik auf ihren Rollstühlen herum. »Twist and shout.« Beim La Bamba wedelten alle mit lang ausgestrecken Armen und sangen mit. Die Krankenschwester ging in die Knie. Tanzte den La Bamba richtig. Beim Hochspringen verlor sie ihr Häubchen. Sie tanzte weiter. Sprang im Kreis. Ging wieder in die Knie. Hob ihr Häubchen auf. Sprang hoch und schwenkte das Häubchen mit hocherhobenem Arm. Alle applaudierten. Die Männer und Frauen in den Rollstühlen begannen, miteinander zu reden. Sie drehten ihre

Rollstühle. Helfer strömten von hinten zum Strand herunter. Die Rollstühle wurden aus dem Sand geschoben und weggefahren. »The Girl from Ipanema« wurde in der Version von Astrud Gilberto gespielt. Gio Gio war weitergegangen. Er schlenderte zum Sandstrand hinunter. Blieb stehen. Er schaute um sich. Schaute sich um. Zu ihr. Er legte den Kopf schief. Fragend. Yseut begann zu gehen. Die Stiefelchen hatten hohe Absätze. Nicht sehr hoch. Aber Yseut war Absätze nicht mehr gewohnt. Sie hatte irgendwann Mitte 50 aufgehört, größer aussehen zu wollen. Die ganz hohen Stilettos hatte sie davor schon nicht mehr getragen. Yseut wollte schnell gehen können. Keine Schmerzen. Sie ging vorsichtig. Im Sand führte ein Betonweg den Strand entlang. Ein Fahrradweg. Yseut watete durch den Sand auf diesen Weg zu. Gio Gio hatte auf sie gewartet. Er ging neben ihr. Seine Hände in den Hosentaschen. Er lächelte. Vergnügt. Ob sie das nicht alles fabelhaft fände, fragte er. Er legte den Kopf zurück und wies mit seinem Kinn auf die Umgebung rundum. Yseut trippelte mit ihren Stiefelchen neben ihm. Folgte seinem Blick. Sie kannte das hier. Irgendwie. Sie kannte das. Gio Gio schwenkte nach rechts. Ging durch den Sand auf eine Terrasse zu. Eine rot- und weißgestreifte Markise. Säulen. Gusseiserne korinthische Säulen. Hielten ein Bogengewölbe über der Terrasse. Plastiktische. Plastiksessel. Gio Gio setzte sich unter die Markise. Mit Blick zum Meer. Er lud sie ein, sich zu setzen. Ob sie nicht hungrig sei. Lunch. Yseut wollte auf ihr iPhone schauen. Aber sie hatte nichts als das Plastikarmband mit dem Schlüssel. Es wäre fast 13.00 Uhr, sagte Gio Gio. Yseut konnte es nicht glauben. Sie war doch so früh von der Villa weggefahren. Gio Gio lächelte. Er lehnte sich im Sessel zurück. Was Yseut trinken wolle. Er wäre für Prosecco. Das wäre so ein Getränk für Mittag. Sonst nicht. Sonst müsse es Champagner sein. Nie könne Prosecco feierlich werden. Er würde keiner Dame je Prosecco zumuten. Gio Gio sagte »Lady.« und grinste Yseut an. Dann setzte er sich auf und winkte. Ein Kellner kam aus dem Haus. Gio Gio bestellte eine Flasche Prosecco und zwei Avocadosandwiches. Da fiel es Yseut ein. Avocadosandwich. Das hier war das Sidewalk Café in Venice Beach. Das hier war eine Replik von Venice Beach. Das war ein Los Angeles, das sie gekannt hatte. Yseut war schon lange nicht mehr in Los Angeles gewesen. In den 90er Jahren noch und ganz am Anfang der 2000er Jahre. Aber dann nicht mehr. Da war Goggo nicht mehr dort. Simon hatte längst seine dritte Familie im Topanga Canyon gegründet gehabt. Lynn war in Russian County. Sie hatte niemanden mehr da gekannt. Da. Sie war noch einmal alle die Highways abgefahren und dann weg. Lauritz hatte Los Angeles nicht gemocht. Er war nur einmal mit gewesen. Goggo hatte noch auf UCLA studiert. Danach hatte Lauritz immer Ausreden gefunden. Das wäre ihre Stadt, hatte er gesagt. Seine nicht. Er bliebe bei Paris. Yseut schüttelte den Kopf. Wer blieb nicht bei Paris. Gio Gio schaute auf. Yseut lächelte. Sie habe das Sidewalk Café immer gemocht. Da war doch ein Bookstore dabei gewesen. Sie habe da immer Gedichte gelesen. Yseut schaute in Gio Gios Augen. Wenn ihr nur der Name einfiele. Von dieser einen Dichterin. Aber sie wisse eine Strophe. »Pain is a hard worker / in my house, /

rising early in the mornings / and keeping track of every moment / of my time.« Der Prosecco wurde gebracht. »Then we have to dismiss pain.«, sagte Gio Gio und schenkte ein. Er trinke darauf, den Schmerz nicht mehr anstellen zu wollen. Es wäre genug. Gio Gio reichte Yseut ein Glas. Sie prosteten einander zu. Yseut musste lachen. Sie trank einen Schluck. Stellte das Glas ab. »So, what are you doing here.« Sie fragte nicht. Sie sagte es anklagend. Sie hörte es selbst, und Gio Gio zog gleich den Kopf in den Nacken. Wäre das nicht offenkundig. Gio Gio nippte an seinem Prosecco. Das wäre die avancierteste Kur, die man gegen Altern anwenden könne. »Youthing.« Jeder habe doch wenigstens eine gute Zeit in seinem Leben gehabt. Oder. In diese Zeit würde man hier zurückversetzt werden. Schon nach wenigen Tagen. Was sage er da. Schon nach wenigen Stunden würde der Muskeltonus der Menschen um 30 Prozent verbessert sein, und die Erinnerungs- und Merkfähigkeit wäre sogar um die Hälfte verbessert. Das sei nun ein schöner Broschürentext, sagte Yseut. Er könne ihr doch nicht erzählen, dass er ein derart friedliches Projekt verfolge. Gio Gio grinste. Sie sei ja auch noch klug. Yseut schüttelte den Kopf. »You are not different to any man I ever met.«, sagte sie. Enttäuscht. Sie schaute dem Mann ins Gesicht. Flirten. Das war ja o. k. Aber diese herablassende Art, sich lustig zu machen. Sie hatte es satt. Ihr nie ohne Bedingung Ernsthaftigkeit zuzugestehen. Sie hatte das satt. Sie beugte sich unter den Tisch und begann, die Stiefel auszuziehen. So eine lächerliche Maskerade. In diesen Stiefelchen damals. Da war immerhin ernsthaft diskutiert worden.

Es mochte naiv aussehen, aber es war immer ernsthaft und alles insgesamt gemeint gewesen. Sie verteidigte die 60er Jahre. »Auch nur ein Depp.«, dachte Yseut. Sie wollte weg. Sie wollte in den Wald zurück. Oder sich ans Meer setzen. Wenn sie schon allein sein musste, dann wollte sie das in Frieden mit schöner Aussicht. Nicht in einem therapeutischen Vergnügungspark. Gio Gio lachte. »We are not Guantanamo.«, sagte er. »But you could be.« Yseut hatte die Stiefel ausgezogen und streckte ihre Beine aus. Sie wackelte mit den Zehen. »A nicely cushioned Guantanamo. Or you could be the ones doing the reconstructing of the psyche of the Guantanamo inmates.« Yseut spielte mit den Zehen im Sand. »Actually I always wondered where this is done. Recreating a posttorture personality.« »And in a way we do just that.«, sagte Gio Gio. Er schaute nachdenklich auf das Meer hinaus. Resigniert. Man habe eben nicht viele Möglichkeiten, sagte er. Er sei ja ein altmodischer Verbrecher. Er habe keine Freiheiten mehr. Er müsse tun, was ihm die Größeren auftrügen. Yseut formte mit ihren nackten Füßen kleine Hügelchen aus Sand auf dem Terrazzoboden. Verteilte sie wieder. Gio Gio stand auf. Setzte sich wieder. Er saß mit aufgestützten Ellbogen am Tisch. Hielt sein Glas mit beiden Händen. Er starrte in das Glas. Dann trank er das Glas in einem Zug aus. Stand wieder auf. Sprang auf. Er hielt Yseut die Hand hin, ihr aufzuhelfen. Er zeige ihr jetzt alles. Er brauche ihren Rat. »How sweet it is to be loved by you.« Die Musik war nicht mehr so laut wie zuvor. Der Pinball wizzard klang weit entfernt. Yseut hatte die Stiefel in die Hand genommen und ging barfuß hinter Gio Gio her. Rundum gingen alte

Personen. Helfer. Helferinnen. Rollstühle wurden geschoben. Viele strebten dem Kiosk hinter dem Sidewalk Café zu. Manche spazierten auf der Straße. Gingen in Häuser. Wanderten im Sand. Rollstühle. Rollatoren. Gehstöcke. Krücken. Die alten Menschen waren in Kleidern der 60er Jahre. Die Helfer und die Helferinnen trugen pastellfarbene Uniformen. Hellblau. Rosa. Buttergelb. Pfirsich. Apfelgrün. Yseut blieb stehen. Das Rauschen des Meeres. Die Musik fast weggeblendet. Gio Gio nickte. Mittagsruhe. Da wären Naturgeräusche das Richtigere. Meeresrauschen. Wind. Blätterrauschen. Wald. Und das Wichtigste wäre die Wiederholung. Die Abfolge müsste genau wiederholt werden. Ein Tag wie der andere. Dann stelle sich ein noch größerer Behandlungserfolg ein. Weit vorne. Die Straße von Venice Beach endet wieder in einem Ausblick ans Meer. Yseut drehte sich einmal um sich. Es war alles von Meer umgeben. Der kleine Ausschnitt von Venice Beach war eine Insel inmitten dieser Projektionen. Yseut hatte plötzlich Angst, noch einen Schritt zu tun. Sie dachte, sie müsse jederzeit gegen die Wand rennen. Irgendwo musste ja eine Wand sein. Sie streckte die Arme aus, um die Wand zu ertasten. Um nicht gegen die Wand zu knallen. Hinter dem Meer oder dem Sonnenhimmel oder hinter den dahinsegelnden Möwen mussten Wände sein. Wizard of Oz, fiel ihr ein. Ein Mann kam aus dem Kiosk. Er trug eine große Flasche Coca Cola unter dem Arm. Yseut schrie, »Major. Hallo. Major.« Gio Gio schüttelte den Kopf. Der Mann ging davon. Er drehte sich nicht um. Schien nichts gehört zu haben. Nicht einmal das kleinste Zögern war zu erkennen gewesen. Yseut begann zu laufen. Gio Gio hielt sie fest. Kopfschüttelnd. Ob sie noch nicht begriffen habe, fragte er zischend. Ob sie noch nicht begriffen habe, dass ein Gefängnis nicht nur einsperren könne, sondern auch aussperren. Yseut stand da. Gio Gio hielt sie am Arm fest. Sie riss sich los. Rieb ihren Arm, wo Gio Gio sie gedrückt hatte. Dann ging sie doch los. Sie ging dem Mann nach. Dieser Mann hatte ihre Pistole. Was interessierte sie, was hier gespielt wurde. Der Mann war nur ein paar Meter weit entfernt. Er ging in eines der Clapboard-Häuschen. Die Tür wurde geschlossen. Yseut lief hinter ihm drein. Sie riss die Tür auf. Sie kam in einen Gang. Türen. Andere Gänge. Der Mann war nicht zu sehen. Yseut riss Türen auf und schaute in die Räume. Krankenzimmer. Büros. Wohnzimmer. Schlafzimmer. Büros. Lounges. Besprechungszimmer. Andere Gänge. Korridore. Lifttüren. Yseut drehte sich um. Sie wollte wieder hinaus. In die Sonne. In die falsche Sonne. Hier war alles sehr eng und niedrig. Sie fand den Weg zurück nicht. Sie traf alte Personen. Junges Personal. Sie wusste nicht, was sie fragen sollte. Wo ist der Strand? Wie nannten die hier diese Landschaft. Wie sprachen die über diesen Fake. Diese Kulissen. Ans Meer. Ich müsste fragen, wie komme ich hier ans Meer. Sie fragte gleich. Eine Frau kam auf ihren Rollator gestützt aus einem Lift. Wie es hier zum Meer ginge, fragte Yseut. Die Frau lächelte sie an. Freundlich. Lieb. Sie nickte Yseut zu und schob ihren Rollator weiter. Yseut ging den Gang hinunter. Blechwände. Hier wieder Musik. »Nothing is real.« Sie öffnete eine Tür. Ein langer Gang. Sie ging weiter. Fand wieder eine Tür. Ein sehr langer Gang. Es konnte doch nicht sein, dass es hier nur Gänge gab. Dann eine Studiotür, und sie war wieder auf Venice Beach. Niemand zu sehen. »You're all I need to get by.« Leise. Die Möwen segelten am Himmel. Die Möwen hatten keine Tonspur. Die Möwen flogen lautlos. Yseut versuchte sich zu erinnern, wo sie hereingekommen war. Aus welcher Perspektive hatte sie diesen Ort zuerst gesehen. Sie wanderte zum Kiosk. Die Tür da versperrt. Sie rüttelte an der Tür. Dann ging sie weiter. Das Sidewalk Café. Hatte sie das schon gleich gesehen. Schon bei »Strawberry Fields«, oder war sie da noch ein paar Schritte gegangen. Sie stand unschlüssig. Sie ging um den Kiosk. Unter der rot und weiß gestreiften Markise des Sidewalk Cafés saß Aldo. Er saß über sein Handy gebeugt und textete. Die schwarze Locke fiel ihm über die Stirn. Yseut wollte gerade auf ihn zugehen. Gio Gio kam aus dem Café. Er blieb an der Tür stehen und schaute Aldo lange an. Der Kellner drängte sich an Gio Gio in der Tür vorbei und trug zwei Teller mit Sandwiches an den Tisch. Aldo drehte sich, ohne von seinem Display aufzuschauen, Gio Gio zu und hob dann den Kopf. Er grinste. Gio Gio schaute zurück. Verächtlich. Ungeduldig. Wütend. Gio Gio wandte sich ab und verschwand im Inneren des Cafés. Aldo nahm ein Sandwich und biss ab. Yseut ging um den Kiosk und betrat das Café von der Straßenseite. Gio Gio stand an der Bar. Er hatte einen Fuß auf der Fußstange aufgestellt und schaute seine Schuhe an. Er war in Gedanken versunken. Yseut wollte ihn nur fragen, wie sie hier hinausgelangen könne. Sie wollte gerade umdrehen und Gio Gio gar nicht ansprechen. Da schreckte Gio Gio auf. Er sah sie. Er lächelte. Er breitete die Arme aus. Kam auf sie zu. »Isabella sorpresinetina.«, sagte er. Er nahm sie um die Schultern. Sie beide. Sie sollten sich einen besseren Ort suchen. Die 60er, sagte er. Die 60er waren in Wirklichkeit eine Phantasiezeit gewesen. Eine Spielzeit. Eine Märchenzeit. Yseut solle mitkommen und mit ihm in die 70er gehen. Da sei er dann übrigens auch schon richtig auf der Welt. Das sei ihm lieber. Gio Gio redete schnell. Nervös. Drängend. Yseut sagte, sie wolle weg. Gio Gio schaute nie in Richtung der Tür zur Terrasse. Er schob sich aber zwischen sie und die Tür. Aldo konnte sie so nicht sehen. Einen Augenblick wollte Yseut laut nach Aldo rufen. Es schien Gio Gio zu ärgern. Gio Gio nahm sie aber schnell an der Hand. Er schwenkte ihre Hand mit seiner. Lachte. Sie rief doch nicht nach Aldo. Gio Gio zog sie durch die Tür auf die Straße. Zog sie weiter in ein Haus. Da wieder Gänge. Sie fuhren mit einem Lift. Wieder wusste Yseut nicht, ob sie hinauffuhren oder hinunter. Yseut war müde. Sie hatte nichts gegessen oder getrunken. Ein halbes Glas Prosecco. Gio Gio führte sie an der Hand. Im Lift hielt er sie um die Schultern. Er zog sie an sich. Immer wieder. Als müsse er sich vergewissern, dass sie wirklich da war. Er drängte sich an sie. Er war aber abwesend dabei und schaute über sie hinweg. Wenn Yseut jedoch einen Schritt wegmachen wollte, dann zog er sie wieder an sich zurück und hielt sie an sich gepresst. Yseut wollte es nicht mögen, dass er sie so selbstverständlich handhabe. Aber der Weg war so verwirrend, und er hielt sie so fest. Sie ließ sich führen. Verführen, dachte sie. Das war Verführung, wie sie da herumgeführt wurde. Sie musste lächeln. Gio Gio hielt sie gleich noch fester. Trug sie fast beim Gehen. Yseut musste lachen. Gio Gio schwenkte sie um eine Kurve. Sie waren weit gegangen. Yseut hatte längst keine Ahnung mehr, wo sie sein konnte. Es kam ihr vor, als wäre sie in einen Dachsbau geraten. Sie trafen kaum andere Personen. Helfer und Helferinnen gingen ihrer Wege. Niemand nahm sie zur Kenntnis. Alle trotteten absichtsvoll ihrem Ziel zu. Dann wieder eine dieser schweren Studiotüren. Keine Musik mehr. Es war nur noch das Gehen zu hören. Ihre Geräusche. Die Schuhe von Gio Gio. Das seidige Reiben von Gio Gios Hose. Yseut trug ihre Stiefel in der Hand. Auf Beton waren ihre Schritte nicht zu hören. Auf dem schwarzen Industrieboden klatschten ihre Füße manchmal. Gio Gio schaute dann auf ihre Füße und runzelte die Stirn. Laute Stimmen hinter Türen. Musik hinter Türen. Erhobene Stimmen hinter Türen. Gio Gio ging schneller. Yseut kam kaum nach. Gio Gio blieb stehen. Er ging ein wenig in die Knie. Lächelte sie an. Dann legte er seine Hände um ihre Taille und hob sie zu sich. Er küsste sie. Mund an Mund. Wurde gieriger. Er drückte sie an sich. Hob sie sich entgegen. Yseut baumelte in seinem Griff. Sie legte ihre Hände um seinen Hals. Er fuhr ihr mit seiner Zunge tief zwischen Zunge und Gaumen in den Mund. Stieß mit der Zunge in ihren Mund. Dann noch einmal. Tief. Heftig. Seufzend ließ er sie zu Boden gleiten. Hielt sie. Er legte sein Gesicht gegen ihren Kopf. Yseut wollte den Kopf drehen, um ihn zu sehen. Aber er hielt sie zu dicht an seiner Brust. Sie konnte den Kopf nicht bewegen. Dann trat er zurück. Schaute sie an. Prüfend. Er zupfte ihr Kleid an der Schulter zurecht. Er beugte sich wieder zu ihr und drückte ihr ein Küsschen auf die Wange. Dann holte er sein Handy aus der Hosentasche und gab etwas ein. Eine Tür sprang auf. Gio Gio schaute Yseut noch einmal prüfend an. Wischte sich selbst über den Mund. Yseut wollte gerade fragen, ob sie jetzt endlich den Eltern vorgstellt werden würde, so wie er sich benahm. Gio Gio deutete ihr aber, still zu sein. Er ging in das Zimmer voran. Ein Besprechungszimmer. Sitzgarnitur. Leder. Ein Konferenztisch. Auf dem dunkelgrünen Sofa saß Mascha. Sie hatte das rote Kleid vom Abend an. Im Fauteuil saß der Major. Er schaute ernst. Yseut fühlte sich 16 Jahre alt. Sie war im Hemdkleidchen und barfuß. Sie musste lachen.

18. Folge.

Wie es kam, dass Yseut lernte, was Liebe bedeutet, und trotzdem ihre Ehen nicht retten konnte.

Yseut hatte das Wort »Liebe« am Anfang nur aus der Kirche gekannt. Yseut hatte gelernt, sie müsste nur genügend fest an Gott glauben und die Liebe zwischen ihr und ihm wäre besiegelt. Als kleines Mädchen hatte Yseut oft nicht genau gewusst, ob es Jesus war oder Gott Vater oder beide zusammen, an die sie glauben musste, um zu lieben und geliebt zu werden. Sie hatte gelernt gehabt, dass ihre Liebe zu Gott erst in der ewigen Seligkeit beantwortet werden würde. Dann aber würde diese Liebe in Ewigkeit Bestand haben. Yseut hatte eine vage Vorstellung von Vor-jemandem-Stehen und Eingeschätzt-zu-Werden. Sie stellte sich die Ewigkeit als einen langen Augenblick vor. Wie wenig liebevoll dieser antwortlose Glaube war, das konnte Yseut erst sehr viel später zugeben. Das Wort »Liebe« hatte für Yseut aber immer auch den Hall der gotischen Kirche in sich, in der sie das Wort gehört hatte. Ewas überirdisch Strahlendes war zu ahnen, und als Kind konnte sie ihr eigenes Gesicht sehen, wie es, diesem Strahlen zugewandt, selbst in ein Leuchten geriet.

Mit Ed war es dann das erste Mal gewesen, dass Yseut so

fromm an jemanden denken konnte. Von der Liebe zu Ed hatte Yseut die Zukunft erwartet, mit ihm war die Ewigkeit ja sogar vor der Welt beschlossen gewesen. Warum hätte Ed sie sonst kirchlich heiraten wollen, wenn es ihm nicht darum gegangen wäre, auf immer und ewig und bis zum Tod das Leben mit ihr zu teilen.

Yseut hatte sich das Leben wörtlich als eine Substanz vorgestellt, die jeden Augenblick in beide einfloss. Yseut hatte gemeint, die Zeit selbst würde sich in Liebe verwandeln und es wäre ganz gleichgültig, was ihnen widerfuhr. Sie hatte auch darauf vertraut, dass Ed als Naturwissenschaftler das Leben konkreter nahm und alles über die Hinfälligkeit wusste.

Das Leben mit Ed war erst wie Schwimmen in der Zeit, aber bald fühlte Yseut sich untergetaucht und erstickt.

Wenn Yseut auf dem kleinen Balkon in Berkeley gesessen war und versucht hatte, braun zu werden, um im Bikini verführerisch auszusehen, dann sah sie das schon als eine Art Arbeit an. Sie betrachtete das aber als eine ihrer Pflichten. Sie musste zu Hause die Liebe und die Verführung hüten, und Ed kämpfte in der Welt. So war es ja auch. Yseut hatte nur das Geld, das sie von Ed bekam, und am Anfang war nichts anderes zu tun, als ein Essen zu kochen und auf Ed zu warten.

Yseut hatte gedacht, sie sollte schön sein, weil sie nichts Richtiges arbeitete. Auch später konnte Yseut das nicht falsch finden. Dass Ed sie nicht mehr gesehen hatte, das war so vernichtend gewesen. Zu der Zeit hatte Yseut sich als Sprecherin ihrer selbst angesehen. Sie hatte ihre Kleider mit Bedacht ausgewählt. Sie hatte ihr Parfüm mit Bedacht ausgesucht. Sie hatte den Tisch mit Bedacht gedeckt. Sie hatte den Haushalt mit Aufmerksamkeit besorgt. Sie und alles an ihr und ihre Handlungen hätten bei Ed für sie sprechen sollen.

Sie studierte dann und las, um interessant zu bleiben. Bildung war zuerst wie Sport für sie, um sich die Figur zu erhalten. Sie hatte gedacht, ihre Schönheiten würden sich zeigen und Ed würde sehen, dass sie das alles für sie beide machte. Aber Ed wollte das alles gar nicht. Yseut war sofort zur Last für ihn geworden, und jeder Versuch Yseuts, es richtig zu machen, erregte seinen Widerwillen.

Dass es immer um Lesen ging und um Geheimsprachen und Codes, das wusste Yseut von Anfang an. Dazu hatten die Erwachsenen rund um sie zu oft aufgehört zu sprechen, wenn sie ins Zimmer gekommen war, oder hatten das Thema gewechselt. Yseut hatte aber zuerst gedacht, die Liebe könne so gesprochen werden wie in der Kirche. Die Liebe trüge sich selbst vor und müsste nicht entziffert werden.

In ihrer ersten Ehe hätte Yseut die Schuld an allem ohne weiteres bei sich selbst gesucht, wenn es nicht so eindeutig gewesen wäre, dass Ed sie nicht einmal mehr sehen konnte. Yseut fühlte sich von ihm betrogen, und es war ihr gleichgültig, dass er sie mit seinen Arbeitszwängen betrog. Sie wäre sich damals aber dumm vorgekommen, ihre Ehe so zu besprechen, und sie hatte lange versucht, diese Ehe zu retten, wie das in den Frauenzeitschriften geschrieben stand. Yseut dachte dann, dass ihre Ehe über Bord gegangen war. Sie war mit einem kleinen Rettungsboot zu Wasser gelassen worden, sie sah sich in einem winzigen Rettungsboot auf dem großen

Ozean auf der Suche nach ihrer Ehe und wusste doch offenkundig gar nicht, wie so eine Ehe aussehen sollte. Yseut hatte ja gedacht, dass für sie Liebe und Ehe in eins fallen würde. Sie hatte gedacht, sie würde es anders machen als ihre Eltern und viel besser.

Wenn Yseut mit ihren Freundinnen über die Zukunft geredet hatte, dann hatten sie alle gewusst, dass sie nie so sein wollten wie ihre Mütter. Deshalb war das Ende mit Ed für Yseut so eine große Katastrophe geworden. Yseut hatte es mit Ed nicht einmal so weit gebracht wie ihre Mutter mit ihrem Vater. Ihre Mutter war wenigstens verheiratet geblieben. Mit Ed waren die guten und die schlechten Zeiten innerhalb von einem Jahr erledigt gewesen. Darum konnte Yseut auch mit niemandem darüber reden. Sie hatte es als ihr Versagen ansehen müssen und sich geschämt. Yseut hatte gedacht, dass sie eben nicht verführerisch genug gewesen war.

Yseut hatte dann aber aufgehört, sich zu schämen. Es hatte niemanden gegeben, der ihr dabei zusehen hätte können, und die Selbstbeschuldigungen führten zu Selbstverletzungen, die auch niemand bemerkte. Dann fand Yseut heraus, dass ihr Schicksal in eine Kategorie fiel. Sie war traurig, dass ihr Leben sich als nichts Besonderes herausstellte, aber sie konnte aufhören, sich selbst zu beschuldigen.

Yseut beschloss für sich, dass das alles ihr Versagen gewesen wäre, wenn Ed die Vereinbarung auf so ein altmodisches Leben eingehalten hätte. Aber Ed hatte ihr alles aufgesagt. Er hatte die alte Form verachtet, aber keine neue finden wollen. Er hatte gar keine Form gefunden. Yseut dachte, er musste sehr unglücklich gewesen sein. Er musste einen heftigen Kampf um sein wissenschaftliches Territorium in diesem Institut in Berkeley geführt haben, und lange ließ sie die Vorstellung von Ed als edlem Ritter, der sich gegen die anderen Wissenschaftler verteidigen musste, zärtlich an ihn zurückdenken. Mit der Zeit aber stellte sich die Einschätzung ein, dass Ed da eingestuft worden war und er es nicht ertragen hatte können, nicht der Erste zu sein. Dann erinnerte sie sich auch, wie viel schneller sie Englisch gelernt hatte und wie er sie da nicht bewunderte, sondern ihr seine Hausaufgaben zum Erledigen mitgab.

Mit Simon war es nie so quälend gewesen. Yseut war nicht sicher, ob sie Simon wirklich geliebt oder nur einfach sehr lieb gehabt hatte. Sie war auf Simon auch nie eifersüchtig geworden, wenn er sie in den Bergen zurückgelassen hatte. Sie war da sehr einsam gewesen, und deshalb hatte sie gelernt, sich dazuzusetzen und zuzuhören.

Yseut setzte sich zu den alten Frauen und hörte zu. Sie ging in die einzige Bar, die es da gab, und hörte zu. Bis dahin hatte Yseut nur in sich gelebt und die Geschichten in Büchern gelesen. Bis dahin hatte sie alles, was sie betraf, nie zu Erzählungen zusammengefügt. Deshalb hatte sie auch nie genau wissen können, was ihr widerfuhr, und sie hatte das von anderen auch nicht gewusst. Yseut meinte, dass das mit Wien zu tun hatte, in dem nie irgendjemand eine Geschichte erzählt hatte. Damals hatte das niemand getan. In Wien wurden die Geschichten erst erzählt, wenn alles verjährt gewesen war. Nie hatte jemand etwas vom Krieg erzählt, und es hatten doch alle da leben müssen. In Kalifornien war das so anders, und Yseut wollte auch deswegen immer dableiben.

In Wien zurück hatte Yseut festgestellt, dass die Geschichten da immer einem geschützten Publikum vorgetragen worden waren. Immer schon war alles an den Stammtischen erzählt worden oder in gewissen Kreisen. Die Erzählungen blieben aber im Besitz der Stammtische oder der gewissen Kreise, und es gab keine Öffentlichkeit.

Mit Finster hatte Yseut die Liebe so gehabt, wie sie sich das vorgestellt hatte. Yseut hatte sogar geglaubt, sie habe ihren Harry Wilbourne aus »The Wild Palms« von William Faulkner gefunden, und sie beide würden nie voneinander lassen. Es war dann Goggo gewesen, der Yseut beschränkt hatte. Sie war aber auch überrascht gewesen davon, wie sehr sie diesen Sohn schützen hatte können. Finster verstand ihre Situation. Sie hatte »Ich liebe dich.« zu ihm sagen können, und er hatte es zurückgesagt, und Yseut hatte gewusst, dass das die Wahrheit war. Yseut war manchmal schwindlig vor Glück über diese Wahrheit gewesen. Sie hatte sich ausgezeichnet und besonders in dieser Liebe gefühlt.

Für Finster war dann alles anders gekommen. Er hatte die Berufung an den europäischen Gerichtshof nicht ablehnen können. Plötzlich hatte es dann viele Wahrheiten gegeben. Es war nichts geschehen, es war nur irgendetwas nicht mehr da. Yseut stellte sich wieder die Frage, ob sie etwas anders machen hätte müssen, aber da war Finster schon in Straßburg, und sie konnte nicht mehr mit ihm reden. Finster hatte Yseut nicht verstanden und hatte an ihre Vernunft appelliert. Man könne eine so richtige Geschichte doch nicht aufgeben, aber Yseut konnte nicht in der Entbehrung leben.

Yseut dachte dann, sie sollte endgültig Schauspielerin werden. Yseut hoffte, dass sie mit dem Schauspielen den Schmerz über die Trennung von Finster mit Hilfe dieser anderen Rollen wegstanzen können würde. Sie hatte gehofft, die anderen Gefühle der Figuren würden auf ihren Schmerz aufgedrückt, den Schmerz verkleinern und zum Verschwinden bringen. Aber das funktionierte nicht so, und dann kam das Chaos mit Dominick.

Yseut hatte Dominick noch aus der Mittelschulzeit gekannt. Madeline hatte Dominick im Strandbad Baden kennengelernt, Dominick hatte in Wien gewohnt, und Madeline war heimlich zu ihm nach Wien gekommen. Madeline hatte Dominick nur geküsst, es war nie etwas Ernsthaftes gewesen. Yseut hatte Madeline danach gefragt.

Mit Dominick war alles wütend und gewalttätig gewesen. Er machte Yseut nie eine Liebeserklärung. Sie saß neben ihm und hätte ihm alle Liebesgedichte der Welt vorsagen können. Alle hätten ihre Gefühle beschrieben, aber sie sagte nichts, weil er es nicht sagte. Dominick war unzuverlässig und verschwand und kam wieder, wann immer er wollte. Dominick hielt sich an nichts, und dann verschwand er ganz. Yseut war zerstört und erleichtert.

Die Aids-Epidemie hatte sich ausgebreitet, und alle mussten eine ganz andere Art der Hoffnungslosigkeit erlernen. Es musste plötzlich ganz anders gelebt werden, um beim Sterben helfen zu können. Yseut lernte, auf Teppichen zu schlafen, wenn einer der Freunde die Nacht nicht alleine bleiben durfte. Sie organisierte Spenden in der Agentur. Sie organisierte Theaterabende. Sie brachte Essen. Sie transportierte Kranke. Sie machte Besuche. Sie las vor. Aber Thomas und Hannes und Didi starben. Man wusste, dass es ein Medikament geben würde, aber die Forschung hatte für Thomas und Hannes und Didi nicht schnell genug geforscht. Bei den Begräbnissen wurde das aber nicht gesagt. Die Begräbnisse wurden katholisch abgehalten, weil die Familien darauf bestanden, und der Wille Gottes wurde über die Toten ausgerufen.

In dieser Zeit fand Yseut eines Abends Dominick vor ihrer Wohnungstür in der Taborstraße. Dominick sagte, er wolle zu Yseut zurück. Da hatte Yseut aber das Wort »Hoffnung« schon aus ihrem Vokabular gestrichen gehabt und durch »Erwartung« ersetzt. Sie musste aber auch lachen. Dominick war so theatralisch reuevoll, dass es eine unterhaltsame Vorstellung ergab.

Yseut wollte sich auf nichts mehr einlassen, und es gab da ja auch noch Alexander. Dominick bat sie, sich das alles doch wenigstens zu überlegen. Er sagte, dass sie doch eigentlich das ideale Paar gewesen seien. Er wüsste das erst jetzt, und hätte es im Bett nicht immer perfekt funktioniert. Yseut erinnerte sich, wie sie ganz früh überlegen hatte müssen, was das hieße, »gut im Bett« zu sein. Aber sie sagte wieder nichts. Sie sagte auch nicht, dass sie »funktionieren« für ein sehr schwieriges Wort in diesem Zusammenhang hielt. Sie musste zugeben, dass es aufregend gewesen war und dass es immer »funktioniert« hatte. »Du kannst nicht leugnen, du hast es immer gut gehabt.«, sagte Dominick und lächelte bedeutungsvoll. Sie solle ihm wenigstens eine Chance geben.

Sie trafen einander zum Essen und redeten. Sie gingen miteinander spazieren. Sie holten alles nach, wofür während der Affäre keine Zeit gewesen war. Ins Bett ging Yseut mit Dominick nicht.

Dann rief Dominick an einem Montag an, dass er sie am Freitag zu einer Wohnungsbesichtigung in der Singerstraße abholen wolle. Sie solle ihn wenigstens beraten. Bis dahin habe er in Graz zu tun. Am Freitag war Dominick nicht aufgetaucht, und Yseut hatte gedacht, er hätte sich eben doch nicht geändert. Sie war aber schon enttäuscht. Am Samstag las sie in der Zeitung, dass Dominick im Hotel Steirerhof tot in der Badewanne aufgefunden worden war. Yseut war nicht zum Begräbnis gegangen. Sie wollte sich vorstellen können, er würde doch noch irgendwann an der Wohnungstür läuten. Es war überhaupt eine traurige Zeit. Sehr junge Personen starben an Aids. Yseuts Freunde waren tot. Dominick war gestorben.

Jan Lauritz lernte Yseut bei einem Abendessen beim Intendanten des Schauspielhauses Frankfurt kennen. Der Intendant kam aus Wien, und Yseut kannte ihn und seine Frau von einer Aids-Gala in der Oper. Yseut war im Flugzeug nach Frankfurt geflogen und kam neben der Frau des Intendanten zu sitzen. Sie solle doch zum Abendessen kommen, meinte die. Es fehle noch eine Dame, und dann könne Yseut gleich sehen, was für viel interessantere Menschen als in Wien es in Frankfurt gäbe. Yseut war da Mitte der 40. Ihr Sohn war längst in die USA gegangen. Ihrer Mutter war es noch gutgegangen.

Eds Mutter war gerade bei Yseuts Mutter eingezogen, und die beiden Frauen sorgten füreinander. Die Geschichte mit Alexander war vorbei. Yseut war frei.

Yseut hatte eine Fehlgeburt gehabt. Das Kind wäre von Alexander gewesen. Am ersten Abend nach dem Krankenhaus kam Alexander betrunken zu Yseut nach Hause. Er könne diesen Schicksalsschlag nicht anders ertragen, hatte er gelallt, und Yseut hatte ihn auf das Sofa betten müssen. Danach hatte es keine Rückkehr in die Leidenschaft gegeben. Alexander hatte sich tausende Male entschuldigt und sich bemüht, Yseut zu helfen. Yseut versank aber in einer tiefen Kälte und litt gar nicht an der Trennung. Yseut hatte für lange Zeit keine Gefühle mehr.

Deswegen war die Geschichte mit Lauritz so überraschend gewesen. Sie waren einander von Anfang an nah, und Yseut glaubte, sie könne sich eine Affäre mit Lauritz leisten. Sie war sicher, sie würde das aushalten können. Ihre Gefühle schienen ihr abgeflacht zu sein. Sie kam sich irgendwie normal vor und hatte ja auch bisher alles gemeistert. »Gemeisterinnet.«, sagte sie sich.

Yseut hatte längst begonnen, ihre Erwartungen in die Sprache umgesetzt sehen zu wollen, und bestand auf der weiblichen Form. In der Agentur wurde über sie gelacht, aber sie war die Spezialistin für Social advertising, weil sie eine eigene Politik dachte, und das machte sie für die Agentur wichtig.

Im Theater war es nicht so gutgegangen. Eine Theaterreform der Stadt Wien zwang die meisten kleinen Theater zur Schließung. Es gab plötzlich nur noch ganz wenige experimentelle Bühnen. Die klassischen Rollen kamen wieder von so lange her, und es machte Yseut Spaß, in die jeweiligen Zeiten zurückzuschlüpfen, aber es bedeutete nichts und stellte sich als Zeitverschwendung heraus.

Yseut nahm das Engagement in Frankfurt an, um ein neues Leben zu beginnen. Sie wollte diesem Mann nahe sein und die Schauspielerei vom Hobby zum Beruf machen. Sofort aber hatte sich herausgestellt, dass die Frau des Intendanten alle Hauptrollen spielen würde und es für sie nur kleine Rollen geben sollte. Yseut ging dann zur Europazentrale ihrer Agentur in Frankfurt und stellte sich vor. Weil der CEO da den Geschäftsführer in Wien für einen Trottel hielt, bekam sie eine Stelle. Plötzlich lebte Yseut in Frankfurt und war die Geliebte eines verheirateten Manns. Sie hatte gedacht, der Liebe nun so gerecht werden zu können.

19. Folge.

Der Major schwenkte seine Elektrolarynx und piepste. Müde. Resigniert. Mascha stand auf. Ging ein paar Schritte. Setzte sich wieder. Yseut schaute von Mascha zum Major. Vom Major zu Gio Gio. Was war hier los. Wie gehörten diese Personen zusammen. In diesem Restaurant. Gestern Abend. An dem Tisch. Es hatte nicht den Eindruck gemacht, als kennten diese drei Personen einander so gut. Die hatten einander doch gar nicht richtig angeschaut. Die hatten doch aneinander vorbeigeschaut. Flüchtig hatte das ausgesehen. Unwichtig. Alle schienen in ihre Probleme versponnen gewesen sein. Mascha. Die Frau zwischen Vater und Sohn. Gio Gio. Der Mann auf der Suche nach einem Abenteuer. Der Major. Der Veteran in seine Behinderung beschränkt. Gio Gio hatte sich zu Mascha auf das Sofa fallen lassen. Alle drei saßen erschöpft da. Starrten vor sich hin. Gio Gio saß in sich zusammengesunken. Müde. Ältlich. Gio Gio seufzte. Yseut wurde wütend. Der Kuss eben. Sein Griff. Seine Zunge. Seine Erektion. Wie er sie an sich gepresst gehalten hatte. Ihr Körper. Noch in diesem Griff. Ihr Mund. Voll von seinem Kuss. Und jetzt. Der Mann abgewandt. In eine ganz andere Stimmung verfallen. Yseut stand da. Sie fühlte nichts. Einen langen Augenblick fühlte sie nichts. Dann. Sie musste lachen. Das war wie damals. Urlaubslieben. Mit irgendeinem Franco zum Eisverkäufer gehen. Lächeln. Radebrechende Verständigung. Ein Eis bestellen. »Mio nome.« »Sei sola.« »Sei solo tu.« Und die Hände streifen aneinander. Keine Küsse. Küssen. Das wäre damals schon die Einwilligung gewesen. Nach zwei Tagen dann. Die Eltern hatten nach Ravenna fahren müssen und alles besichtigen. Sie war zwei Tage nicht an den Strand gekommen. Franco steht mit einer anderen turista beim Eisverkäufer. Yseut wurde schwindlig. Eine Welle Tränen. Sie lehnte sich gegen diese Welle an. Das war nicht wichtig. Dass es immer so war. Das war nicht wichtig. Sie sagte sich das vor. Das hatte keinen Sinn. Es war auch schon alles wieder ungenau, und dieser Mann konnte nicht wissen, wie ihre Unsicherheit sie innen zertrümmerte. Oder ihre Sicherheit. Yseut hob den Kopf und drehte sich um. Wie kam sie hier hinaus. Sie fragte Mascha. Der Major piepste. Yseut drehte sich zu ihm herum. Ihre Pistole. Was habe er mit ihrer Pistole gemacht. Sie stand vor dem Major. Hielt ihm ihre Hand hin. Die Pistole. Sie wolle ihre Pistole. Sofort. Gleich. Unverzüglich. Instantly. Yseut fauchte den Mann an. Sie habe ihn gerettet. Habe sie ihn nicht gerettet. Wie käme sie dazu. Sie sei es nicht gewohnt, vor Hoteleingängen von Schlägertrupps abgefangen zu werden. Ihretwegen wäre so etwas noch nie passiert. Gio Gio setzte sich auf. Ja, rief sie. Sie wäre fast umgebracht worden. Wegen dieses Mannes da. Sie zeigte auf den Major. Gio Gio ließ sich nach hinten fallen. Er lag gegen die Lehne des Sofas geworfen. Mascha schüttelte den Kopf. O doch, rief Yseut. Ohne ihre Hilfe. Ohne sie. Ohne ihre Intervention. Der Major säße nicht hier. Könne er das zugeben. Ganz einfach zugeben. Und wie bitte. Wie bitte käme sie dazu, in solche Situationen zu geraten. Schlägertrupps. Hoodlums. Baseball bats. Was hier überhaupt los sei. Aber nein. Sie wolle nichts wissen. Oder doch, ja. Sie wolle Aufklärung. Sie wolle wissen, was hier los sei. Vor allem aber wolle sie ihre Pistole zurück. Ihre Waffe. Ihre Verteidigung. Der Major schaute sie an. Er nickte nur. Während sie immer aufgeregter wurde, nickte er immer nur. Er hielt seine Elektrolarynx in die Höhe und schwang sie zustimmend. Sie habe recht, sagte das. Ja, sie habe recht. Aber er sagte nichts. Mascha mischte sich ein. Könne man das bitte alles unterlassen. Was habe Isabella schon gemacht. Der Major schwenkte die Elektrolarynx. Das wäre schon so gewesen. Mascha schaute den Major spöttisch an. Er könne ihr nicht weismachen, er hätte sich nicht wehren können und wäre von der Hilfe dieser Person abhängig gewesen. Yseut stellte sich vor den Major. Kehrte Mascha den Rücken zu. Ihre Waffe bitte. »My gun. Please.« Yseut ging zum Major. Stellte sich neben seinen Fauteuil. Sie wollte Gio Gio und Mascha nicht den Rücken kehren. Mascha schlug ihre Beine übereinander und trommelte mit den Fingernägeln auf dem Leder des Sofas. Gio Gio textete auf seinem Handy. »Why did you give a false name.«, schnarrte der Major. Schaute sie an. »That's not the point.«, sagte Yseut. Gio Gio setzte sich auf. »What?«, fragte er. Der Major nickte und piepste mit der Elektrolarynx.

Isabella hieße eigentlich Yseut. Gio Gio schaute Yseut an. »What?« Ja, schnarrte der Major. Yseut hieße Yseut und das wäre Isolde auf Altfranzösisch. Die Contessa und sie alle wären sehr neugierig gewesen, wer mit einem solchen Namen auftauchen würde. Yseut setzte sich in den anderen Fauteuil. Das Leder kühl auf der nackten Haut ihrer Oberschenkel. Einen Augenblick. Yseut erinnerte sich, dass das eines der Probleme mit den Miniröcken gewesen war. Das Sitzen. Die Haut zeigte immer die Spuren der Sitzgelegenheit. Yseut dachte gleich, sie solle nur sehr kurz hier sitzen und nicht diese roten Flecken auf der Hinterseite der Oberschenkel bekommen. Gio Gio starrte sie an. »Isolde.«, sagte er. Er sprach den Namen englisch aus. Dann italienisch. Im Englischen waren das L und das D voneinander getrennt und das E am Ende deutlich und langgezogen. Im Italienischen war das L fast nicht vorhanden, und das E am Ende verklang sofort. »Yseut Ysabella.«, sagte Yseut. »My name is Yseut Ysabella and Yseut always begs for a declaration.« Yseut dachte nach. »Richiede una spiegazione.«, fragte sie. »My friends call me Isi.« Gio Gio schüttelte den Kopf. Nein, sagte er tragisch. Für ihn sei sie nun eine Isabella. Er setzte sich noch gerader auf. Beugte sich vor. Ihr zu. Dann beugte er sich wieder über sein Handy. Textete. Stand auf. Für ihn sei sie eine Isabella. Er könne sie jetzt nicht mehr anders nennen. »I kissed Isabella.« sagte er. Mascha lehnte sich zurück. Machte eine abwehrende Handbewegung. Geküsst. Wer hatte wen geküsst. Worüber würde da geredet. Was sollte das. Es ging ums Leben, und die redeten da von Küssen. War das nicht widerlich. War das nicht alles widerlich. War das nicht alles total widerlich. Mascha beugte sich vor. Verbarg ihr Gesicht in ihren Händen. Tremendamente disgusto. Der Major piepste mit seinem Gerät. Die Tür ging auf. Ein Mann in einem apfelgrünen Overall stand da. Gio Gio ging zu ihm. Sprach mit dem Mann. Leise. Kam zurück. Er stellte sich vor Yseut hin. Er habe Dinge zu erledigen, sagte er. Aber morgen. Abend. Dürfe er sie zum Abendessen sehen. Er hielt ihr die Hand hin, ihr aus dem Sessel zu helfen. Yseut nahm die Hand nicht. Der Mann im Overall eilte herbei. Stellte sich neben sie beide. Yseut wollte etwas sagen. Der Mann im Overall nahm sie am Arm. Yseut zog den Arm zurück. Der Mann lächelte. Nachsichtig. Er war jung. Dunkelblond. Längere Haare. Schlank. Er ging einen Schritt voraus. Gio Gio lächelte sie an. Ob sie kommen werde. Yseut überlegte. Sie glaube schon, sagte sie dann. »Credo di si.« »Mille grazie.« Gio Gio küsste ihr die Hand. Dann hatte der junge Mann sie aus dem Raum geführt. Sie waren auf dem Gang zurück. Der junge Mann murmelte vor sich hin. Sie müssten nun da gehen. Dort müsse man hin. Hier hinein. Er ging immer wieder ein Stück vor ihr und wartete dann auf sie. Dann wieder ging er hinter ihr, bis sie durch die Tür war. Yseut begann, schneller zu gehen. Der Mann machte beruhigende Geräusche. Griff ihr unter den Arm. Lenkte sie. In der Garderobe. Der junge Mann textete etwas. Yseut ging an den Garderobenschrank. Sperrte auf. Ihre Tasche stand unten bei den Schuhen. Jemand hatte ihre Sachen angesehen und sich nicht die Mühe gemacht, das zu verbergen. Das machte Yseut wütend. Sie war nicht einmal diese Mühe wert. Der junge

Mann stand an der Studiotür zum Strand. Nancy käme gleich, sagte er. Ob er sie alleine lassen könne. Sie müsse sich ja umziehen. Sein Englisch war britisch. Yseut nickte nur. Sie war mit ihrer Tasche beschäftigt und hörte die Studiotür hinter ihm zufallen. Sie schaute auf, und da begriff sie. Dieser Mann hatte sie für eine Klientin gehalten. Für den war sie eine sehr alte Person gewesen, die Unterstützung brauchte. Eine alte Frau, der man den Weg weisen musste. Für den war sie ein alter Körper. Ein alter Körper ohne Allure. Ein alter Körper ohne Sex. Yseut schleuderte die Stiefel gegen den Spiegel. Einen nach dem anderen schoss sie gegen die Spiegelfläche. Knallend. Die Stiefel richteten aber nichts an. Der Spiegel blieb ganz. Gab Yseut in ihrem 60er Jahre Hängekleidchen unversehrt wieder. Yseut hob einen Stiefel auf und schlug mit dem Absatz auf den Spiegel ein. Sie wünschte allen hier 7 Jahre Unglück. Sie wünschte dem Ganzen hier 7 Jahre nur Unglück. Der Stiefelabsatz reichte nicht. Der Spiegel zeigte nicht einmal eine Spur. Yseut schaute sich um. In den Ecken standen Hocker. Yseut holte einen Hocker und schoss ihn gegen den Spiegel. Der Hocker schlug auf der Spiegeloberfläche auf. Polterte zu Boden. Der Spiegel unversehrt. Yseut ging und holte den nächsten Hocker aus der Ecke. Im Spiegel. Es zeigte sich ein Riss. Ein Bogen links. Yseut stemmte den zweiten Hocker hoch und zielte. Die Tür ging auf. Nancy stand da. Yseut schleuderte den Hocker gegen den Spiegel. Sie sei fertig hier, sagte sie. Sie nahm ihre Hose und den Pullover aus dem Kasten. Stopfte alles in ihre Tasche. Sie zog die Söcklinge an. Die Schuhe. Sie wolle zu ihrem Fahrrad. Nancy trat zurück. Erstaunt. Erschrocken. Yseut drängte sich an ihr vorbei. »O.«, rief Nancy. Yseut drehte sich um. Der Bogen, der sich im Spiegel gebildet hatte. Das Glas fiel in kleine Stückchen zesprungen zu Boden. Rieselte. Ein Glasregen. »Seven years of bad luck.«, sagte Yseut. »Sette anni di sfortuna.« Nancy schüttelte immer noch den Kopf. Sie öffnete aber die Lifttür. Yseut stürzte in den Lift. Nancy kam nach. Unentschlossen. Das Kleid. Das gehöre doch in den Fundus. Yseut gab keine Antwort. Sie schaute sich in der metallenen Spiegelung der Liftwände an. Spiegelkabinett. Nancy wiederholte die Frage. Yseut zischte zurück, dass Nancy das mit diesem Mann besprechen solle. Mit wem, fragte Nancy nach. Na, mit diesem Mann. Yseut wollte nicht Gio Gio sagen, und sein richtiger Name. Der stand wohl auf der Visitenkarte, aber sie hatte sich ihn nicht wirklich angesehen. Sie hatte gleich nur als Gio Gio an ihn gedacht. Yseut ärgerte sich über sich selbst, und sie schnitt ihrem verzerrten Spiegelbild Grimassen. Nancy textete. Yseut setzte sich in die Mitte des Lifts und zog die Schuhe aus. Sie zog ihre Hose an. Die Schuhe. Die Lifttür glitt auf. Nancy stellte sich in die geöffnete Lifttür. Yseut zog das Kleid über den Kopf. Sie ging. Sie händigte Nancy das Kleid aus und ging im BH davon. Yseut erinnerte sich, dass die Tür von draußen gegenüber dieser Lifttür gewesen war. Da war dieser Gio Gio gestanden und hatte getextet. Die Tür ließ sich nicht öffnen. Yseut drehte sich zu Nancy um. Scharf. Böse. Nancy scrollte und tippte. Die Tür klickte auf. Öffnete sich automatisch. Langsam. Yseut ging ganz knapp an den Türflügel. Sie trippelte mit dem Öffnen mit. Schlüpfte ins

Freie, sobald genug Platz war. Sollte sie noch etwas zu Nancy sagen. Sich verabschieden. Sie drehte sich nicht mehr um. Sie zwängte sich durch den Türspalt hinaus. Ihr Fahrrad lehnte an der Wand. Yseut legte ihre Tasche in den Korb. Suchte ihren Pullover heraus. Zog ihn über den Kopf. Sie stieg auf und fuhr die rot asphaltierte Straße zur Einfahrt hinunter. Das Tor stand offen. Yseut fuhr auf die Straße hinaus. Bog nach links. Suchte nach dem Fahrradweg zurück. Sie geriet in eine Sackgasse. Musste umkehren. Fuhr wieder zurück. Sie fuhr ans Meer. Nahm die Straße an der Strandpromenade. Restaurants. Hotels. Alles geschlossen. Verrammelt. Der Ort endete. Yseut fuhr vom Meer weg und in die kleine Siedlung mit den kleinen Häuschen. Dann der Wald. Der Fahrradweg. Im Wald. Ein leichter Wind. Vom Meer herüber. Der sonnenfleckige Boden. Weich. Mühelos zu fahren. Der Weg vor ihr. Sie fuhr. Dann bog sie ab. Schob das Rad durch den Sand zum Meer. Ein Streifen Gras. Der Abbruch zum Strand. Das Wasser weit draußen. Muscheln. Plastikflaschen. Plastikfetzen. Holzstücke. Steine. Kies. Sand. Yseut legte das Fahrrad ins Gras. Sie setzte sich und schaute hinaus. Das Meer. Die Sonne heiß. Das Gras stichelig. Sie zog die Beine an. Legte ihren Kopf auf die Knie. Hielt ihre Beine mit den Armen umfangen. Die Geräusche. Das Rauschen und Anschlagen der Wellen. Das Schreien der Möwen. Sie schaute auf. Es war nichts mehr in ihrem Körper. Der Kuss nicht. Sein Griff nicht. Nicht sein Körper. Nur noch Bilder. Von außen. Ein Film. Nur seine Stimme. Seine Stimme war in ihr geblieben. Stimmen. In ihr. In sich. Sie trug ihre Lieben als Stimme in sich. Sie hatte ihre

Lieben so herumgetragen. Stimmen hinter dem Schild ihres Brustbeins. Geschützt gegen die Welt. Tief in ihr. Der andere in ihr. Sprach für den Lebenden. Sprach den Lebenden. Die Stimmen. Stellvertreterexistenzen. In ihr. Der andere. In ihr mit ihr. Und deshalb der Wunsch. So oft der Wunsch. Er wäre tot, und der Besetzer in ihr müsste schweigen. Besatzung. Aber sie war keine Kolonie. Sie hatte sich freiwillig ergeben. Sie hatte sich immer freiwillig ergeben. Man hatte ihr das beigebracht. Aber sie hatte es weitergeführt. Perfektioniert. Es war versprochen gewesen, dass sie mit dieser Perfektion das ultimative Geschenk sein würde und ein Glück für sich selbst.

Yseut stand auf und ging zum Wasser. Sie ging in das Wasser. Ging weiter. Watete vorwärts. Das Wasser kalt. Die Wellen stießen sie vor. Zogen sie zurück. Das Rauschen um sie. Schwoll an. Ebbte ab. Yseut ging zum Rhythmus des Rauschens. Ging weiter. Der Boden. Sie hatte die Schuhe angelassen. Der Grund. Sie wollte nicht auf einen Seeigel steigen oder sonst etwas Spitzes. Schleimiges. Das Wasser ging ihr bis zur Hüfte. Sie ging. Das Wasser wurde nicht tiefer. Yseut musste lachen. Es hatte so schön ausgesehen von da, wo sie gesessen hatte. Sie hatte sich gesehen. Hinausgehen. Weit, weit hinausgehen. Im Meer verschwinden. Sie hatte sich vorgestellt, das Meer übernähme das Vergessen. Den Abschied. Wenn es nun sein musste. Irgendwann und vielleicht bald. Warum nicht nach einem solchen Kuss. Wenn sie immer noch leben hatte wollen, dann war das ein richtiger Zeitpunkt. Sich herausreißen. Übergeben. Sich einem Element überantworten. Warum sollte sie sich nicht überantworten. Aber es war ersichtlich, dieses Meer war nicht tief genug. Sie hätte noch lange so gehen müssen und immer noch nicht klar, ob sie sich fallen lassen hätte können. Eine Geschichte fiel ihr ein. Eine Geschichte von Thomas Bernhard. Bernhard war von einer Notiz in den Salzkammergut-Nachrichten ausgegangen. Eine Bäuerin in Kirchham hatte sich in einem Kübel Wasser selbst ersäuft. Bernhard hatte das bewundert. Es war zu lesen gewesen, wie Bernhard die Kraft dieser Frau bewundert hatte, so brutal gegen sich selbst vorzugehen. Er hatte diese Kraft wohl für sich selbst gewünscht, hatte Yseut gedacht. Sie blieb stehen. Stand. Das Wasser flirrend glitzernd im Sonnenlicht. Die Wellen brandeten an sie heran. Rissen an ihr. Machten sie schwanken. Das Wasser spritzte an ihr hoch. Yseut blieb lange stehen. Das Wasser kalt. Die Füße. Die Beine eisig. Dann kehrte sie um. Ging zurück. Setzte sich an einen Felsen. Lehnte sich in den Windschatten da. Ließ die Sonne auf sich herniederbrennen. Sie legte einen Arm über das Gesicht. Sie war müde. Sie hätte sich gewünscht, jemand sorge für sie. Sie überlegte, ob sie weinen sollte. Es war aber der Mühe nicht wert. Dann lachte sie über sich.

20. Folge.

Yseut blieb in der Sonne. Sie legte sich flach auf die Grasnarbe. Die Sonne heiß aus dem dunkelblauen Himmel. Kein Wölkchen. Yseut drehte sich auf den Bauch. Die Sonne auf den Rücken. Alles blieb feucht. Der Stoff der Hose kratzig feucht. Sandig. Der Pullover nass anliegend. Sie überlegte, die Kleider auszuziehen. Trocknen. Aber dann wollte Yseut nicht länger warten. Sie schaute noch einmal zurück. Das Meer. Dann stand sie auf und schob das Fahrrad auf den Fahrradweg zurück. Sie stapfte durch den hohen Sand. Beim Fahren. Es war dann gar nicht so schlimm. Sie fuhr schnell. Der Fahrtwind kalt. Aber die Haut gleich trocken, und die Bewegung ließ das Zittern verschwinden. Yseut lachte. Sie fühlte sich entkommen. Sie wusste nicht, wem oder was. Sie war entkommen. Eine Flucht gelungen. Yseut fuhr noch schneller. Das Fahrrad surrte dahin. Auf dem weichen Waldboden nur dieses Surren zu hören. Yseut kam ins Keuchen. Sie fuhr noch schneller. Sie freute sich, wie sie durch den Wald schoss. Immer noch schneller. Das Ende des Fahrradwegs. Sie musste scharf bremsen. Das Rad querstellen und abspringen. Sie schob das Rad durch die Sperre. Sie fuhr auf der breiten Asphaltstraße durch den Ort. Bog nach links. Die Kleider feucht klebrig sandig kratzig. Sie beeilte sich. Wollte zum Auto. Im Auto. Es sollte heiß sein im Auto. Sie würde es warm haben. Sie musste über einen Damm fahren. Danach wieder alles eben. Die Felder jetzt nach rechts hinaus. Der hohe Damm links. Sie folgte dem Schild für die Vogelbeobachtungsstation. Sie fuhr gemächlich. Die Straße nicht sehr breit. Autos überholten. Kamen entgegen. War das schon Abendverkehr. Wie spät war es. Sie bog in die Sandstraße zum Hotel. Fuhr gleich zur Rezeption. Es war niemand da. Sie stellte das Fahrrad in den Fahrradständer. Sperrte das Rad ab. Sie warf den Schlüssel in den kleinen Briefkasten neben der Tür zur Rezeption. Ging auf den Parkplatz. Während des Gehens kramte sie in der Tasche nach dem Autoschlüssel. Sie sah die Männer erst, als sie schon bei ihrem Auto angekommen war. Ein Mann stand an der Hecke hinter ihrem Auto. Zwei Männer saßen in einem schwarzen SUV bei geöffneter Seitentür. Alle drei sahen sie an. Der Mann an der Hecke war Aldos Vater Adriano. Er ging um das Auto zu ihr. Sei sie Signora Lucas. Ja. Sie solle mit ihm kommen. Man habe Fragen an sie. »Dovesse venrire con me. Si deve interrogarla.« »First I need a loo.«, sagte Yseut und lächelte den Mann an. Der Mann trat einen Schritt zurück. Einer der Männer stieg aus dem SUV. Yseut drehte sich um und ging zum Hotel zurück. Der Mann folgte ihr. Es war einer von den beiden Männern, die am Vorabend Adriano aus dem Lokal abgeholt hatten. Yseut klopfte an die Tür des Hotels. Niemand kam. Yseut ging um das Haus herum. Sie klopfte an die Hintertür. Schaute durch ein Fenster in das Haus. Sie dachte, sie hätte eine Bewegung gesehen. Es kam aber niemand aufzumachen. Yseut ging zu den Nebengebäuden. Alle Türen versperrt. Sie ging um das Haus zurück und trottete durch den Rosengarten zum Restaurant. Da endlich. Die äußere Tür unversperrt. Yseut konnte zur Toilette. Sie hörte Geräusche aus der Küche. Töpfe. Reden. Klappern. Lachen. Yseut sperrte sich in der Toilette ein. Legte Toilettenpapier auf den Toilettensitz. Setzte sich. Ein Mafiaroman fiel ihr ein. Ein Mann hatte sich da in der Toilette in die Luft gesprengt und ein ganzes Partito mit sich in den Tod gerissen. Ein Selbstmordattentat auf der richtigen Seite. Gab es eine richtige Seite. Dieser Mann hatte eine Beinprothese gehabt und den Sprengstoff in der Prothese verbergen können. Sie hatte nicht einmal eine Waffe. Ihr Herz klopfte. Heftig. War der Kreis jetzt geschlossen. Die Polizei. Stand da und wartete auf sie. Holte sie ab. Bestimmte über sie. Wie es mit dem Vater geschehen war. Wie es mit dem Vater geschehen sein musste. Abgeholt. Zu kriegswichtiger Arbeit abtransportiert. Nicht selber töten. Von der Ferne. Technisch. Aber dann massenweise. Der Uhrmacher als Ingenieur. Tötungsmechanismen. Verbessern. Verfeinern. Yseut drückte den Spülknopf. Sie zerrte den nassen Slip und die nasse Hose hinauf. Immerhin war sie jetzt entleert. Yseut dachte »entleert«. Ihr Körper verschlossen. Steinern. Das Herz schlug gegen ihren Brustkorb. Sie atmete zu flach. Warum hatte sie sich nicht ins Meer gelegt. Hatte diesen graugrüngläsernen Sarg über sich zusammenschlagen lassen. Vor dem Spiegel streckte sie sich wieder die Zunge heraus. Ihre Reaktionen. Sie war schon wieder brav. Befolgte Hinweise und bekam Angst. Was sollte schon sein. Sie war hier eine Fremde. Sie hatte keine Loyalitäten. Aber warum fiel ihr diese Mafiageschichte ein. Warum schlug ihr Herz so laut. Warum musste sie an die Nazizeit denken. Das wollten die so. Das war das Konzept von denen. Angst. Angst. Angst. Das wollten die. Einschüchterung. Yseut frisierte sich. Sie zog die Lippenränder nach. Trug Lippenstift auf. Gerade noch war ihr alles gleichgültig gewesen. Gerade noch hatte sie der Müdigkeit nachgegeben. Und zum Glück hatte sie die Pistole nicht in der Tasche. Yseut musste lachen. Sie war ein Glückskind. Irgendwie. Irgendwie regelte sich alles zu ihren Gunsten. Sie schüttelte den feuchten Pullover zurecht. Sie sperrte die Toilettentür auf. Die zwei Zivilbeamten warteten draußen. Sie ging an ihnen vorbei in Richtung Parkplatz. Sie lächelte im Vorbeigehen. Im Rosengarten. Linde Luft. Rosenduft. Die Schatten lang. Sie ging auf den Steinplatten. Ihre nassen Schuhe quietschten. Auf dem Sand des Parkplatzes war dann nur Knirschen zu hören. Adriano hatte sich in den Personenwagen gesetzt. Yseut ging zu ihm. Lächelte. Der Mann schaute ernst zurück. Yseut legte den Kopf schief und fragte, ob man das alles nicht ganz rasch klären könne. Wie zu sehen sei, sei sie ins Wasser gefallen und sollte trockene Kleider finden. Adriano nickte. Wie sie ihn nennen solle, fragte Yseut. Sie sprach Englisch. Sie zwang sich, Englisch zu sprechen. Sie sagte sich wieder vor, nicht das brave Mädchen zu sein, das immer allen entgegenkam und in deren Sprache sprach. Dieses Viele-Sprachen-Sprechen. Es war ein Gewinn. Aber es hieß auch, dass diese Sprachen in sie eingewandert waren und sie verändert hatten. Italienisch hatte sie so lange nicht gebraucht. Sie konnte nicht genug Italienisch, um mit der Polizei zu verhandeln. Adriano war ausgestiegen. Er nickte den beiden Männern zu. Sie habe recht, sagte er. Man solle nicht zu viel Zeit verlieren. Adriano sprach amerikanisches Englisch. Er winkte den beiden Männern. Die stiegen vorne in den SUV. Die Seitentür rollte auf. Adriano wies Yseut einzusteigen. Yseut stieg ein. In der Mitte von zwei Bänken war ein Tisch montiert. Yseut setzte sich auf die Bank gleich bei der Tür. Adriano kletterte in das Auto und setzte sich gegenüber. Er klopfte gegen die Trennscheibe zum Fahrerraum. Der Mann am Steuer drehte sich um. Adriano deutete, man solle etwas drehen. Der Mann nickte. Die Lüftung sprang an. Die Tür rollte zu. Die dunkel gefärbten Gläser. Draußen sah alles aus, als wäre Nacht. Tiefe Dämmerung. Die Klimaanlage. Kalte Luft strich über sie hin. Adriano saß über sein iPhone gebeugt und textete. Er hatte noch ein anderes Handy daneben liegen. Die Männer vorne. Sie saßen unbewegt. Sprachen nichts. Yseut saß ebenso unbewegt. Sie sagte sich vor, dass sie gar nicht hier wäre. Dass sie gar nicht in einem Polizeiauto saß. Sie sagte sich vor, dass es gar keine Polizei gäbe und dass sie hier in einem Märchenspiel mitmachte. Sie überlegte, welches Märchen es sein könnte, das hier gespielt wurde. Aber es fiel ihr immer nur Dornröschen ein, und das passte nicht. Niemand schlief. Es gab keinen rosenverwachsenen Turm. Prinzen schon gar nicht. Adriano tippte schnell. Er wartete auf eine Antwort. Starrte auf das

Display. Eine Nachricht erschien. Adriano schaute auf. »Allora.«, sagte er. Yseut senkte den Blick. Sie nahm sich vor, während des ganzen Gesprächs diesen Mann nicht anzuschauen. Ihn keines Blickes würdigen. Er komme ihr entgegen, sagte Adriano, und er werde dieses Gespräch auf Englisch führen. Er habe aber den Eindruck, dass ihr Italienisch durchaus adäquat sein würde. Sie habe doch Italienisch gelernt. Oder. Habe sie nicht so etwas gesagt. Gestern Abend. Yseut schaute auf den Tisch. Sie zuckte mit den Achseln. Sie könne sich nicht erinnern, sagte sie dann. Aber sie habe doch gesagt, sie habe Sprachen studiert. Yseut legte ihre Hände auf den Tischrand und starrte ihre Hände an. Das stimmte schon, sagte sie. Quite right. Aber sie habe Linguistik studiert. Das wäre etwas anderes als Sprachen lernen. Adriano drehte sich auf seinem Sitz. Das wisse er auch. Er wisse, was Linguistik sei. Darauf sei noch zurückzukommen. Zuerst wolle er wissen, warum sie gestern Abend einen falschen Namen angegeben habe. Yseut musste lächeln. Sie zuckte mit den Schultern. Sie schaute einen Augenblick zu Adriano hinüber. Dafür gäbe es keinen Grund. Manchmal wäre es ihr eben mühsam, ihren Namen erklären zu müssen. Adriano setzte sich wieder zurecht. Isotta. Das müsse man auf Italienisch nicht weiter erklären. Adriano ließ sich zusammensinken und lehnte seine Brust gegen das Tischchen zwischen ihnen. Yseut musste sich bemühen, nicht ihre Hände zurückzuziehen. Sie sagte nichts. Der Mann gegenüber blieb zusammengesunken sitzen. Gerade als er sich wieder aufzurichten begann, musste Yseut zu sprechen beginnen. Aber sie habe doch nur ihren zweiten

Namen verwendet. Sie heiße ja auch Isabella. Für Italien. Da wäre ihr das einfacher erschienen. Adriano legte seine Hände auf den Tisch. Die Handys lagen am Tischrand beim Fenster. Seine Hände waren knochig. Die Adern auf dem Handrücken. Dick und blau. Auf der rechten Hand verzweigten sich die Adern fast am Handgelenk. Auf der linken in der Mitte des Handrückens. Was hieß das. Yseut überlegte. War er dann Rechtshänder oder doch Linkshänder. Die Hände lagen ihren Händen gegenüber. Adriano hatte seine Hände genauso flach auf die Tischplatte gelegt wie sie. Yseut hätte die Augen verdrehen können. Die Vernehmungstricks. Sie kannte sie aus Fernsehserien. Woher kannte Adriano das. Auf welcher Polizeiakademie wurde das gelehrt. Adriano nahm das iPhone in die Hand und scrollte. Sie heiße Yseut Ysabella Lucas. Das mit der Isabella. Das stimme also. Aber trotzdem wäre damit noch nicht geklärt, warum sie gestern Abend eine Pistole in ihrer Handtasche gehabt habe. Yseut zog ihre Hände zurück und verschränkte die Arme. Wer sagte so etwas. Adriano legte den Oberkörper vor und schaute Yseut von unten in die Augen. Yseut scheute zurück und drehte sich weg. Adriano setzte sich gerade auf und lachte. Sie habe offenkundig wenig Scheu gehabt, ihre Waffe in der Handtasche herumzuwerfen. »Ah.«, sagte Yseut. »Rosina.« Adriano bewegte sich nicht. Yseut sagte sich vor, wieder stillzusitzen. Sie musste sich aber nach links drehen. Dann musste sie die Beine übereinanderschlagen. Das ging nicht. Nicht genug Platz unter dem Tisch. Sie stützte sich mit den Händen auf dem Sitz auf. Sie wäre eine Touristin. Sie wollte hier nur ein paar Dinge anschauen. Das hätte sie doch gesagt. Gestern. Das erkläre noch nicht, wieso sie mit dem Major da aufgetaucht sei. Das erkläre die Waffe nicht. Das erkläre die nächtlichen Schüsse nicht. Ob Yseut sich nicht sicher fühle. Yseut stützte sich fest auf ihre Hände. Die Sitzbank glatt und wenig gepolstert. Yseut rutschte nach links. Weg von Adriano. Der seufzte. Wenn sie nichts zu verbergen habe, dann könne sie doch Auskunft geben. Adriano ratschte diesen Satz herunter. Verdrehte die Augen. Yseut seufzte. Es gäbe wirklich nichts zu erzählen. Sie sei eine Pensionistin aus Wien, die ihren alten Hobbys nachginge. Yseut musste die Schultern hochziehen. Das Wort »Hobby«. Gab es das überhaupt noch. Hätte sie Leidenschaften sagen sollen. Passions. Old passions. Der Kuss fiel ihr ein. Gio Gio. Wie er sie hochgehoben. Passionato. Yseut hob den Kopf und schaute dem Mann in die Augen. Was er glaubte. Wenn er ihren Pass gesehen hätte, dann wüsste er doch ihr Alter. Adriano schüttelte den Kopf. Nein. Dieses Argument zähle nicht. Aber er wolle das alles abkürzen. Habe sie Verbindungen zu den Brigate venetiche. Habe der Major Verbindung dahin. Der Major sei ja nicht aufzufinden. In der Villa wüsste man nichts von seinem Verbleib. »Brigate venetiche«. Was sollte das denn sein. Eine Befreiungsbewegung, sagte Adriano. »A liberation movement.« »Un movimento di liberazione.« »Una finzione per il terrorismo.« Adriano zischte die Worte. Spuckte sie vor sich auf den Tisch. Yseut schaute ihm zu. Adriano starrte auf die Tischplatte. Dann legte er wieder seine Hände nebeneinander auf den Tisch. Eine Linguistin könnte eine ideologische Unterstützung bedeuten. Eine Linguistin könnte die Argumente für die Verbreitung des Venetischen entwickeln. Eine Linguistin könnte eine neue Theorie einer nordischen Abstammung einbringen. Eine Linguistin könnte ein wichtiges Mitglied dieser Bewegung sein. Adriano setzte sich gerade auf. Er nahm seine beiden Handys und suchte nach Nachrichten. Yseut solle nicht glauben, sie könne hier tun, was sie wolle. Er. Er habe sie im Visier, und wenn er nur den geringsten Hinweis fände, dass Yseut in Verbindung mit diesen Ragazzi sei, dann habe Yseut mit den schwersten Maßnahmen zu rechnen. Ob ihr das klar sei. Yseut musste die Lippen zusammenpressen. Sie zitterte von der Kälte. Ihre Kleidung nasskalt und schwer auf der Haut. Mit dem Zittern stieg der Kirchenlacher auf. Hysterisches Gekicher angesichts der Wandlung des Brots in den Leib Jesu. Yseut hatte sich hinter den Mädchen vor sich verstecken müssen. Der Kirchenlacher hatte sie erfasst, kaum hatte der Priester sich mit erhobener Hostie der Gemeinde zugewandt. »Dies ist der Leib Christi.« Und Yseut hatte sich gekrümmt vor unterdrücktem Kichern. Draußen. Der Mann auf dem Beifahrersitz vorne war auch ausgestiegen. Yseut musste nach dem Schlüssel suchen. Sie kramte in ihrer Tasche. Ihr fiel ein, wie Rosina ihr gestern genau um diese Zeit dabei zugesehen hatte. Der Mann stand neben ihr. Schaute ihr zu, wie Rosina ihr zugesehen hatte. Sie fand den Schlüssel. Sie klickte das Auto auf. Wie sie Adriano richtig ansprechen müsste, fragte sie den Mann. Der trat einen Schritt zurück. »Primo dirigente. Signore Pallone è da considerarsi primo dirigente.« Yseut bedankte sich. Sie ließ sich auf den Fahrersitz fallen. Warf die Tasche auf den Beifahrersitz. Sie musste hier weg. Sie startete. Fuhr zurück. Fuhr vom Parkplatz weg. Auf der asphaltierten Straße. Der Kirchenlacher hielt Yseut bis Taglio di Po im Griff. Yseut schaltete die Heizung ein und machte die Fenster auf. Sie saß im heißen Schwall der Heizung. Sie zitterte. Ihr wurde nicht warm. Immer wieder zitterte sie so stark, dass sie Mühe hatte, auf die Straße vor sich zu sehen.

21. Folge.

In Taglio di Po musste Yseut nicht mehr nachdenken, wie sie zu der Straße auf dem Damm fahren sollte. Sie fuhr auf den Damm hinauf. Raste den Damm entlang. Dann musste sie Fußgänger überholen. Musste bremsen. Schritttempo. Die Fußgänger machten ihr nur langsam Platz. Alle gingen mit Nordic-Walking-Stöcken. Yseut hupte. Sie musste doch die Kleider wechseln. War das das Salz vom Meerwasser. Oder nur der Sand. Es war, als hätte sie Kleidung aus Sandpapier an. Jede Bewegung kratzte die Haut auf. Alles sandig klebrig. Pickig. Wienerischerweise war das pickig, wie sich das anfühlte. Pickig. Die Fußgänger gingen nur langsam an den Straßenrand. Trotz des Hupens. Yseut fuhr dann mit Vollgas weiter. Sauste die Straße zur Villa hinunter. Sie musste im Steintor bremsen. Eine Reihe Lieferwagen war um das Zwergenrondeau geparkt. Yseut fuhr über die Wiese an den Lieferwagen vorbei. Parkte an der Terrasse. Schob ihr Auto unter die herabhängenden Lianen vom wilden Wein. Beim Aussteigen. Es war Musik zu hören. Die Musik brach ab. Wurde wieder aufgenommen. Yseut ging um das Auto zur Terrasse. In der Mitte der Terrasse.

Gleich bei den französischen Türen zum roten Salon. Musiker und Musikerinnen saßen auf Goldstühlen. Ein Dirigent vor ihnen. Er hob den Taktstock, und die Musik begann. Goldstühlchen waren im Halbkreis um die Musikgruppe aufgestellt. Mehrere Reihen im Halbkreis. Dann Reihen quer. Über die Breite der Terrasse. Mannshohe barocke Kerzenleuchter den Rand der Terrasse entlang. Der Dirigent klopfte ab. Yseut ging zurück. Ins Haus. Sie lief zu ihrem Zimmer hinauf. Es würde keine Ruhe geben. Sie war plötzlich verzweifelt. Die hatten Barockkostüme an und Byron. Das war doch falsch. Das war doch Empire. Das war doch das genaue Gegenteil zu Barock. Die natürliche Linie des Körpers. Die Beweglichkeit ohne Korsett. Die Wichtigkeit des Materials. Musselin. Leinen. Stickerei als Verdünnung. Nicht als Beschwerung. Alles leicht. Alles fließend. Der Körper nur verhüllt. Nicht gekleidet. Barock. Rokoko. Kleider wie Panzer. Brokat. Schwer. Beengend. Spangen. Broschen. Schärpen. Yseut sperrte ihre Zimmertür auf. Sperrte hinter sich zu. Die Musik unter ihren Fenstern. Gezirpe. Dann die Stimme des Dirigenten. Autos fuhren rund um die Villa und in die Ebene hinaus davon. Yseut ging zum Fenster. Die Lieferwagen fuhren in einer Kolonne durch den Park. Yseut schaute ihnen nach. Dann zog sie ihre Kleider aus. Ließ alles auf dem Boden liegen und ging ins Badezimmer. Stellte sich unter die Dusche. Sie ließ heißes Wasser über sich rinnen. Sie stand unter dem Wasser. Hätte weinen können. Nach langem. Ihre Haut war schon rot vom heißen Wasser. Sie wickelte ein Handtuch um ihre nassen Haare. Sie ging zum Bett und kroch unter die Decke. Sie zog und zerrte an den streng gespannten Tüchern. Das war schwierig. Sie keuchte vor Anstrengung. Dann war die Decke gelockert. Sie konnte sie über sich hinaufziehen. Sich einwickeln. Einrollen. Sie lag. Die Musik. Die Musik. Sie wachte in die Musik wieder auf. Es war dunkel. Barockmusik. Sie musste überlegen, wo sie war. Draußen. Auf der Terrasse Licht. Yseut taumelte auf. Sie ging ans Fenster. Unten. Sie musste ihr Gesicht an das metallene Fliegengitter pressen. Auf der Terrasse. Alle waren in Barockkostümen. Yseut konnte nur das Publikum direkt um die Musik sehen. In den Halbkreisen. Männer in brokatenen Gehröcken und Frauen in brokatenen Kleidern. Maschen. Schleifen. Manche dann wieder normale Touristen. Touristinnen. Jeans. Jacken. Alle Augen auf die Musik unter ihrem Fenster gerichtet. Sie schreckte zurück. Konnte man sie sehen. Sie machte kein Licht. Sie suchte neue Kleider aus der Lade und dem Kasten. Ging ins Badezimmer. Sie kämmte ihre nassen Haare. Steckte sie mit einem Kamm hinauf. Lippenstift. Dann ging sie. Sie versuchte mit dem Schlüssel leise zu sein. Sie schlich die Holzstiege hinunter. Vorsichtig. Man konnte hier alles genau hören. Sie ging nach hinten hinaus. Klickte das Auto auf. Sie wartete auf eine Stelle, an der die Musik laut wurde. Klickte. Sie setzte sich ins Auto und wartete auf Applaus. Sie saß lange. Beim ersten Klatschen startete sie und fuhr um das Zwergenrondeau nach hinten davon. Auf dem Damm oben waren Busse geparkt. Yseut dachte, es wären mindestens 10 Busse, die sich da aneinanderreihten. Dazwischen Autos. Yseut fuhr langsam. Es war Nacht. Auf der Uhr war es 20.31. Sie hatte doch lange geschlafen. Sie war hungrig. Durstig. Müde. Sie wollte ein Glas

Wein haben. Wo war der Mond. Am Himmel. Schwere Wolken. Im Scheinwerferlicht tausende Mücken. Yseut bahnte sich einen Weg durch diese Wolken. Das grüne Tier fiel ihr wieder ein. Das Geräusch. Sie fuhr vom Damm in den Ort hinunter. Sie ließ die Mücken hinter sich. Die Moskitos blieben beim Wasser. Auf dem Damm. Es hatte hier Malaria gegeben. Yseut fuhr durch den Ort. Suchte einen Parkplatz. Bei der Kirche. Eine neuere Kirche. 19. Jahrhundert. Oder sogar 20. Riesig. Eine riesengroße Kirche. Auf dem Marktplatz. Alles geschlossen. Skater fuhren die Brunnenränder entlang. Yseut ging über den Marktplatz. Bog nach links. Tische auf dem Gehsteig. Sie setzte sich. Der Kellner kam gelaufen. Was sie wolle. Nein. Zu essen gäbe es nichts. Nur zu trinken. Yseut stand auf. Wo sie etwas bekommen könne. Die Straße hinunter. »San Michele.« Eine Pizzeria. Sie könne sich doch eine Pizza holen und dann noch ein Glas Wein hier trinken. Yseut nickte. Seufzte. Sie ging. Fand die Pizzeria. Bestellte. Eine halbe Pizza. Mezzo pizza. In der Pizzeria der Geruch nach Teig. Welche Pizza. Yseut wollte eine Pizza mit Champignons. Sie ging hinaus. Drei junge Männer standen neben der Tür. Rauchend. Yseut wünschte sich, selber zu rauchen. Eine Zigarettenpackung aus der Tasche ziehen zu können und sich dazuzustellen. Sie ging auf der Straße auf und ab. Nicht lange. Sie wurde gerufen. Die Schachtel mit der Pizza. Zahlen. Yseut wanderte mit der Schachtel zu den Tischen an der Straße zurück. Das war einmal ein Restaurant gewesen. »La Fontana«. Sie setzte sich wieder an den Tisch, an dem sie sich zuerst schon hingesetzt hatte. Sie öffnete die Schachtel. Der Schwall des Geruchs. Heiß.

Sie begann zu essen. Der Kellner schaute durch die Tür heraus. Weißwein. Ja. Wasser. Ja. Gassata. Ja. Yseut aß. Gierig. Sie musste sich auftragen, ordentlich zu kauen. Den Wein nicht hinunterzustürzen. Vom Platz her hörte sie das Klappern und Schleifen der Skateboards. Die Fenster der Häuser an der Straße. Die Außenjalousien geschlossen. Verrammelt. Kein Licht zu sehen. Niemand kam vorbei. Der Kellner brachte ihr ein zweites Glas Weißwein. Yseut drehte den Sessel. Saß mit dem Rücken zur Wand. Sie war ganz allein in der Straße. Keine Autos. Keine Personen. Das Summen von Generatoren. Oder was war das. Klimaanlagen. Nach dem dritten Stück Pizza. Yseut hörte zu essen auf. Sie trank ein drittes Glas. Sie schaute die Straße hinauf und hinunter. Das Geräusch der Skateboards. Keine Stimmen. Es musste ungefähr 9 Uhr am Abend sein. Das war doch Italien. Um die Ecke. Die Skateboards schrammten die Brunneneinfassung entlang und klapperten beim Aufprallen auf dem Steinboden. Immer wieder. Schrammen. Klappern. Kinder. Es waren doch immer Kinder herumgelaufen. Bis spät in die Nacht. Gestern. In dem Restaurant. Es waren Kinder da gewesen. Sie hatte nicht viel sehen können. Die Rückenlehne dieser Sitzecke war zu hoch gewesen. Aber beim Hineinkommen. Beim Weggehen. Es waren Kinder an mehreren Tischen gesessen. Die waren aber auch nicht herumgelaufen. Die hatten mit ihren Handys gespielt. Auf ihren Handys. Saßen nun alle hinter den heruntergezogenen Metalljalousien, und nur die Skater waren noch heraußen. Yseut stand auf. Sie schloss die Pizzaschachtel. Der Kellner kam. Sie zahlte. Der Kellner. Ein älterer Mann. Er war sehr höflich. Sie solle einen schönen Abend haben. Buona serata. Yseut wünschte ihm das auch. Sie nahm die Pizzaschachtel und ging. Hinter ihr. Sie konnte das Scharren der Sesselbeine hören, wie der Kellner die Sessel mit einem Stahlseil sicherte. Auf dem Platz. Die Skater standen rechts. Fuhren von der Ecke weg los. Sprangen mit dem Board auf den Brunnenrand. Schliffen die Wölbung der Brunneneinfassung entlang. Sprangen da ab. Alle sahen dem einen zu, der an der Reihe war. Schauten, wem es gelang, am weitesten zu skaten. Nickten einander zu, wenn einer eine fertig war. Der nächste zauderte dann. Sammelte sich. Startete. Und die Geräusche begannen von neuem. Yseut schaute zu. Sie ging langsam auf die andere Seite des Platzes. Ging um den Platz herum. Der Brunnen ein riesiges Rund mit gewölbtem Rand. Kein Wasser im Becken. Metallrohre ragten in die Höhe. Die Straßenbeleuchtung gusseiserne Laternen. Silbergrau gestrichen. Yseut drehte sich um. Das Geräusch des Skatens anders. Der Skater. Er stand auf seinem Board. Vorgebeugt. Geduckt. Er lehnte sich weit über das leere Becken. Hielt den linken Arm lang ausgestreckt. Er segelte um den Brunnenrand. Er war schon fast um das Rund des Brunnens herum. Das Board kippte. Der junge Mann. Es warf ihn nach hinten. Sein Kopf krachte gegen die Stufen zum Brunnenrand hinauf. Die Beine wurden ihm über den Kopf geschleudert. Dann lag er da. Das Board überschlug sich seitlich. Rollte den anderen Skatern vor die Füße. Yseut war stehengeblieben. Die Skater hatten zu laufen begonnen. Sie sprangen durch das Brunnenbecken. Liefen zum Verunglückten. Der lag. Ohne Bewegung. Kein Versuch, sich aufzurichten. Yseut stand da. Die jungen

Männer. Beugten sich über den Liegenden. Einer sah auf. Richtete sich auf. Schaute Yseut an. Ob sie helfen könne, fragte sie. Der junge Mann schaute zum Liegenden hinunter. Sah wieder auf. Nein. Yseut wandte sich ab. Ging. Sie klickte ihr Auto auf. Stieg ein. Legte die Pizzaschachtel auf den Beifahrersitz. Sie steckte den Schlüssel ins Schloss. Versperrte zuerst noch die Türen. Hinter ihr die breiten Stiegen zum Kircheneingang. Zu den drei Toren in die Kirche. Der Platz. Der Brunnen. Der Boden. Alles grau. Alles leer. Alles klein unter der riesigen Kirche. Yseut fuhr weg. Sie musste den Weg zur Straße auf dem Damm suchen. Beim Hinauffahren. Die Wolke der Moskitos war nicht mehr zu sehen. Sie schloss die Fenster. Sicherheitshalber. Sie fuhr. Rechts. Der Fluss. Aber nichts zu sehen. Sie blendete das Fernlicht auf. Ein schwacher Widerschein auf der Wasseroberfläche. Kein Glänzen oder Glitzern. Sie fuhr. Dann die parkenden Autos und Busse. Dieses Konzert. War das noch. Sie sah niemanden zu einem Auto gehen. Bei der Abfahrt zur Villa. Sie blieb stehen. Ließ das Fenster herunter. Musik. Sie war nicht sicher. Sie fuhr weiter. Sie dachte, sie würde eine große Runde fahren und von der anderen Seite auf die Villa zukommen. Da konnte sie sich annähern. Vorsichtig. Sie fuhr wieder los. Sie fuhr lange. Die Abfahrten schienen alle nur zu einzelnen Häusern zu führen. In den Häusern Licht. Dann eine asphaltierte Straße. Sie fuhr hinunter. Die Straße geradeaus zwischen Feldern. Keine Bäume. Schnurgerade. Dann kam der Mond hervor. Yseut schaltete ihre Lichter ab. Fuhr ohne Licht. Die Straße ein helleres Band. Yseut hätte lange so fahren mögen. Im Mondlicht. Ein dunkles Vehikel auf der silbernen Straße. Fast unsichtbar. Dann die Auffahrt auf die Landstraße. Sie musste die Scheinwerfer wieder einschalten. Die Auffahrt steil vor ihr. Das Licht wurde zurückgeworfen. Von der Fahrbahn reflektiert. Ein Flash. Dann schon der Straßenrand oben. Ein Auto von rechts. Dann alles frei. Yseut bog ein. Fuhr wieder schnell. Sie schaltete das Fernlicht aus. Rang nach Luft. Versuchte, tief Luft zu holen. Sie blinzelte. Das viele Licht. Plötzlich. Sie suchte nach der Abzweigung. Sie dachte schon, sie hätte die Abfahrt wieder versäumt. Aber dann erkannte sie das Haus, bei dem sie am Vortag umgedreht hatte. Sie fuhr langsamer. Schaute. Fand die Abfahrt. Bog ein. Yseut fuhr im Schritttempo. Die Sandstraße. Der Sand knirschte unter den Reifen. Größere Steine schlugen gegen die Karosserie. Es war laut. Sehr laut. Sie würde sich nicht lautlos der Villa nähern. Aber sie war noch weit weg. Ein Lichtschein war in der Mitte des Parks zu sehen. Da war noch alles im Gang. An einer breiteren Stelle. Yseut stellte das Auto ab. Eine schmale Straße. Ein Weg. Führte nach rechts weg. Sie stieg aus. Ging auf diesem Weg. Eine Brücke weiter vorne. Vielleicht konnte sie von dort etwas sehen. Der Mond wieder heraußen. Die Felder silberne Weiten. Der Weg dunkel zwischen dem hohen Gras. Yseut ging. Auf der Brücke. Sie setzte sich auf den Brückenrand. Saß auf den Pflastersteinen des Rands. Ließ die Beine über den Rand hinunterhängen. Streifte die Büsche am Rand des Kanals. Es war still. Die Autos auf der Landstraße. Weit weg. Unter ihr. Geraschel im Feld. In der Böschung zum Kanal hinunter. Yseut atmete tief. Sie legte die rechte Hand auf den Bauch. Hieß den Bauch sich ausdehnen von der eingeatmeten Luft. Stieß die Luft wieder aus. Schnelle Seufzer. Als wäre sie außer Atem. Gehetzt. Außer Atem gekommen. Sie beugte sich vor. Lehnte sich vor. War das wegen des Skaters. Sie hätte etwas tun sollen. Hätte sie etwas tun können. Die Gruppe hatte sich geschlossen um ihn. Sie hatte gar nichts mehr sehen können. Die würden sorgen für ihn. Skater waren sozial. Wenn man so auf den Rücken fiel. Das schlug die Luft aus den Lungen und man lag so regungslos. Woher wusste sie das. Zuschauerin. Sie war eine Zuschauerin gewesen. Eine untätige Zuschauerin. Sie hätte die Polizei anrufen sollen. Verständigen. Aber die Polizei. Das war dieser Adriano. Für welche Ordnung sorgte der. Warum war sie nicht in ihr Zimmer gegangen. Kam das denn wieder. Das Gefühl, weggeschleudert zu werden. Von einer Ansammlung von Personen weggeschleudert zu sein. In hohem Bogen davonzumüssen. An der Tür zu stehen. Drinnen das Reden und Gläserklirren. Die Stimmen. Das Lachen. Und umdrehen und so schnell wie möglich weg. Das war doch weg gewesen. Das Handy schrillte. Von der Tasche gedämpft: Im Auto eingefangen. Yseut ließ es läuten. Sie rappelte sich auf. Ging zum Wagen. Fischte das Handy aus der Tasche. Madeline hatte angerufen. Eine Nachricht von Alfred. Wie es ihr ginge. Yseut nahm das Handy. Schloss die Autotür. Leise. Sie ging zu der Brücke zurück. Setzte sich wieder. Begann eine Nachricht an Madeline zu schreiben. Sie wollte von Gio Gio schreiben. Einen Abenteuerbericht. Freundinnentratsch. Sie schaute in die Dunkelheit. Welche Farbe hatten Gio Gios Augen. Sein Gesicht war aufgeblitzt. In der Dunkelheit. Beim Fahren schon. Gio Gio. Ihr fiel ein, dass sie Gio Gio gestern um diese Zeit erst getroffen hatte. Dass sie Gio Gio 24 Stunden lang kannte. Und dann war schon Gio Gios Griff in ihre Taille da. Sein harter Körper. Wie er sie gegen sich gepresst gehalten hatte. Wie die Arme rund um sie. Wie das Dunkel des Kusses. Geschlossene Augen. Die Fleischigkeit der Zungen. Ihre Zunge ihr fremd gegen seine. Sie war in ihn gekippt. Sie hatte sich in ihn kippen lassen. Sie war hinter seinem Gesicht verschwunden. Wusste sie, wie er aussah. Sie hätte ihn beschreiben können. Irgendwie. Sie konnte sich an den Schauspieler erinnern, dem er ähnlich sah. Albert Spica. Er war dunkler. Das Gesicht beweglicher. Dachte sie. Aber sie wusste die Farbe seiner Augen nicht. Hatte sie ihn nicht angeschaut. Aber das stimmte nicht. Sie hatte ihm in die Augen geschaut. Sie hatten einander in die Augen geschaut. Sie konnte sich erinnern, ihm in die Augen geschaut zu haben. Amüsiert. Sie waren beide amüsiert gewesen. Nach dem Kuss. Er hatte sie auf den Boden gestellt und ihr diesen Schmatz gegeben. Bedauernd und liebevoll. Er hatte ihr freundlich bedauernd in die Augen geschaut. Die Einladung zum Abendessen. Er hatte ihr in die Augen geschaut, und sie hatte wegschauen müssen. Hatte ihren Blick aus diesem Spiel herausnehmen müssen. Was wollte dieser Mann. Aber sie hatten einander in die Augen geschaut, und sie wusste seine Augenfarbe nicht. Braun. Dunkel. Das war zu vermuten. Aber sie wusste es nicht. Sie war plötzlich traurig. Sie wusste nicht, warum. Nicht genau. Die Nacht rund um sie. »Gschsch.«, hörte sie. Jemand stand hinter ihr.

22. Folge.

Wie es kam, dass Yseut zu rauchen begonnen hatte und im Rose Garden damit wieder aufhörte.

Bei Yseut zu Hause hatte nur die Mutter geraucht. Die Mutter hatte die Marlboro aus dem Büro mitgebracht. Sie hatte gleich nach dem Nach-Hause-Kommen ihr Hauskleid angezogen und das Kostüm auf den Klopfbalkon zum Auslüften aufgehängt. In Hausschuhen und Schürze hatte sie sich dann an das Fenster der Pawlatschen zum Hinterhof gestellt und eine Zigarette geraucht. Dann war sie in die Küche gegangen und hatte das Abendessen gekocht. Der Vater saß am Esstisch und las den »Express« oder die »Volksstimme«.

Solange der Vater gearbeitet hatte, war es nicht so schlimm mit dem Geruch vom Zigarettenrauch gewesen. Als Frührentner ging er aber dann schon tagsüber in die Kaffeehäuser und die Beisln, und er roch nach Rauch und dem Fett, in dem die Bratwürstel gebraten wurden. Der Vater hatte selbst nicht geraucht.

Beim Abendessen erzählte Yseut, was sie den ganzen Tag gemacht hatte. Der Vater sagte, wen er getroffen hatte und was in der Zeitung zu lesen war. Die Mutter erzählte nichts. Sie sagte, das wäre alles zu kompliziert und es würde ohnehin niemanden interessieren. Nach dem Essen rauchte die Mutter noch genau eine Zigarette am Fenster zum Hinterhof.

Yseuts Mutter hatte für den Chef einer Firma für Schaltanlagen gearbeitet, die ununterbrochen expandierte. Als sie dann ein Telefon bekommen hatten, rief dieser Mann auch am Abend an, und die Mutter stand dann stundenlang im Vorzimmer und redete mit ihm. Da rauchte sie auch. Das Telefon war gleich bei der Tür montiert worden, und die Mutter konnte sich mit der langen Schnur ans Fenster stellen.

Yseut hatte mit 16 zu rauchen begonnen. Vorher hatte Madelines Bruder ihnen einmal eine Zigarette angezündet, und sie hatten beide einmal daran gezogen. Madelines Bruder war ins Café Heumarkt mitgekommen. Sie waren an einem Tisch am Fenster gesessen und konnten über die Bombengruben zum Stadtpark hinübersehen. Yseut war übel geworden, und sie hatte sich nicht vorstellen können, warum jemand rauchen hätte wollen. Sie hatte nie wieder eine Zigarette in den Mund nehmen wollen.

Es war dann in der Tanzschule. Eine Gruppe hatte sich an der Hintertür versammelt, und alle rauchten. Rauchen war in der Tanzschule streng verboten, und der Tanzlehrer kontrollierte die Männerklos und seine Frau die Damentoiletten. Yseut war zu der Gruppe hingegangen und hatte um eine Zigarette gebeten. Sie sagte, sie hätte ihre Tasche in der Garderobe gelassen, sie müsse aber sofort eine Zigarette haben, und während sie das sagte, hatte sie wirklich plötzlich Lust. Die Elfi Schindelbacher hielt ihr die Packung hin und fragte, seit wann Yseut zu rauchen begonnen habe. Man habe sie doch noch nie rauchen gesehen. Yseut hatte nur gelächelt und geraucht. Sie machte alles so wie die anderen. Von da an rauchte sie und gehörte zu denen, die rauchten.

Die anderen Mädchen in der Klasse hatten Pfefferminzbonbons lutschen müssen, damit ihre Eltern den Rauch nicht in ihrem Atem riechen sollten. Yseut hatte sich da keine Gedanken machen müssen. Der Vater brachte den Geruch selber in die Wohnung, und die Mutter hatte begonnen, ein sehr starkes Parfüm gegen diesen Geruch zu verwenden. Es roch nach Zigaretten und Parfüm, und es war gleichgültig, wie Yseut roch. Die Mutter hatte wegen des Geruchs von den Beisln in der Wohnung sogar die Türen ihres Kleiderkastens mit Schaumgummi abgedichtet, und der Vater musste seine Kleider in den Vorzimmerkasten hängen. Sie spritzte mit dem Parfüm ihre Kleider und ihre Unterwäsche ein, damit sie im Büro nicht nach Tschecherl riechen würde. Wenn die Mutter ihren Kleiderkasten aufmachte, rollte eine Wolke des Parfümgeruchs heraus.

Mit dem Fernsehen war dann alles anders geworden. Bis dahin hatten die Eltern Radio gehört. Das Radio war in der Küche gestanden. Die Mutter hörte Radio beim Kochen. Die Eltern hatten sich am Samstagabend »Wer ist der Täter« angehört und rätselten die ganze nächste Woche darüber, wer der Mörder sein konnte und wer nicht. Mit 12 durfte Yseut dann mithören. Die Oma Münster wollte Yseut da schon nicht mehr am Samstag bei sich in Hütteldorf haben. Die Oma Münster hatte schwere Kniearthrose und konnte ihren Haushalt nicht mehr so gut führen. Bei »Wer ist der Täter« saßen sie alle drei am Küchentisch und schauten auf das karierte Tischtuch. Die Mutter war am besten, den richtigen Täter ausfindig zu machen.

Den ersten Fernsehapparat bekamen sie von der Oma Köbrunner geschenkt. Aber da war das Fernsehen schon lange eingeführt gewesen. Der Vater hatte gesagt, er brauche keinen Fernsehapparat und die seien auch viel zu teuer. Die Oma Köbrunner hatte aber eine Quelle, bei der sie das Gerät leicht beschädigt zu einem sehr guten Preis bekommen konnte. Das wäre auch ein Geschenk für alle, sagte sie. Das Hinschauen könne man nämlich niemandem verbieten, weil es schließlich umsonst wäre. Das stimmte nicht, weil die Fernsehgebühr bezahlt werden musste und die Mutter keine neuen Ausgaben haben hatte wollen. Es wäre sehr schwierig, sagte die Mutter immer, eine Familie vom Gehalt einer Frau ernähren zu müssen. Der Fernsehapparat wurde im Wohnzimmer auf der Anrichte aufgestellt, und man musste am Esstisch sitzen und den Sessel in die richtige Richtung drehen. Aber wenn der Vater am Tisch lesen wollte, durfte der Fernsehapparat ohnehin nicht aufgedreht werden. Yseut war dann mit ihrer Mutter in der Küche gesessen, und sie hatten sich zu zweit »Wer ist der Täter« angehört.

Yseut hatte dann erst in der Humboldt Bay in den Table Mountains gelernt, wie über das Leben gesprochen werden konnte. Das Suchen nach der Sprache der fast ausgerotteten Wiyot bedeutete, in den Leben der Befragten zu wühlen. Immer mussten erst die Erinnerungen an Ereignisse und Vorfälle durchgearbeitet werden, bis ein Wort auftauchte oder eine

Phrase. Es waren immer schreckliche Ereignisse, die da zum Vorschein kamen. Es waren immer Erzählungen von Verlusten und Vertreibungen, die zu den verlorenen Sätzen führten.

Die Forschung war auch so schwierig, weil Englisch sich als eine magere Sprache herausstellte. Es war für sehr viele Formen im Wiyot im Englischen keine Entsprechung zu finden. Im Englischen gab es diese vielen Adjektive, die eine Beschreibung genau machen konnten. Im Wiyot waren aber die Verben viel wichtiger. Die Verben der Wiyot konnten mit Hilfe von Vorsilben und Nachsilben so viel Bedeutung ansammeln, dass auf Englisch mehrere Wörter oder ganze Sätze notwendig waren, eine Übersetzung herzustellen. Ein Verb konnte das Subjekt oder das Objekt repräsentieren. Es gab sieben Formen der Aussageweise. Im Deutschen oder im Englischen hätte Yseut für die Formen des Usitativs, des Iterativs und des Optativs oder des Semelfaktivs Nebensätze formen müssen, die Bedeutung auszudrücken. Yseut fand, dass die Genauigkeit und Vielschichtigkeit dieser Bedeutungsfülle auf Englisch nicht zu erreichen war. Es gab einen Kompletiv, mit dem eine Handlung als abgeschlossen erzählt werden konnte. Mit dem Semeliterativ konnte gesagt werden, eine Handlung wäre nur ein einziges Mal wiederholt worden. Dazu kamen die vier Tonstufen beim Sprechen, mit denen wiederum die Bedeutung ausgedrückt werden konnte.

Das Institut in Berkeley hatte damals eine große Unterstützung bekommen, weil bekannt geworden war, dass im Krieg gegen Japan nach Pearl Harbor Soldaten der Navajo im 382. Bataillon als Code talker in Navajo eingesetzt worden waren.

Während das Verschlüsseln von Nachrichten in einen konventionellen Code bis zu zwei Stunden dauern konnte, setzten diese Männer ihre fast ausgerottete Sprache ohne Zeitverlust ein. Der Sieg der US-Armee wurde am Ende auch auf die schnellere Kommunikation zwischen den Truppenteilen mit Hilfe dieser Code talker zurückgeführt. Wo immer die Marines der US-Armee im Südpazifik kämpften, die Navajo-Code-talker sorgten für die lebenswichtige Aufklärung. Sie übermittelten die Koordinaten für die Bombardements. Sie organisierten die Evakuierung der Verwundeten. Sie berichteten von den Feindbewegungen. Die Japaner konnten das Navajo nie entschlüsseln, obwohl sie Navajos gefangen genommen und gefoltert hatten.

Damals waren die Archive aus der Zeit geöffnet worden, und es gab viele Berichte darüber, dass die Navajo-Code-talker nicht einmal wählen gehen hatten können und dass sie nie für ihre Verdienste geehrt worden waren. Diese Männer hatten ihre eigene Sprache gegen das US-amerikanische Schulsystem verteidigen müssen. Es wurde berichtet, dass ihnen der Mund mit Seife ausgewaschen worden war, wenn sie in der Schule in ihrer Sprache gesprochen hatten. Es gab eine große Welle der Sympathie für alle Natives, und das hatte auch zu den Geldmitteln der Erforschung ihrer Sprachen geführt.

Yseut hatte immer still bleiben müssen, wenn vom Unrecht gegen die indigene Bevölkerung die Rede war. Es gab Workshops, um die Gebräuche und Sitten kennenzulernen. Yseut machte das nicht mit. Das war ja, nachdem Simon sie auf ihre eigene Geschichte der Vernichtung gestoßen hatte. Yseut war mittlerweile von den Bildern des Holocaust verfolgt. Es war, als müsste sie die Jahre nachholen, in denen sie das alles nicht gewusst gehabt hatte.

Yseut hatte ständig Angst um ihr Kind. Die Geschichte des Massakers von Tuluwat machte es ihr manchmal mitten in einem Interview unmöglich weiterzusprechen. Sie musste sich das alles bildlich vorstellen. Sie saß den alten Frauen gegenüber und konnte ihnen nicht in die Augen sehen. Die Vorstellung, dass es nur Zufall war, dass diese Person auf der Welt war, weil die Täter irgendeine Hütte beim Morden übersehen hatten, ließ ihr die Sinne vergehen.

Yseut wusste aber auch, dass es in der Kultur der Wiyot besonders unhöflich war, der Person, mit der sie sprach, nicht in die Augen zu schauen. Goggo war dann eine große Hilfe. Sie begann, das Kind zu schaukeln oder zu stillen. Sie hielt sich an Goggo fest. Manchmal dachte sie später, dass sie damals vorbereitet hatte, dass Goggo nicht in Österreich leben hatte wollen, weil sie ihn in der Zeit an allen diesen Gefühlen der Angst und der Verzweiflung über ihre Herkunft nicht schützen hatte können.

Die Vergangenheit ihres Landes war ja noch schrecklicher, und der Versuch der rechten Politik, nun aus den Österreichern Eingeborene zu machen und alle Rechte an diesen Status zu binden, war eine politische Perversion. Yseut dachte dann später, dass in der Logik der Geschichte diese Vorgangsweise den Ausgerotteten und Ermordeten ihre Bezeichnung raubte und sie damit endgültig verschwinden lassen wollte.

Die Täter dazwischen, die die eigentlichen Eingeborenen umgebracht hatten, wurden durch diesen Vorgang unsichtbar gemacht. Yseut überlegte, ob das bedeutete, dass die Freiheitlichen sich selbst damit nicht eigentlich zu Juden machen und endlich die Zuwendung bekommen wollten, um die sie die Opfer nach 1945 so beneidet hatten. Auch die Nazitäterschaft wurde zwischen der Bezeichnung autochthone Eingeborene, die aber den Status der verfolgten Juden angenommen hatten, und Ausländer, die als die Verfolger angesehen wurden, wie weggefaltet und damit zum Verschwinden gebracht waren.

Yseut hatte Simon dann auch verlassen, weil sie sich ausgeliefert gefühlt hatte. Yseut hatte sich an Simon ausgeliefert gefühlt. Sie hatte ein Kind von jemandem erwartet und bekommen, der in der Nazizeit vernichtet worden wäre. In ihrer Heimat wäre Simon abgeholt worden. Yseut wusste, dass sie ihrem Kind aber durch ihre Herkunft wieder die Möglichkeit genommen hatte, nach Israel auszuwandern. Die Ahnenpässe der Eltern reichten weit in das 18. Jahrhundert zurück. Simons Mutter hatte ihr das erklärt und ihr vorgeschlagen, das Kind zu adoptieren, damit es diese Möglichkeit haben sollte. Weil man nie wissen könne, hatte Simons Mutter gesagt und sie auf die Terrasse hinausgeführt, weil sie als Schwangere wegen des Vitamin D für die Knochen des Fötus in die Sonne gehen sollte.

Fötus war das Wort, mit dem die Aufteilung begonnen hatte. Yseut machte alles, was notwendig war. Sie war tätig und funktionierte. Daneben bildete sich ein dünner Faden von Ängsten. Yseut hatte vor allem Angst vor der Atombombe und einem Atomkrieg. Schon der Vater hatte in Wien darüber sinniert, wie das sein könnte, wenn die Russen wieder einmarschierten. Dass die Jugoslawen durch Österreich durchziehen müssten und die Ostfront zu Deutschland schließen, und ob es da ohne Atomwaffen abgehen würde. Es war jede Woche berichtet worden, wer welche Atomwaffen gerade entwickelte und wo die stationiert wurden. In Kalifornien wurde wieder darüber geredet, wie nahe Russland und China waren und wie schnell ein Bomber an die Westküste der USA gelangen konnte.

Yseut sah sich und ihr Kind in Strahlenkrankheit dahinsiechen, wie man das aus den Folgen von Hiroshima gelernt gehabt hatte. »Nausea« war eines der Worte, das sie damals lernte. »Vertigo«. »ARS. Acute radiation syndrome«. Aber das war die Angstoberfläche. Das mit dem Aufwachen um 4 Uhr am Morgen. Das war die Oma Münster gewesen. Die hatte immer um 4 Uhr morgens aufstehen müssen und sich einen Kakao kochen, um weiterschlafen zu können. Die Oma Münster hatte vom Abholen geredet und dass die um diese Zeit kämen.

Es war dann im Rose Garden gewesen. Yseut war mit Lynn und den Kindern in den Rose Garden in Berkeley gefahren. Sie fuhren gerne dahin. Die Öffnungszeiten waren mit »dusk to dawn« angegeben, und das war ihnen poetisch vorgekommen. Von der Morgendämmerung bis zur Abenddämmerung. Das engte nicht so ein, wie Uhrzeiten das taten.

Lynn hatte diese Ausflüge vorgeschlagen, damit die Kinder viele verschiedene Eindrücke sammeln konnten, und im Rose

Garden sollten sie die Rosenblüte erleben. Yseut hatte sich mit Goggo auf eine der Stufen gesetzt, die den Hang hinaufführten. Es duftete. Es war April, aber in Kalifornien war das wie Mai. Es war ein duftiger golden funkelnder Maitag. Goggo und Jewel kletterten die Stufen hinauf, und Yseut musste die Kinder wieder hinuntertragen, damit sie von vorne beginnen konnten.

Inmitten der blühenden Blumen fiel es Yseut wieder ein. Bei der Vorbereitung zur Ersten Heiligen Kommunion hatte sie doch schon alles erfahren gehabt. Sie hatte es nur in keinen Zusammenhang gebracht. Der Kaplan Pürstinger hatte die Mädchen in der Vorbereitungsstunde die kleinen Klappstühlchen aufstellen lassen. Er hatte eine Leinwand heruntergerollt und ihnen Filme vorgeführt. Vorher hatte er ihnen gesagt, dass alles Böse, was sie da sehen würden, in ihren Seelen hauste und dass sie dieses Böse vertreiben müssten, um zu Jesus zu gelangen und den Leib des Herrn in sich aufnehmen zu dürfen. Yseut konnte sich nur an einzelne Bilder erinnern. Sie ging die Stufen im Rose Garden hinauf und hob die Kinder die Stufen wieder hinunter. Sie war dabei weit von sich entfernt, und hinter ihrer Kehle formte sich drückend die Angst, auseinanderzugleiten. Sie hielt eines der Kinder im Arm und wusste nicht, ob diese zwei Teile von ihr wieder ineinanderfinden würden. Und was würde geschehen, wenn das nicht gelang. Es waren SS-Filme von KZ-Szenen gewesen. Es waren sehr kurze Filme, und die Kamera war unbewegt auf die nackten Frauen gerichtet, die mit Kindern in den Armen für die Gaskammer anstanden.

Aber wie sollte sie diese Bilder mit dem Leben ihres Kinds vereinbaren. Ihr war das alles nicht passiert. Sie war am Leben. Das Kind war am Leben. Millionen waren es nicht. Warum war sie in diese Millionen nicht eingeschlossen. Was hatte sie dazu getan. Was hatte sie da ausgenommen. Wieso hatte dieses Schicksal sie nicht erreicht. Ein Zwang machte sich in ihr breit, dieses Schicksal nachzuliefern. Dieses Schicksal nachzuholen und ein Ende finden. Yseut war dann zu schwach gewesen. Sie war sehr mager geworden und schlief nicht. Der Zwang war breiter geworden, aber die Kräfte, diesem Zwang in die Wirklichkeit zu helfen, hatten abgenommen.

Es war dann das Leben mit den anderen in der Gruppe, das den Zwang zum Verschwinden gebracht hatte. Wenn alle Kinder miteinander tobten, dann konnte Yseut eine halbe Stunde schlafen. Jeden Tag kochte jemand anderer, und wer immer Zeit hatte, half dabei. Yseut machte einmal in der Woche einen Riesenstoß Palatschinken oder eine Riesenpfanne Kaiserschmarrn, und alle freuten sich. Yseut konnte wieder Bücher lesen. Es wurde gelacht, und alle waren selber kindisch. Niemand nahm etwas ernst, und alle hatten mit ihr über ihre Ängste gelacht.

Lynn hatte sie in die Arme genommen und gesagt, dass es doch allen so ginge. Alle Eltern hätten diese Sünden begangen und ihnen den Auftrag erteilt, für diese Sünden zu büßen. Sie würden das nicht machen. Sie würden das ganz einfach verweigern. Die Eltern sollten für ihre Sünden selber einstehen und nicht ihren Kindern diese Last aufbürden. Sie würde Yseut helfen, das zu verhindern. Für alle Zukunft sollten solche Schrecken verhindert werden. Niemand sollte je wieder solche Erbschaften aufgebürdet bekommen. Es sollte Frieden für alle Zeiten sein.

Yseut hatte dann den Berkeley Historic Rose Garden nie wieder besucht. Der Duft von Rosen blieb ihr seltsam. Die Vorbereitungsnachmittage damals hatten zur Zeit der Baumblüte stattgefunden. Im Hof des Pfarrhauses war ein Apfelbaum in Blüte gestanden.

Yseut hatte dann nicht mehr rauchen können. Gerüche waren überwichtig geworden. Yseut suchte nach Wohlgerüchen und vergrub ihr Gesicht in Goggos Nacken, um den Milchgeruch der Kinderhaut gegen all die schlechten Gerüche rundum einzusaugen. Yseut hatte danach auch nie Parfüm verwendet. In fast jedem Parfüm war Rosenduft verborgen.

Lauritz hatte ihr am Ende zu jedem Festtag von Tom Ford »Noir de Noir. Eau de Parfum« geschenkt. Der Flacon kostete 300 englische Pfund. Das waren fast 400 Euro, und Lauritz war eigentlich sparsam gewesen.

Yseut hatte sich gefragt, wie es sein konnte, dass jemand ihr Geliebter und dann ihr Ehemann sein hatte können und doch nicht gewusst hatte, dass sie die Flacons immer nur aufstellte und nie geöffnet hatte. Lange Zeit hatte sie sich dann aber gegen diese Frage erinnert, wie es gewesen war, wenn sie ihn wiedergesehen hatte. Wie sie, seiner ansichtig werdend, in ihr Glück verfallen und ihr alles leicht vorgekommen war. Yseut hatte sich lange in dieses Glück versetzen können. Es war das Glück gewesen, dass es diese andere Person gab und dass er ihr antwortete.

Yseut war immer von der Sorge geplagt gewesen, Personen beim Wiedersehen nicht wiedererkennen zu können. Sie war sogar bei der Mutter oder bei Goggo nervös geworden, wenn sie sie abholen sollte. Sie hatte die fürchterliche Angst, dass sie an diesen Personen vorbeigehen könnte und sie nicht erkennen oder von denen nicht erkannt würde. Vertigo fiel ihr dann wieder ein. Nausea und ARS. Mit Lauritz hatte sie diese Angst nie gehabt.

23. Folge.

Wie es kam, dass Yseut so früh erste Erinnerungen an sich selbst hatte und dann später Mitglied in einem Hospizverein wurde.

Der Tod ihres Vaters war der erste Tod, den Yseut miterlebt hatte. Ihre Großväter hatte Yseut nicht gekannt. Der Vater ihrer Mutter war im Zweiten Weltkrieg gefallen. Der Opa Münster sei im Krieg gefallen, hatte es geheißen, und Yseut hatte sich vorgestellt, wie jemand nach vorne fiel und liegen blieb und in die Erde versank.

Der Vater ihres Vaters war gestorben, da war Yseut drei Monate alt gewesen. Der Opa Köbrunner habe Yseut noch in den Armen gewiegt, war gesagt worden, und die Oma Köbrunner war dann aus dem Zimmer gegangen.

Es gab auch ein Foto von diesem Augenblick. Das war eine von diesen winzigen schwarz-weißen Fotografien, die von einem hellen gezackten Rand umgeben waren. Das war das einzige Foto, auf dem der Vater von Yseuts Vater zu sehen war. Die Oma Köbrunner hatte bei einer Bombe ihre Wohnung verloren und fast nichts retten können. Das Gesicht des Großvaters war auf diesem kleinen Foto nicht genau zu sehen. Ein Mann mit schütteren Haaren beugte sich über ein Steckkissen. Es war auch das Gesicht des Babys nicht richtig zu erkennen.»Ein Mäderl.«, habe er gesagt, als er sich so über Yseut in seinen Armen gebeugt hatte.

Yseut sagte schon als kleines Mädchen, dass sie sich an diesen Augenblick erinnern könne. Wenn Yseut das Foto sah oder wenn von diesem Augenblick gesprochen wurde, dann fühlte sie sich in Wärme liegend fest umfangen. Sie hatte aber dann aufgehört zu sagen, dass sie sich ganz genau erinnern könne und wisse, wie dieser Großvater ausgesehen habe. Sie hatte ja selbst nur eine vage Erinnerung von etwas Hellem über sich. Aber die Erwachsenen lachten sie jedesmal aus und sagten, dass niemand sich so früh an irgendetwas erinnern könne. Die Mutter hatte gleich immer diese Geste gemacht, die hieß, sie solle still sein und nichts mehr sagen, damit die Oma Köbrunner nicht wieder an das alles erinnert würde.

Der Opa Köbrunner war an einem Nierenversagen gestorben. Das war davon gekommen, dass er im Ersten Weltkrieg an der Isonzo-Front verschüttet gewesen war. Er war unter Geröll und Erdmassen so lange begraben gewesen, bis der Druck der Erdmassen seine Nieren beschädigt hatte. Von seinem Sterben wusste Yseut nichts, aber es war gesagt worden, die Oma Köbrunner habe seinen Tod nie verwunden gehabt. Sie habe seinen Tod nicht verwunden, war gesagt worden.

Yseut hatte lange gedacht, dass verwinden so etwas wie verbinden wäre und dass die Großmutter etwas umwickelt hätte. So, als wäre es um einen Verband gegangen, und dann fiel ihr das Steckkissen ein, in das das Baby eingewickelt worden war. Als sie aufgehört hatte zu sagen, sie erinnere sich an den Großvater väterlicherseits, hatte sie für sich die Vorstellung, dass das Helle über ihr der Tod gewesen sein musste, den die Großmutter dann mit weißen Bändern umwickelt hatte. Das hatte sich angefühlt, als wäre der Großvater gegen sie im Steckkissen ausgetauscht worden, und die Oma Köbrunner hatte das Steckkissen dann irgendwohin weggeräumt.

Yseut hatte gerade die Matura gemacht gehabt, als sie die Oma Köbrunner in ihrer Wohnung fanden. Die Oma Köbrunner sollte in ihre Sommerfrische am Semmering gefahren sein, und Yseut ging mit ihrer Mutter mit, die Blumen in der Wohnung zu gießen. Die Oma Köbrunner war ja ausgebombt gewesen und hatte in einem neuen Haus in der Prinz-Eugen-Straße gewohnt. Diese Wohnung war noch kleiner als die Gumpendorferstraße, aber Yseut fand diese Wohnung toll. Es gab Einbaukästen und eine neue Küche. Die Wohnung war nur ein Zimmer und ein Kämmerchen, aber Yseut stellte sich immer vor, wie sie da wohnen wollte. Die Einbaukästen der Großmutter waren mit einem Trachtenstoff überzogen. Ein Mann im Trachtenanzug und eine Frau im Dirndl waren händchenhaltend aufgedruckt. Es gab viele Fächer und Laden, und die Großmutter konnte ihre Kleider sortiert unterbringen. Yseut musste Pullover und Blusen in ihrem Kleiderkasten neben die Unterwäsche und die Strümpfe oben über den Hängeteil stopfen. Yseut dachte immer, dass sie mit einem solchen Einbaukasten auch Ordnung in ihren Sachen halten könnte.

Die Mutter und Yseut waren in die Wohnung gekommen, und Yseut ging gleich in das Schlafzimmer. Die Mutter war in die Küche gegangen, die Gießkanne aufzufüllen. Yseut sah zuerst die Sohlen der Schuhe der Großmutter. Yseut blieb stehen. Sie konnte nichts sagen. Die Mutter rief ihr aus der Küche zu, sie solle sich nicht an den Sachen der Großmutter zu schaffen machen. Yseut wollte nach der Mutter rufen, aber es kam nichts aus ihrem Mund. Sie versuchte, die Mutter ins Schlafzimmer zu holen, aber sie flüsterte »Bitte nicht.« Immer wieder flüsterte sie »Bitte nicht.« Die Mutter schaute dann nach ihr und kam in das Schlafzimmer. Sie hatte die gelbe Gießkanne in der Hand und schaute nur so um die Tür herein. Was Yseut mache, fragte sie. Yseut dürfe nicht an die Sachen der Großmutter gehen. Das tue man nicht. Yseut zeigte auf die Großmutter am Boden, aber die Mutter redete weiter. Yseut sei nun doch wirklich schon zu groß, immer noch die Knopfschachtel einordnen zu wollen oder die Schmuckschatulle umzuräumen. Yseut stampfte dann mit dem Fuß auf und begann zu heulen, und da schaute die Mutter erst ins Zimmer und sah die Frau auf dem Boden liegen.

Die Großmutter war der Länge nach ausgestreckt neben dem Bett gelegen. Sie hielt ihre Handtasche in der Hand. Sie hatte wohl mit den Reisevorbereitungen beginnen wollen. Die Nachttischlade stand offen. Die Großmutter hatte alle Dokumente in einer Mappe in der Nachttischlade, damit sie sie jederzeit zur Hand hatte, wenn es wieder eine Katastrophe geben sollte.

Yseut hatte den Hausmeister alarmieren müssen, und der holte die Bestattung. Die Oma Köbrunner hatte nur ein Vierteltelefon gehabt, und das war die ganze Zeit besetzt gewesen. Dann musste Yseut in die Gumpendorferstraße und den Vater holen. Die Mutter sagte, sie müsse bei der Großmutter bleiben und man könne das dem Vater nicht übers Telefon sagen. Der Vater war zu Hause und kam gleich mit. Sie gingen nebeneinander zur Prinz-Eugen-Straße hinüber, und der Vater redete die ganze Zeit darüber, dass man das nicht wissen habe können. Warum die Pension am Semmering sich nicht gemeldet habe, dass seine Mutter nicht angereist war. Da waren doch auch die Freundinnen, die seine Mutter am Semmering treffen hätte sollen. Die hätten doch auch etwas sagen können, und jetzt müsse man wahrscheinlich das Zimmer in der Pension am Semmering auch noch zahlen.

Yseut sagte nichts. Sie war an die Tote herangetreten und hatte sie genau angeschaut. Sie fühlte sich erwachsen und schwer. Sie konnte sich da schon nicht mehr erinnern, wie diese Person nun tot ausgesehen hatte, und sie quälte sich die ganze Zeit, ob sie sie nicht noch einmal anschauen musste, um sich erinnern zu können, wie eine tote Person aussah. In der Wohnung waren aber dann so viele Leute, und Yseut kam gar nicht mehr bis ins Schlafzimmer.

Yseut setzte sich auf die Stiege hinaus. Sie musste den Männern von der Bestattung mit dem Blechsarg Platz machen. Der Arzt kam mit dem Vater aus der Wohnung heraus. Sie sprachen über die Todesursache. Der Vater holte Befunde von der Großmutter. Seine Mutter habe seit dem Krieg Herzbeschwerden gehabt. Yseut wollte ihren Vater verbessern und sagen, dass die Oma Köbrunner seit dem Tod vom Opa Köbrunner Herzprobleme gehabt hätte. So war es doch immer gesagt worden. Aber sie hatte sich zum nächsten Stiegenabsatz hinaufgesetzt und hätte laut rufen müssen, sich bemerkbar zu machen.

Yseut hatte dann die Großmutter auf der Straße oder in der Straßenbahn gesehen. Gleich nach dem Begräbnis gingen alle gerade vom Grab weg, und Yseut sah die Großmutter. Sie gingen alle auf einem breiten asphaltierten Weg auf dem Zentralfriedhof, und diese Frau kam ihnen entgegen. Die Frau sah der Großmutter gar nicht sehr ähnlich. Yseut dachte aber, sie sähe die Großmutter auf sich zukommen, während sie gleichzeitig wusste, dass da eine vollkommen fremde Person ging und über der Großmutter gerade das Grab zugeschaufelt wurde. Yseut erzählte aber niemandem davon.

Das war schon mit der Annemarie Weninger so gewesen. Die Annemarie war in der sechsten Klasse krank geworden und nicht mehr in die Schule zurückgekommen. Sie war an einer Gehirnhautentzündung gestorben, und alle Mitschülerinnen mussten zu ihrem Begräbnis gehen. Yseut hatte nie viel mit dieser Mitschülerin geredet und hatte die Eltern und Geschwister überhaupt nicht gekannt. In den Wochen und Monaten nach dem Begräbnis traf sie aber immer wieder auf Mädchen, die aussahen wie die Annemarie. Yseut konnte sich an das Aussehen des Mädchens kaum erinnern, trotzdem konnte sie die Ähnlichkeit erkennen. Nach solchen Begegnungen kam Yseut sich selbst fremd vor.

Mit Dominick war das besonders schlimm gewesen. Dominick begegnete ihr nach seinem Tod fast täglich, und das verfolgte sie bis in den Schlaf. Sie lag da und wollte einschlafen und befand sich aber im Halbschlaf an einem Fußgängerübergang. Auf der anderen Seite stand ein dominickähnlicher Mann, der dann auf sie zuging. Eine Zeitlang nahm Yseut ein Viertel Mogadon, um schlafen zu können.

Sie suchte aber dann Dominicks Briefe hervor und begann sie abzuschreiben. Dominick hatte ihr nur zwei Briefe geschrieben. Er hatte ihr nach ihrer ersten Liebesnacht geschrieben und dann einen Brief, in dem er eine Reise nach Sizilien abgesagt hatte. Es waren keine richtigen Briefe. Dominick hatte nur ein paar Sätze hingeschrieben.

Yseut setzte sich ans Fenster und schrieb die Briefe ab. Sie schrieb langsam und mit besonders leserlicher Schrift. Im Nachschreiben konnte sie Dominicks Stimme hören und wie er die Worte vor sich hinsagen. Während des Schreibens verstand Yseut Dominick plötzlich. Yseut hatte nie wirklich überlegt gehabt, was Dominicks Beweggründe für sein Verhalten gewesen sein mochten. Sie hatte sich in sein Chaos hineinziehen lassen und war von diesem Chaos in Besitz genommen worden. Sie hatte sich dem Chaos aber auch überlassen und Rechte daraus abgeleitet. Yseut fand heraus, dass sie nur in ein sehr umständliches Selbstmitleid mit Dominick verfallen war. Sie hätte ihn alleine handeln lassen sollen und nicht Rechte auf ihn aufgrund ihrer Verzweiflung über ihn ableiten.

Yseut legte die Abschriften zu den beiden Briefen in das Nähzeug unter die weißen und schwarzen Garnspulen zum Knopf-Annähen.

Wie gleichgültig alles war, lernte Yseut nach der Fehlgeburt. Zuerst konnte sie nicht begreifen, was da mit ihr geschehen war. Aber immer, wenn sie dann an dem alten Gebäude beim Allgemeinen Krankenhaus vorbeikam, in dem die 2. Frauenabteilung untergebracht gewesen war, musste sie an das Kind denken. Sie war sehr traurig darüber, dass sie dieses tote Kind nicht mit sich genommen und begraben hatte. Der abgestorbene Fötus war nach der Curetage in irgendeinen Kübel geworfen und mit dem Spitalsmüll entsorgt worden. Yseut machte sich Vorwürfe deswegen. Wenn sie aber an dem Gebäude vorbei war und das Gebäude nicht mehr sehen konnte, dann verfiel sie in Müdigkeit, und sie sah sich als eine Zusammenstellung von Geweben und Membranen und vollkommen unwichtig. Sie hatte ja nun nicht funktioniert.

Yseut hatte auch deshalb die Entscheidung, sich verbrennen zu lassen, immer wieder geändert und sich ein Begräbnis vorgestellt. Dann wieder hatte sie doch eine Verbrennung besser gefunden. Yseut hatte den Tod dann auch mehr für Goggo gefürchtet als für sich selbst. Yseut wusste nur, dass sie nicht so sterben wollte, wie ihr Vater das gemacht hatte und später die Mutter. Yseut wollte ihr Sterben noch in ihr Leben einrechnen können. Sie war in einen Hospizverein eingetreten, und sie war froh über ihre kleine Wohnung. Sie würde das richtige Altwerden meistern können.

Es war ja wieder wichtig geworden, in diesen Dingen nicht in bürokratische Bahnen zu geraten und in ein staatliches Heim eingewiesen zu werden. Das waren pharmakologische Gefängnisse, und Yseut wollte ihre Schlaflosigkeit behalten und all die Bücher lesen, zu denen sie bis dahin in ihrem Leben nicht gekommen war.

Yseut war ja nach Frankfurt gezogen, um Lauritz nahe zu sein und ihn jederzeit sehen zu können. Yseut konnte die Vorstellung dieser langen Strecke von Autobahn zwischen ihnen beiden oder die langen Wege auf den Flughäfen und wie sie da in transit unerreichbar bleiben mussten, nicht ertragen. Ihre Angst war, es könne ihm oder ihr etwas zugestoßen sein, und sie wüssten es nicht. Sie dächten beide an eine lebende Person, und in Wahrheit war der andere gar nicht mehr in der Welt. Yseut war froh, so viel zu arbeiten. Dann konnte sie sich nicht an Straßenecken aufstellen und nach Lauritz Ausschau halten, um ihn unversehrt zu wissen. Yseut verbarg solchen Überschwang vor Lauritz, und sie bemühte sich sehr, ihn nicht zu bedrängen. Yseut hatte aus der Geschichte mit Dominick lernen wollen. Wenn sie diesen Überschwang gelebt hätte, hätte sie die Lügen von Lauritz sofort erkennen müssen.

Dann wieder hatte sie die vielen Briefe von Lauritz abgeschrieben, um sich das Ausmaß von Lauritz' Lügen begreiflich zu machen. Yseut schrieb seine Liebesbriefe ab und strich dann jedes Wort durch. Das Lügen ergab aber auch dadurch keinen anderen Sinn als den Betrug. Yseut konnte sich lange nicht vorstellen, dass es um ihre Zerstörung gegangen sein musste. Sie warf sich vor, nicht genug Selbstbewusstsein zu haben, sich als Opfer zu sehen. Aber das war es nicht. Yseut verstand es nicht. Sie musste sich zugeben, dass ihr diese Geschichte unverständlich blieb. Da war aber die Abtötung des Bilds und der Stimme von Lauritz in ihr schon lange vorbei gewesen, und sie betrauerte nur mehr das Schicksal, zu diesem Akt der Tötung gezwungen gewesen zu sein. Sie wünschte sich, dieses späte Kind wäre nicht vor der Zeit gestorben und sie hätte ein ganz anderes Schicksal gehabt und Lauritz deshalb nie getroffen. Dieser Wunsch machte sie traurig, und manchmal sah sie dann auch gleich Männer auf der Straße, die Lauritz ähnlich sahen.

24. Folge.

Yseut erstarrte. »Gssss.« Yseut saß still. Sie hielt das Handy vor sich. Das Licht des Displays. Sie saß still. Ihre Beine. Über dem Rand der gemauerten Überfahrt. Über den kleinen Kanal zwischen den Feldern. Sie saß starr. »Gsssssss.« Die Person stand rechts von ihr. Nicht sehr nah. Yseut riss sich aus ihrer Starre. Drehte sich der Stimme zu. Der Mond war wieder hinter Wolken verdeckt. Yseut konnte die Gestalt nur ahnen. Groß. Schmal. Dunkel. »Gssss.« Yseut seufzte. Die Person trat näher. Yseut rappelte sich auf. Sie kletterte auf ihre Knie. Stützte sich auf dem Boden auf. Stand auf. Die Person war fast auf die Brücke heraufgekommen. Stand nur ein wenig tiefer. Yseut entschuldigte sich. Sie hätte hier nur sitzen wollen. Wegen des Konzerts. Sie hatte keinen Lärm machen wollen. Stören. Sie war noch nicht müde. Sie hätte sich in ihr Zimmer schleichen müssen. Aber die Barockmusik. Die hatte sie nicht hören wollen. Sie mochte Barockmusik nicht. Das war doch so mechanisch. Yseut redete in die Dunkelheit hinein. Sie hielt ihr Handy auf dem Rücken verborgen. Die Hülle zugeklappt. Das Licht versteckt. Die Person bewegte sich nicht. Stand still. Sagte nichts. Yseut hörte zu reden auf. Was plapperte sie da. Yseut hatte keine Angst mehr. Unbehagen. Ihr war unbehaglich. Sie sollte hier nicht sein. Sie war falsch hier. Dann die Scham, falsch zu sein. Dann der Zorn über die Scham. Vor dieser stummen Person. Die Wut, dass sie sich entschuldigte. Dann der Ärger über diese Gefühle. Yseut holte tief Luft. Sie wandte sich ab. Wollte zum Auto gehen. Sie hatte das Auto nicht abgesperrt. Den Schlüssel stecken lassen. Sie hatte ja nicht gewusst, hier nicht allein zu sein. »Siete quella che era stata inviata.« Yseut wandte sich der Person zu. Diese Person. Sie war eine Frau. Yseut schüttelte den Kopf. Nein. Wer hätte sie schicken sollen. Die Person machte wieder einen Schritt auf die Brücke herauf. Blieb wieder stehen. Yseut ging auf die Frau zu. Yseut beugte sich vor, die Frau genauer zu erkennen. Sie konnte nichts sehen. Yseut konnte kein Gesicht sehen. Sie sah nur die Umrisse und konnte die Frau hören. Yseut ging noch näher. Trug diese Person eine Maske. Eine Strumpfmaske. Wie die gestern. Gestern. Um diese Zeit. Aber das war wohl später gewesen. Tiefer in der Nacht. Die Angst sprang um den Solarplexus auf und spannte die Haut außen. Yseut hielt die Luft an. Was hatte das alles mit allem zu tun. Einen langen Augenblick atmete Yseut nicht. Ihr Körper zu Stein verspannt. Wie zu den schlimmsten Zeiten. Sie dachte, wie in den schlimmsten Zeiten. Vergehen. Sie verging. Sie verging gerade. Dann holte sie doch Luft. Atmete. Seufzte. Sie dachte, wie ihr Leben sie aus der Wirklichkeit zwang. Wegzwang. Wie ihr Leben ihr Auslegungen aufzwang. Das hier. Das hatte nichts mit ihr zu tun. Yseut musste lächeln. Sie schüttelte den Kopf. Was für eine Selbstüberschätzung. Hass. Ein Blitz von Hass. Sie hasste diesen Mann. Er hatte ihre Neugierde töten wollen. Er hatte ihr gesagt, wenn sie nichts fragte, dann bekäme sie das Paradies auf Erden. Er hatte erkenntnislos geliebt werden wollen. Er hatte ihr diese Liebe vorschreiben wollen. Und kein draußen. Und deshalb hatte sie immer noch so viel Angst. Weil sie die Welt außerhalb des Paradieses selbst leugnen hatte müssen. Unter seiner Anleitung. Seine Stimme war tot. Ihn hatte sie getötet. Aber die Angst. Die Angst, aus dem Paradies vertrieben zu werden. Die Angst war im Körper. Die Angst verwandelte sich in Weinerlichkeit. Yseut hätte weinen mögen, weil sie jetzt die Pistole nicht hatte. Das war doch für solche Augenblicke gedacht. Aber es war auch gleich lächerlich. Diese Person stand still da. Angespannt. Aber still. Diese Person war mindestens so angespannt wie sie. Yseut fragte noch einmal. Wer hätte geschickt werden sollen. »Ci hanno promesso di cibo.« Die Frau flüsterte. Wiederholte den Satz lauter. Yseut trat vor die Frau. Essen, fragte sie. Yseut wollte das Gesicht sehen. Die Person hatte den Kopf gebeugt. Was kann ich tun, fragte Yseut. Sie wollte, dass die Frau den Kopf hob und sie in das Gesicht sehen konnte. Sie wollte wissen, dass das keine Strumpfmaske war, die sie die Gesichtszüge nicht erkennen ließ. Die Wolken gaben den Mond frei. Im Mondlicht. Die Augen der Frau glänzten auf. Das Gesicht dunkel. Eine Afrikanerin. Die Frau zog die Kapuze ihres Hoodies zurecht. Das hatte sie erinnert. Diese Silhouette. Die Gestalten. Gestern. Yseut fragte die Frau, für wie viele das Essen sein sollte. Wenn sie Pizza holen fuhr. Würden sie Pizza essen. Pizza. Yseut ging in Richtung Auto. Sie winkte der Frau, doch mitzukommen. Die Frau blieb stehen. Yseut lief zum Auto. Holte die Pizzaschachtel. Sie lief zurück. Die Frau hatte gewartet. Sie hielt ihr die Schachtel hin. Pizza. Die Frau zuckte mit den Achseln. Ja. Pizza. Welche Sprache sie spräche. Ginge es mit Englisch besser. Französisch? Die Frau schüttelte den Kopf. Es war wieder dunkel. Yseut stand der Frau gegenüber. Dann nahm sie die Hand der Frau. Tippte mit der Hand auf die Pizzaschachtel. Dann wies sie auf sich. »Ottenere.«, fragte sie. »I get you Pizza?« Die Frau zog ihre Hand zurück. »Si.«, sagte sie. »Si.« Wie viele. »Quante.« Die Frau seufzte. Dann nahm sie Yseut an der Hand. Sie zog Yseut den Feldweg weiter. Yseut ließ sich von der Frau ziehen. Drehte sie sich nach ihrem Auto um. Sollte sie nicht doch lieber zurückgehen. Dann ein Gebäude. Hohe Büsche. Die Frau zwängte sich durch die Hollerstauden. Yseut konnte den Holler riechen. Sie folgte. Die Frau machte den Scheinwerfer eines Handys an. Im Hof des Gebäudes. Eine Mauer war umgesunken. Die Wurzeln von Bäumen hatten den Boden gehoben. Ziegel. Mauerbrocken. Dachziegel. Holzbalken. Die Frau leuchtete Yseut den Weg. Yseut ging vorsichtig. Suchte einen Weg zwischen den scharfen Kanten der Mauerteile. Den Holzkanten. Die Frau ging in das Gebäude voraus. Neben einer verschlossenen Tür war eine Lücke in der Mauer. Im Haus. Ein langer Raum. Das war wohl der Stall gewesen. Die Frau sagte etwas. Gemurmel. Im Licht des Handyscheinwerfers. Personen wickelten sich aus Decken. Frauen. Kinder. Yseut zählte. 15 Personen. Ungefähr. Ein Kind sagte etwas. Ein Zischlaut. Die Frau sprach wieder. Yseut erkannte die Sprache nicht. 15 Pizzas, sagte sie. Eine halbe Stunde, sagte sie. Sie benötigte eine halbe Stunde. Die Frau war stehen geblieben. Sie hatte das Licht abgedreht. Yseut nahm sie am Arm und deutete in den Hof hinaus. Die Frau reagierte nicht. In der Dunkelheit. Yseut konnte die Personen hören. Atmen. Flüstern. Bewegungen. Kinderstimmen. Yseut machte sich auf den Weg. Im Hof. Sie kletterte auf allen vieren über das Bruchwerk. Tastete sich über die Holzbalken und Ziegelhaufen. Die Hollerbüsche eine dunklere Wand gegen die dunkle Nacht. Draußen. Der Feldweg. Eine hellere Spur im Dunkel. Auf der Brücke wieder Mondlicht. Die Steine grau. Das Auto matt leuchtend. Yseut setzte sich ins Auto. Sie fuhr ohne Licht an. Sie fuhr langsam. Sie dachte, eine Staubwolke würde auch ein Hinweis sein. Gut, dass sie so viel Bargeld mithatte. Jetzt konnte sie endlich die Ängste der Politiker bestätigen. Bargeld und kriminelle Machenschaften. Illegale Immigranten unterstützen. Das waren die doch wahrscheinlich. Auf der Flucht. Seit der Flüchtlingskrise 2015 waren Flüchtlinge Illegale. Und ihr Sohn wollte nicht mehr in Europa leben, weil da alle schutzlos geworden waren. Yseut seufzte. Das war wahrscheinlich auch die Stimmung, wegen der er keine Kinder haben wollte. Goggo glaubte ja, dass sie keine Kinder haben hatte wollen. Dass er ihr passiert wäre. Dass er ein Zufall gewesen war. Ein Zufall aus Hormonen und Verwicklungen. Alle ihre Liebe zu ihm hatte ihn nicht überzeugen können. Goggo hätte sich gewünscht, schon geliebt worden zu sein, während er noch gedacht worden war. Goggo wollte ein Wunsch sein. Hatte ein Wunsch sein wollen. Aber es war doch nur anders in der Zeit. Sie hätte sich ein Leben ohne ihn nicht vorstellen können. Dann. Und warum hatte Simon dann diese neue Familie gründen müssen und Goggo an die Seite drängen. Hätte sie doch in Kalifornien bleiben sollen. Aber die Politik da. Damals hatte Europa besser ausgesehen. Sie fuhr die steile Böschung zur Landesstraße hinauf. Schaute. Dann fuhr sie ohne Licht auf die breite Straße. Sie schaltete die Scheinwerfer erst nach einer langen Biegung nach links ein. Widerwillig. Es war schön, so ungesehen durch die Nacht zu gleiten. Sie hatte alle Fenster offen, und der Fahrtwind überdeckte das Geräusch ihres Motors. Windumgeben durch die Dunkelheit. Yseut fuhr schnell. Sie war allein auf der Straße. Häuser erst wieder in Taglio. Sie fuhr zur Kirche. Alles ruhig. Sie hatte sich vorgestellt, die Rettung könnte noch da sein. Die Polizei. Der Unfall mit dem Skater. Kein Mensch auf dem Platz. Yseut versuchte die Pizzeria mit dem Auto zu finden. Sie landete wieder bei der Kirche. Sie ließ das Auto stehen. Konnte sie so viele Pizzas tragen. Sie ging über den Platz mit dem leeren Brunnen. Der Wind raschelte in den Bäumen rund um den Platz. Sessel und Tische mit Drahtseil zusammengebunden. Gesichert. Die Tür zum Lokal. Ein Gitter vorgezogen. Bei der Pizzeria. Die drei Männer standen immer noch an einem der Bartischchen. Der Aschenbecher überquellend. Sie ging hinein. Der Geruch gebackener Hefe. Der Pizzabäcker stand von einem Sessel in der Ecke auf. Yseut lächelte ihn an. 7 große Pizzas. Tomaten. Käse. Champignons. Nein. Keine Salami. Keine Wurst. Also Käse. Mozzarella. Ja. Viel Mozzarella. Extra Mozzarella. Ja. Warum nicht. Extra Mozzarella. Der Mann nickte. Ging hinter den Tresen. Machte sich zu schaffen. Sie warte draußen. Der Mann nickte. Ob sie gleich zahlen solle, fragte Yseut. »Devo pagare adesso.« Der Mann verneinte. Yseut ging vor die Tür. Lehnte sich an einen der Stehtische. Ob sie eine Zigarette haben könnte, fragte sie die Männer an dem anderen Tisch. »Posso avere una sigaretta.« Die Männer lächelten sie an. Aber natürlich. Certamente. Naturalmente. Con piacere. Ein Mann kam zu ihr herüber. Er hielt ihr eine Packung entgegen. Yseut wusste gar nicht mehr, welche Zigarettenmarken es gab. Sie fischte eine Zigarette heraus. Der Mann gab ihr Feuer. Der erste Zug. Der Duft. Sofort die Leichtigkeit im Kopf. Sofort die vollkommene Entspannung. Yseut lehnte gegen das Tischchen. Sie lächelte den Männern zu. Die hoben ihre Biergläser. Friedlich. Alles in Frieden. Yseut ging in das Lokal. Bestellte ein Glas Wein. Trug das Glas hinaus. Der Wein war ohne Geschmack und süß. Yseut stand da. Sie nippte vom Wein. Sie sog an der Zigarette. Schaute vor sich hin. Sinnierte. Aber sie dachte nichts. Ihre Gedanken schwirrten. Ein sanftes Chaos. Sie dachte an Gio Gio. Was sollte sie anziehen, wenn sie ihn morgen zum Abendessen traf. Sie hatte nichts Elegantes mit. Sie sollte etwas kaufen. Sie drückte den Zigarettenstummel aus. Lange. Genau. Ein Ruf von drinnen. Sie ging hinein. Nein. Sie müsse noch warten. Die Calzone für die Männer seien fertig. Yseut ging wieder hinaus. 7 Pizzen. Das dauerte. Sie stellte sich wieder an den Tisch. Ob sie noch eine Zigarette bräuchte. Ein Mann war heraußen geblieben. Yseut schüttelte den Kopf.

Nein. Danke. Das war genau richtig. Vielen Dank. Der Mann hielt noch die Packung hoch. Fragend. Dann kamen seine Freunde, und die drei gingen weg. Yseut stand lange da. Sie starrte auf die verrammelten Fenster. Schaute da wirklich niemand auf diesen kleinen Platz heraus. Saßen die alle wirklich vor dem Fernsehapparat. Oder schliefen die. Das war doch früher so gewesen. Ganz früh. In den 50ern. Da hatten sich alle verkrochen. In Wien. Da waren die Straßen ab 9 am Abend leer gewesen, und alle hatten sich noch vom Krieg ausgeschlafen. Aber vielleicht war das am Wochenende anders. Vielleicht mussten die alle früh zur Arbeit. Aber vielleicht. Yseut trank den schrecklichen Wein aus. Vielleicht wohnte ja niemand da. Vielleicht waren alle diese Häuser leer. Verlassen. Alle weggezogen. Wie in den Dörfern in Värmland. Oder im Waldviertel. Vielleicht konnte sie sich hier ein Haus kaufen. Hierher ziehen. Auf Italienisch leben. Von vorne anfangen. Einen Garten haben. Kamelien blühen haben. In Italien war es nicht so schlimm mit der Politik. Adriano fiel ihr ein. Der Primo dirigente. Die Polizei. Die hatten noch größere Vollmachten als anderswo. Die hatten den Ausnahmezustand durchgesetzt. Das war auch nichts. Dieses ganze Europa war vertan. Deutschland. Wieder eine deutsche Idylle. England längst nicht mehr dabei. Der Pizzabäcker steckte den Kopf durch die Tür. Fertig. Ihre Pizzen seien fertig. Yseut ging ihm in das Lokal nach. Trinken. Brauchten die da etwas zu trinken. In diesem verfallenen Haus. Yseut begriff plötzlich. Das musste das Haus sein, das sie am Morgen von der Straße auf dem Damm aus gesehen hatte. Da gab es sicher kein Wasser.

Sie holte Flaschen aus dem Eiskasten gleich beim Eingang. Der Pizzabäcker half ihr, die Flaschen in Plastiksäcke zu stecken. Yseut zahlte. Sie trug die Wasserflaschen in Plastiksäcken über ihre Arme gehängt. Balancierte den Stoß der Pizzas. An der Tür. Der Pizzabäcker rief ihr nach. »Party.«, fragte er. Sie rief »Party.« zurück. »Grande party.« Sie ging schnell davon. Der Pizzabäcker kam ihr nach und begann die Tische draußen abzuräumen. Yseut ging den Weg zur Kirche zurück. Sie traf niemanden. Der Lärm der Skater. War nicht da. Der Platz leer. Yseut wunderte sich, dass nicht einmal ein Hundebesitzer mit einem Hund unterwegs war. Unterwegs. Auch eines von diesen schönen Worten. Sie legte die Pizzen in den Kofferraum. Fuhr los. Der Weg ihr jetzt auch von der Kirche aus geläufig. Auf der Landesstraße kamen ihr Autos entgegen. Yseut fuhr dahin. Gleich nach der Abbiegung schaltete sie die Scheinwerfer wieder aus. Sie fand die Stelle, an der sie vorhin gehalten hatte. Yseut hielt an. Dann fuhr sie das Auto in den Feldweg und stellte es auf dem Feldrain ab. Sie stieg aus. Sie lud die Pizzen und das Wasser wieder auf. Machte sich auf den Weg. Sie hörte ein Auto kommen. Dann sah sie, dass eine ganze Kolonne von Autos auf der Sandstraße von der Villa wegfuhren. Yseut begann zu laufen. Sie wollte von niemandem gesehen werden. Sie hastete über die kleine Brücke. Eilte zu dem verfallenen Bauernhaus. Sie pfiff. Zischte. Niemand antwortete. Yseut zwängte sich zwischen den Hollerbüschen durch. Sie pfiff wieder. Zischte. Sie rief leise, »Pizza. Pizza.« Niemand antwortete. Niemand reagierte. Yseut tastete sich an der Wand rechts entlang. Sie kam an das Loch in der

Mauer. »Pizza.«, rief sie. »Pizza. Pizza.« Hände griffen nach ihr und zogen sie in den Raum. Der Turm der Schachteln fiel zu Boden. Pizzageruch. Jemand legte ihr die Hand über den Mund. Hielt ihr den Mund zu. Die Plastiksäcke mit den Wasserflaschen schnitten in ihre Arme ein. Dann hörte sie es auch. Ein Auto kam herangefahren. Hielt vor den Hollerbüschen. Autotüren. »Il cibo.«, rief eine Frauenstimme. »Il cibo.« Yseut dachte, sie riefen hier alle, als wären sie im Hühnerhof. Die Stimme kam näher. Die Person, die ihr den Mund zugehalten hatte, ließ Yseut los. Das Licht einer Taschenlampe. »Il cibo.«, sagte die Stimme ganz nah. Yseut ging an die Mauerlücke. Die Contessa kletterte über einen Ziegelberg. Sie trug ein goldenes Barockkleid, und schwarze Stallstiefel. Immer wieder rief sie »Cibo. Cibo.«.

25. Folge.

Die Contessa trug eine starke Pannenleuchte. Sie leuchtete sich den Weg über die Ziegel und das Gestein im Hof aus. Der Lichtschein reichte bis zu Yseut. Yseut konnte zusehen, wie die Contessa mit den schwarzen Stallstiefeln auf einem Holzbalken balancierte. »Cibo. Cibo.«, rief die Frau. Sie trug ein Tablett. Mit einer Hand. Wie eine gute Kellnerin. Der Goldbrokat ihres Barockkostüms glänzte bei jeder Bewegung auf. Das Licht tanzte bis in den großen Raum herein. Yseut ordnete die Pizzaschachteln. Sie verschloss die aufgesprungenen Schachteln. Stapelte alle übereinander. Holte die Wasserflaschen aus den Plastiksäcken. Stellte die Wasserflaschen in einer Reihe neben die Pizzaschachteln. Die Contessa trat an die Mauerlücke. »Cibo. Cibo.« Sie leuchtete rundum. Im Raum. Die Frauen und Kinder saßen auf Decken. Matratzen. Still. Schauten. Warteten. Die Contessa nickte. Dann stellte sie ihr Tablett auf dem Stoß der Pizzaschachteln ab. »Ah.«, rief sie. »Yseut.« Die Contessa sprach Yseut wieder perfekt richtig aus. »How nice.« Dann klatschte sie in die Hände. »Cibo.«, sagte sie. »Mangare.« Sie stellte die Pannenleuchte neben den

Pizzaschachtelturm auf den Boden. Das Licht schien in den Dachstuhl hinauf. »Come and help.«, sagte die Frau zu Yseut. Sie nahm Yseut um die Schultern und schob sie zur Lücke in der Mauer. Yseut stolperte hinaus. Heraußen. Der Schein des Lichts schwach. Yseut wandte sich nach links. Begann, sich die Mauer entlang zu tasten. Die Contessa querte den Hof in der Mitte. Vor den Hollerbüschen. Die Contessa blieb stehen. Schaute zurück. Schaute hinauf. Yseut erreichte auch gerade die Hollerbüsche. Schaute auch zurück. Durch den löchrigen Dachstuhl war das Licht zu sehen. Schwach. Die Contessa kehrte um und ging zum Stall zurück. Yseut wartete. Lauschte. Weit entfernt Autos. Das musste die Landesstraße sein. Oder war das die Straße auf dem Damm oben. Am Morgen. Das hatte sehr weit weg gewirkt. Yseut hatte das Gefühl, tief unten zu stehen. Tief unterhalb von allem. Dieses Bauernhaus war weit unter dem Damm des Po. Adrianas Haus fiel ihr ein. Im Film. Wie das auch so tief unter dem Damm steht. Wie der Regen in das Haus eindringt und Aldo den Regen nicht zurückdrängen kann. Wie Aldo nichts zurückdrängen kann. Nichts bewältigen. Keine Hilfe sein und dem Wasser unterlegen, das überall eindringt. In allen Formen. Überschwemmungen. Regen. Rinnsale. Lachen. Tropfend. Fließend. Durch alles hindurch das Wasser tropfend und fließend. Schwemmen, dachte Yseut. Wegschwemmen. Der Lichtschein durch den kaputten Dachstuhl verschwand. Die Contessa hatte die Pannenleuchte anders aufgestellt. Yseut zwängte sich durch die Hollerbüsche hinaus. Sie stand auf dem Weg. Am Himmel. Der Mond beleuchtete die Wolken. Der Himmel hell.

Der Mond aber weiter verdeckt und herunten alles dunkel. Yseut konnte die Umrisse eines Geländewagens erkennen. Sie hörte die Contessa. Steine kullern. Das Reiben der Gummistiefel auf Ziegeln. Holz. Ein Ast zertreten. Die Contessa fluchte leise. Sie hielt das Barockkleid gerafft an sich. Blieb an den Büschen hängen. Riss sich los. Da sei noch sehr viel zum Essen da, sagte sie zu Yseut. Die Contessa öffnete die Hintertür. Das Deckenlicht im Auto ging an. Auf der Hinterbank standen Tabletts mit Canapés. Die Tabletts mit Klarsichtfolie verhüllt. Die Contessa lachte leise. Es habe Beschwerden gegeben, dass nicht genug zu essen da gewesen wäre. Nach dem Konzert. Und warum Yseut nicht beim Konzert gewesen sei. Die Contessa lud Yseut zwei Tabletts auf. Sie nahm die restlichen drei. Stapelte sie. Vorsichtig. Sie schlug die Tür mit einem Stiefeltritt zu. Das Licht ging aus. Die Contessa nickte. Man wolle ja schließlich keine Besucher hier haben. Yseut ging voran. Durch die Hollerbüsche. Yseut ging rückwärts. Bahnte sich mit dem Rücken einen Weg zwischen den Stämmen und Zweigen. Sie hielt die Tabletts vor ihrem Bauch. Schützte die Tabletts vor den gleich wieder zusammenschlagenden Ästen. Die Blätter. Scharf streichelnd. Holler. Auf Holler waren doch immer Läuse. Unendlich viele Läuse. Yseut duckte sich tiefer. Aber die Büsche dicht und bis unten hin verzweigt. Mit Blättern. Im Hof taumelte Yseut wieder die Wand entlang. Sie hielt die Schulter an die Wand und schob sich weiter. Sie hob die Fuß hoch und setzte ihn gerade von oben auf. Prüfte den Tritt. Machte den nächsten Schritt und rutschte dann wieder mit der Schulter an der Wand weiter.

»This is not the right food. Of course.«, sagte die Contessa. Yseut hörte, wie ein Gummistiefel gegen einen Holzbalken stieß. »Really not the right food.« Aber so. Die »Società per la Musica Antica« habe für das Essen bezahlt. Das sei doch schon gut. Und dann. Es sei nicht so einfach, große Mengen Essen unbemerkt einzukaufen. Wie sie das mit den Pizzas gemacht habe. Sie. Ihr Hotel. Sie müssten achtgeben. Diese Frauen. Die Contessa war an der Mauerlücke angekommen. Sie hinderte Yseut, in den Raum zu gehen. Lehnte sich Yseut entgegen. Diese Frauen. Die wollten alle nach Deutschland. Aber man könne immer nur ganz wenige weiterlotsen. Und man müsse achtgeben. Alle Zuhälter der Umgebung würden sich auf diese Personen hier stürzen wollen. »Prostitution or forced labour.« Das seien die Alternativen. Und keine könne man gutheißen. Die Contessa sprach wieder laut. Sie ging Yseut in den Raum voran. »Cibo. Cibo.«, rief sie. Die Pannenleuchte stand auf den Kopf gestellt. Das Licht sammelte sich knapp über dem Boden. Yseut sah sich um. Die Frauen und Kinder saßen rund um die Pannenleuchte auf dem Boden. Pizzaschachteln offen vor sich. Das Tablett abgegessen. Die Contessa stellte ihre Tabletts auf den Boden. Das sei einmal ein Überfluss, rief sie. Sie lachte fröhlich. Die Frauen aßen. Sie redeten leise miteinander. Yseut konnte die Frau nicht sehen, die sie auf der Brücke getroffen hatte. Yseut stellte ihre Tabletts ab. Die Kinder saßen da. Essend. Sie schauten nicht auf. Sie redeten nicht. Die Frauen waren in dunklen Kleidern. Manche trugen Tücher über den Kopf geworfen. Die Kinder in Kinderkleidung. Bunt. Bunte Schuhe. Buben und Mädchen. Die westliche Kleidung deutlich darin. Dunkel und hell. Dunkel und bunt. Blau und rosa. Ein kleiner Bub sah auf. Schaute Yseut an. Yseut schaute ihn an. Der kleine Bub schaute ernst. Sein Blick veränderte sich nicht. Yseut lächelte. Der kleine Bub schaute ernst zurück. Die Contessa ging wieder hinaus. Yseut ging ihr nach. Draußen. Wieder im Dunkeln. Yseut stand kurz. »Is there anything I could do.«, fragte sie. »No. No.«, sagte die Contessa. Sie habe schon genug getan. »Yseut.« Die Contessa wiederholte den Namen. Yseut dachte, die Contessa wollte sie etwas fragen. Yseut rutschte die Wand entlang. Die Contessa marschierte über das Geröll. Hinter den Hollerstauden. Yseut ging um den Range Rover. Der Mond war wieder heraußen. Alles erkennbar. Der Feldweg zwei helle Bänder auf die kleine Brücke zu. »Ci vediamo.«, sagte die Contessa und stieg in das Auto. Sie sagte das mit ihrem englischen Akzent. Yseut stieg wieder in die Hollerstauden zurück. Die Contessa fuhr rückwärts davon. Vor der Brücke schwenkte sie nach links. Wendete. Fuhr rückwärts in ein Feld. Drehte um. Der Motor heulte auf. Einen Augenblick steckte das Auto fest. Mit einem Ruck fuhr die Contessa wieder auf den Feldweg und über die Brücke davon. Yseut wanderte hinterdrein. Die Contessa fuhr mit Fernlicht. Die Scheinwerfer erhellten die Felder rundum. Dann nach rechts. Die Scheinwerfer pflügten durch die Nacht. Lange hin. Verschwanden im Park. Das Licht. Yseut war auf der Brücke stehen geblieben. Das Licht blitzte zwischen den Bäumen auf. Dann war alles wieder still. Yseut dachte an die Frauen und Kinder in dem Haus hinter ihr. Sie ging schnell davon. Sie hatte ja ihre Waffe nicht. Mit der Pistole hätte sie Wache halten können. Gegen die Gestalten. Aber so. Sie war wehrlos. Yseut ging schnell zu ihrem Auto. Sie fuhr wieder ohne Licht davon. Fuhr über Taglio auf die Straße auf dem Damm. Bei der Villa. Ein Bus war noch auf der Straße oben geparkt. Autos. Lieferwagen. Yseut fuhr durch das Steintor. Der Parkplatz an der Terrasse war besetzt. Ein Fiat 500. Himmelblau. Sie fuhr nach rechts an die Stallungen. Stellte das Auto ab. Sie nahm ihre Tasche. Suchte den Schlüssel heraus. Sie hatte die Türen schon im Fahren abgesperrt. Mit dem Zimmerschlüssel in der Hand als Verstärkung ihrer Faust stieg sie aus. Sie ging auf die Terrasse. Die Goldstühle waren zu hohen Türmen aufeinandergestapelt. Zwischen diesen Türmen. Kleine Gruppen. Personen in Kostümen. Personen in normaler Kleidung. Yseut schaute sich um. Sie wollte den Major finden. Die Contessa fragen. Yseut ging um die Terrasse herum. Auf der anderen Seite eine Bar. Yseut nahm ein Glas Prosecco. Die Terrasse hell erleuchtet. Die rosarote Fassade der Villa angestrahlt. Der Park in Dunkel versunken. Kulisse. Immer schon Kulisse. Byron war hier gegangen. Hatte hier gesessen. Mit seiner Contessa. Das Leben als Schauspiel. Yseut wünschte sich, ihre Mitspieler und Mitspielerinnen auch so auswählen zu können. Die Rollen so zu verteilen und in einem Gedicht im Nachhinein zu bestätigen. Die Lebensabrechnung in Gedichten vorlegen zu können. Aus all dem Leben den dünnen Faden des Geschriebenen zu spinnen. Schwarz auf Weiß. Das Geschriebene aus dem Dunkel zu diesem dünnen Faden der Buchstaben gewunden. Der kleine afrikanische Bub fiel ihr ein. Sein Blick. Unverwandt. Das war ein unverwandter Blick gewesen. Diese kleine Kind hatte nichts Verwandtes an ihr finden können. Sie war ein Ding. Für dieses Kind war sie ein bewegliches Ding, und er würde sie nur danach einordnen können, ob sie nützlich war oder nicht. Hatte Goggo so geschaut. Hatte Goggo je so dreingeschaut. Yseut trank den Prosecco aus. Stellte das Glas ab. Goggo. Sie holte ihr iPhone heraus. Schickte Goggo eine Nachricht. Dass sie in Italien an ihn dächte. Yseut nahm ein zweites Glas Prosecco und ging zur Tür ins Haus. Rosina. Wo war Rosina. Vielleicht wusste sie etwas. Und ihr Pass. Wo war dieser Pass. Die Tür ins Haus war offen. Yseut ging nach links. Sie kam in ein Büro. Ein kleiner Raum. Ein Schreibtisch. Fächer. Brieffächer. Yseut beugte sich vor, in diese Fächer zu schauen. Jemand räusperte sich. Yseut fuhr auf. In der Tür von der anderen Seite her. Adriano stand da. Hüstelte. Yseut trat einen Schritt zurück. Der Mann. Seine Haltung. Er stand so gerade. So bereit. »Il primo dirigente.«, sagte Yseut. Der Mann nickte. Sie solle mitkommen, sagte er. Yseut setzte sich in den Drehsessel vor dem Schreibtisch. Ja, sagte sie. Zuerst wolle sie ihren Pass haben. Yseut schaute in die schmalen Fächer. Ihr Pass. Der sei nicht da. Yseut stand auf. Sie hielt das Glas in der Hand. Wollte trinken. Trank nicht. In der anderen Hand hielt sie ihren Zimmerschlüssel. Vielleicht läge ihr Pass in ihrem Zimmer, sagte Adriano. Hier könne man ja nichts Wertvolles aufbewahren. Es seien mehr als 100 Personen für das Konzert hier gewesen. Yseut seufzte. Sie wolle ihren Pass, sagte sie. Trotzig. Adriano deutete ihr, aus dem Büro zu gehen. Yseut nahm ihre Tasche vom Schreibtisch und ging. Es ging in den roten Salon. Adriano ging voran. Die Contessa war da. Eine jüngere Frau. Die Contessa trug das goldene Barockkleid und schwarze, weiche Hausschuhe. Wenn jemand etwas zu trinken haben wolle, die Bar sei draußen, sagte sie. Yseut setzte sich auf das Sofa. Stellte die Tasche ab und trank von ihrem Prosecco. Die Contessa hatte sich in den Fauteuil gesetzt, in dem sie Yseut am Vorabend gesehen hatte. Die andere Frau blieb stehen. Adriano ging an die französischen Türen. Schaute auf die Terrasse hinaus. Draußen trugen Männer die Stuhltürme weg. Die Contessa schaute sich suchend um. Die jüngere Frau ging zu einer Empirekommode. Sie zog eine Lade auf. Holte ein Strickzeug heraus und brachte es der Contessa. Die bedankte sich. Sie wickelte Wolle von einem Knäuel ab und begann zu stricken. Sie strickte auf die englische Art. Hielt die linke Nadel steil von sich und legte den Faden mit der rechten Hand um die Nadel. Adriano kam ins Zimmer zurück. Er stellte sich unter den Kristallüster. Er habe traurige Nachrichten, sagte er. Er sprach Englisch und schaute die Contessa an. Er müsse die traurige Mitteilung machen. The sad message. Der Major wäre tot. Die Contessa strickte weiter. Ruhig. Lange. Dann ließ sie das Strickzeug sinken. Draußen wurde wieder ein Stuhlturm an den französischen Türen vorbeigetragen. Yseut konnte die jüngere Frau nicht sehen. Sie hatte sich in einen Fauteuil in der Ecke des Zimmers gesetzt. Yseut schaute Adriano zu. Adriano schaute der Contessa zu. Die Contessa schaute auf ihr Strickzeug. »Che grande colpo.«, sagte sie dann und begann wieder mit dem Stricken. Adriano schaute sie lange an. Dann wandte er sich an Yseut. Ob sie etwas wisse. Yseut schüttelte den Kopf. Aber sie habe doch eine Affäre mit dem Major gehabt. Er wisse, dass der Major die letzte Nacht mit ihr verbracht habe. Yseut hätte lachen mögen. Sie schaute Adriano in die Augen. Deswegen müsse man doch noch nichts von einer Person wissen. Adriano verdrehte die Augen und drehte sich weg. Er bekäme die Wahrheit schon heraus. Er sprach mit zusammengepressten Zähnen. Sie würden schon sehen. »Dovrò scoprire la verità.« Er drehte auf den Absätzen um und ging. »Better not.«, sagte die Contessa. Sie sprach vor sich hin. Schaute auf. Schaute Yseut an. Die Wahrheit, sagte sie. Es wäre schön, wenn dieser Polizeigeneral die Wahrheit nicht herausfinden würde. Sie nickte Yseut zu. Was das wäre, die Wahrheit. Yseut nippte am Prosecco. Die jüngere Frau seufzte und stand auf. Sie müsse ins Bett, sagte sie. »Sleep well. Mom.« Sie küsste die Contessa. Die Contessa küsste zurück. Sie habe übrigens noch einmal nach den Pferden geschaut, sagte sie und betonte Pferde. Sie lächelte Yseut an. Die Tochter nickte und ging davon. Die Contessa schüttelte den Kopf. Was der Major da wieder gemacht habe, fragte sie. Dann lächelte sie. Seit mehr als 70 Jahren verfolge sie nun die Abenteuer des Majors und noch nie habe sich eine Todesmeldung bewahrheitet. Yseut rechnete nach. Der Major musste über 90 Jahre alt sein. Die Contessa auch. Sie lachte. Das wäre aber wirklich fabelhaft. Die Contessa strickte wieder. Im Übrigen, sagte sie. »By the way.« Es wäre nett von Yseut gewesen, den Major in ihrem Bett schlafen zu lassen. Yseut zuckte mit den Achseln. Sie hätte sich so sicher gefühlt und schlafen können. Trotz des Vorfalls.

Ja, sinnierte die Contessa. Es gäbe sehr beunruhigende Entwicklungen in der Gegend. Gewalt habe es aber immer gegeben. Das wäre nichts Neues. Sie habe nichts anderes erlebt. Sie habe einen Teil ihres Lebens in Nordirland verbracht. In den 70er und 80er Jahren. Mit den Nagelbomben und Überfällen des irischen Befreiungskampfs. Yseut trank aus. Sie hätte in solchen Dingen überhaupt keine Erfahrung, sagte sie. Oh, rief die Contessa. Was für eine gute Schauspielerin sie sei. Der Major sei ja so begeistert von ihr. Sie hätte alle Erwartungen übertroffen. Yseut war müde. Sie saß da. Die Contessa beugte sich vor und flüsterte, Yseut müsse das alles viel besser wissen als sie. Dann blinzelte sie Yseut zu. Setzte sich auf und sagte laut, sie sei nun so alt. Todesnachrichten. Das sei Routine in diesem Alter. Yseut sagte »Gute Nacht.« und ging auf ihr Zimmer. Sie sperrte sich ein. Putzte die Zähne. Zog sich aus. Sie legte sich ins Bett. Die Terrasse war noch hell erleuchtet. Im Zimmer war es sehr hell. Yseut zerrte die Decken aus ihren Verankerungen und verkroch sich.

26. Folge.

Wie es kam, dass Yseut die Wahrheit herausfand und das nichts mehr ändern konnte.

Yseut war ganz ohne Verwandtschaft aufgewachsen. Sie hatte ihre Eltern und die Großmütter. Sie wusste vom Onkel Hansi, aber der kam nie zu Besuch.

In der Volksschule musste Yseut die Oma Münster am Wochenende besuchen. Es wurde gesagt, die Eltern sollten auch einmal allein sein können. Die Oma Münster sagte das immer, wenn sie Yseut von der Stadtbahnstation Hütteldorf abholte und sie zu ihr nach Hause gingen.

Yseut hatte sich vorgestellt, die Eltern gingen schlafen, sobald sie aus dem Haus war, und stünden erst am Sonntagnachmittag wieder auf, wenn sie zurück ins Haus kam. Die Oma Münster brachte Yseut am Sonntagnachmittag in die Gumpendorferstraße zurück, und die Oma Köbrunner war oft dazugekommen.

Ganz früh hatten alle ihre Lebensmittelkarten zusammenlegen müssen, damit die Mutter ein Abendessen für alle besorgen konnte. Die Oma Köbrunner war Diabetikerin und hatte deshalb eine etwas größere Fleischration. Sie hatte auch eine Quelle für faschiertes Fleisch und brachte oft faschierten Braten mit. Der Vater sagte aber, dass niemand faschierten Braten so ausgetrocknet und fade kochen könne wie seine Mutter. Yseut kannte gar kein anderes Fleisch und ließ es sich schmecken.

Die Oma Münster klagte dann, dass sie als gesunde Pensionistin nicht mehr als 833 Kalorien am Tag zugestanden bekam und schon froh sein musste, wenn sie einmal Butter einkaufen durfte. Die Oma Köbrunner sagte dann, dass sie ja nichts dafür könne und dass sie doch ohnehin ihre Fleischration mit allen teile. Der Vater sagte dann wiederum, dass ihr das bei dem ausgetrockneten faschierten Braten leichtfallen müsste. Die Mutter sagte nichts.

Später gab es Knackwürste am Sonntagabend, und alle freuten sich auf dieses Essen. Manchmal gab es auch noch Semmeln dazu, und die Erwachsenen seufzten dann und sagten, dass es wieder bergauf ginge.

Solange Yseut ins Sacré Cœur gehen konnte, war sie bis zum Nachmittag dort. Die Oma Köbrunner holte sie ab, und sie gingen in die Wohnung in der Prinz-Eugen-Straße. Dann hatte der Vater Zeit, weil er nicht mehr arbeiten konnte, und holte Yseut von der Volksschule ab. Die Mutter hatte jeden Abend das Mittagessen des nächsten Tags vorgekocht, weil der Vater sich in der Küche nicht ausgekannt hatte. Ganz zuerst waren sie noch zur Oma Köbrunner zum Essen gegangen, aber die war dann oft zu müde, und der Vater wollte gar nicht zu ihr gehen.

Manchmal kam der Vater nicht, Yseut abzuholen. Dann musste Yseut bei der Direktorin warten, bis die Mutter nach dem Büro nach Hause gehen und Yseut selbst abholen kommen konnte.

Als Yseut dann in die öffentliche Volksschule gehen hatte müssen, weil der Verdienst der Mutter ohne das Einkommen vom Vater nicht mehr für das Schulgeld reichte, da durfte Yseut auch alleine nach Hause gehen. Sie trug den Wohnungsschlüssel um den Hals, und die Oma Köbrunner nannte sie ein Schlüsselkind.

Yseut war stolz darauf, alleine nach Hause gehen zu können. Sie setzte auch bald durch, auch zur Oma Münster nach Hütteldorf alleine mit der Stadtbahn zu fahren. Keiner der Erwachsenen musste mehr für die zwei Fahrscheine bezahlen, die notwendig gewesen waren, sie nach Hütteldorf zu bringen. Yseut war stolz, wenn sie der Mutter sparen helfen konnte. Die Mutter war dann mit ihr zur Stadtbahn gegangen. Zum Abschied hatte sie gesagt, »Gell. Du gehst mir eh mit keinem Russen mit.« Yseut musste darüber jedes Mal lachen. Die Russen waren alle dicke alte Männer, und sie hatten nicht einmal etwas zu verschenken wie die Amis.

Yseut war oft allein in der Wohnung und begann, das Fräulein Trilleti im 5. Stock zu besuchen. Die Großmütter hatten viele Geschichten über das Fräulein Trilleti gewusst, aber die Mutter sagte, dass sie nichts Schlechtes über das Fräulein Trilleti sagen könne. Wenn sie etwas bräuchte, dann gäbe es nur das Fräulein Trilleti, das helfend einsprang. Was das denn schon sein könne, hatten die Großmütter dann gefragt. Nur, weil die ein- oder zweimal auf das Mädel achtgegeben habe, deshalb sei so eine Person doch noch keine Heilige. Das Fräulein Trilleti war nämlich nicht verheiratet, und es wurde erzählt, dass sie wegen der Liebe von Mailand nach Wien gekommen wäre. Wenn die Großmütter das sagten, dann zogen sie das Wort »Liebe« so in die Länge und schauten einander bedeutungsvoll an. Yseut fand das ganz normal. Das war doch wie in den Märchen. Eine Prinzessin musste mit dem Prinzen mitgehen, wenn sie ihn heiraten wollte.

Die Oma Köbrunner begann bald zu sagen, Yseut solle keinen Umgang mit dieser Person haben. Daraufhin stand der Vater auf und ging aus der Wohnung. Die Mutter schaute die Oma Köbrunner an, und dann stand die auf und wollte weggehen. Yseut wurde ins Bett geschickt. Das Kämmerchen von Yseut hatte die Tür zum Vorzimmer, und Yseut konnte nicht mehr hören, was im Wohnzimmer gesprochen wurde.

Das Fräulein Trilleti war immer sehr nett. Wenn Yseut an ihrer Tür läutete, dann rief sie schon von drinnen, ob das die kleine Yseut sei, die da läute. Yseut musste auf und ab hüpfen und »Ja. Ja. Ja.« schreien. Das Fräulein Trilleti sperrte ihr die Tür auf, ohne durch den Spion zu schauen. Das Fräulein Trilleti hatte einen Spion an ihrer Wohnungstür und schaute immer erst, wenn geläutet wurde. Yseuts Eltern hatten keinen Spion an der Wohnungstür, und Yseut musste fragen, wer draußen stand, bevor sie die Tür aufmachen durfte. Durch den Spion konnte Yseut auf den Gang hinausschauen und auch die anderen Türen auf dem Stiegenabsatz sehen. Manchmal holte Yseut einen Sessel und stellte sich an den Spion. Sie schaute auf das Stiegenhaus hinaus und erzählte dem Fräulein

Trilleti, wer da ging, und sie dachten sich Geschichten zu den Leuten aus.

Wenn Yseut zum Fräulein Trilleti kam, dann ging die sofort in die Küche. Sie kochte Kakao, und im Sommer gab es Zitronenlimonade. Zu der Zeit hatte es keine Eiskästen gegeben, und das Fräulein Trilleti hatte im Winter die Milch in die Blumenkästen vor ihren Pawlatschenfenstern in die Kälte hinausgestellt. Die Frau Königstorfer im Erdgeschoss hatte sich beim Herrn Vlady, dem Hausmeister, deswegen beschwert. Die Frau Königstorfer hatte Angst, die Milchflaschen vom Fräulein Trilleti könnten ihr auf den Kopf fallen, wenn sie in den Lichthof zu den Mistkübeln ging.

Das Fräulein Trilleti war immer sehr gut angezogen gewesen. Sie trug schon immer Hosen und hatte ein Paar Schlangenlederschuhe von vor dem Krieg. Yseut wollte auch Hosen anziehen, aber das war streng verboten, und später gab es das strengste Verbot, in Jeans in die Schule zu kommen. Wenn ein Mädchen in Hosen oder gar in Jeans in der Schule auftauchte, dann kam der Direktor Janicek und verwies die Schülerin der Schule. »Ich verweise dich der Schule.«, sagte er dann, und dasselbe passierte, wenn eine Schülerin Lippenstift trug.

Das Fräulein Trilleti lachte, wenn Yseut ihr solche Dinge erzählte, und sie fragte, ob der Direktor die Schülerinnen küssen wollte, weil ihn das so interessiere. Yseut und ihre Freundinnen gingen in der großen Pause auf die Toilette und schmierten sich alle dunkelroten Lippenstift auf die Lippen. Sie waren 14 Jahre alt, und Yseut hatte selbst gedacht, dass das nicht richtig war. Aber sie machte den Streich, um es dem Fräulein Trilleti erzählen zu können.

Der Direktor Janicek war Deutschlehrer, und in der nächsten Stunde hatten sie Deutsch gehabt. Der Direktor kam in die Klasse, und die Stunde begann. Der Direktor bemerkte den Lippenstift erst gar nicht, und die Anzbacher Sissi musste sich die Lippen vor einem Handspiegel schminken, damit er die geschminkten Lippen nicht übersehen konnte. Der Direktor wurde dann fahrig und versprach sich. Dann bekam er einen roten Kopf und wurde wütend. Er schrie, dass er sie alle der Schule verweise, und die Mädchen mussten alle lachen. Der Direktor stürmte aus der Klasse und verschwand in der Direktionskanzlei.

Danach bekamen sie eine andere Professorin für Deutsch. Der Direktor habe einen Herzanfall gehabt, hieß es, und sie sollten sich schämen. Es sei doch ohnehin schon so anstrengend für einen Mann, so einer Mädchenschule vorzustehen. Die Mathematikprofessorin prüfte sie alle besonders streng, und sie mussten beim nächsten Wandertag in der Schule bleiben und eine Deutschschularbeit schreiben.

Mit dem Fräulein Trilleti konnte Yseut über das alles reden, und dann schauten sie in »Burda Moden« die neuesten Kleiderschnitte an. Das Fräulein Trilleti nähte sich viele Kleider selbst, und Yseut lernte das bei ihr. Im Handarbeitsunterricht hatte Yseut nur Ajoursticken und Saumnähen gelernt und eine Schürze angefangen, aber nie fertig gemacht.

Yseut war dann schon fast jeden Tag nach der Schule beim Fräulein Trilleti. Am Nachmittag kam der Vater sie holen und setzte sich auch an den runden Tisch. Beim Fräulein Trilleti hatte Yseut schon früh Kaffee trinken dürfen, und der Vater brachte manchmal Topfengolatschen für die Jause mit.

Einmal war Yseut mit der katholischen Jungschar über ein Wochenende weggefahren, und danach durfte sie das Fräulein Trilleti nicht mehr besuchen. Die Eltern hatten nichts gesagt gehabt, und Yseut war zum Fräulein Trilleti hinaufgegangen. Die Frau war an die Tür gekommen und hatte Yseut einen angefangenen Rock und das Material für das Futter herausgereicht. Sie dürfe nicht mehr zu ihr kommen, hatte sie gesagt. Yseuts Eltern würden das so wollen. Yseut war mit den Nähsachen in der Hand dagestanden und hatte gedacht, sie würde gleich ohnmächtig werden, so ein Schock war das für sie. Dann aber nahm sie das Stoffbündel und ging.

Yseut konnte tagelang nicht reden und aß nichts. Die Eltern waren mürrisch und sagten auch nichts. Yseut gewöhnte sich mit der Zeit daran, dass es das Fräulein Trilleti nicht mehr gäbe für sie. Sie wusste aber nicht, wie sie die Zeit allein oder mit dem Vater in der Wohnung verbringen sollte. Sie ging dann mit der Andrea Kalnitzki nach Hause, und sie setzten sich vor den Fernsehapparat, sobald das Fernsehprogramm begann. Sie schauten alle Sendungen des Kinderprogramms an und dann die Sendungen für die Pensionisten. Das Fräulein Trilleti zog aus der Mansardenwohnung aus, und Yseut wusste gar nichts mehr von ihr.

An einem Sonntagabend sagte die Oma Köbrunner zu Yseuts Vater, dass er diesem Einfluss wenigstens nicht mehr ausgesetzt sei, und sie meinte damit das Fräulein Trilleti. Der

Vater stand auf und ließ seine Kaffeetasse fallen. Er stand da und öffnete die Hand. Die Tasse polterte zu Boden und der Kaffee spritzte seine Hose hinauf. Der Vater schaute aber nicht hinunter, sondern starrte seine Mutter an. Yseuts Mutter kam ins Wohnzimmer zurück und blieb in der Tür stehen. Die Oma Köbrunner hatte zu weinen begonnen. Sie habe immer alles richtig machen wollen, schluchzte sie. Sie sei diese ewigen Vorwürfe leid. Sie habe immer das Beste für ihren Buben gewollt.

Der Vater war ans Fenster gegangen und hatte auf die Straße hinuntergeschaut. »Und deshalb hast mich zu den Pfaffen abschieben müssen.« Er stand lange still am Fenster. Die Großmutter schluchzte. Die Mutter stand starr. Yseut getraute sich nicht, sich zu bewegen, aber sie hatte das Gefühl vor- und zurückzuschwanken. Lange Zeit hielten alle still, und niemand schien zu atmen. Dann seufzte die Mutter. Der Vater drehte sich auf dem Absatz um und stürzte aus der Wohnung. Die Mutter begann, die Oma Köbrunner anzuschreien. Das sei alles ihre Schuld. Sie habe nie Rücksicht auf ihren Sohn genommen. Ihr sei dieser Köbrunner immer wichtiger gewesen als ihr eigenes Kind. Sie habe sich diesem Mann an den Hals geworfen und habe ihren Sohn verraten. Niemand habe sie gezwungen, ihn ins Internat nach Melk zu diesen Patres zu geben. Sie sei schuld, dass alles so sei, und sie solle auch gleich zugeben, dass sie die Geschichte mit der Trilleti erfunden habe.

Die Großmutter setzte sich auf und schluchzte, dass diese Geschichte von der Königstorfer im Erdgeschoss käme. Die

Geschichte mit der Trilleti, die könne man ihr nicht anhängen. Und was hätte sie machen sollen. Der erste Mann tot und kein Vater für den Buben da. Yseuts Mutter habe leicht reden. Aber damals. Und wie hätte sie wissen sollen, dass der Köbrunner so gewalttätig sein würde. Sie habe den Buben doch vor dem Köbrunner gerettet, wie sie ihn ins Internat gegeben habe. Später sei der Bub ja zu groß für den Köbrunner gewesen, und man habe ja nicht wissen können, dass der Bub da schon krank gewesen war. Aber einen guten Feinmechaniker. Das habe der Köbrunner doch aus dem Rudolf gemacht. Oder.

Yseut war schlafen geschickt worden. Yseut war immer schon sicher gewesen, dass dem Fräulein Trilleti Unrecht geschehen war, und jetzt wusste sie es mit Sicherheit. Aber sie konnte nichts tun. Sie saß in ihrem Zimmer und konnte sich nicht bewegen. Es war, als säße sie vor einer unüberwindbaren Wand, und sie fragte niemanden, wie das mit dem Vater ihres Vaters gewesen war. Dann vergaß sie das alles.

Als Yseut mit Goggo wieder in die Gumpendorferstraße eingezogen war, da wünschte sie sich das Fräulein Trilleti zurück. Voller Bitterkeit hatte sie feststellen müssen, dass es jetzt sie war, die wegen der Liebe ins Haus zurückgekommen war und dass sie eigentlich wie eine uneheliche Mutter lebte und deswegen schief angeschaut wurde.

Yseut stellte sich vor, wie sie mit dem Fräulein Trilleti alles besprechen hätte können, und sie wünschte sich, mit Goggo in die Mansarde hinaufzugehen. Manchmal war sie in der Nacht aufgewacht, und die Scham über ihren Verrat an dieser Person war brennend heiß über sie hergefallen. Wie die Pechmarie fühlte sie sich von etwas Klebrig-Heißem übergossen. Es dauerte dann oft lange, bis sie wieder einschlief, und sie war froh, wenn Goggo bei ihr im Bett lag und sie ihn atmen hörte. Sie war dann dagelegen und hatte sich vorgenommen, Goggo nie zu belügen und nie auf Gerüchte zu hören.

Die Geschichte von der Oma Köbrunner fand Yseut erst nach dem Tod ihrer Mutter heraus. Yseuts Mutter wurde sehr alt, und Yseut lebte da noch in Frankfurt. Eds Mutter war zu Yseuts Mutter gezogen, und die beiden alten Frauen hatten zusammengelebt. Yseut hatte ihrer Mutter die Wohnung gekauft gehabt. Ed hatte mit seiner dritten Frau in die Wohnung der Mutter ziehen wollen, weil er der zweiten Frau und den Kindern die gemeinsame Wohnung überlassen hatte müssen. Eds Mutter hatte sich mit keiner seiner neuen Frauen verstanden, und Yseuts Mutter war schon lange Witwe gewesen. Eds Mutter hatte in Yseuts Mädchenzimmer gewohnt. Yseut hatte Ed dann erst beim Begräbnis seiner Mutter gesehen. Sie hatten auch da kein Wort gewechselt.

Aus den Dokumenten im Nachlass der Mutter konnte Yseut sehen, dass ihr Vater vom zweiten Mann der Oma Köbrunnger adoptiert worden war. Sein leiblicher Vater hatte Carp geheißen und war auch Uhrmacher gewesen. Der Name Carp ist in der Nazizeit mit Cohn überschrieben worden. Das Geschäft in der Rotenturmstraße hatte ihm gehört und war nach seinem Tod vom Köbrunner weitergeführt worden. Das Geschäft war dann 1931 in Konkurs gegangen. Aus den Dokumenten konnte Yseut auch sehen, dass ihr Vater für kriegswichtige Arbeiten bei Dynamit Nobel verpflichtet worden war, obwohl er TBC gehabt hatte. Die Oma Köbrunner hatte mit ihrem zweiten Mann einen gemeinsamen Sohn gehabt. Der Bub war Wilhelm genannt worden und war mit 6 Monaten verstorben. Im Totenschein war Herzversagen als Todesursache angegeben.

27. Folge.

Yseut wachte in eine tiefe Unruhe auf. Sie wusste sofort, wo sie war. Sie lag und sah vor sich, wie alle Räume rund um sie angeordnet waren und wer alles sich in welchem Raum befand. Sie wusste, wie sich die Landschaften rund um die Villa ausbreiteten. Die Terrasse. Die Wiese. Der Park. Sie stellte sich die verfallene Fattoria vor und wie die Flüchtenden darin kauerten. Die Straße am Damm oben. Die Landesstraße weit drüben. Die Felder dazwischen. Das geometrische Muster der Kanäle. Die niedrigen Dämme zwischen den Feldern. Die hellen Streifen der grasgesäumten Feldwege. Die Steinbögen der Überfahrten über die Kanäle. Der Po. Sein dunkel unfließendes Wasser. Taglio. Die leeren Straßen. In ihren Gedanken war es Nacht. Die Straßenbeleuchtung war an. Der Mond hinter den Wolken. Die vielen Stellen undurchdringlicher Dunkelheit. Nichts zu sehen. Nichts zu erkennen. Bewegungen, aber nur zu ahnen. Personen. Die heruntergezogenen Stahljalousien. Die zugenagelten Bauruinen. Der leere Platz mit dem Brunnen und die hochaufragenden Türme der Kirche. Die Stufen zum Eingang hinauf. Yseut fühlte sich klein.

Kleingemacht. Die Stufen in der Erinnerung hoch. Die Stufen hoch und nur mit großen Schritten zu erklimmen. Der Weg zum Kirchenportal weit hinauf. Yseut fühlte sich am Grund der Stiege und die Stufen zu hoch. Ein kleines Kind. Yseut lag im Bett und fühlte sich ein kleines Kind, das noch nicht die Stiegen hinaufgehen konnte. In ihren Gedanken. Sie hätte hinaufkriechen müssen. Auf allen vieren hinaufkriechen. Geduckt. Sie hätte sich ducken müssen. Sie fühlte sich ausgesetzt und verletzlich. Sie setzte sich auf und befahl sich, diese morbiden Gedanken aufzugeben. »Hör auf.«, sagte sie zu sich. »Yseut. Hör auf.« Dann legte sie sich wieder in die Pölster zurück. Sie war hilflos. Das hässliche Gefühl der Kleinheit. Das war die Wahrheit. Sie konnte nichts tun. Sie kannte sich nicht aus. Sie hatte sich nie ausgekannt. Niemand konnte sich auskennen. Sie wusste es. Aber das machte ihr Angst. Immer schon und immer noch. Deshalb stand sie als kleines Mädchen am Fuß von Stiegenaufgängen und fürchtete sich. Yseut stand auf. Sie ging ins Badezimmer. Sie sollte sich beeilen, von hier fortzukommen. Vorhaben. Gegen diese Stimmungen halfen Vorhaben. Die ganze Reise war gegen diese Stimmungen geplant gewesen. Yseut stellte sich unter die Dusche. Sie duschte, so heiß es ging. Sie stand im Strahl des heißen Wassers und ließ sich wärmen. Sie hielt sich dem heißen Wasser entgegen. Hielt ihr Gesicht so lange in den heißen Strahl, bis sie nach Luft schnappen musste. Im Spiegel. Das Gesicht dann gerötet. Die Schultern rote Flecken. Yseut trocknete sich ab. Trug ihre Lotion auf. Hals. Arme. Busen. Bauch. Rücken. Schenkel. Beine. Füße. Sie dehnte sich. Streckte sich. Holte

Luft. Es schien ein sonniger Tag zu werden. Das Zimmer sonnenhell vom Widerschein der Terrasse. Yseut suchte nach der Sun lotion. Trug sie auf. Das Gesicht würde den ganzen Tag glänzen. Und die Handrücken. Aber das musste sein. Keine Altersflecken. Yseut wollte keine Altersflecken im Gesicht oder auf den Händen haben. Bei anderen mochte sie das. Madeline hatte auf ihren Backenknochen ganz am Haaransatz Altersflecken. Yseut fand das schön. Rührend. Eigentlich. Yseut fand diese Male der Zeit auf Madelines Gesicht rührend, und sie küsste sie bei der Begrüßung immer auf diese Stellen. Yseut stand vor dem Spiegel. Vielleicht war das nur, weil sie sich selbst nie als Figur sehen würde können. Nie würde sie ihr Gesicht in der Räumlichkeit gesehen haben, wie das für alle anderen selbstverständlich war. Wie war sie zu sehen gewesen. Wie es für sie für die Gesichter aller anderen Selbstverständlichkeit war. Nur sich selbst sollte sie nie kennen. Die Unruhe war wieder zurück. Sie kämpfte gegen die Unruhe an. Sie holte Jeans aus dem Kasten. Unterwäsche und Oberteil aus der Kommode. Sie ging schnell durch das Zimmer. Sie wollte die Geschäftigkeit von außen nach innen zwingen. Sie sagte sich vor, wie gut es ihr ginge. Die Flüchtenden fielen ihr ein. Das machte die Unruhe noch größer. Die hatten ein Ziel. Sie hatte keines. Keines mehr. Yseut holte die Ausdrucke aus der Computertasche. Beim Aufziehen des Zippverschlusses. Hatte sie ihren Vater immer noch nicht überwunden. Lag der immer noch im Vorzimmer, und sie war zu klein, ihn auf das Bett zu zerren. War es immer noch die Erinnerung an diesen Mann, wie er auf dem Teppich im

Vorzimmer schlief. Schlafen musste. Schlafen wollte. Ihr Vater. Ein Strotter in der eigenen Wohnung. Ein Wohnungsloser. Auf dem Boden schlafend und eine dünne Decke über sich. Sie wusste es noch. Sie wusste es in ihren Händen und Schultern. Im Rücken. Wie sie mit den kleinen Händen an seinen Schultern gezogen hatte. Ihm unter die Achseln gegriffen. An den Händen gezerrt. Die Arme schwer und kaum in die Höhe. Yseut zog sich an. Sie würde in Richtung Ravenna fahren und die Tankstelle suchen. Sie hatte die Karte ausgedruckt, auf der die Filmlocations eingetragen waren. Ravenna. Sie wollte die Mosaiken anschauen. Wenn sie schon in der Nähe war. Wie oft war sie da gewesen. Mit den Eltern. Mit Goggo. Mit. Sie überlegte. Sie war auch mit einem Mann da gewesen. Ein Mann war an ihrer Seite gestanden. Beim Hinaufschauen zu den Mosaiken. Zu Theodora. Das Goldgeglitzer des Diadems. Yseut musste lächeln. Diese Mosaiken. Das war eine Schönheit, die lächeln machte. Diese Kunstwerke. Sie machten. Freude. Fröhlich. Yseut sagte das Wort laut. »Fröhlich.« Wie nicht anwendbar diese Übersetzung von »fun« doch war. Aber wie passend. Hier. Der Mann fiel ihr nicht ein. Yseut schüttelte den Kopf. Wie sicher war sie immer gewesen. In den Augenblicken. In den Augenblicken, in denen sich alles so erfüllt hatte. Wenn sie, aufgegangen in der Anverwandlung an den Geliebten, die Welt weit weg sehen hatte können. Yseut blieb stehen. Starr. War das ihre Freiheit gewesen. War das ihr Weg in die Freiheit. Sich vollkommen anverwandelt zu haben. Sich dem Geliebten so verwandt gemacht. So ihm gleich und als eine andere zurückgelassen, eine andere geworden war. Hatte sie so gelernt, sich wegzubewegen und die Person zu werden, die sie aus sich gemacht hatte. Aber warum lag dann dieser Mann immer noch auf dem Teppich im Vorzimmer und musste mit der Decke von der Couch zugedeckt werden. Kariert. Rot und grün und ein dünner gelber Faden. Die Tankstelle. Sie wollte zu dieser Tankstelle fahren. Die Tankstelle auch im Film weit weg. Aldo und Rosina kommen auf einem Tankwagen dahin und müssen wegen einer Polizeikontrolle absteigen. Sie sitzen hinten im Freien und frieren. Die Fahrt schien lang gewesen zu sein. Die Location der Tankstelle war noch südlicher eingetragen. Südlicher als Ravenna. Also zuerst zur Tankstelle und dann Ravenna. Yseut schaute in ihre Tasche. Hatte sie alles. Yseut schaute sich um. Sie legte den Laptop in die Lade, und da lag der Pass. Sie öffnete den Pass. Schaute ihr Foto an. Zuckte mit den Achseln. Auf Fotos schaute sie so anders aus als im Spiegel. Was war die Wahrheit. Yseut ging ins Badezimmer, den Lippenstift aufzutragen. Coco rose von Chanel. Sie zeichnete die Lippen mit dem Konturenstift genau nach. Malte die Lippen an. Im Spiegel. Sie konnte nur die Lippen anmalen, die sie da sah. Was sah dieser Adriano, wenn er ihre Lippen anschaute. Der suchte nach dem Zucken der Mundwinkel oder einem Zittern der Unterlippe. Der wollte nur wissen, ob sie log oder nicht. Was sah Gio Gio. Yseut seufzte. Rasch weiter, sagte sie sich. Die Vorhaben ausführen. Sie nahm ihre Tasche. Dann stellte sie sie noch einmal ab. Schlug ihre Bettdecke zum Lüften zurück. Schüttelte die Pölster. Die Fenster standen offen. Sie warf ihre Schmutzwäsche in den Kasten unten und ging. Die

Stufen hinunter. Sie freute sich auf die Fahrt. Sie musste nur auf diese Romea zurück. Also wieder an dem Brautmoden-Outlet vorbei und in den Süden. Sie musste nach Cervia, Strada provinciale 254. Im Erdgeschoss. Es war still. Yseut ging in den Frühstücksraum. Holte sich Kaffee. Sie schüttete sich kaltes Wasser in den Kaffee und trank schnell. 2 Tassen. Sie wickelte ein Stück von dem Zitronenkuchen auf dem Tisch in eine Serviette. Sie ging. Eilte. Sie lief zum Auto. Hinter dem Haus. Alles leer. Keine Autos. Keine Lieferwagen. Yseut fuhr los. Auf dem Damm oben. Die Busse waren weg. Keine parkenden Autos. Vor der verfallenen Fattoria. Sie schien Yseut viel näher als gestern. Yseut sah einen Traktor mit Anhänger dastehen. Keine Personen. Sie fuhr. Die Sonne. Wolkenloser Himmel. Ein Wind. Die Blätter der Ölweiden glitzerten in der Brise. Landschaftsidylle. Durch Taglio. Viel Verkehr. Fußgänger. Sie kam nur langsam voran. Dann die Viale Kennedy und die Auffahrt auf die Romea. Lastverkehr. Aber alle fuhren schnell, und es wurde in der Mitte immer wieder überholt. Yseut machte das dann auch. Sie wurde angehupt. Sie überholte eine Kolonne von Lastwagen und hatte dann freie Sicht auf die Landschaft. An der Abbazia vorbei. Rechts und links hohe Bäume. Pappeln. Buchen. Die Straße schattig. Der Fahrtwind durch einen Spalt im Fenster. War sie dann auch nur »Pretty Woman«. Obwohl. Das war eine Geschichte der Erziehung. Eine dieser Schulen der Frauen. Das war es nicht gewesen. Es war auch nicht verlangt worden. Keiner, und auch Lynn nicht. Keiner hatte gesagt, werde so wie ich, und dann liebe ich dich. Im Gegenteil. Das war ihr Begehren gewesen.

So zu sein wie der andere oder die andere und dann zu wissen, dass es den anderen gab. Hatte sie sich diese Personen nur selbst geschaffen. Innen. Yseut stieg aufs Gas. Es war schon richtig, sich mit Filmfiguren abzugeben. Sie war ja doch eine Schauspielerin. Und vielleicht. Vielleicht war die Frage nicht, ob sie gelebt hatte, sondern ob sie geliebt hatte. Überhaupt. Ob sie je über sich hinaus geraten war und nicht immer schon dieser Mann auf dem Teppich im Vorzimmer vor allem quergelegen hatte. Die Straße schnurgerade. Links das Meer. Lido di Volano. Lido di Scacchi. Porto Garibaldi. Lido di Estensi. Lido di Spina. Marina Romea. Yseut musste lachen. Wie sie sich zu einer guten Meinung von sich hinquälen musste. Es war nichts gelungen. Wie hätte es gelingen sollen in all den Lügen. Das Fahren. Schnell fahren. Dahinsausen. Die Unruhe blieb dann ein wenig zurück. Hinter ihr. Hinter sich. Musik. Nein. Nur fahren. Waldstücke und sehr hohe Bäume. Felder nach rechts. Pappelreihen nach links. Verlassene Lagerhallen. Verstaubte Auslagen geschlossener Möbelgeschäfte. Kleine Häuser knapp unter der hochgelegenen Straße. Gussbetonzäune. Ziegelhaufen abgerissener Gebäude. Eine Trattoria. Die Tische hinter einem grünen Zaun direkt an der Straße. Menu turistico. Yseut fuhr in der langen Kolonne der Lastwagen. Sie überholte. Reihte sich ein. Ravenna. Die Abzweigung nach Bagnacavallo. Sie bog von der Romea ab. Parkte neben einem Gussbetonzaun. Sie gab die Adresse ins GPS ein. Legte das iPhone auf den Beifahrersitz. Sie fuhr auf die Romea zurück. Folgte dem GPS. Der Verkehr dicht. Alle Aufmerksamkeit nötig. Schienenstraßen. Gab es hier eine Straßenbahn.

Dann verschwanden die Schienen unter Asphalt. Die Richtungen unklar. Das GPS wies sie an, sich rechts zu halten. Es gab aber drei Abzweigungen nach rechts. Sie fuhr falsch. Musste umkehren. Sie fuhr durch Randbezirke. Lagerhallen. Gewerbebaracken. Leere Fabriksgebäude. Wohnbauten. Felder dazwischen. Brachen. Hochaufgeschossenes Gras und Büsche. Dann war sie wieder zwischen Feldern. Landschaft. 14 Kilometer bis zum Ziel. Sant' Apollinare in Classe. 7 Kilometer bis zum Ziel. Savio. Einbiegen nach rechts. Wieder nach rechts. Eine schmale Straße. Felder. Häuser. Häuser weit drinnen in den Feldern. »Sie haben das Ziel erreicht. Das Ziel befindet sich rechts von Ihnen.« Da waren nur Felder. Das nächste Haus war 200 Meter entfernt. Yseut fuhr weiter. Die Straße zu schmal. Die Böschung tief zu den Feldern hinunter. Im Film war alles plan gewesen. Keine tiefen Böschungen. War so viel Erde seit damals verschwunden. Abgetragen. Verweht. Es war unmöglich, auf der schmalen Straße umzudrehen. Beim Haus vorne. Die Straße gabelte sich. Yseut fuhr nach rechts. Das GPS trug ihr auf, umzukehren. Yseut fuhr weiter. Im Vorgarten des Hauses hatten Dahlien geblüht. Lilaweiß. Orangerot. Yseut fuhr weiter. Die Straße hinunter. An der nächsten Kreuzung drehte sie um. Sie blieb stehen. Im Film war hier alles leer gewesen. Die Tankstelle eine Insel in der kalten Winterwelt. Yseut fuhr die Straße zurück, an der ihr Ziel sein sollte. Das GPS sagte, ihr Ziel befände sich links von ihr. Links von ihr war ein abgeerntetes Feld. Yseut fuhr die Straße noch einmal ab. Kehrte um. Kehrte wieder um. Eine Stelle an der größeren Straße sah so aus, als hätte hier eine Tankstelle stehen können. Aber kein Haus hier war älter als 20 oder 30 Jahre. Das Haus mit den Dahlien. Das sah älter aus. Die Dreharbeiten. Das war 1956 gewesen. Yseut fuhr weg. Sie bog nach links zurück ein. Die Straße auf einem Damm zwischen Feldern. Ein paar Häuser. Grau. Eine Bar. Yseut stellte das Auto ab. Sie holte sich einen Cappuccino und ein Brioche. Sie setzte sich an ein Tischchen an der Hausmauer neben der Tür. Was hatte sie erwartet. Sie musste lachen. Es war gut. Die Welt war kein Museum. Diese hässliche Tankstelle nicht verewigt. Nur die Bilder noch da. Es war alles gespielt gewesen und dennoch ihr Schicksal. So war das. Yseut aß ihr Kipferl. Sie trank den Kaffee. Dann fuhr sie die Straße noch einmal zurück. Sie blieb vor dem Vorgarten mit den Dahlien stehen. Stieg aus. Ging an den Zaun. Die Pracht der Blüten. Das Sonnenlicht. Weit um war alles eben. Grün und grau. Keine Spur der Vergangenheit. Yseut starrte auf die Blüten. Die Stimmung vor den Premieren fiel ihr ein. Wie die Angst vor der Bewährung bis tief in die Eingeweide griff. Wie es gelang. Aber hinter einem Schleier. Und wie sie nie gewusst hatte, was oder wie es nun gewesen war. Die Bewährungen waren aus der Erinnerung gelöscht. Nur dieser Griff tief in den Körper am Anfang und dann das Ende. Das wusste sie. Die Dahlien rotglühend in der Sonne. Violettglänzend. Yseut lächelte den Blumen zu. Dann stellte sie sich an die Kreuzung. Schaute sich um. Stieg wieder ins Auto. Sie seufzte. Wenn etwas nicht in Schlössern oder Villen geschehen war. Wenn die Orte nicht blieben. Es verschwand alles. War sie so in ihr Leben geworfen, weil sie wieder in der Wohnung ihrer Kindheit lebte. Hatte sie sich selbst zum Museum gemacht. Hätte sie etwas Eigenes schaffen müssen. Würde sie sich dann besser fühlen. Aber es war so. Sie lebte. Sie war auch das Museum ihres Lebens. Alles war unaufgeräumt. Alles griff ineinander. Kein Museum. Eine Lagerhalle. Ein Lagerhaus. Nichts katalogisiert, aber jederzeit lieferbar. Yseut fuhr die Straße nach rechts vom Haus mit den Dahlien weg. Sie fuhr ohne GPS. Ravenna musste irgendwo nördlich liegen. Yseut bog in kleine Straßen ab. Sie wusste vom GPS, in welche Richtung Norden lag. Yseut schlängelte sich durch die Felder. Kleine Siedlungen. Wäldchen. Dann wieder Industrie. Aber verlassen. Staubige Flächen. Weißgrau verklebte Türme und Silos. Schienenstränge. Zwischen den Schwellen Bäume aufgegangen. Die Straßen gerade. Winzige Orte. Kriegerdenkmäler. Nach langem eine Hauptstraße. Die Schilder wiesen nach Ravenna oder Bagnacavallo. Yseut überlegte. Dann fuhr sie nach rechts. Ravenna.

28. Folge.

Yseut wollte selbständig ins Zentrum finden. San Vitale. Da wollte sie hin. Der Verkehr. Sie geriet in Staus. Lange Wartezeiten vor Ampeln. Absperrungen. Sie musste abbiegen. Wurde umgeleitet. Sie ließ sich treiben. Schaute sich um. Alles schien schäbig zu sein. Lange nicht renoviert. Dann stellte sie das Auto in einer breiten Straße ab. Zahlte die Parkgebühr. Legte den Zettel hinter die Windschutzscheibe. Machte sich auf den Weg. Sie ging eine Vorrangstraße nach rechts. Geriet in eine Wohngegend. Sie bog nach links ab. Kam an einen Platz. Ein Tor war da. Eine Mauer. Mit einem Mal. Sie kannte sich aus. Hier war sie schon gewesen. Die weiße Mauer. Marmorverkleidungen am Steintor. Eine schmale Gasse. Und dann. San Vitale. Sie war am Eingang vorbeigegangen. Metallständer waren beim Tor zusammengestellt. Metallständer, zwischen denen die Gummibänder gespannt wurden, um Warteschlangen zu lenken. Yseut wurde durch diese Ständer aufmerksam. Der Eingang zum Gelände von San Vitale unscheinbar. Daran hatte sie sich nicht erinnert. Yseut konnte gleich in die Basilika hineingehen. Nachsaison. Keine Wartezeiten. In der Kirche.

Kaum Besucher. Yseut war fast allein. Einen Augenblick. Sie stand allein vor den Mosaiken. Sie schaute hinauf. Es war kühl. Angenehm. Sie ging in den Altarraum. Musste den Kopf noch weiter nach hinten biegen. Dann setzte sie sich auf eine Steinbank. Schaute auf die Mosaiken am Boden. Draußen helle Sonne. Licht von allen Seiten. Yseut atmete tief. Erinnerungen. Sie erwartete einen Ansturm von Erinnerungen. Die Eltern. Sie waren jung gewesen. Goggo. Er war 11 oder 12 Jahre alt. Damals. Der Mann. Mit wem war sie hier gewesen. Sie saß da. Es stieg keine Erinnerung auf. Sie war umgeben von den vielen Bildern und Farben. Vom Glitzern und Schimmern des Golds. Die großen Mandelaugen der Gesichter leuchtend. Die Muster der Gewänder. In ihr. Nichts stieg auf. Fiel über sie her. Erfüllte sie. Yseut saß. Der kalte Stein. Die kühle Luft. Das Licht. Hoch über ihr die Pracht der Mosaiken. Frieden, dachte sie. Frieden. Sie seufzte. Sie spürte ihre Brust sich heben und fallen. Aber kein Gefühl. Sie wusste nichts von ihrem Bauch. Ihre Brust frei. Die Kehle offen. Der Kopf. Sie legte ihre Hände an die Schläfen. Keine Vergangenheit blitzte auf. Sie ging hinaus. Sie wanderte zum Mausoleum der Galla Placidia. Wanderte um das Mausoleum. Ging hinein. Das viele Blau. Das fiel ihr wieder ein. Dieses viele Blau und die Sterne darin. Yseut schlenderte zur Basilika zurück. Ging hinein. Schaute hinauf. Ging hinaus. Eine Gruppe Studenten und Studentinnen. Sie standen um den Eingang herum. Yseut musste sich durchdrängen. Sie schlenderte weiter. Ein Pfeil zeigte in die Richtung vom Grab Dantes. Sie folgte dem Pfeil. Gassen und Plätze. Dantes Grab war ein Tempietto auf der Straße. Gleich daneben ein

Kloster. In einem Schaukasten war ein Symposion angekündigt. »Dante in base alla letteratura recente.« Yseut schaute sich das Programm an. Es waren nur Männer angekündigt. Sie ging in das Kloster. Ein lichter Kreuzgang. Rasen in der Mitte. Ein Dornröschenbrunnen. Yseut spazierte rund um den Kreuzgang. Hier war es warm. Angenehm. Sie setzte sich auf eine Steinmauer. Arbeiter begannen, eine Bühne aufzubauen. Sie trugen Teile einer Holzbühne auf den Rasen. Sessel wurden abgeladen. Yseut ging hinaus. Eine junge Frau drückte ihr ein Programm in die Hand. Besucher seien willkommen. Yseut lächelte die junge Frau an. Ging. Sie fächelte sich kühle Luft mit dem Programm zu. Beim ersten Mistkübel warf sie es weg. In base. Solo uomini. Lettertura recente. Come sempre. Come sempre. Yseut summte vor sich hin. Sie setzte sich in ein Café. Bestellte Zitroneneis. Löffelte das Eis. Sie schaute den Vorbeigehenden zu. Zahlte. Ging weiter durch die Altstadt. Schmale Einkaufsstraßen. Kinderkleider. Schuhe. Männerkleidung. Boutiquen. Sportkleidung. Alle trugen Einkaufstaschen. Yseut schlenderte die Auslagen entlang. Das Abendessen fiel ihr ein. Wenn sie mit Gio Gio ausging. Sollte sie etwas kaufen. Etwas Elegantes. Sie ging weiter. Plötzlich regnete es. Yseut schien es, als platzten die Regentropfen aus der feuchten warmen Luft heraus. Sie wanderte weiter. Der Regen auch gleich wieder vorbei. Yseut überlegte, wie sie das Auto finden könnte. Dann war sie aber schon wieder in der Gasse, die zu San Vitale hinaufführte. Sie ging vorbei. Überlegte, noch einmal hineinzugehen. Sie ging aber weiter. Ging zum Auto. Stieg ein und fuhr los. Sie folgte den Schildern nach Venedig. Dann sah sie, dass sie auf eine Autobahn geleitet werden sollte, und bog nach rechts ein. Da war das Meer. Da musste sie auf die Romea kommen. Sie geriet aber auf eine SS16. Kam nach Alfonsine. Sie hielt sich weiter nach rechts. Nahm kleine Straßen. Sie kam durch Alfonsine. Dann Anita. Longastrino. Menata. Schnurgerade Straßen führten durch Felder. Ostellato. Migliarino. Sie querte den Po di Volano. Weiter die Straßen gerade. Die Felder noch tiefer unter der Straße. Mitten in den Feldern verfallene Fattorien. Yseut rollte durch die Ebene. Meeresspiegel, dachte sie. Sie fuhr in Höhe des Meeresspiegels. Oder noch tiefer. Sie stellte sich vor, sie führe auf dem Meer. Aber die Straßen waren hoch über dem Grund. Die Straßen hier alle hohe Dämme zwischen den Feldern. Ein Pfeil. Jolanda di Savoia. Das hier. Das mussten die berüchtigten Malariagegenden gewesen sein. Neuland war das gewesen. Im 19. Jahrhundert. Und 19. Jahrhundert-Unternehmungen. Trockenlegungen. Anbauexperimente. Eroberungen. Lange Strecken nur Felder. Kaum Bäume. Einzelne Häuser. Alle verlassen. Büsche wuchsen an den Mauern. Bäume ragten durch die Dachstühle. Graue Ziegel in Haufen. Die Mauern feucht bis unters Dach hinauf. Das Haus von Elvia fiel ihr ein. Das hätte so eine Fattoria sein können. Aber im Film. Das Haus schien nahe am Po zu liegen. Aber das sagte ja nichts. Es hätte auch hier irgendwo sein können. Im Herbst und im Winter. Der Boden hier. Durch den ganzen Film hindurch gehen alle auf Schlamm. Der Boden ist immer nass und schlammig. Die Frauen tragen Pumps mit kleinen Absätzen. Die Männer haben festere Schuhe. Aber immer klebt feuchte Erde an den Schuhen, und es sieht aus, als wäre kein sicheres Gehen auf diesem schlammigen Grund. Als könnten alle jederzeit ausrutschen. Rosina stößt das ja auch zu. Das Haus von Elvia. Die Filmlocation war bei Ferrara angegeben. Es war unter dem hohen Damm am Po gelegen. Ähnlich wie die Villa. Das mit dem Film. Yseut zuckte mit den Achseln. Sie hatte sich das anders vorgestellt. Spuren. Sie hatte Spuren erwartet. Aber es war nichts übrig. Nicht einmal der Ort, an dem Aldo aufschlägt. Nicht einmal der wäre noch zu finden. Über diesen Ort war ein Haus gebaut. Die Zuckerfabrik längst abgerissen. Jolanda di Savoia. Das Ortsschild. Ein goldenes Wappen unter dem Namen. Eine breite Straße. Platanen. Nebenfahrbahnen auf beiden Seiten. Geschlossene Geschäfte. Die Auslagen mit Zeitungen verklebt. Eine Bar. Ein Restaurant. Rote Vorhänge vor die Fenster gezogen. Geschlossen. Ein Hinweisschild. Riso. Co-op. Yseut bog ein. Die Verkaufsstelle für den Reis links. Sie parkte vor dem Geschäft. Die Tür stand offen. Drinnen. Ein breites Regal rund um den Raum. Packungen mit Reis zu Pyramiden gestapelt. Weißer Reis. Roter Reis. Schwarzer Reis. Dazwischen Chianti-Flaschen. Kochlöffel. Unter das Regal geschoben Kisten mit Packungen von Reis. An der Wand Landkarten. Poster mit Wappen. Es roch staubig. Auf einem großen Tisch in der Mitte Schachteln. Kleine Schachteln. Große Schachteln. Übereinandergestapelt. Die kleinen Schachteln unten. Die großen darüber getürmt. Ein Turm von Seifenstücken. Nadelpölsterchen mit dem Wappen, das Yseut unter dem Ortsschild gesehen hatte. Kochlöffel mit blauen Maschen um den Stiel. Yseut wollte gerade wieder hinausgehen. Ein Mann kam herein. Er stand gegen das Licht.

Füllte den Türrahmen aus. Er grüßte. Yseut sagte, dass sie ein paar Packungen Reis mitnehmen wolle. Woher sie denn käme, fragte der Mann. Aus Wien. Da Vienna. »Ah. Vienna.«, rief der Mann aus. Er sei da noch nie gewesen. Aber sein Neffe. Der sei da bei einer Lebensmittelmesse gewesen. Habe ihren Reis vorgestellt. Der sei begeistert von Vienna. Was für eine schöne Stadt das sein musste. Yseut nickte. Ja. Ja. Wien. Das wäre schon hübsch. Carina. Yseut sagte hübsch. Wien. Für Yseut war Wien nur in der Nacht schön. Wenn die Beleuchtung das Schäbige unsichtbar machte und die alten Fassaden unversehrt aussahen. Wien brauchte die Nacht und einen Kristalllüster. Was sie denn hierher gebracht habe, fragte der Mann. Er suchte verschiedene Packungen Reis zusammen. Stellte sie auf den Tisch in der Mitte. Er stellte Schachteln weg und legte den Reis vor Yseut hin. Reis für Risotto. Reis für Suppen. Er wandte sich Yseut zu. Ob sie wisse, wie Reis angebaut werden würde. Das sei ein sehr komplizierter Prozess. Der Mann hatte ein Geschwür im Gesicht. Seine linke Gesichtshälfte war angeschwollen. Auf der Schwellung waren wiederum kleinere Beulen zu sehen. Die rechte Gesichtshälfte schien normal zu sein. Yseut schaute schnell weg. Der Mann beugte seinen Kopf. Yseut sagte, dass sie hier nur so herumfahre. Sie wäre gerade in Ravenna gewesen und auf der Rückfahrt nach Taglio di Po. Da habe sie ihr Hotel. Der Mann nickte. Also wofür wolle sie den Reis haben. Risotto. Oder Suppe. Minestrone. Oder für Salat. Reissalat. Das habe hier eine große Tradition. Der Mann wühlte auf dem Tisch. Er hob Schachteln auf. Stellte Schachteln weg. Er fand den Stoß von Broschüren und hielt Yseut eine hin. Hier. Das seien Kochrezepte. Extra für den Reis aus Jolanda. Das sei nämlich ein ganz anderer Reis als der aus dem Piemont. Den sei sie wahrscheinlich gewohnt. Der Reis aus Jolanda. Es gäbe auch hier die Sorten Carnaroli und Arborio. Aber der Stärkegehalt sei anders. Der Kern größer. Der Reis hier sei körniger. Più granulato. Der Mann stapelte Reispackungen. Yseut lachte. So viel Reis könne sie nicht gebrauchen. Sie lebe allein. Sie bräuchte nur ein paar Packungen. Vive sola. Der Mann warf die Hände in die Höhe. Das könne er nicht glauben. »Non posso crederlo.« Sie lebe allein. So eine Ungerechtigkeit. Yseut nahm drei Packungen vom Riso Carnaroli. Dann noch zwei Packungen schwarzen Reis. Risotto. Das habe sie gerne. Der Mann lehnte sich gegen die Tischplatte. Er stand mit dem Rücken zu Yseut. Er sagte nichts. Er stand links von Yseut. Yseut konnte nichts von der Geschwulst sehen. Wie der Ort zu seinem Namen gekommen sei, fragte Yseut. Der Mann stand mit gebeugtem Kopf. Er schwieg lange. Schaute zu Boden. Dann stieß er sich von der Tischkante ab und ging auf die andere Seite. Wie der Ort zu seinem Namen gekommen sei. Das könne er ihr schon sagen. Der Mann hielt die Arme vor der Brust verschränkt. Das Licht fiel jetzt von der Auslage und der Tür auf seine Entstellung. Der Ort hieße nach der Tochter von König Vittorio Emanuele III d'Italia. 1911. Da sei der Ort nach Jolanda Margherita Milena Elisabetta Romana Maria di Savoia, der Prinicipessa d'Italia, d'Etiopia e Albania Jolanda di Savoia benannt worden. Der König habe den Ort, der vorher Le Venezie geheißen habe, in diesem Jahr besucht und seine Tochter mitgebracht. In der Zeit habe man immer noch mit der Bewässerung Probleme gehabt. Der Reisanbau habe nicht funktioniert. Die Malaria habe gewütet. Hungersnöte die Kinder hinweggerafft. Ja. Das sei eine harte Landschaft. Ob er ihr den Reisanbau erklären solle. Er lächelte Yseut an. »Si.«, sagte Yseut. Ihr fiel nicht ein, wie sie diesen Mann ansprechen sollte. Signore. Aber das passte nicht. Natürlich interessiere sie das, sagte Yseut schnell, um das Fehlen der Anrede auszugleichen. Darauf war im Kurs in Perugia besonderer Wert gelegt worden. Höflichkeit. Die Studenten der Università per Stranieri sollten durch Höflichkeit auffallen. Yseut lächelte den Mann an. Dann solle sie mitkommen, sagte der. Er ging aus dem Geschäft auf die Straße hinaus. Er ging zu Yseuts Auto. Stellte sich an den Beifahrersitz. Yseut kam ihm nach. Ja. Ja. Sagte der Mann. Sie müsse sich keine Sorgen machen. Aus dem Geschäft nebenan kam ein jüngerer Mann gelaufen. Ob Bruno zurechtkomme. Bruno winkte dem anderen Mann zu. Er zeige dieser schönen Signora das Vogelparadies. Il paradiso degli uccelli. Der jüngere Mann winkte zurück und verschwand in das Geschäft zurück. Yseut dachte, dass nun jemand wusste, dass sie mit diesem Bruno unterwegs war. Ihr fiel ein. Sie hatte den ganzen Tag mit niemandem gesprochen. Sie klickte die Autotüren auf und stieg ein. Bruno war schon beim Anschnallen, da setzte sie sich erst auf den Fahrersitz. Sie müsse nach rechts. Er sage ihr dann schon, wie es weiterginge. Yseut fuhr. Eine Straße. Einfamilienhäuser. Gussbetonzäune. Die Auffahrt auf die Landesstraße. Es ging eine sehr steile Böschung hinauf. Man lebe hier 3 Meter unter dem Meeresspiegel, sagte Bruno. Tre metri sotto il livello del mare. Level, dachte Yseut. Und dass sie doch recht gehabt hatte. Mit ihrem Gefühl vom Meeresgrund. Das wäre ein schwieriges Land. Immer bedroht, sagte Bruno. Immer bedroht. Ob es Tsunamis im Mittelmeer gäbe. Yseut fragte so vor sich hin. Bruno antwortete nicht. Yseut fuhr auf der Straße hoch über den Feldern. »Allora.« Bruno setzte sich auf. Er zeigte auf die Felder rechts und links. Die Bewässerungsanlagen. Die könne sie ja sehen, sagte er. Man habe lange Zeit gebraucht, bis man herausgefunden hatte, wie das mit dem Reis hier funktioniere. Der Reis bräuchte unendlich viel Aufwand. Man müsse die Reispflanze ziehen. Dann einsetzen. Dann müsste geflutet werden. Nach einer ganz bestimmten Zeit bräuchte der Reis wieder Trockenheit. Dann wieder Wasser. Es habe schwere Hungersnöte gegeben, weil man sich nicht ausgekannt hatte. Die Malaria. Die Leute hier. Nach dem Krieg habe es hier nur kommunistische Bürgermeister gegeben. Die Leute hier. Die hielten zusammen. Die wären eine große Familie. Yseut schaute zu Bruno. Bruno schaute nach vorne zum Fenster hinaus. Heute seien alle bei der Lega. Geschlossen. Da gäbe es keinen Kommunisten mehr. Ob er etwas von diesen venetischen Terroristen gehört habe, fragte Yseut. Bruno starrte nach vorne hinaus. Dann schüttelte er den Kopf. Was. Wer sollte das sein. Wie käme sie zu so einer Frage. Trotzdem. Er verstünde, warum Leute zu Terroristen würden. Sie würde gleich sehen. Da vorne. Da ginge es zum Meer weiter. Sie solle jetzt links abbiegen. Über die steile Böschung ging es auf einen grasbewachsenen Damm hinunter. Yseut fuhr vorsichtig. Das Auto rumpelte auf dem Gras. Sie solle sich keine Sorgen machen. Non preoccuparsi. Dann wies er sie wieder nach links. Nach rechts eine lange Strecke. Rechts und links des Damms. Die Felder waren überflutet. Hohes Schilf und Büsche. Bruno wollte sie wieder nach links lenken. Yseut blieb stehen. Sie führe hier nicht weiter. Bruno machte eine ungeduldige Handbewegung. Dann stieg er aus. Dann müssten sie noch ein kleines Stück gehen. Er ging voran. Er trug blaue Arbeitshosen und ein kariertes Hemd. Gummistiefel. Wenn sie aus Wien käme. Es gäbe Österreicher. Die hätten in der Gegend ein sehr schönes Hotel. Er nannte einen Namen. Yseut konnte nichts verstehen. Der Mann ging schnell. Eilig. War schon bei einem Gehölz angekommen. Der Damm hier überwachsen. Yseut überlegte, wie sie hier umdrehen sollte. Der Mann ging auf die Büsche zu. Sie müsse achtgeben. Er stellte sich gegen einen Busch und hielt Yseut die Zweige weg. Yseut musste sich knapp an ihm vorbeizwängen. Hinter den Büschen. Eine Wasserstelle. Ein Teich. Die Ränder nicht so geometrisch abgewinkelt wie die Feldbegrenzungen. Eine Insel. Oder eine Halbinsel. Das konnte Yseut nicht genau sehen. Eine dicht bewachsene Insel. Büsche drängten sich aneinander. Baumwipfel überragten dieses Unterholz. Der Mann stellte sich an den Rand des Damms. Er stellte sich hin. Ließ die Schultern nach hinten fallen. Er stand hintüber gebeugt und schrie. Er schrie mit aller Kraft. Sein Schrei ließ eine Wolke von Vögeln aus dem Dickicht aufsteigen. Der Mann schaute den Vögeln zu. Dann schrie er wieder.

29. Folge.

Wie es kam, dass Yseut das Theater wieder aufgab und trotzdem in Frankfurt blieb.

Yseut war ein sonniges kleines Mädchen gewesen. Das sagten alle. Wenn Yseut sich an sich selbst als kleines Mädchen erinnerte, dann konnte sie sich in einem Sommerkleid fühlen und zu den Erwachsenen hinauflächeln. Sie spürt den Stoff des Kleids in den Kniekehlen und wie ihre Hand in der Hand ihrer Mutter liegt. Sie lehnt sich gegen die Hüfte der Mutter, und die Sonne scheint. Sie stehen in einem Park oder einem Garten. Beim Gehen knirscht der Kies unter den neuen roten Sandalen, und die Erwachsenen lächeln zu ihr hinunter zurück.

Auf der Straße lächelte niemand zurück. Yseut kann die Stimme der Mutter hören. »Die meinen das nicht so.« Yseut hatte sich beklagt, dass alle so böse schauten. Yseut kann sich nicht an den Wortlaut ihrer Klage erinnern, aber die Antwort der Mutter weiß sie wörtlich. »Die meinen das nicht so, und manchmal haben Leute keine Zeit für Freundlichkeiten.«

In der Volksschule und dann im Gymnasium hatte Yseut sich sehr bemüht, ebenso leer in das Gesicht der Entgegenkommenden schauen zu können oder in der Straßenbahn so dreinzuschauen, als gäbe es nur sie allein im Wagen.

Als in den 80er Jahren der Film »Der dritte Mann« im Burgkino im Original zu sehen war, hatte Yseut versucht, sich an die Wiener Bombenlandschaften zu erinnern, wie sie im Film zu sehen waren. Yseut musste als Kind da gegangen sein, und sie fragte sich, ob das Knirschen, an das sie sich erinnerte, das Knirschen beim Gehen über das Bombengeröll der zerstörten Häuser gewesen war. Yseut hatte damals nicht allein über den Karlsplatz gehen dürfen, und deswegen musste die Oma Köbrunner immer zu ihnen nach Hause kommen. Daran konnte sie sich gut erinnern. Die Oma Köbrunner erzählte oft, wie sie Yseut zum Anstellen um Lebensmittel mitgenommen hatte und dann alles viel leichter gegangen sei, weil Yseut so ein sonniges Kind gewesen war. Die Oma Köbrunner hatte auf Yseut aufpassen müssen, solange sie noch nicht in den Kindergarten gehen hatte können, weil der Vater und die Mutter arbeiten gehen mussten.

Ed hatte dann gemeint, Yseut sei doch eher eine ernste Person. Yseut hatte gedacht, das käme daher, dass er sie aus dieser Situation an der Universität gerettet hatte. Am Anfang hatten sie beide über die Professoren hinter dieser Holzwand gelacht gehabt, aber später hatte Ed gemeint, dass Yseut zu passiv gewesen sei und dass sie eben immer Hilfe bräuchte. Er war dann ungeduldig geworden, wenn sie sich freundlich umgesehen hatte, und hatte gezischt, sie solle nicht dauernd so grinsen. Er war aber da schon von der kalifornischen Freundlichkeit angestrengt gewesen, und sie hatte sich so wohl gefühlt damit.

In Kalifornien hatte Yseut Leute angelächelt, und sie hatte

ein Lächeln zurückbekommen. Yseut hatte am Anfang von diesen Lächeln leben müssen, wenn sie den ganzen Tag nur die Kassiererin im Supermarkt oder den Gemüsehändler an der Ecke anlächeln konnte und sonst allein auf Ed warten musste. Die kalifornische Freundlichkeit war dann auch bei den Theateraufführungen mit den Gestalt Gestalters so wichtig gewesen. Das Publikum hatte immer freundlich und erwartungsvoll zugesehen. Yseut hatte am Anfang gedacht, dass niemand ihre Versuche ernst nehmen könne, philosophische Texte aufzuführen, und am Anfang schämte sie sich für die Armseligkeit ihrer Versuche. Dann aber lernte sie, dass es möglich war, die Versuche ernst zu nehmen, und dass es nicht um Vollendung ging. Sie bekamen mehr Applaus und Zustimmung, wenn sie besonders unsicher waren. Sie mussten nur zugeben, dass sie selbst nicht so genau wussten, wohin die Aufführung von Freuds »Ein Kind wird geschlagen« führen solle, und alle halfen mit. Sie begann, die Zurufe aus dem Publikum aufzunehmen und in die Improvisation einzubauen. Dann holte sie Personen aus dem Publikum und verwickelte sie in das Spiel. Yseut ging in den Improvisationen auf. Sie strengte sich dabei sehr an, ihr Englisch ohne Akzent zu sprechen. Gleich nach den Aufführungen wurde sie aber wieder unsicher, und Lynn musste ihr bei der nächsten Gelegenheit zureden, sich vor das Publikum zu stellen. Yseut sagte dann, sie habe ein Empress Sissi Syndrome. Das sei so mit Wienerinnen, die wären nachher immer melancholisch. Dann lachten alle über die Doppeldeutigkeit.

Lynn erzählte Yseut viel später, dass sie sich damals Sorgen um sie gemacht habe. Die anderen hatten sich nach den Vorstellungen eingeraucht, aber Yseut hatte dabei nicht mitgemacht. Sie blieb aus dem Drogennebel heraußen, und das fanden die anderen unsympathisch. Yseut wollte nicht rauchen, aber sie nahm auch keine Cookies. Sie hatte das Gefühl gehabt, sie könne dann nicht auf Goggo achtgeben, und die anderen fanden sie spießig. Vor LSD hatte Yseut richtig Angst gehabt. Sie konnte sich nicht vorstellen, etwas zu essen und danach eine ganz andere Person zu sein. Es hatte auch viele Berichte über Unfälle und sogar Morde nach der Einnahme gegeben.

Die anderen nahmen aber LSD, und Yseut wurde zur Kontrollperson, die aufpassen sollte, dass niemand Dummheiten mache. Dann hatte Tate sich in das Mansardenfenster gestellt und gesagt, er wolle jetzt davonfliegen. Die Kinder waren aufgewacht, und Yseut hatte danach Goggo nicht mehr bei Tate und Tim lassen wollen. Lynn verteidigte ihren Bruder. Sie fand Yseut bürgerlich, und Yseut hatte sich entscheiden müssen.

Danach hatte Yseut sich entschlossen, nach Wien zu gehen. Das sollte nur für kurz sein, aber Lynn hatte nicht verstanden, warum Yseut überhaupt wegen ihres Vaters die Reise unternehmen wollte.

Die Gruppe hatte sich aber dann überhaupt aufgelöst. Tate war als Erster weggegangen. Er war gleich, nachdem Yseut Lynn und die Gruppe verlassen hatte, gegangen und hatte das gemacht, was seine Eltern von ihm erwartet hatten. Er hatte auf der UCL Recht studiert und war Rechtsanwalt geworden.

Er wurde sehr erfolgreich und war bald in einer großen Anwaltsfirma Partner. Yseut traf ihn dann nicht mehr, aber sie dachte, er wäre so eine Figur geworden, wie sie in den amerikanischen Fernsehserien der 80er Jahre auftraten.

Im Juni 2003 rief Lynn Yseut an und musste ihr erzählen, dass Tate an einem Baum im Topanga Canyon aufgehängt gefunden worden wäre und dass man nicht wisse, ob er sich selbst umgebracht habe oder ermordet worden sei. Lynn war vollkommen zerstört und machte sich Vorwürfe, sich nicht besser um ihn gekümmert zu haben. Er habe zum letzten Thanksgiving so ausgeglichen gewirkt.

In der Gruppe in Kalifornien war Yseut immer wieder vorgeworfen worden, viel zu abhängig von den Antworten der anderen zu sein. Die anderen fanden, Yseut nähme es viel zu wichtig, wie das Publikum reagierte. Sie solle nicht so freundlich alles in die Improvisationen einbauen wollen. Es ging immer wieder um die Frage, ob Frieden mit Frieden erreichbar wäre. Die Gruppe war in der Frage geteilt, und Tim fand, dass der Frieden mit Waffen verteidigt werden musste. Die anderen lehnten alle Waffen ab.

Nach dem Tod des Vaters war Yseut sehr allein. Goggo wurde in den Kindergarten geschickt, und Yseut führte den Haushalt für die Mutter und sie beide. Von ihren Freundinnen von früher waren viele nicht in Wien, oder sie wusste keine Adresse mehr. Madeline war die einzige Person, die sie außer ihrer Mutter und Goggo traf, aber Madeline war fast immer mit ihrem Bruder zusammen, und die beiden reisten sehr viel.

Yseut wünschte sich zu der Zeit wenigstens ein einfaches Leben, das nur so vor sich hinginge, aber sie wollte nicht allein sein. In der Zeit las sie Dickens' Romane und versuchte zu lernen, dass nichts zu erzwingen war. Sie sagte sich vor, sie solle neugierig sein und abwarten, was der nächste Tag bringen würde. Aber der nächste Tag brachte nichts Neues, und Yseut war sehr unglücklich.

Mit dem ersten Job war es mit diesem Unglück vorbei. Yseut stürzte sich in die Aufgaben. Sie wurde ein soziales Talent genannt und war bei den Präsentationen der Agentur sehr geschickt. Wie in Kalifornien konnte sie die Bemerkungen der Kunden in die Präsentation einbauen. Die Präsentationen wurden so zu erfolgreichen Aufführungen, und alle gingen zufrieden lächelnd von diesen Präsentationen weg. Yseut hatte einen Beruf, und sie verdiente ihr eigenes Geld.

Das Schauspielen war dann schwieriger. Die Stunden bei der Frau Meister waren spannend. Yseut hatte festgestellt, dass ihre Bildung nicht sehr umfassend war, und Frau Meister wusste alles über die Klassik. Yseut fand sich im Theater aber dann nie wirklich zurecht. In Wien waren die Vorstellungen durchgeprobt und festgelegt. Die Aufführungen waren in allen Details unveränderbar, und es gab keine Rufe aus dem Publikum. Yseut kam auf die Bühne und wusste im Dunkel des Zuschauerraums die Augen all der Personen auf sich gerichtet, und sie wollte so perfekt spielen, bis alle zur Antwort lächeln mussten. Yseut wollte das begeisterte Lächeln beim Applaus bekommen, aber in den kleinen Theatern, in denen sie auftreten konnte, waren meist sehr wenige Zuschauer, und der Applaus blieb schütter.

In Frankfurt hatte sie als erste Rolle die Rosalie in »Dantons Tod« zu spielen gehabt. Das war eine winzige Rolle. Yseut richtete sich gerade eine kleine Wohnung in Sachsenhausen ein und war mit allem zufrieden. Während der Generalprobe unterbrach der Intendant und stieg auf die Bühne. Er stellte sich an den Bühnenrand links und verlangte von Yseut und den beiden anderen Schauspielerinnen, die die Grisetten darstellten, und von der sehr jungen Schauspielerin der Eugenie, dass sie mehr Busen zeigen sollten. Yseut hatte lachen müssen. Sie fand das so nebensächlich, wie diese Rollen das waren, aber die sehr junge Schauspielerin reagierte nicht gleich. Der Intendant ging zu ihr hin und riss ihr die Bluse bis zur Taille hinunter. Dann ging er auf seinen Platz in der 8. Reihe Mitte zurück und setzte sich. Yseut wusste, dass das gegen den Regisseur der Aufführung gerichtet gewesen war. Der Regisseur saß in der 5. Reihe Mitte und sagte nichts. Er blieb einfach sitzen. Die sehr junge Schauspielerin verbarg ihren Busen hinter gekreuzten Armen und rang nach Luft. Yseut ging hin und zog die weiße Bluse zurecht. Sie drehte sich zum Intendanten um und fragte, ob das so genügen würde. Sie hatte die Bluse über den Busen der jungen Frau drapiert, aber die Schultern nackt gelassen. Der Intendant sagte nichts mehr, und die Probe war wiederaufgenommen worden.

Danach kamen Yseut die Aufführungen endgültig wie Turnübungen vor, und sie begann sich selbst zu schämen. Sie schämte sich nicht für ihre eigene Nacktheit, sondern dafür, dass diese Nacktheit angeordnet worden war, und sie klebte ihre Brustwarzen mit hautfarbenem Pflaster ab. Yseut war aber vor allem beschämt darüber, dass der Intendant ihnen nicht zugetraut hatte, Verführung darstellen zu können, und sich nur auf ihre Körper verlassen hatte wollen. Das kam Yseut wie ein Vertragsbruch vor. Sie war doch dafür engagiert worden, Figuren darzustellen und nicht als Körper ausgestellt zu werden. Der Intendant kam dann nie wieder in eine Aufführung. Er hatte eine Abneigung gegen den Regisseur dieser Aufführung gefasst, obwohl er ihn selbst eingestellt hatte. Sie traten dann alle auf, wie sie das selber wollten. Yseut fand aber, dass der Intendant ihr schlimmster Chef von allen war. Damals wurde sie aber auch schon längst nicht mehr zu den Abendessen beim Intendanten und seiner Frau eingeladen. Das hatte mit einem Zerwürfnis des Intendantenpaars mit Lauritz zu tun, und bald danach hörte Yseut mit dem Theater überhaupt auf. Sie hatte dann annehmen müssen, dass ihre Anstellung als Freundlichkeit gegenüber Lauritz gemeint gewesen war.

In Wien bei Alexander war das mit dem Theater interessanter gewesen. Alexander hatte eine kleine Off-Off-Bühne durch die Wiener Kleinbühnenreform hindurch retten können, und Yseut hatte bei ihm mitgemacht. Alexander hatte ihr auch zugeredet, es in Frankfurt mit dem Schauspielen als Beruf zu versuchen. In dem kleinen Theater von Alexander verdiente niemand genug, einen Lebensunterhalt bestreiten zu können, und alle machten neben ihren Berufen mit. Mit Alexander hatte sie immer reden können. Das war so während der

Liebesgeschichte mit ihm und auch nachher, obwohl alles so schrecklich geendet gehabt hatte. Alexander hatte ihr immer geantwortet. Er war dann vor die Wahl gestellt worden, eine Herztransplantation zu machen oder sehr rasch zu sterben. Er hatte sich gegen die Transplantation entschieden. Alexander war vor seiner Arbeit als Regisseur Lyriker gewesen und hatte in den 70er Jahren aus Rumänien flüchten müssen, weil seine Gedichte dem Regime nicht genehm gewesen waren. Wie sollte er mit einem fremden Herzen in der Brust Gedichte schreiben, hatte er gefragt, und er war dann auch bald auf einer Reise in Griechenland gestorben. Yseut hatte das aber erst Jahre später zufällig erfahren.

Yseut gab das Theater leichten Herzens wieder auf. Yseut hatte gedacht, sie lerne diese Texte und versähe sie mit einem Leben, aus dem heraus das alles gesagt werden konnte, und sie könnte so an die Bedeutung herankommen. Aber alles am Theater arbeitete gegen eine solche Vorstellung, und Yseut musste zugeben, dass die Anfänge in Berkeley etwas ganz anderes gewesen waren als so ein Stadttheater.

Lynn hatte immer über Yseuts Schauspielerei gelacht. Wenn sie Lynn am Telefon erzählt hatte, was sie im Theater versuchte, dann hatte Lynn herzlich über sie gelacht. Dazu sei sie doch viel zu scheu, hatte Lynn gemeint. Yseut war beleidigt gewesen, aber dann hatte sie zugeben müssen, dass sie immer mehr von den anderen wissen hatte wollen, als etwas von sich selbst preiszugeben.

Nach der Öffnung des Ostblocks wurde Yseut oft in andere Länder geschickt, um auszukundschaften, ob es sich lohnen würde, da eine Filiale der Agentur aufzubauen. Yseut war mit noch zwei Kollegen nach Sofia gekommen, wo sie zwei Tage lang mit dem Team einer kleinen Agentur verhandelt hatten. Die Gründer des Teams waren ein Ehepaar. Sie waren beide Mittelschullehrer gewesen, die ihren Beruf aufgegeben hatten, weil sie nach der Wende auch von zwei Lehrergehältern ihre Kinder nicht ernähren und auf gute Schulen schicken hätten können. Sie waren beide ernsthafte Personen. Ein Mitarbeiter der bulgarischen Agentur hatte Yseut nach der Besprechung im Hotel abgefangen und ihr angeboten, mit jüngeren Personen alle Aufträge anzunehmen und nicht wie die Agenturgründer Aufträge von zweifelhaften Unternehmen abzulehnen. Die Agenturgründer hatten sich auch geweigert, für die Regierung arbeiten zu wollen und so die Korruption mitzuverschleiern.

Yseut hatte da längst gewusst, dass es keinen Sinn ergab, zu dem Zeitpunkt eine Kommunikationsagentur in Bulgarien aufzubauen. Das Land versank in Korruption, und es gab keine verlässlichen Wirtschaftsdaten.

Es sollte aber zum Abschluss noch ein Abendessen geben, und Yseut musste sich die Haare waschen. Sie war im Hotel Rila untergebracht. Das war das Hotel für die Gäste der kommunistischen Partei Bulgariens gewesen, und die Ausstattung war noch aus den 70er Jahren. Yseut hatte ihren eigenen Föhn mitgebracht, weil sie sich schon so etwas vorgestellt hatte. Im Badezimmer gab es keine Steckdose, und Yseut musste den Föhn im Zimmer anstecken. Sie konnte durch die Balkontür hinaus auf den Platz vor dem Hotel sehen. Etwa 50 Meter weit über den Platz hinüber standen die gegenüberliegenden

Häuser. Die Gebäude waren ebenso hoch wie das Hotel. Plattenbauten wechselten sich mit Gründerzeitgebäuden ab. Im obersten Stockwerk eines Plattenbaus ihr direkt gegenüber stand ein Fenster offen.

Yseut föhnte ihre Haare. Sie beugte sich vor und blies die heiße Luft in die Haare am Hinterkopf. Dann richtete sie sich wieder auf und sah, daß jemand an dem offenen Fenster stand. Sie konnte nur eine Gestalt erkennen. Sie hätte nicht sagen können, ob es ein Mann oder eine Frau war. Die Gestalt stand bewegungslos am Fenster und schien auf das Hotel herüber zu schauen. Yseut stand nackt mit dem Föhn in der Hand im Hotelzimmer. Sie wünschte sich, diese Gestalt könnte sie sehen. Sie wünschte sich den Blick dieser Gestalt gegen ihre tiefe Verlorenheit, die sich über die Tage in Sofia in ihr angesammelt hatte. Kurz schien es ihr unumgänglich, hinunter und über den Platz in das Haus drüben zu laufen und sich dort dieser Gestalt zu zeigen, um von irgendjemandem wenigstens gesehen zu werden. Einen Augenblick schien das Überleben selbst von einem solchen Gesehenwerden abzuhängen. Yseut ging nackt auf den Balkon hinaus und hob die Hand. Sie wollte, dass diese Gestalt sie zur Kenntnis nahm. Dann ging sie doch wieder zurück. Sie musste sich auf das Bett werfen. In dem Augenblick auf dem Balkon, da hatte sie von Lauritz in der dritten Person gedacht gehabt. Sie hatte nicht mehr gefragt, »Wo bist du.«. Sie hatte gedacht, »Wo ist er.«. Das du in ihr war zu einem er geworden.

Der Balkon war im 7. Stock gewesen, und der Blick hinunter hatte eine dunkle Anziehungskraft gehabt.

Yseut glaubte dann, dass die Dringlichkeit und der Abgrund, an dem sie sich gesehen hatte, mit den Umständen in Bulgarien zu tun gehabt hatten, und schon am Flughafen beim Abflug hatte sie die Dringlichkeit dieses Wunschs nicht mehr verstanden. Sie heiratete Lauritz nach dieser Reise. Nach der Scheidung war ihr dann klar, dass sie da in Sofia schon gewusst hatte, dass Lauritz sich ihr nie gezeigt hatte, weil er mit seinem Betrügerleben gar kein echtes Gesicht besitzen konnte. Er war die weitentfernte, unerkennbare Gestalt am Fenster im Plattenbau gegenüber dem Hotel Rila gewesen.

30. Folge.

Yseut war beim ersten Schrei stehengeblieben. Der Mann schrie wieder. Und wieder. Bei jedem Schrei stiegen erneut Vögel aus dem Gewirr von Bäumen, Büschen und Schilf auf. Der Mann wandte sich Yseut zu. Sein Mund war weit aufgerissen, und er schrie mit aller Kraft. Immer noch neue Vögel stiegen aus dem Waldstück auf und flatterten davon. Schwärme von Vögeln kamen wieder hereingesegelt. Wolken von Vögeln gerieten ineinander. Ein Chaos von Gezwitscher und Gezirpe. Bruno lachte Yseut zu. Mit weit ausgestrecktem Arm wies er auf die Vogelschwärme. »Questo non l'ha mai visto. Questo non l'ha mai visto. Vedete. Vedete.« Bruno sprang von einem Bein auf das andere. »Vedete. Vedete.« Er kam zu Yseut gelaufen. Der kommunistische Bürgermeister. Dieser Federfuchser. Questo scribacchino malato. Dieser kommunistische Bürgermeister. Der habe versprochen, diese Stelle unter Naturschutz zu stellen. Eine solche Stelle. So reich an Vogelarten. Diese Stelle sei sogar für das Po-Delta einzigartig. Es könnte längst einen Tourismus geben. Hier. Aber dieser Federfuchser. Der habe sein Versprechen nicht gehalten. Deshalb habe er sich von der Linken verabschiedet. Er sei jetzt auch für die Lega. Wie alle anderen. I membri della Lega nord. Die hielten ihre Versprechen. Vielleicht hätte es Gründe gegeben, sagte Yseut. Bruno schüttelte den Kopf. Es könne keine Gründe geben, ein solches Paradies nicht schützen zu wollen. Das hier. Der Mann wies mit der Hand auf die Landschaft rund um. Das hier. Das seien Lebewesen. Creature. Da könne man nicht warten und nichts tun. Aber dieser Bürgermeister. Der sei Lehrer gewesen. Die seien alle Studierte gewesen, und man hätte es wissen müssen. Yseut seufzte. Sie sagte nichts. Bruno schaute auf das Vogelufer des Teichs hinüber. Seine Augen leuchteten. Yseut sagte, dass sie nun wirklich etwas Besonderes gesehen habe. Qualcosa di speciale. Vielen Dank. Der Mann ging an den Rand des Dammufers zurück. Er steckte zwei Finger in den Mund und pfiff. Wieder erhoben sich die Vogelschwärme aus dem Dickicht. Wieder das Durcheinander aus Geschnatter und Gepfeife. Aus Gepiepse und Geschrei. Der Mann kam lachend zu Yseut zurück. So etwas habe sie sicher noch nicht gesehen. Yseut schüttelte den Kopf. Nein. Das hätte sie nicht. Sie wandte sich zum Gehen. Der Mann lief voraus. Hielt ihr die Büsche auseinander. Beim Auto. Yseut ging an die beiden Ränder des Damms. Bruno machte eine abfällige Handbewegung. Da sei doch jede Menge Platz. Zum Reversieren. Yseut schaute sich trotzdem genau an, wo das Gras den Abfall der Böschung verbarg. Die Vorstellung, in den Sumpf dieser überfluteten Felder zu rutschen. Sie war besorgt. Sie fuhr sehr vorsichtig vor und zurück. Bruno stand vor dem Auto und wollte sie einweisen.

Er deutete ihr mit den Händen, wie weit sie noch vorwärts fahren könne oder wie weit nach hinten. Yseut nahm seine Handzeichen nicht zur Kenntnis. Sie brauchte lange. Am Ende stand der Mann resigniert da und schaute über die Felder hinaus in die Weite. Bei der Rückfahrt sagte er nichts. Yseut fuhr den Weg zurück und Bruno schwieg. Er hatte geschwitzt. Der Schweiß stand in hellen Perlen auf der Haut über der Schwellung und den Beulen in seinem Gesicht. Vor dem Geschäft. Der Mann stieg aus. Yseut griff nach hinten nach ihrer Handtasche. Sie wollte auch aussteigen. Bruno warf die Autotür zu und schlug mit der flachen Hand auf das Autodach. Zum Abschied. Als führe sie gleich weiter. Er ging schnell in das Geschäft und hielt sich so, dass sie sein Gesicht nicht sehen konnte. Beim Hineingehen. Er wischte sich das Gesicht mit einem blaugeränderten Taschentuch ab. In der Tür drehte er sich ihr zu. Yseut konnte nur die rechte Seite von ihm sehen. Er lachte wieder. Er winkte. Gute Fahrt. Yseut stellte die Tasche auf den Beifahrersitz und fuhr los. Sie ließ das Auto zurückrollen. Bruno war hinter der Auslagenscheibe zu sehen. Er stand mit gebeugtem Kopf. Yseut sah das Schild »Co-op« und »Alimentari« des Geschäfts nebenan, da hatte sie schon auf die Straße zurückgelenkt. Sie schaltete und fuhr auf den Parkplatz zurück. Sie stieg aus. Bruno schaute auf. Starrte sie an. Hinter dem Glas. Sein Gesicht. Die Schatten ließen die Beulen noch größer aussehen. Die Schwellung wulstig. Die rechte Hälfte des Gesichts kaum zu sehen. Er beugte den Kopf und ging im Geschäft nach hinten. Verschwand im Dunkel da. Yseut ging in das Lebensmittelgeschäft. Was sollte sie flüchtenden Kindern mitbringen. Sie überlegte. Kein Zuckerwerk. Keine Schokolade. Es musste schlimm genug sein, die Kinder mit Pizzas oder Canapés zu ernähren. Obst. Sie sollte Äpfel kaufen. Yseut ging die Regale entlang. Das Geschäft war klein. Es gab zwei Gänge mit Regalen zu beiden Seiten. Mehl. Reis. Nudeln. Konserven. Chips. Viele Sorten Chips. Im anderen Gang. Zucker. Backmischungen. Schokolade. Eingeschweißte Backwaren. Verpackte Kuchen. Kekse. Yseut nahm Mandelkuchen und Schokoladekekse. Es gab kein Obst oder Gemüse. Das hatten wohl alle in ihren Gärten hier. Bei der Kasse das Regal mit den Zuckerschlangen, Kaugummis und Gummifröschen. Die würden den Kindern Freude machen. Aber so viel Zucker oder Schokolade. Das würde nur Probleme machen. Yseut nahm eine Packung plastikverschweißter Flaschen Mineralwasser. An der Kasse. Yseut musste warten. Vor ihr bezahlte eine sehr alte Frau. Sie verstaute ihre Einkäufe in einer Einkaufstasche und redete währenddessen mit dem Mann an der Kasse. Yseut konnte nicht verstehen, was die beiden sprachen. Bruno kam herein. Er stellte sich neben den Mann an der Kasse. Yseut hatte ihre Einkäufe auf das Band gelegt. Der Mann scannte die Packungen. Yseut zahlte. Bruno hielt ihr ein Clipboard hin. Ob sie unterschreiben könne. Das sei für den Erhalt der Vogelinsel. Yseut ging mit Bruno an das Fenster neben der Kasse. Sie schrieb ihren Namen hin. Suchte den Pass aus der Tasche. Trug ihre Passnummer in die Rubrik. Sie unterschrieb. Bruno strahlte und lachte. Er rief dem Mann an der Kassa zu, dass ja nun niemand mehr etwas gegen diese Zona di protezione haben könne. Wenn so schöne Frauen unterschrieben. Der Mann an der Kasse stapelte Yseuts Kuchen und die Kekspackungen. Yseut käme aus Wien, fragte er. Er habe das an der Autonummer gesehen. Yseut bejahte. Er habe die schönsten Tage seines Lebens in Wien verbracht, sagte er. Er schaute Yseut an. Dann senkte er den Blick auf Yseuts Kuchen und Kekse und lächelte. Er wäre also der Neffe, sagte Yseut zu Bruno. Bruno schlug dem Mann auf die Schulter. Ja, das sei der Neffe, sagte er und lachte. Yseut nahm die Packungen. Sie verabschiedete sich. Der Mann schaute nur kurz auf. »Ciao.« Draußen. Yseut verstaute die Kuchen und Kekse im Kofferraum. Bruno schaute ihr zu. Wofür sie so viele Kuchen brauche. Yseut zuckte mit den Achseln. Schüttelte den Kopf. Bruno machte kehrt, und Yseut dachte, dass er nun endgültig verstimmt wäre. Bruno war im Reisgeschäft zu sehen. Sie sah ihn am Tisch mit Schachteln hantieren. Er kam mit einer Schachtel zu ihr zurück. Er ging nach hinten. Öffnete den Kofferraum. Er stellte die Schachtel in den Kofferraum und räumte die Keksschachteln und die Kuchenpackungen ein. Er beugte sich weit in den Kofferraum. Yseut war nach hinten gekommen, um zu sehen, was er da machte. Bruno nahm Yseuts Hand und zog sie zu sich in den Kofferraum. Er drückte ihre Hand. Rieb mit rauen Fingern ihren Daumenballen. »Non so chi.« Er wisse ja nicht, wen sie unterstütze. Er wolle es auch nicht wissen. Aber wenn es sich um Flüchtlinge handle. Quando si tratta di rifugiati. Sie müsse vorsichtig sein. Es gäbe Leute, die machten Jagd auf die. Yseut stand in den Kofferraum gebeugt. Von Bruno festgehalten. Sie drehte den Kopf, um Bruno ins Gesicht sehen zu können. »Blutige Jagd.«, sagte Bruno. Sanguinosa. Sono fuorilegge. Caccia sanguinosa, sagte er wieder. Er drückte Yseuts Hand sehr fest. Sie zog sie unwillkürlich zurück. Er wurde rot. Yseut richtete sich auf. Brunos Gesicht war rotfleckig. Er stand da. Versteckte seine Hände hinter dem Rücken. Yseut schlug den Kofferraum zu. Danke, sagte sie. »Grazie per la vostra preoccupazione.«, und dann küsste sie ihn zum Abschied. Sie küsste ihn auf die rechte Seite seines Gesichts. Sie ging schnell weg. Stieg ein. Startete. Fuhr aus dem Parkplatz nach hinten hinaus. Bruno beugte sich über die Windschutzscheibe und sah sie an. Ernst. Dann richtete er sich auf und grinste wieder. Er winkte. Er lief dem Auto nach und schlug wieder mit der flachen Hand auf das Autodach. Yseut dachte, dass das eine Geste war, die auch in dem Film vorkommen hätte können. Yseut dachte, dass sie jetzt gerade eine Szene aus dem Film erlebt hatte. Mehrere Szenen. Eine Sequenz. Aber war sie dann Aldo. Oder war Bruno Aldo. Aber Aldo war kein Bauer gewesen. Aldo war der operaio gewesen. Landlos. Aldo war der landlose Industriearbeiter, der nichts anderes hatte als seine Arbeitskraft. Seinen Körper. Das war dann eher sie. Sie hatte ihr Leben lang nichts anderes gehabt als sich selbst. Kein Erbe. Sie war immer nur sie gewesen. Yseut musste lachen. Sie hatte das nun alles besser überstanden, weil sie eine Frau war und niemand etwas von ihr erwartet hatte. Sie. Ihre Generation. Sie hatten erobert. Sie hatten erobern können. Sie war die erste Frau im Team der Agentur gewesen. Sie war zum Begräbnis von diesem Herbert gegangen und hatte in sein Grab geschaut. Es hatte sie traurig gemacht. Dieser Mann. Wenn sie es recht bedachte. Dieser Mann war auch ein Aldo gewesen. Er hatte hinter einem Schreibtisch funktioniert. Er hatte nicht mehr seinen Körper einsetzen müssen. Sonst. Er hatte auch nicht reden und schon gar nicht handeln können. Stieräugig hatte er keine Verantwortung für diese eine Nacht übernehmen können. Hatte die Erinnerung verschluckt. Alle Erinnerungen. Wahrscheinlich. Und dann der Herzinfarkt. Hinter dem Schreibtisch. Wie Aldo vom Turm seiner Fabrik. War das der Fluch der Territorialität. Wie Bruno und sein Vogelparadies. Yseut fuhr auf die Hauptstraße. In Richtung Mesola. Von da wusste sie schon zurück. Yseut fuhr schnell. Sie war hungrig. Sie brauchte etwas zu trinken. Sie fuhr weiter. Sie wollte nicht stehen bleiben. Sie wollte ihr Ziel erreichen. Der Abend fiel ihr ein. Die Einladung. Sie lachte. Was war sie für ein Kindskopf. Kindskopf. Wie konnte das auf Italienisch heißen. Testa di bambino. Child's head. La tête d'enfant. Aber das hatte alles nicht diesen liebevollen Ton. Oder war dieser liebevolle Ton nur persönlich. Der Vater. Am Tisch. Ein Buch aufgeschlagen vor ihm. Der Bleistift in seiner Hand. Er hatte angestrichen. Er hatte in den Büchern angestrichen, was er wichtig gefunden hatte. Der gute Vater war das. Der Vater, der sie »Kinderl.« oder »Kindskopf.« genannt hatte. »Mein Kindskopferl.«. Der Vater, der etwas wissen hatte wollen und Philosophie gelesen hatte. Der Vater, der zu viel gewusst hatte und es nicht erzählt hatte. Die Zwangsarbeiter in seinem Betrieb hatten jeden Tag von ihrem Quartier quer durch die Stadt in den Betrieb marschieren müssen. Diese Trupps. Die waren erkennbar gewesen. Das konnte jeder und jede sehen. Das hatte jeder und jede sehen müssen. Das hatte die Forschung erst vor wenigen Jahren wieder zu Tage gebracht. Viele kleine KZs. Über ganz Wien verstreut. Und die Trupps auf dem Weg zu den rüstungswichtigen Betrieben. Jeden Tag. Hin und zurück. Quer durch Wien. Aber die Eltern. Die Großmütter. Die Lehrerinnen. Die Kindergärtnerinnen. Die Mittelschullehrer. Der Direktor der Schule. Sie hatten nichts davon gesagt. Was nicht gesagt wird, das hat es nicht gegeben. Er hatte wohl Angst gehabt. Der Vater. In dieser Zeit. Was hatte eine Adoption für den Ariernachweis bedeutet. Sie wusste das nicht. In Mesola. Sie bog vor der Romea auf die kleinere Landstraße ein. Fuhr durch die Ebene. Felder. Die Straße ein Damm. Nur wenige der verlassenen Bauernhöfe. Yseut sah Reiher in den Feldern stehen. Keiner flog auf, weil ihr Auto vorbeifuhr. Plötzlich. Yseut hatte plötzlich einen schlechten Geschmack im Mund. Die Vorstellung. Alle diese Erde hier. Die war von weither transportiert. Von diesem Strom hierher geschafft. Von einem Ende der Ebene zum anderen. Eine Umwälzung war das. Sie fuhr auf einer Umwälzung dahin. Kam eine da nicht unter die Räder. Bei Umwälzungen. Yseut fühlte sich gleich mit den Rädern nach oben fahren. Das Auto von der umwälzenden Walze hängend, drohte in die Umwälzung zu fallen und im umgewälzten Grund begraben zu werden. Hochschaubahn, dachte Yseut. Das war wie auf der Hochschaubahn, wenn es nach dem Heruntersausen wieder aufwärts ging. Auf die Kippe zu. Sie war dehydriert. Sie sollte etwas trinken. Sie hatte 6 Flaschen Wasser im Kofferraum. Aber sie blieb nicht stehen. Sie konnte das

Fahren nicht unterbrechen. Yseut bog nach links ab. In Richtung Corbola. Sie dachte, so käme sie an die Abbiegung zur Villa. Sie fuhr langsam. Hielt Ausschau. Sie sah die Hinweistafel wieder zu spät und musste weiterfahren. Umkehren. Einbiegen. Die Sandstraße. Sie fuhr Schritttempo. Trotzdem bildete sich hinter ihr die große Staubwolke. Yseut hatte unbemerkt zu der Fattoria kommen wollen. Die Staubwolke machte sie unübersehbar, und Yseut fuhr in den Park der Villa weiter. Sie riss die Plastikverpackung der Wasserflaschen auf. Behielt eine Flasche und trank. Die anderen Flaschen legte sie in die Schachtel und machte sich auf den Weg. Zu Fuß war das weit. Am Anfang musste Yseut durch den von ihr aufgewirbelten Staub gehen. Im Park noch Schatten. Zwischen den Feldern. Die Sonne brannte. Die Luft war feucht. Mücken schwirrten. Moskitos. Yseut ging schneller. Die Schachtel wurde schwerer und schwerer. Auf dem Gras. Bei jedem Schritt stoben Insekten auf. Yseut konnte die Schachtel kaum noch halten. Sie schwitzte. Der Karton wurde rutschig von ihrem Schweiß. Sie musste die Schachtel immer wieder anders in die Hände nehmen. Die Tasche rutschte jedesmal von der Schulter. Bei der Fattoria. Die Hollerbüsche waren niedergeschnitten. Der Blick in den Innenhof frei. Der Innenhof. Der Boden freigeräumt. Blaugemusterte Kacheln die rechte Wand entlang zu sehen. Kein Mauerwerk. Kein Geröll. Keine Ziegel. Yseut zögerte. Dann ging sie schnell über den Hof auf den Riss in der Mauer zu. Sie stellte die Schachtel ab. Ging in den Stall oder was dieser Raum einmal gewesen war. Alles leer. Durch den Dachstuhl Sonnenlicht. Sonnenflecken auf dem gestampften Boden. Yseut ging herum. Nichts. Keine Spur. Sie ging hinaus. Holte die Schachtel. Sie stellte sie in die Ecke gleich hinter dem Riss. Würden Ratten. Yseut stieß die Schachtel mit dem Fuß weiter in die Ecke. Sie war wütend. Warum war sie wütend. Diese Personen hatten nichts mit ihr zu tun. Das Ganze hier hatte nichts mit ihr zu tun. Warum nahm sie es persönlich. Hatte sie die Retterin sein wollen. Die Spenderin. War sie so oberflächlich. Sie wusste es nicht. Sie ging. Sie blieb einen Augenblick im Hof stehen. Die Geräusche. Wie sie in der Nacht über dieses Mauerwerk geklettert war. Das Knirschen der Ziegelreste unter ihren Schuhen. Sie ging. Draußen. Die Wut war schon wieder weg. Sie war traurig. Der kleine Bub. Sie holte das iPhone aus der Tasche. Schaute ihre Nachrichten an. Goggo hatte nicht geantwortet. Aber es war auch nicht sicher, ob er die SMS bekommen hatte. Yseut wanderte zurück. Inmitten der Ebene. Sie kam sich klein vor. Sie war froh, beim Auto zu sein. Sie fuhr um die große Wiese vor der Villa. Der Parkplatz bei der Terrasse war frei. Sie schob sich unter die Ranken des Efeus. Stieg aus. Sie ging über das Gras zum Haus. Im Haus. Sie ging auf die Suche nach der Contessa. Im roten Salon. Die Contessa saß in ihrem Fauteuil und strickte. Der Major saß ihr gegenüber. Er begrüßte Yseut mit einem langen Pieps von seiner Elektrolarynx. Gio Gio saß auf dem Sofa. Er saß weit vorgebeugt und rot im Gesicht. Es sah aus, als hätte er sehr hitzig ein Argument vorgebracht. Die Contessa winkte Yseut, sich doch zu ihnen zu setzen. Yseut fiel ein, dass sie nun keinen Reis gekauft hatte.

31. Folge.

»Yseut.«, sagte die Contessa. Sie sprach den Namen wieder perfekt aus. Yseut war in den Salon gestürzt gekommen. Sie musste noch zwei Schritte machen. Ihr Schwung trieb sie in die Mitte des Raums. Sie kam unter dem Kristalllüster zu stehen. »Contessa.«, sagte sie. »Yseut. Call me Mildred. Please.« »Well. Mildred.«, sagte Yseut. Sie wollte weitersprechen. Die Contessa war schneller. Meine Liebe, sagte sie. Dieser junge Mann hier. Sie nickte Gio Gio zu. »This young man.« Er habe nur auf sie gewartet. Gio Gio setzte sich auf. Wollte etwas sagen. Die Contessa winkte ab. Das sei schon in Ordnung. Sie zwinkerte dem Major zu. In ihrem Alter könne sie es schon ertragen. Sie sagte »to suffer«. Sie könne es ertragen, dass es nicht mehr um sie ginge. Dann schaute sie den Major herausfordernd an. Solle man die jungen Leute nicht alleine lassen. Gio Gio stand auf und hob die Hand im Protest. Aber die Contessa stützte sich auf den Armlehnen ihres Fauteuils auf und hievte sich hoch. Der Major piepste mit der Elektrolarynx und stand auch auf. Yseut trat einen Schritt zurück. Die Contessa hakte sich beim Major ein, und die beiden verließen den Salon. Sie gingen bei der hinteren Tür nach rechts davon. Die Contessa lachte leise. Der Major schnarrte eine Antwort. Yseut starrte Gio Gio an. Der stand auf dem Teppich. Mit der Fußspitze seines rechten Fußes zeichnete er das Muster des Teppichs nach. Immer und immer wieder. Yseut setzte sich. Sie setzte sich in den Fauteuil gleich beim Sofa. Sie wollte fragen, was hier los sei. Es fiel ihr aber nur Deutsch ein. Sie starrte auf Gio Gios Fuß und wie er die Blumengirlanden des Teppichs entlangfuhr. »Tja.«, sagte Yseut. Sie hörte eine SMS ankommen und begann nach dem Handy zu suchen. Es war Goggo. Ihm ginge es gut. Alles sei in Ordnung. Sie schüttelte den Kopf. Goggo würde nie sagen können, dass er sie lieb hatte. Sie sagte ihm das immer. Sie schaute auf. Gio Gio beobachtete sie. Was hier los sei, fragte sie. Sie konnte wieder Englisch sprechen. Ginge es um die Flüchtlinge. Gio Gio schreckte auf. Was wisse sie denn davon. Yseut zuckte mit den Achseln. Gio Gio begann das Muster des Teppichs entlangzugehen. Er ging den Kreis der Blumengirlande ab. Wie der Bär im Bärenkafig, dachte Yseut. Das wäre alles sehr kompliziert, sagte er dann. Yseut sagte nichts. Sie schaute ihm zu. Gio Gio hatte seine Hände in den Hosentaschen. Er trug einen dunklen Anzug. Schneeweißes Hemd. Keine Krawatte. Er trug englische Lederschuhe, aber keine Socken. Er hielt immer wieder im Girlandengehen inne. Überlegte. Ging gleich wieder weiter. »What is it.«, fragte Yseut. Er wirke, als könne er gleich explodieren, sagte sie. Gio Gio wandte sich ihr zu. Da habe sie recht. Er könne explodieren. Diese alten Leutchen. Die wüssten nicht, was sie anrichteten. »These old geezers.«, sagte er. Yseut setzte sich auf. Das sei aber eine sehr harsche Ausdrucksweise. Old geezers. Gio Gio hatte wieder seinen Gang aufgenommen. Er schaute sie nur kurz an und ging dann weiter. »That bad.«, fragte Yseut. Er nickte nur. Nach einer Girlandenrunde. Sie habe ja keine Ahnung. Wolle er es ihr erzählen, fragte sie. Gio Gio ging weiter. Dann blieb er wieder abrupt stehen. Nein. Das wolle er nicht. Er fuhr sie an. Yseut erschrak. Gio Gio stand mit eingezogenem Genick wie zum Angriff vor ihr. Er begann wieder zu gehen. Nahm die Hände aus den Hosentaschen. Es sei wirklich ernst. Er hob die Hände. Verdrehte sie. Beschwörend. Und nichts mehr zu machen. Yseut wurde es langweilig. Sie zuckte mit den Achseln. Es täte ihr leid, wenn er Schwierigkeiten. Gio Gio stürzte zu ihr. Stellte sich vor ihr auf. Holte Luft. Hob die Schultern. Yseut erwartete einen Wutausbruch. Dann begann er zu lachen. Das Lachen brach aus ihm heraus, und er schien selbst von diesem Lachen überrascht zu sein. Er musste sich setzen. Er ließ sich auf das Sofa fallen. »Difficoltà.«, keuchte er lachend. Immer wieder »Difficoltà.«. Er versuchte, sich aus diesem Anfall zu befreien. Er schüttelte den Kopf und sagte »difficoltà« in einem normalen Ton. Aber das Lachen fiel wieder über ihn her. Tränen rannen ihm über die Wangen. Yseut griff nach seiner Hand. Sie zog seine Hand über die Armlehne des Sofas auf die Armlehne des Fauteuils. Hielt seine Hand fest. Er legte seine linke Hand dazu und ließ seinen Kopf auf die ausgestreckten Arme fallen. Er rang um Atem. Kicherte immer wieder von neuem. Schluchzte auf. Dann lag er ruhig. Yseut strich mit ihren Daumen seine Daumenballen entlang. Sie hörte sich beruhigende Laute sagen. »Schschsch.« »Schschsch.« Dann drückte Gio Gio ihre Hände und setzte sich auf. Er behielt ihre Hände in seinen. Sie saßen einander über die Armlehnen gegenüber. Wie das bei ihr so sei, fragte Gio Gio. Sein Gesicht war gerötet. Seine Augen verschwollen. Er zwinkerte aber wieder. Ja, sagte er. Wie ihre Orgasmen seien. Yseut zog ihre Hände zurück. Er hielt sie fest. Er habe gerade sein Todesurteil bekommen, sagte Gio Gio. Er wolle nur noch über wichtige Dinge sprechen. »Sono condannato a morte.«, hatte er gesagt. Yseut wollte aufstehen. Sie presste die Lippen zusammen. Einen blöderen Vorwand habe er nicht erfinden können. »Un pretesto più stupido non hai potuto inventare.« Gio Gio zog ihre Hände zu sich. »Davvero.«, sagte er. Er sagte es leise. Sanft. Seine Augen. Yseut ließ ihm ihre Hände. Er wolle das wissen, sagte Gio Gio. »Aber.« Yseut verfiel wieder ins Deutsch. Gio Gio zog ihre Hände noch näher zu sich. Er beugte sich über die Hände. Küsste jeden ihrer Knöchel. Einzeln. Als zähle er ihre Handknöchel ab. Yseut rutschte auf dem Fauteuil zur Seite. Sie lag schräg im Fauteuil. Ihre Arme lang ausgestreckt. Ihre Hände in seinen. »Hmm.«, fragte Gio Gio zwischen dem Küssen. »I don't know.«, sagte Yseut. Das wäre doch immer sehr verschieden. Gio Gio wiegte seinen Kopf über ihren Händen. Er küsste weiter. »O.k.«, gab Yseut zu. Irgendwie gäbe es schon eine Ähnlichkeit. Wie das bei ihm wäre. Gio Gio zuckte mit den Achseln. Seine Orgasmen kenne er doch. Wenn er nun schon sterben musste, dann sei es doch logisch, dass er von ihren etwas erfahren wolle. Es seien doch die anderen das Interessante. »We are still talking about …« Gio Gio nickte. Yseut schaute über seinen Kopf hinweg. An der Wand die Porträts der Besitzer der Villa. Rokoko. Empire. Die Porträts in goldenen Rahmen. Männerbilder. Die Frauen an der Wand gegenüber. Aus der Nähe war zu sehen, wie zerschlissen die Seidentapete war. An manchen Stellen nur noch die Kettenfäden. »Hmm.« Yseut seufzte. Das Küssen. Sie hatte die Arme nicht mehr durchgestreckt. Sie saß schlaff da. Weich. »Für mich ist es mehr wie ein Licht. Sonnenlicht auf Wasser reflektiert.«, sagte sie. »Oder ein Ton.« Gio Gio hielt sein Gesicht knapp über ihren Händen. Er küsste nicht mehr. Er legte den Kopf ein wenig schief. Hörte zu. Die Lust, ihn zu küssen. Yseut wollte sich aufsetzen. Diesem Gedanken zu entkommen. Er hielt ihre Hände fest. Ohne Kraft. Nur fest. »Well.«, sagte Yseut. Wenn das schon ein Verhör war, dann konnte sie ja auch gleich die Wahrheit sagen. Sie konnte sehen, wie Gio Gio zu lächeln begann. Sie wurde ärgerlich. Also, wenn er so genau wissen wolle. Gio Gio setzte sich auf. Er strahlte sie an. Sie sollten über das Abendessen nachdenken, sagte er. Er beugte sich über die Armlehnen und drückte ihr einen Kuss auf den Mund. Wie er sie aber nun nennen solle. Issota. Isabella. »Yseut.«, sagte Yseut. Sie musste lachen. Sie wollte einen Scherz über die zum Tod Verurteilten machen. Aber sie sagte nur noch einmal »Yseut.«. Das sei nun einmal so, und sie habe einen falschen Namen gesagt, weil sie ihn richtig eingeschätzt habe. Er grinste sie an. Nickte. Hob die Schultern. »Criminals will be criminals.«, sagte er. Er schien ihr etwas damit sagen zu wollen. Yseut seufzte nur. Abendessen. Das klänge gut. Wie spät es denn sei. Oh, meinte

Gio Gio. Sie hätten schon Zeit. Die Frage sei, wo sie essen sollten. Hier ginge es nicht. Bei ihm auch nicht. Das Beste sei, sie gingen in das »Meraviglioso«. Yseut verstand nicht. In das Restaurant von gestern Abend. Yseut musste lachen. Die Contessa habe das alles arrangiert. Sie habe den Namen des Lokals nie gehört. Gio Gio nickte. Die Contessa, rief er aus. Aber da könnte nichts passieren. Im »Meraviglioso« seien sie sicher. Im »Meraviglioso«. Da seien alle beieinander. Da müssten sie sicher sein. Yseut musste tief Luft holen. Der Stimmungswechsel. Sie fühlte sich überrumpelt. »Yes.«, sagte sie und stand auf. Sie müsse den Major sprechen. Wenn es ihr nichts ausmache, dann behalte er einmal ihre Pistole, sagte Gio Gio. Yseut setzte sich wieder. Gio Gio saß wieder vornübergebeugt auf dem Sofa. Warum, fragte Yseut. Ihr war sofort elend geworden. Sie hatte Angst. »Cultura maschilista.«, sagte Gio Gio. Ruhig. Ironisch. Yseut musste aufstehen und an die französischen Türen gehen. Sie sah, dass Scherengitter vorgezogen waren. Die Vorhänge waren davor drapiert. Die Gitter waren nicht gleich zu sehen. Yseut stand unschlüssig da. Drehte sich um. Gio Gio hatte sich zurückgelehnt und die Arme auf die Rückenlehne des Sofas gelegt. Wäre es möglich, dass sie mit ihrem Auto führen. Yseut nickte. Dann könne er nämlich jetzt noch einen großen Grappa trinken, während sie sich umziehen ginge. Das wäre doch eine Idee. Yseut nahm ihre Tasche und ging. An der Tür schaute sie zurück. Gio Gio hatte ihr nachgeschaut. Er grinste sie an. Sie winkte ihm zu. Sie winkte, wie sie als kleines Kind gewinkt hatte. Die Faust aufmachen und wieder zumachen. Gio Gio lachte. Yseut ging davon. Sie stieg die Stufen hinauf. Sperrte ihre Zimmertür auf. Sperrte hinter sich zu. Was hieß unberechenbar auf Italienisch. Unpredictable. Impredicabile. Nein. Sie schaute auf dem iPhone nach. Imprevedibile. So falsch war ihre Ableitung nicht. Was sollte sie anziehen. Sie hatte nicht mit einer solchen Einladung gerechnet. Schwarz. Schwarze Hose. Schwarzes Spitzenoberteil. Das musste reichen. Yseut ging ins Badezimmer. Die Haare. Es war keine Zeit, die Haare zu waschen. Also aufstecken. Wo waren die Haarnadeln. Hatte sie die mit. Sie begann zu suchen. Duschen. Sie musste duschen. Sie war in diesem Staub gegangen. Yseut holte frische Unterwäsche aus der Lade. Beim Zuschieben. Sie merkte, wie nervös sie war. Zittrig. Sie war zittrig. Sie musste lachen. Hörte das nie auf. Es war doch gleichgültig, was heute passierte. Es war nicht mehr so viel Zeit, sich noch lange erinnern zu müssen. Man konnte auch verrückte Sachen machen. Yseut zog sich aus. Ging ins Badezimmer. Sie sah sich nackt in den Spiegeln. Der Spiegel hinter dem Bidet. Sie streckte sich die Zunge heraus. Unter der Dusche. Sie fühlte sich von ihrem Leben abgetrennt. Ihr Leben weit weg. Eine andere Geschichte. Eine andere. Sie war eine andere. Sie konnte sich selbst nicht erkennen. Sie konnte sich nur zusehen. Es war, als wäre sie ihr eigenes Kind und es ging darum, ob die Erziehung halten würde. Die Spannung im Bauch. Auf einmal war das angenehm. Yseut atmete tief. Beim Abtrocknen. Beim Eincremen. Beim Make-up. Frisieren. Anziehen. Sie war so gewiss, dass das sie war, die da lebte. Sie setzte sich in eines der weißgoldenen Sesselchen und dachte nach. Fühlte nach, wie das war. Im Augenblick. Sie stellte sich vor den fleckigen Spiegel über der Kommode. Schaute sich in die Augen. Sie beugte sich vor, ihre Pupillen genauer zu sehen. Das Geräusch. Es war dasselbe Geräusch wie gestern. Es kam von derselben Stelle wie gestern. Derselbe Ekel wie gestern stieg Yseut auf. Sie stöhnte. Sie ging gleich ins Badezimmer und holte eines von den dünnen Leinenhandtüchern. Sie faltete es auseinander. Es war dämmrig geworden. Sie drehte das Licht über dem Nachtkästchen an. In der Falte der Drapierung des blauen Vorhangs für den Betthimmel. Die grasgrüne Wanze. Klirrend. Wie in einer Metallkiste gefangen. Yseut stülpte das Handtuch über das Insekt. Sie schob das Handtuch zusammen. Schüttelte den Vorhang. Sie konnte das Tier spüren. Harte Kanten. Vibrierend. Yseut ließ das Handtuch fast fallen. Vor Ekel. Sie dachte, sie müsse sich übergeben. Dann hörte sie das Insekt im Handtuch rasseln. Sie verknotete das Handtuch. Sperrte ihre Tür auf. Legte das Handtuch vor die Tür. Nur dieses Ding nicht im Zimmer haben. Sie beschloss, im anderen Bett zu schlafen. Sie ließ das Licht an. Oder sollte sie es ausschalten. Lockte das Licht solche Tiere an. Sie ging ins Badezimmer. Musste die Brille aus der Tasche holen. Sie prüfte ihr Aussehen. Setzte die Brille auf. Sie zog den Lipliner nach. Trug noch einmal Lippenstift auf. Sie steckte das Kosmetiktäschchen in die Handtasche zurück. Die Brille. Sie musste lachen. Sie würde also nun einen Schädling und einen Kriminellen im Auto transportieren. Sie nahm noch die Jacke. Die Tasche. Sie sperrte die Zimmertür wieder auf. Sperrte hinter sich ab. Sie nahm den Handtuchbeutel und ging hinunter. Sie ging durch die Zimmer. Alles im Halbdunkel. Abend. Gio Gio saß im Büro und telefonierte. Er saß gegen den Schreibtisch gelehnt. Er nickte ihr zu und deutete, gleich fertig zu sein. Yseut ging zum Auto voraus. Sie ging um das Rondeau. Schaute die Zwerge genauer an. Heraußen war es noch hell. Da waren sie in Jesolo immer noch einmal an den Strand gegangen. Alle drei. In den Ferien. Im Urlaub. In Italien. Sie waren eine Urlaubsfamilie gewesen. Drei glückliche Wochen im Jahr. Alle freundlich. Alle entspannt. Niemand trank zu viel. Frieden. Aber sie waren im August in Jesolo gewesen. Da war es noch lange hell. Die Skulpturen. Die Zwerge waren Behinderte. Dem einen fehlte ein Bein. Dem anderen ein Arm. Einer war buckelig. Einer hatte ein vollkommen verzogenes Gesicht. Alle hatten böse Mienen. Die Buchsbaumhecke war zu Grotten geschnitten, aus denen sich die verwachsenen Figuren herausbeugten. Grinsend. Die Gesichter verzerrt. Bei einem die Augen moosüberzogen blind. Sie ging zum Auto. Klickte die Türen auf. Sie hielt das Bündel weit von sich weg. Ein Auto kam vom Damm heruntergefahren. Fuhr an ihr vorbei. Nach vorne in den Park. Die Tochter der Contessa. Oder die Enkelin. Yseut begann nachzurechnen. Sie schaute dem Auto nach. Ging um die Ecke. Das Auto verschwand im Park nach rechts. Sie konnte die Bremslichter sehen. Ein Auto mit einem Pferdetransporter angehängt. Es fuhr zu den Stallungen nach rechts hinüber. Gio Gio kam aus dem Haus. Er knallte mit der Tür. Yseut ging zum Auto zurück. Gio Gio sah sie mit dem Bündel. Er schaute fragend. Yseut zuckte mit den Achseln. Gio Gio kam zu ihr. Er nahm das Bündel. Machte es auf. Die grüne Wanze kam zum Vorschein. Gio Gio machte ein angewidertes Gesicht. Er schüttelte das Tuch aus. Die Laus fiel zu Boden. Laut rasselnd. Gio Gio trat mit seinen schweren Schuhen auf das Tier. Zertrat es. Er ging an das Gras und wischte sich die Schuhsohlen sauber. Er hielt Yseut das Tuch hin. Yseut verschränkte die Hände hinter dem Rücken. Gio Gio zuckte mit den Achseln. Er legte das Tuch zusammen. Ging zum Haus zurück und verschwand kurz. Dann kam er zurück. Er machte die Tür knallend zu. Yseut hatte sich hinter das Lenkrad gesetzt. Gio Gio ließ sich auf den Beifahrersitz fallen. Er müsse ihr den Weg sagen, sagte Yseut. Gio Gio nickte. Er saß gedankenverloren da. Die Hände in den Hosentaschen. Der Sitzalarm piepste. Gio Gio schnallte sich erst an, da waren sie schon auf dem Damm oben. Yseut schaute nach rechts zur Fattoria. Gio Gio folgte ihrem Blick. Dann starrte er wieder nach vorne hinaus. Yseut war elend. Aus dem zerquetschten Tier war grünes Blut herausgequollen.

32. Folge.

Wie es kam, dass Yseut wieder in die USA gehen hätte können und es dazu aber doch zu spät war.

Im Kindergarten hatte Yseut keine Freundin gehabt, sondern mit dem Dolfie gespielt. Manchmal nahm die Mutter vom Dolfie Yseut nach Hause mit. Die Eltern vom Dolfie wohnten in einer großen Wohnung in der Marokkanergasse und hatten deswegen eine Einquartierung. Dolfies Mutter hatte zu Yseuts Mutter gesagt, sie sollten froh sein, dass sie eine kleine Wohnung hätten, sonst müssten sie auch Kommunisten bei sich wohnen haben. In der Wohnung von Dolfies Eltern war der Parkettboden in den strengen Wintern nach dem Kriegsende verheizt worden, und Yseut riss sich die Wade an einem übriggebliebenen Nagel im Boden auf. Es blutete stark, und der Vater stellte sich mit Yseut in der Ambulanz an, damit sie eine Tetanusinjektion bekam. Es hatte aber keinen Tetanusschutz mehr gegeben, und der Vater hatte den Arzt angeschrien. Das hatte aber nichts geholfen. Danach durfte Yseut nicht mehr zu Dolfie nach Hause gehen. Die Mutter war besorgt gewesen, dass eine große Narbe an Yseuts Bein zurückbleiben würde. Aber die Narbe war dann kaum zu sehen gewesen.

In der Volksschule im Sacré Cœur war Yseut mit der Betty

befreundet gewesen. Sie hatten sich in der Pause in die Ecke vom Hof gestellt und dort ihr Brot gegessen. Das Brot bekamen sie von der Schule ausgeteilt. Jedes Kind bekam eine Scheibe. Butter hatte es da noch nicht gegeben. Betty und Yseut sahen einander nur in der Schule. Die Eltern wollten nicht, dass Yseut zu anderen Leuten nach Hause ging, weil man niemanden in die Gumpendorferstraße zurück einladen hätte können. Es gab nichts anzubieten.

An dem Tag, an dem Yseut ihren ersten Schultag in der öffentlichen Volksschule in der Corneliusgasse hatte, weil die Mutter das Sacré Cœur nicht mehr zahlen konnte, da hatte die Mutter sich freigenommen und Yseut zur Schule gebracht. Yseut hatte das dunkelblaue Sonntagskleid anziehen müssen. Yseut hatte gewusst, dass das falsch war, aber die Mutter hatte gesagt, dass das ein erster Schultag sei und dass man am ersten Tag immer einen besonders guten Eindruck machen müsse. Yseut hatte sich dann aber schrecklich geniert und nur auf ihre Schuhe schauen können. Die Lehrerin setzte Yseut in die vorletzte Reihe. Das Mädchen neben ihr in der Bank sprach nichts und schnitzte mit der Spitze der Schreibfeder Buchstaben in das Holz der Schulbank. Sie schrieb nicht mit. Yseut hatte keine Tinte in ihr Tintenfass eingefüllt bekommen, getraute sich aber nicht, die Lehrerin zu fragen. Sie getraute sich aber auch nicht, das Mädchen neben sich um Tinte zu bitten. Yseut war sehr unglücklich, da zischte das Mädchen in der Reihe links von ihr über den Gang herüber. Das Mädchen deutete auf ihr Tintenfass, und sie gossen Tinte vom Tintenfass des Mädchens in Yseuts Tintenfass. Die Lehrerin kam und fragte, was hier für ein Wirbel gemacht würde, und versetzte beide Mädchen in die letzte Reihe. Dort gab es überhaupt keine Tinte, und sie waren beide starr vor Schreck. Das andere Mädchen hieß Esther.

Am zweiten Tag war der Vater in die Schule mitgekommen und hatte verlangt, dass seine Tochter Tinte bekomme. Es war aber nur dem Herrn Konrad nicht gesagt worden, dass eine neue Schülerin in die Klasse kommen sollte. Der Herr Konrad war der Schulwart und füllte jeden Morgen die gläsernen Tintenfässer in den Schulbänken vorne im Pult auf.

Yseut blieb neben Esther sitzen, aber sie durften wieder nur in der Schule befreundet sein. Esthers Eltern wollten auch nicht, dass Esther andere Kinder nach Hause brächte. Esther fehlte jeden Samstag im Unterricht, und Yseut fragte den Vater, warum das so wäre. Der Vater sagte ihr, dass es auch andere Religionen gäbe als ihre und dass die an anderen Tagen ihren Sonntag hätten. Yseut und Esther setzten sich im Schulhof auf den Sockel vom Zaun. Sie waren beste Freundinnen und redeten mit keiner anderen aus der Klasse. Sie sprachen vor allem nicht mit den Heimkindern. Aber die Heimkinder spielten auch nur mit anderen Heimkindern, weil sie da in ihrer Sprache miteinander reden konnten. Die Heimkinder konnten oft kein Deutsch. Die Heimkinder hatten hohe schwarze Schnürschuhe an und schwarze Schürzen über den Kleidern. Sie mussten die Schuhe und Schürzen im Sommer und im Winter tragen, und die anderen Mädchen machten sich lustig darüber. Yseut war die Schürze vom Sacré Cœur gewöhnt gewesen, und sie hatte selbst nur ein Paar Schuhe, aber sie sagte nichts, weil sie nicht zu den Heimkindern gezählt werden wollte.

Die Mutter war dann dabei geblieben, dass die Corneliusgasse ein Abstieg war. Die Mutter sagte das zur Oma Köbrunner, und die antwortete dann, dass das alles nicht ihre Schuld sei.

In der dritten Klasse war Ida in die Klasse gekommen. Idas Eltern hatten eine Wohnung in der Nähe zugewiesen bekommen, und Ida hatte die Schule wechseln müssen. Eine Zeitlang waren Yseut und Esther und Ida beste Freundinnen. Dann zogen Esthers Eltern nach Deutschland, und Esther und Yseut versprachen einander, jeden Tag Briefe zu schreiben. Es gab aber nur zwei Briefe. Yseut wusste nichts, was sie Esther schreiben hätte können. Das war auch mit den anderen Brieffreundschaften so. In der Jungscharstunde hatten sie Adressen für Brieffreundschaften bekommen, und sie sollten in Briefen erzählen, wie sie lebten, und von den Brieffreunden erfahren, wie die so lebten. Yseut hatte sich die Adresse eines Buben in München ausgesucht. Auch diesem Buben schrieb Yseut nur zwei Briefe. Im ersten Brief sagte sie, wie sie hieß und wie sie ausschaute, und im zweiten Brief, wo sie in die Schule ging und wie die Schule ausschaute. Danach fiel ihr nichts mehr ein. Der Bub hatte ihr einen Brief geschrieben. Er war so alt wie Yseut und hatte braune Haare und braune Augen. Auf den zweiten Brief hatte der Bub dann nicht mehr geantwortet.

In der vierten Klasse Volksschule ging es darum, welches der Mädchen ins Gymnasium gehen durfte. Alle, die für die Aufnahmeprüfung ins Gymnasium zugelassen wurden, bekamen einen Sonderunterricht. Die Lehrerin, Frau Fazekas, suchte die Mädchen aus, die das Zeug für das Gymnasium hatten, wie das gesagt wurde.

Yseut war sehr gut in Deutsch, aber für Rechnen brauchte sie Zeit. Sie musste sich die Schlussrechnungen laut vorlesen, damit sie sie verstehen konnte, und sie hatte Angst gehabt, nicht in diese Gruppe zu kommen. Zu Hause war gesagt worden, dass Yseut unbedingt Matura machen musste. Die Mutter hatte oft beklagt, was für Aufstiegschancen sie gehabt hätte, hätte sie die Matura machen können. Die Mutter hatte nur die Handelsschule abgeschlossen gehabt, aber schon mit der Handelsakademie hätte sie mehr bezahlt bekommen müssen.

Es waren dann nur 5 Mädchen von 34 in der Klasse, die auf die Aufnahmeprüfung vorbereitet wurden.

Ida war nicht bei dieser Gruppe dabei. Idas Eltern wollten, dass sie in die Hauptschule gehen und dann die Friseurlehre machen sollte. Idas Eltern waren beide Friseure und hatten einen Salon in der Windmühlgasse übernommen.

Yseut hatte sich vor der Frau Fazekas immer gefürchtet. Die Frau Fazekas sagte immer »Du bist eben faul.« zu ihr, und zu den Eltern sagte sie, Yseut strenge sich nicht genug an. Yseut wäre sehr begabt, aber sie habe keinen Ehrgeiz. Yseut hatte aber lauter Einser im Zeugnis und nur einen Zweier in Betragen. Den hatte sie, weil sie mit Ida während des Unterrichts getratscht und im Religionsunterricht oft laut vorgerufen hatte. Die Mutter war über diesen Zweier böse. Der Vater hatte gelacht.

Die Aufnahmeprüfung war dann ganz leicht gewesen. Die Frau Fazekas war aber selber nervös geworden. Yseut merkte das, weil die Frau Fazekas jeden Satz wiederholte und ihre rechte Augenbraue zu zucken begonnen hatte. Die Frau Fazekas durfte bei der Prüfung nicht dabei sein. Sie ging vor der Tür zum Prüfungszimmer auf und ab. Yseut musste eine Satzanalyse machen und musste die Schlussrechnung zuerst laut vorlesen. Deshalb fiel ihr die Lösung schon beim Vorlesen ein.

Im Gymnasium war dann die Liesl Schütz ihre Freundin. Die Liesl ging in einen Turnverein, und Yseut ging da mit hin. Der Turnverein war am Nachmittag im Turnsaal ihrer Schule, und Yseut ging dann manchmal mit der Liesl über Mittag mit nach Hause. Sie sagte das dem Vater, und der war damit einverstanden. Dann nahm sie die Liesl auch zu sich nach Hause in die Gumpendorferstraße mit, und sie machten sich Butterbrote. Die Mutter fand das heraus und verbot es. Die Mutter wollte nicht, dass Yseut eine Freundin mit nach Hause nahm oder dass Yseut zu einer Freundin nach Hause ging. In ihrem Fall, sagte die Mutter, ginge das nicht.

Es war wegen dem Vater. Yseut wusste das, aber am Tag war dem Vater nichts anzumerken, und Yseut hatte der Liesl ohnehin gesagt, dass ihr Vater komisch sei.

Yseut musste nach der Schule wieder sofort nach Hause gehen, und sie musste der Liesl sagen, dass sie nicht mehr in den Turnverein gehen dürfe. Liesls Mutter holte die Liesl einmal von der Schule ab und fragte Yseut, warum sie nicht mehr zu ihnen käme. Yseut konnte nichts sagen. Sie konnte gar nicht reden und wurde rot im Gesicht. Liesls Mutter sagte dann, dass es schon gut sei, und lächelte sie an. Da musste Yseut weglaufen, und von da an war sie böse auf die Liesl. Sie ging wieder mehr zum Fräulein Trilleti.

Madeline hatte Yseut zuerst gar nicht gemocht. Yseut hatte gedacht, Madeline sei hochmütig, und sie war ihr aus dem Weg gegangen. Dann hatten sie bei diesem Wochenendseminar zusammen einen Plan für einen Jungscharnachmittag machen müssen. Sie waren zu zweit zusammengesetzt worden und sollten den Plan nach zwei Stunden abgeben. Bei diesen Seminaren gab es immer einen Wettbewerb, wer die meisten Punkte sammeln konnte, und ihr Plan sollte von den Führerinnen und vom Monsignore bewertet werden.

Das Seminar war in Schloss Puchberg in Oberösterreich abgehalten worden. Das war eigentlich von einem evangelischen Adeligen im 16. Jahrhundert gebaut worden. Es hatte dann im 19. Jahrhundert einem Waffenhändler gehört, und in der Nazizeit waren die Offiziere vom Fliegerhorst Wels da einquartiert gewesen. Nach dem Krieg gehörte das Schloss der Erzdiözese Linz und war das Bildungshaus der katholischen Aktion geworden.

Yseut und Madeline waren in eines der großen Klassenzimmer geschickt worden, und sie hatten zwei Stunden Zeit. Zuerst redeten sie über ihre Schulen. Madeline hatte es blöd gefunden, in eine Mädchenschule gehen zu müssen. Yseut hatte noch nie darüber nachgedacht. Es gab nur wenige Schulen in Wien, in die Mädchen und Buben gemeinsam gehen konnten. Madeline hatte Französischunterricht, und Yseut lernte Latein. Yseut hätte lieber Französisch gehabt, weil die Französischprofessorin viel netter war als die Lateinprofessorin. Dann erzählte Madeline, dass sie einen Bruder hatte, und fragte, ob Yseut auch Geschwister habe. Für Madeline war der Bruder praktisch, weil sie mit ihm schon in der 5. Klasse in die Tanzschule gehen würde. Dann redeten sie darüber, wer schon die Regel hatte. Yseut klagte, dass sie immer so große Schmerzen habe, und Madeline sagte ihr, sie solle Irocophan nehmen. Das bekäme man in der Apotheke ohne Rezept, und ob Yseut eine Tablette bräuchte. Madeline zeigte ihr dann ihre halterlosen Strümpfe. Diese Strümpfe wurden mit einem breiten Gummiband am Oberschenkel festgeklebt. Yseut hatte von solchen Strümpfen gehört gehabt, sie musste aber einen Strumpfgürtel tragen. Yseut wollte wissen, ob diese halterlosen Strümpfe auch wirklich hielten, und Madeline sprang von einem Schultisch zum anderen. Die Strümpfe hielten auch wirklich, aber Madeline hatte am Abend nach dem Ausziehen tiefe Rillen von den Gummibändern an den Oberschenkeln. Yseut war sicher, dass sie solche Strümpfe nicht anziehen durfte.

Nach den zwei Stunden hatten Yseut und Madeline keinen Plan für einen Jungscharnachmittag, und sie mussten vor dem Prüfungskomitee einen erfinden. Am Ende des Seminars hatten sie beide gleich viele Punkte und mussten sich den ersten Preis miteinander teilen. Der erste Preis war ein Buch, das der Erzbischof von Wien geschrieben hatte, und Yseut überließ das Buch Madeline. Während des Seminars balancierte Yseut jede Nacht über den breiten Siems im

4. Stock zu Madelines Zimmer, und sie redeten bis in den Morgen. Mit Madeline konnte Yseut Kleider tauschen. Sie waren gleich groß und gleich dünn. Nur die Haarfarben waren unterschiedlich. Madeline hatte dunkle Haare und Yseut helle.

Auf der Universität traf Yseut andere Studentinnen in den Vorlesungen, und sie gingen zusammen zum Kroiss oder ins Café Haag in der Schottengasse. Madeline blieb aber die beste Freundin. Yseut fuhr oft nach Baden, um Madeline zu besuchen, statt auf die Universität in Vorlesungen zu gehen. Madeline musste bei ihrer Mutter bleiben und sie pflegen. Deshalb hatte sie schon nicht nach Perugia mitkommen können, und Yseut hatte allein dahin fahren müssen.

Als Yseut Ed kennenlernte, da hatte sie nur noch Zeit für ihn. Ed hätte es auch nicht verstanden, wenn Yseut gesagt hätte, sie träfe ihn nicht, weil sie mit Madeline verabredet wäre. Madeline verstand, dass Yseut nur noch unter Tags Zeit hatte, sie zu sehen. Yseut hatte ja auch Verständnis gehabt, dass Dominick wichtiger als Yseut gewesen war. Die Männer kamen zuerst, und die Freundinnen mussten das einsehen.

Lynn hatte Yseut immer bewundert. Lynn schien kein einziges Problem zu haben und alles meistern zu können. Lynn hatte keine Sorgen, und Probleme gab es nicht. Lynn hatte auch ihre Kinder so sorglos bekommen. Jedes Kind war von einem anderen Mann, und Lynn dachte nie daran, die Väter an ihre Verantwortung zu erinnern. Lynn sagte immer, dass man sich in Kalifornien ohnehin die Heizkosten sparen könne und deshalb keine Kosten habe. Das stimmte gar nicht. Es konnte sehr kalt werden, und für die Kinder hatte dann doch eingeheizt werden müssen. Aber Lynn wollte frei sein. Yseut hatte bis dahin noch nie jemanden getroffen, dem so etwas wichtiger war als alle anderen Lebenspläne.

Das Leben in der Gruppe in Berkeley war von den kleinen Kindern bestimmt gewesen. Die Tage waren eine immerwährende Aufeinanderfolge von Schlafen und Essen und Spielen. Alle purzelten durcheinander und spielten mit. Yseut hatte ihre Eltern nie auf dem Boden sitzen gesehen und Bausteine aufeinandertürmen.

Als Simon herausgefunden hatte, dass Yseut mit Lynn zusammen war, hatte er das überhaupt nicht verstehen können. Er hatte gesagt, Yseut lasse sich von Lynn nur trösten und sie solle sich nicht benutzen lassen. Simon wollte nicht eifersüchtig sein, aber er fand es nicht richtig und wollte seinen Sohn wieder reklamieren. Yseut konnte das nicht verstehen. Es ging ihr in der WG bei Lynn gut, und bei Simon war das nicht so gewesen. Lynn hatte Yseut und Goggo einen Platz zum Leben verschafft. Simon hatte nur eine Wohnung und keine Zeit für sie beide. Dem musste Simon zustimmen. Er gab dann Yseut ein bisschen Geld für Goggo, und davon konnten sie in der WG gut leben.

Es hatte aber doch immer wieder Streitereien wegen des Gelds gegeben. Die Ausgaben sollten gemeinschaftlich beschlossen werden, und das war sehr schwierig. Wenn Yseut anderer Meinung war als Lynn, dann nannte Lynn sie eine »Kraut« und »tightassed«. Für Lynn waren aber solche Streitereien immer gleich vorbei und derart stürmische Szenen normal. Yseut fühlte sich nach solchen Szenen zerstört. Am Anfang nahm Lynn sie einfach in die Arme, und alles war gut. Aber dann half das nichts mehr, und Yseut begann an ihre Freiheit zu denken. Wenn Yseuts Probleme in der Gruppe besprochen worden waren, hatte Tate sie »Super-ego-beanstalk« genannt, weil Yseut so dünn gewesen war. Lynn verteidigte sie, aber die Diskussionen wurden immer aggressiver. Yseut fühlte sich umzingelt und bedrängt, und sie wollte Goggo nicht in dieser Stimmung leben haben. Nachdem es klar gewesen war, dass Yseut nach Wien zurückmusste, war sie einmal zu Simon und seiner Freundin gezogen.

Lange Zeit hörte Yseut nichts von Lynn. Dann aber musste Yseut wegen Goggo und seinem Vater doch wieder nach Kalifornien, und da traf sie sich wieder mit Lynn.

Nachdem Tate nach Yseut auch die Gruppe verlassen hatte, löste sich alles auf. Lynn zog nach San Francisco und holte ihren College-Abschluss nach. Sie arbeitete als Familientherapeutin und in allen möglichen anderen Jobs. Dann starb eine Cousine ihrer Mutter und vermachte Lynn das Haus am Russian River bei Windsor nördlich von San Francisco. Lynn machte ein Bed & Breakfast daraus und lebte da mit Eva.

Yseut verstand sich gut mit Eva, und sie hatten überlegt, ob sie nicht alle zusammen dahin ziehen sollten. Yseut konnte sich das gut vorstellen. Dann wieder überkam sie eine tiefe Melancholie, wenn sie an das Haus dachte. Aber das passierte ihr überhaupt, wenn sie an Kalifornien dachte. Es wäre vernünftig gewesen, und Yseut fühlte sich Lynn tief verbunden, aber es ging nicht.

Madeline war dann nach der Jahrtausendwende auch aus den USA wieder nach Wien zurückgekehrt. Yseut und Madeline lachten oft darüber, wie sie beide wieder in Wien gelandet seien. Madelines Bruder war in Chicago gestorben, und Madeline hatte ihn im Sarg nach Wien zurückgebracht. Yseut war damals arm wie eine Kirchenmaus zu den Eltern zurückgekehrt. Das war sehr viel früher gewesen als Madelines Zeit in den USA, aber sie hatten beide die Neue Welt nicht erobern können. Madeline lachte darüber und sagte, dass Wien eben ein negativer Magnet sei. Yseut habe ja sogar noch einmal versucht, nach Frankfurt zu entkommen, aber da habe man sie ja auch nicht haben wollen.

Yseut hatte das zuerst nicht aushalten können, wenn Madeline das so sagte. Aber es war die Wahrheit. Sie hatte anderswo keinen Platz gefunden, und dann dachte sie, sie sollte es doch mit der WG am Russian River versuchen.

Lynn war ja längst Großmutter geworden. Jewel hatte drei Kinder und Jerry hatte mit Crew zusammen zwei kleine Mädchen aus China adoptiert. Lynn reiste zwischen den Familien hin und her, und Eva beklagte sich, dass Lynn keine Zeit für sie beide habe. Es gäbe viel Platz für Yseut.

Fürs Erste war Yseut wegen der Krankenversicherung in Wien geblieben. Für ältere Personen war es längst nicht mehr so leicht, überhaupt irgendwohin zu übersiedeln. Immer ging es um Kranken- und Pflegeversicherungen und ob die Person keine Kosten verursachen würde. Es war aber auch klar, dass Yseut in Kalifornien nicht sehr gut versichert gewesen wäre. Yseut hatte in den 70er Jahren in Wien begonnen, eine Krankenhauszusatzversicherung einzuzahlen. Sie konnte deshalb erwarten, schnell behandelt zu werden. Ohne eine solche Versicherung war es auch in Wien schwierig geworden, eine gute medizinische Versorgung rasch zu bekommen. Am liebsten hätte Yseut Lynn und Eva nach Wien geholt, und sie hätten sich alle bei Madeline in die Biberstraße einquartiert. Madelines Wohnung war viel zu groß für Madeline allein. Yseut hätte aber die Gumpendorferstraße als Ausweichquartier behalten. Für solche Überlegungen war es aber längst zu spät geworden. Lynn war krank.

33. Folge.

»How is your son.«

Gio Gio setzte sich auf. Suchte nach dem Griff unter dem Sitz. Fuhr den Sitz ganz nach hinten. Er streckte die Beine aus. Kreuzte sie an den Knöcheln. Stellte sie wieder nebeneinander.

»He loves me.«

Yseut schaute auf die Straße vor sich. Es war hell. Aber die Sonne tief am Rand der Felder hinter ihnen. Das Licht so von der Seite. Fast von unten. Die silbernen Unterseiten der Blätter der Ölweiden blitzten im leichten Wind.

»We all love you.«

Gio Gio suchte nach dem Haltegriff über der Autotür.

»Isn't that so. Weren't you always loved by everyone.«

Yseut verbiss sich ein bitteres Lachen. Schüttelte den Kopf.

»That's kitsch. And you know it.«

Gio Gio lachte auf.

»I want to have sex with you. You know that.«

Yseut presste die Lippen zusammen. Rechts unten lag die Fattoria.

»Last wishes.«

Yseut sagte das skeptisch. Sie presste die Lippen zusammen. Konventionellerweise. Sie hätte jetzt über ihr Alter sprechen müssen. Diesen Mann vor ihrem Alter bewahren. Wie es ja immer darum gegangen war, die Männer vor sich zu bewahren. Er müsse wissen, war da gesagt worden, sie sei eine sehr schwierige Person. Ihr würde gesagt werden, sie sei kompliziert. Weil der letzte Kerl die Kompliziertheit gebraucht hatte, sich aus der Affäre mit ihr herauszuziehen, hatte sie dann gleich wieder dem nächsten diese Waffe in die Hand gedrückt. Und hatte geglaubt, interessant zu wirken. Kompliziert. Natürlich war sie kompliziert. Sie war so kompliziert wie jede andere Person. Yseut sagte nichts. Sie wollte ihr Leben nicht dazwischenfahren lassen. Sie beide. Dieser Mann und sie. Sie hatten nichts miteinander zu tun. Ihre Erfahrungen. Die waren ohnehin immer erst im Nachhinein anzuwenden. Sie würde auf das Nachhinein warten.

»What you say.«

Yseut schaute zu ihm hinüber.

»You talk like a guy from the Bronx.«

»That's where I am from. Ma'am. First Emilia Romagna then the Bronx.«

Yseut lachte. Gio Gio hielt sich mit beiden Händen am Haltegriff fest. Er schaute zwischen seinen Armen durch das Seitenfenster hinaus.

»I think I was never there.«

Yseut überlegte. In New York. Brooklyn. Queens. Sogar auf Staten Island war sie gewesen. Aber die Bronx.

»I have been to the cloisters. Does one travel through the Bronx on the way up there.«

»Nope. That's Harlem you traverse.«

»Then I really don't know anything. Please. Excuse my …«

»But you were right. You were right.«

Gio Gio setzte sich auf.

»You were so right.«

Er saß nach vorne gebeugt. Ließ die Schultern nach vorne sacken.

»I am sure, you are always right.«

Er hatte die Arme auf den Oberschenkeln aufgestützt. Schaute seine Hände an. Seine Hände hingen schlaff zwischen den Oberschenkeln. Dann setzte er sich wieder auf. Yseut fuhr von der Dammstraße hinunter.

»La Romea.«, fragte sie. Gio Gio verzog den Mund. »Ah, this part of the way I remember.«

Yseut fuhr durch Taglio. Abendverkehr. Yseut fuhr absichtlich falsch. Sie bog eine Straße zu früh ab und kam auf den Platz bei der Kirche. Die Lokale da. Alle voll. Kinder spielten im leeren Brunnenbecken. Yseut schaute zur Kirche hinüber. Die Skater. Sie kamen erst in der Nacht.

»Will we meet Adriano tonight.«

Yseut war eingefallen, dass der Polizeigeneral ja wissen musste, wie dieser Unfall ausgegangen war.

»What do you want to meet this guy for.«

Gio Gio sagte das tonlos. Er starrte nach vorne hinaus. Yseut schaute ihn von der Seite an. Er saß so weit vorgelehnt, dass sie sein Profil beim Fahren sehen konnte. Er sah angegriffen aus.

Yseut musste die Runde durch Taglio noch einmal fahren. An der einen Ampel. Sie mussten warten. Sie beugte sich vor und schaute Gio Gio von vorne ins Gesicht. Er riss sich aus seinem starren Sitzen. Richtete sich wieder auf. Nickte ihr zu. Er griff mit der rechten Hand wieder nach dem Haltegriff.

»They really licked me this time. These old geezers.«

Yseut musste anfahren. An der Ecke der Kreuzung nach rechts. Ein Lokal. Tische hinter einer Absperrung an der Straße. Leute aßen und tranken. Yseut fuhr vorbei. Sie hatte das Gefühl, diese Personen mit ihren Auspuffgasen einzunebeln. Dann die Viale John F. Kennedy. Marilyn Monroe fiel ihr ein. Die Trennung von Körper und Image. Wie sich das alle ausdachten. Lauritz hatte ja schon bald nur mehr seine Imagination von ihr getroffen. Sie war da längst nicht mehr gemeint gewesen. Aber warum hatte sie so lange gebraucht, das herauszufinden.

»We all want to be appreciated.«

»You know. They really have the better deal. They come from a generation of partisans. He in the CIA and she obviously in Ireland. I wouldn't know on which side though.«

»I did not mean …«

»No. No. You are right. They will get their appreciation. They will be public heroes. It is only us. Nowadays. You know. As a loner. You can only be a contractor. You cannot move freely anymore and do business. I wanted this resort and it works fine. It was a preposterous idea, but it works quite fine. But you cannot stay unbothered. No way. Here. This is a landscape full of robbers and barons and they all are the same.«

»And are the contessa and the major robbers or barons.«

Yseut hörte ihren ironischen Ton. Sie sollte beschwichtigen. Sie wollte sich nicht lustig machen. Dieser Mann. Sie sollte nicht so denken von ihm. Gio Gio. Sie sollte den Namen verwenden. So zu denken. Das war doch der Anfang aller Vorurteile. Und dann schlugen die Erfahrungen zu. Sie sollte offener sein. Diese Vorurteile. Die waren alt. Die machten alt. Yseut schüttelte den Kopf. Sie kamen an die Brautmoden-Mall.

»Now. Where.«, fragte sie.

Gio Gio deutete nach links. Yseut fuhr die Unterführung. Sie zögerte. Eine Abzweigung. Gio Gio wies nach vorne. Eine herrische Geste. Bestimmt. Ungeduldig. Sie schaute kurz zu ihm. Er musste lächeln und legte seine Hand kurz auf ihren Hand. Er habe das nicht so gemeint, schien das zu sagen. Yseut seufzte. Gio Gio räusperte sich. Wollte etwas sagen. Er setzte sich dann aber nur zurecht. Lehnte sich zurück. Auf der Romea oben. Yseut musste sich zwischen zwei Lastwagen auf die Fahrbahn zwängen. Alle fuhren rasend schnell. Überholten. Hupten. Yseut musste selbst schneller fahren. Yseut hatte so weiterfahren wollen wie bisher. So ruhig. Abgeschlossen. Weit weg von allem und im Gespräch. Es war intim. Das war ein intimer Augenblick gewesen. Aber dann fuhr sie wie alle anderen. Sie überholte. Hupte. Sie musste lachen. Die anderen fuhren so schnell. Sie kam sich vor wie die Windsbraut.

»They want to get home. Everyone wants to get home.«

Gio Gio seufzte.

»And you.«

Gio Gio setzte sich auf. Ließ sich wieder gegen die Sitzlehne zurückfallen.

»It is only a shipping gone wrong.«

Er schien sich das vorzusagen. Er wiederholte den Satz.

»It is only a shipping gone wrong.«

»Shipping. What do you ship.«

»But you know that. You found them. At least the major said so.«

»So you deal with people.«, rief Yseut.

Sie schaute zu ihm. Verriss das Lenkrad. Musste das Lenkrad festhalten. Mit dem Schleudern mitlenken. Das Auto beruhigen. Gio Gio hielt sich vorne fest.

»It is only shipping. I do not deal.«

Das Auto fuhr wieder gerade. Yseut ließ sich ganz auf die rechte Seite fallen. Sie suchte nach einer Stelle, an der sie halten konnte. Diesen Mann hinausschmeißen.

»Now you are enraged.«

Gio Gio machte eine Feststellung. Er nickte noch dazu.

Yseut hob eine Hand. Was sonst. Bitte. Was sollte sie sonst sein. Angesichts eines Menschenhändlers.

»You do it all the time. You know.«

Gio Gio klang jetzt müde. Abgeklärt.

»There is no way out. Everything is too enmeshed. Too involved. Too entangled. Too inextricable. And then. With me. They are well treated. At least. This came about only because I have this space and I do not have an army to defend my property. And be sure. It is the same in your country. The age of niceness is over, and finally so.«

»If you mean my generation then I do protest you. We did not only mean well, we did well. It was you, who had to commodify everything.«

Gio Gio grinste. Er saß wieder mit dem Kopf weit vorne an der Windschutzscheibe. Yseut konnte sein Grinsen genau sehen. Dann drehte er sich ihr zu.

»You did well.«

Er betonte das »did«. Yseut fühlte plötzlich Tränen. Die Tränen sammelten sich an ihrem Unterlid. Versickerten. Sie zwang sich, sich die Tränen nicht abzuwischen. Und ja. Sie hatte es gut gemacht. So gut wie möglich. Yseut beschleunigte. In sich. Einen Augenblick. Sie fühlte den Abstand, den sie überwunden hatte. Wie weit weg sie an ihrem Anfang von sich selbst weggestellt gewesen war. Was für eine weite Wanderung das sein hatte müssen. Von da, wo sie sich vorgefunden. Dass sie sich überhaupt vorgefunden. Es hätte auch sein können, dass sie nie herausgefunden hätte, dass es sie gab. Gegeben hatte. Nichtssagend. Sie hätte nichtssagend dahinleben können. Ein Abgrund. Diese Vorstellung war ein Abgrund. Und warum erfüllte sie das mit dieser schrecklichen Angst. Im Nachhinein. Es war ein Ritt über den Bodensee gewesen. Sie hatte nichts gewusst. Sie wusste jetzt noch nichts und nur das, aber das schon. Schon. Schon. Schon.

»The next crossing …«

Gio Gio hatte ihr zugeschaut. War das das Einfühlungsvermögen des conman. Des Schwindlers. Des Betrügers.

»You really have the Beretta.«

»I really do.«

Yseut blinkte nach rechts. Fuhr ab. Es ging in Richtung Rosolina.

»Now. Make a left here.«

Yseut folgte der Anweisung.

»I did not want to offend you. I think you are a delightful person. Most delightful.«

Gio Gio schaute sie an. Ernst. Sie wandte sich ihm zu.

»Most.«

Yseut fuhr weiter.

»Now a right and then straight on.«

Yseut fuhr. Gio Gio schaute wieder auf seiner Seite durch das Fenster auf die Landschaft. Die Dämmerung hatte begonnen. Die Konturen verschwommen.

»This Beretta. It is not registered to you. Why is that.«

Yseut musste lachen.

»This is because of the NSA.«

Gio Gio drehte den Kopf fragend Yseut zu.

»You see. I need to go to the US, but I wanted to have a weapon with me. I have this fetish. I am sorry. I got this weapon and since then I am a different person. You would not understand that. You are a strong man and I am not. I just hated it to be defenceless in a, how would you say, contemptible society. So I traded pistol with my best friend. We did the course together and we bought the same model. Not a very glamorous explanation. I fear.«

Gio Gio steckte die Hände in seine Hosentaschen. Er zuckte mit den Achseln.

»Explanations usually aren't.«

Yseut fuhr. Wieder nur Felder rechts und links. Die tiefen Böschungen von der Straße zu den Feldern hinunter. Die niedrigeren Dämme der Feldwege. Rohre und Pumpstationen. Hier alles grün. Hohes grünes Gras. Oder war das etwas anderes. Yseut konnte das nicht erkennen. War das nun der Reis, der gerade wieder geflutet wurde. Die Erklärung von diesem Bruno hatte nichts geklärt. Aber sie hatte auch nicht so genau zugehört. Sie merkte sich so etwas ohnehin nicht. Sie hätte mitschreiben müssen. Sie musste grinsen.

»So.«

Yseut schüttelte den Kopf.

»Not important.«, sagte sie.

Gio Gio seufzte. Sie fuhren an den ersten Häusern vorbei.

»At the second turnaround you make a right.«

Yseut fuhr langsam. Reihte sich in den Kreisverkehr ein. Sie blinkte beim Hineinfahren. Sie blinkte beim Abfahren. Das machte hier niemand. Nach dem Kreisverkehr. Yseut erkannte die Einfahrt. Der Parkplatz rechts vom Eingang zum Restaurant war leer. Yseut schaute. Sie konnte kein Schild sehen. Es war nicht einmal zu erkennen, dass hinter der Eingangstür sich ein Restaurant befand. Yseut stellte das Auto rechts ab. Da war gestern der Porsche gestanden. Sie zog die Handbremse an. Gio Gio legte seine Hand auf ihre.

»I meant that.«

Er schaute auf ihre Hand unter seiner.

»I really meant that.«

Einen Augenblick. Einen Augenblick lang waren alle Augenblicke dieser Entscheidung gegenwärtig. Die Wünsche. Die

Befürchtungen. Die Ängste. Die Lust. Die Folgen. Die Vernunft. Die Sprachlosigkeit und nur der Körper noch etwas wusste. Yseut musste lachen. Das war ein Palawatsch. Wie oft war sie so gesessen und war in diesem Palawatsch versunken. Ertrunken. Jetzt. Gerade. Sie wollte in dieser Frage sitzenbleiben. Sie wollte diese Frage um sich haben. Jetzt einmal. Sie wollte die andere sein und gefragt werden.

»Food.«, sagte sie und zog den Schlüssel ab.

»Food.«

Sie stieg aus. Gio Gio kletterte aus dem Auto. Sie gingen nebeneinander auf den Eingang zu. Die Sicherheitsscheinwerfer gingen an und zur gleichen Zeit die Straßenleuchten.

Ihr Auftritt bitte, dachte Yseut. Gio Gio öffnete die Tür. Er hielt ihr die Tür auf. Yseut ging an ihm vorbei.

»Food for thought.«, flüsterte er ihr zu.

34. Folge.

Wie es kam, dass Yseut eine Psychotherapie beginnen wollte und dann den Waffenführerschein machte.

Yseut hatte sich lange Zeit alle Therapiesätze vorgesagt, die auf ihr Problem anwendbar gewesen waren. An diesen Sätzen konnte Yseut ablesen, wie weit die Welt von den Regeln ihrer Kindheit weggeraten war. An der Oberfläche schien es die Abmachung zu geben, dass das Leben nur voranging und die Vergangenheit zurückgelassen werden konnte. An der Oberfläche hieß es, sie solle immer vorwärtsschauen und alles vergessen. Es ginge doch nur um sie und um sie alleine. Am Ende gäbe es immer nur eine selbst. Es gäbe keine Möglichkeit, den anderen zu erreichen. Nicht in der Liebe und nicht im Hass, und Hass schade nur ihr selber. Sie solle diesen Mann einfach aus ihrem Gedächtnis streichen. Sie habe das doch nicht notwendig. Sie habe doch ein reiches Innenleben. Was kümmere sie dieser armselige Mensch. Ja. Sollte sie nicht Mitleid mit diesem Betrüger haben, der nie einen Augenblick der Wahrheit leben habe können.

Wenn Yseut in diesen Gesprächen darauf verwies, dass es sich doch immerhin um 20 Jahre ihres Lebens handle, die sie streichen sollte, da zuckten die Ratgebenden mit den Achseln. Das Leben sei doch immer nur der Augenblick gerade jetzt.

Yseut hatte sich bemüht. Sie war vor der Scheidung in ein Coaching gegangen. Da hatte sie noch gedacht, es könnte alles in einem Gespräch geregelt werden, und sie hatte wissen wollen, wie das organisiert werden könnte. Die Frau hatte ihr zugehört und dann gefragt, was sie denn wolle. Was ihre Wünsche wären. Was sie sich von ihrer Zukunft vorstelle.

Yseut hatte danach daran gearbeitet, Lauritz nicht mehr mitzudenken und nur für sich zu planen. Sie befolgte den Rat einer befreundeten Gestalttherapeutin, sich selbst zu lieben. Sie solle sich selbst so innig lieben, wie sie die anderen geliebt habe. Yseut hatte sogar ein kleines Mantra für sich erfunden. »I. Me. Mine.«, sagte sie sich vor, und manchmal sang sie es. »I. Me. Mine. I. Me. Mine. I. Me. Mine.« Oft kam ihr dann das Lied aus dem Romeo-und-Julia-Film in die Quere. »Love me. Love me. Say that you love me. Pretend that you love me.« Dann dauerte es wieder lange, bis sie zu ihrem Mantra zurückkehren konnte.

Yseut hatte immer gewusst, sie sollte eine Psychoanalyse machen oder zumindest die Hilfe einer Psychotherapie in Anspruch nehmen. Yseut hatte auch begriffen gehabt, dass der Minderwertigkeitskomplex über ihre Probleme, der sie daran hinderte, Hilfe zu suchen, kulturell verschrieben war und aus dem Wienerischen kam. Das war eine vorgeschriebene Selbstbeschränkung, die die Treue zur Geschichte festigen sollte. Diese Treue gewährleistete den Freispruch der Täter von damals und verlängerte diesen Freispruch bis in alle Ewigkeit.

Sie musste ihre Probleme als unbedeutend ansehen und keiner Tiefenschürfung wert, damit nichts ans Licht kam. Ihre Unfähigkeit, mit den Ausgrabungen für sich zu beginnen, hielt die Massengräber unentdeckt.

Es war in den schlimmsten Zeiten, in denen Yseut nicht in U-Bahnen fahren konnte, in kein Flugzeug einsteigen und in keinem Zug Platz nehmen. Und die Angst vor engen Räumen in Bewegung und die Angst vor anderen in diesen Räumen beschränkten ihr Leben auf das Zimmer in der Pension Otto und auf ihr Auto.

Yseut hatte immer mit dem Auto fahren können. Nach der schrecklichen Episode auf der Autobahn vor Wien, als sie von Frankfurt kommend auf der linken Spur stehenbleiben und unter allen Umständen aus dem Auto aussteigen hatte müssen und nur zufällig nichts geschehen war, hatte sie nie wieder ein Problem gehabt, in das Auto einzusteigen und wegzufahren. Yseut hatte später gedacht, dass es ihrem Widerstand mehr darum gegangen war, dass sie nun wieder nach Wien zurückmusste und dass die Episode nichts mit dem Autofahren zu tun gehabt hatte.

In diesen Zeiten war Yseut in die Pension Otto in der Laimgrubengasse gezogen. In der Wohnung in der Gumpendorferstraße war noch alles von der Mutter und von früher vom Vater, und auch von Eds Mutter hatte es noch Sachen gegeben. Yseut war nicht sicher gewesen, ob sie die Pension Otto ein Gefängnis oder ein Kloster nennen sollte. In ihrem Zimmer gab es Tisch, Bett, Kasten und einen Sessel. Aber sie war nicht von der Vergangenheit behelligt und konnte in Ruhe nachdenken. Sie hatte ja auch gerade die Dokumente gefunden, nach denen ihr Leben ganz anders verlaufen hätte müssen, und sie fühlte sich von diesen Papieren wie verdrängt. Yseut hatte in der Pension Otto auch gewohnt, weil sie erst in die Wohnung einziehen wollte, wenn alle alten Gerüche daraus vertrieben worden waren.

In der Zeit war Lauritz noch einmal nach Wien gekommen und hatte sie zu einer Rückkehr überreden wollen. Yseut hatte ihn in der Gumpendorferstraße untergebracht. Sie hatte es logisch gefunden, ihren verlogenen Ehemann in die Wohnung ihrer verlogenen Eltern einzuquartieren, die ihr auch die Identität gestohlen hatten. Die Gespräche mit Lauritz hatten nichts ergeben, und er war wieder nach Frankfurt abgeflogen. Er hatte ihr ja die Vergangenheit nicht zurückgeben können.

Wegen ihrer Herzbeschwerden war Yseut von ihrem Arzt bald danach zu einem Spezialisten für Psychosomatik geschickt worden. Dr. Johannes Schuster hatte seine Praxis im 13. Bezirk. Die Praxisräume waren im Keller des Hauses untergebracht, und im Wartezimmer standen ausrangierte Fauteuils aus den 80er Jahren. Yseut hatte sofort einen Widerwillen gegen diese Einrichtung entwickelt. Die wolkig schleimig-lilafarbenen Muster der Polstermöbel aus der Vor-Ikea Zeit lösten bei ihr tiefes Unbehagen aus. Der Therapeut erklärte ihr gleich nach der Begrüßung, dass sie in Zukunft das Kuvert mit den 150 Euro an die Kante des Schreibtischs rechts vorne hinzulegen hatte. Das Geld musste in einem Kuvert dorthin gelegt werden. Yseut fragte sich, warum dieser

Mann ihr Geld in ein Kuvert verbannen musste. Was für Berührungsprobleme waren hinter dieser Vorgangsweise wiederum versteckt.

In diesem Sondierungsgespräch erzählte Yseut von ihren Herzrhythmusstörungen und dass sie gerade in Scheidung lebe. Sie verwendete irgendwann das Wort »Vaterproblematik« und konnte gleich sehen, wie der Mann sich aufrichtete und schmale Lippen machte. Ja, sagte er am Ende der 50 Minuten. Sie habe schon große Probleme und sie brauche Hilfe. Er habe Platz für zwei Mal in der Woche. Jeweils Montag und Donnerstag von 7 bis 8 Uhr am Abend, und sie solle aufhören, sich im Internet schlauzumachen. Wenn sie bei ihm Therapie machen wolle, dann müsse sie sich auf ihn einlassen.

Yseut war schnell aus dem Haus weggegangen. Die Rosen blühten gerade. In den Gärten des 13. Bezirks prangten die Rosenbüsche in allen Farben, und der Geruch der Rosen und des Jasmins mischte sich mit dem Lindenblütenduft der Bäume. Yseut blieb immer wieder stehen und atmete die Düfte ein. Sie musste lächeln. Inmitten dieser Wolken von Düften kam ihr der Augenblick in den Sinn. Sie war gestanden. Das war noch am Anfang in Kalifornien gewesen. Sie konnte spüren, wie sie sich gegen das Regal in der Universitätsbibliothek gelehnt hatte. Vom Ellbogen bis zur Schulter konnte sie inmitten des Rosendufts im 13. Wiener Gemeindebezirk im Mai die scharfe Kante des Regals der Bibliothek in Berkeley und den scharf schneidenden Schmerz hinter dem Brustbein spüren. Als hätte sie grobe Glasscherben geschluckt, so fühlte sich das an.

Sie hatte gerade ein Buch über »Feminism and Psychoanalysis« gelesen gehabt und wollte nach einem weiteren solchen Buch suchen. Die Glasscherben in der Brust schienen sich bewegt zu haben, oder sie selbst hatte die Scherben in ihrer Brust umgewälzt. In dem Augenblick in der Bibliothek in Berkeley hatte sie erkannt oder sie hatte das erkennen müssen, was es bedeutete, eine Frau zu sein. Sie war vor dem ganzen Panorama der Zweitrangigkeit und des Abgeleitetseins ihres Geschlechts in der westlichen Kultur gestanden und hatte sich das erste Mal in diese Landschaft hineindenken müssen. Sie hatte für sich begreifen müssen, dass es kein Ich für sie geben sollte, weil das Männliche nur sich dachte und für sie, die andere, nur eine Ableitung dieses Denkens übriggelassen war.

Für ihre Religion hatte sie das schon lange erledigt gehabt. Sie hatte sehen müssen, dass es an diesem Altar keinen Platz für sie gab, weil sie ein Mädchen war, und sie hatte sich umdrehen können und weggehen. Aber dass auch kein Satz der Philosophie oder der Wissenschaften sie einschloss oder für sie sprach, das setzte sich in ihrem Körper fest. Die Sprache war zu Scherben zerbrochen, und es ging darum, daran nicht zu ersticken. Die Erkenntnis, dass sie als Sklavin lebte und es nur die Freundlichkeit der Umgebung entschied, wie sehr sie diesen Zustand überdecken hatte können, hatte sie getötet. Sterben konnte sie dennoch nicht. Sie hatte ja gar nicht existiert.

Yseut war dann lange zufrieden gewesen, alle gewalttätigen Impulse, die aus dieser Erkenntnis entsprangen, für den Wiederaufbau ihrer Person zu verwenden.

Aber dann war sie das gewesen, eine Person. Sie hatte die aufgetragene Selbstverachtung wieder abgetragen und das doppelte Schweigen der Geschichte für sich beendet. Es musste die Geschichte der Mächtigen genau erzählt und dann die Geschichte der Ohnmächtigen ausgeforscht werden.

Der Blick auf die eigene Geschichte musste immer wieder und immer aufs schrecklichste justiert werden. So war Yseut dann bei Lauritz nicht sicher, ob er in ihr nicht die Ausländerin benutzt hatte, seinen ihm selbst verborgenen Rassismus auszuleben. Yseut vermutete, dass er sie als Wienerin, der die Nazis eine jüdische Herkunft verordnet hatten, mit größerem Genuss verachten hatte können, als wäre sie eine reine Arierin gewesen. Die Täter wussten ja solche Geheimnisse mühelos. Er hatte das wahrscheinlich lange vor Yseut geahnt.

Es war die Verachtung gewesen, über die Yseut nicht hinwegkommen hatte können. Nach den Versuchen, die Geschichte mit Lauritz in der Zeit versinken zu lassen, kamen die Versuche, den Täter kleinzumachen und unbedeutend. Dafür wurde der Anteil des Opfers genau besprochen, und sogar Helene war mit Yseut beim Prückel gesessen und hatte ihr vorgerechnet, welchen Anteil sie an der Sache hatte. Den anderen gab es dann gar nicht mehr, und am Ende sah es so aus, als hätte Yseut die letzten 20 Jahre ohnehin nur mit sich und einer von ihr geschaffenen Phantasie verbracht.

Das wiederum widersprach dem Auftrag der romantischen Liebe, in der ja der Mann atmete und die Frau in ihm. Als altmodischer Mann hatte Lauritz in diesem Liebesbegriff gelebt. Yseut fragte, wie sie also zu Atem kommen hätte können, wenn er nicht Luft geholt hatte, und sie lehnte diese Auslegung ab.

Wie immer war es schwierig, anderen auch nur den Sachverhalt einer solchen Geschichte zu erklären. Yseut hatte auf Lauritz' Schreibtisch eine Kreditkartenabrechnung für zwei Tickets nach Palermo liegen gesehen. Yseut hatte nur ans Telefon gehen wollen, und die Tickets waren mitten auf der grünlederenen Schreibunterlage gelegen. Natürlich war das dann später von den anderen als der Schrei um Entdeckung von Lauritz ausgelegt worden. Yseut war auch überzeugt, dass das absichtlich gewesen war. Aber die Absicht war gewesen, sie endgültig zur Ehefrau zu machen. Sie sollte in die Verachtung ihrer Person in dieser Rolle endlich eingeweiht werden.

Yseut hätte nie eine Lade von Lauritz' Schreibtisch geöffnet oder in seinem Tagebuch nachgelesen. Für sie war diese Diskretion ein Grundbestandteil der Person, und sie hätte darin nie nachgeben wollen. Lauritz hatte ihr die Reise nach Palermo aber abgesagt, weil er anderen Verpflichtungen nachkommen hatte müssen, und sie waren gemeinsam traurig über die Verschiebung dieser lang geplanten Reise gewesen. Nun hatte er diese Reise doch gemacht. Das zweite Ticket war auf Lore Griesmayer ausgestellt. Danach hatte Yseut die Detektivagentur Albert Huste in Stuttgart mit einer Nachforschung über Lauritz beauftragt. Diese Agentur kannte sie noch von ihrer Arbeit, und den Bericht des Detektivbüros übergab Yseut ungelesen ihrer Anwältin in Wien und ließ die Scheidung einreichen.

Damals lag gerade Yseuts Mutter im Sterben, und Yseut

hatte viel nach Wien fliegen müssen. Eds Mutter war schon lange tot gewesen, und Yseut hatte für ihre Mutter eine Ganztagsbetreuung mit Frauen aus Bosnien organisiert gehabt. Trotzdem hatte sie immer wieder nach dem Rechten sehen müssen und war zu dieser Zeit wenig in Frankfurt gewesen. Die Trennung war dann nicht so schnell gegangen. In Wien war die Scheidung eingereicht, aber wenn sie doch in Frankfurt war, lebte Yseut mit Lauritz weiter. Er bestürmte sie, die Scheidung zurückzuziehen. Sie hätten doch etwas Besonderes miteinander, und sie solle ihn nicht verlassen. Es sei doch nur relevant, was sie erlebe und wahrnähme, und hätte sie es nicht immer gut gehabt. Sie solle sich um die Welt außerhalb ihrer Beziehung nicht kümmern. Sie hätten doch ein Paradies miteinander, und alles andere wäre nicht wichtig. Außerdem sei sie doch selbst eine Bigamistin, und was wäre so wichtig an dem allem überhaupt. Solange Lauritz anwesend war, waren diese Sätze plausibel. Kaum war er nicht anwesend, war die Notwendigkeit der Trennung sofort offenkundig.

Yseut war dann aus Frankfurt geflüchtet. Sie hatte den Jahrgangschampagner ins Auto eingeladen, den sie bei der letzten Reise in die Champagne gekauft hatten, und ihre Bücher und war nach Wien gefahren. Lauritz sah sie dann erst bei der Scheidung wieder. Bei Gericht redete er mit seinem Anwalt vor ihr über sie in der dritten Person. Nach der Scheidung rief er sie wieder an und wollte mit ihr in die Interconti-Bar gehen, in die sie am Anfang immer gegangen waren. Yseut ging nicht hin. Sie fand das leichtfertig und zu sehr Sixties.

Beim Einordnen der Scheidungspapiere schaute sie zufällig

auf die Heiratsurkunde. Die hatte sie nie angeschaut, weil Lauritz das alles geregelt hatte. Da las sie, dass Lauritz sie als Witwer geheiratet hatte und nicht als geschiedener Mann. Ihr hatte er im Jahr 1999 gesagt, dass er nun geschieden sei, aber noch Zeit bräuchte, um darüber hinwegzukommen. Die Frau, von der sie gedacht hatte, sie sei die Exfrau, war erst 5 Jahre später gestorben. Da war der scharfschneidende Schmerz hinter dem Brustbein zurückgekommen. Lauritz hatte sie aufs Geschlecht reduziert. Alle Person an ihr war ausgelöscht worden. Der Vertragsbruch machte sie als Person zunichte. Sie hatte ihre Ehre verloren.

Das mit der Pistole. Yseut hielt das lange für eine Spielerei. Gewalt war ein neues Motiv im Zeitgeist. Alle redeten über ihre Ängste. Yseut machte etwas. Am Anfang hatte sie gedacht, sie bräuchte diese Waffe gegen die Ängste der Oma Münster, die immer vom Abholen geredet hatte. Dann jedoch begann das Schießen ein Vergnügen zu werden.

Yseut hatte beim Kurs für den Waffenführerschein in Himberg das erste Mal in ihrem Leben mit einer Waffe geschossen. Yseut traf die Zielscheibe nicht so gut wie Madeline. Madeline wurde vom Ausbildner eine Naturbegabung genannt. Madeline interessierte das Schießen nicht so, und sie machte es nur wegen Yseut. Yseut musste üben. Sie musste ihre Haltung korrigieren, und der Rückstoß machte ihr zu schaffen. Für Yseut war aber jeder Schuss eine befriedigende Leistung. Sie ließ nach dem Schuss die Waffe sinken und hatte das Gefühl, etwas geleistet zu haben. Yseut nahm Schießen wörtlich, und sie konnte die Entladung von sich weg fühlen. Madeline machte Witze darüber und fragte Yseut, ob sie nun den Mann in sich entdeckt habe. Yseut konnte nur mit den Achseln zucken. Sie fühlte sich vollständiger und ging auch nach dem Waffenführerschein und dem Pistolenkauf zu Schießübungen nach Süßenbrunn. Yseut fühlte sich potent und ganz.

Yseut hatte lange nachgedacht, ob sie nun in die Primitivität der Welt ihrer Kindheit zurückgefallen war. Am Ende fand sie immer nur, dass es ja ums Leben gegangen war und deshalb um alles. Sie hatte in der Innigkeit der Liebe den Abstand zum anderen überwinden wollen. Sie hatte Lauritz gesehen und hatte von ihm gesehen werden wollen. Der Lügner hat kein Gesicht, und so konnte sie ihn nicht sehen, und er hatte ihr Gesicht nur beobachtet. Er hatte sie zum Objekt dieser Beobachtung gemacht. Er hatte sie zur Schauspielerin ihrer selbst werden lassen. Sie war verzaubert worden und hatte sich selbst erlösen müssen. Es hatte viele gegeben, die sie aus diesem Zauber befreien hätten können. Sie hatte sich Vertrauen in die Welt beigebracht, und er hatte diese Errungenschaft gegen sie gewendet. Sie hatte das Vertrauen in die Welt ein weiteres Mal verloren. Lauritz dagegen hatte mit der Komplizenschaft der ganzen Welt rechnen können.

Von Taglio di Po waren es höchstens 4 Stunden bis Saló und zur Sommerwohnung von Lauritz. Lauritz hatte ihr eine Augenbinde verpasst und sie blind gemacht. Er hatte sie glauben gemacht, sie lebe eine Liebesgeschichte, aber in Wirklichkeit war das ein Tanz der Verachtung gewesen. Yseut konnte das nicht hinnehmen.

35. Folge.

Yseut ging an Gio Gio vorbei in das Restaurant. Alle Tische gedeckt. Keine Gäste. Stille. Gio Gio schob Yseut an der Sitzecke vorbei. Er rief »Giampietro.«. Sie standen bei der Tür zur Küche. Gio Gio wollte gerade durch die Schwingtür, da kam der Koch durch die Eingangstür herein. Yseut sah ihn kommen. Gio Gio hatte ihn nicht gehört. »No.«, röhrte der Koch. »No.« Gio Gio hielt inne. Stand starr. Schaute auf die Tür. Drehte sich nicht um. Horchte. »No.«, sagte der Koch. Leiser. Ruhiger. Er kam näher. Er stützte sich an der Lehne der Sitzecke. Musste innehalten. Yseut musste zur Seite treten. Ihm Platz zu machen. So. Neben ihm. Yseut kam sich winzig vor. Von der Sitzecke aus. Die schwarze Kleidung hatte seinen ungeheuren Umfang gut verborgen. »No.«, sagte er wieder. Er war atemlos. Bemühte sich um Freundlichkeit. Er schien die Schärfe des ersten Ausrufs abdämpfen zu wollen. Die Tür wurde von der Küche her aufgeschoben. Ein dunkles Gesicht erschien im Türspalt. Der Koch watschelte zur Tür. Stellte sich vor die Tür. Die Küche sei sakrosankt. Sacrosanta. Jede Küche sei sacrosanta. Der Koch sagte das zu Yseut gewandt. Gio Gio rief »Giampietro.«. Seit wann gäbe es solche Regeln hier. Giampietro blieb vor der Tür aufgepflanzt. Er rief »Elena«. Gio Gio stand dicht vor ihm. Die Kellnerin konnte dann die Tür nicht in den Speisesaal aufmachen. Sie schlug die Tür zuerst gegen Giampietros Rücken. Dann zog sie die Tür nach innen. In die Küche. Giampietro musste trotzdem ein paar Schritte nach vorne machen, damit die Frau aus der Küche kommen konnte. Gio Gio musste nach hinten ausweichen. Er stieß Yseut fast um. In einer schnellen Drehung nahm er Yseut um die Taille und stellte sie neben sich. Elena lächelte sie an. »Abbiamo fame.«, sagte Gio Gio. Elena nickte und deutete auf die Sitzecke. Gio Gio schüttelte den Kopf. Sie wollten allein sein. Er habe heute Abend keine Lust auf die Polizei. Giampietro schaute Gio Gio prüfend ins Gesicht. Gio Gio schob den Kopf vor und starrte zurück. Giampietro seufzte dann und wandte sich zur Küche um. Er musste beide Flügel der Schwingtür aufschieben, um in die Küche zu kommen. Elena deutete Yseut und Gio Gio, ihr zu folgen. Sie führte sie an den Tisch an der langen Sitzbank ganz in der Ecke. Yseut stand vor dem Tisch. Sie zögerte. Gio Gio wandte sich um. Schaute ins Lokal. Dann schob er den Tisch ein wenig nach links. Er stellte den Sessel zwischen die Wand und den Tisch. Yseut setzte sich auf die Bank. Gio Gio grinste sie an. Setzte sich. Er sei schließlich der mit der Pistole. Er müsse den Überblick haben. Yseut musste lachen. Sie musterte Gio Gio. Sie konnte nicht sehen, wo er eine Pistole tragen sollte. Gio Gio hatte nur ein Hemd an. Ein Ankle holster vielleicht. Yseut schlüpfte aus dem rechten Schuh. Sie fuhr mit ihrem Fuß über den Rist von Gio Gios einem Fuß. Kroch mit ihren Zehen unter dem Hosenbein Gio Gios Schienbein hinauf. Nichts. Gio Gio saß still. »Strict body control«, sagte er vor sich hin. Wiegte den Kopf. Er hatte sich auf seine Ellbogen gestützt. Legte sein Kinn auf die gefalteten Hände. Yseut untersuchte Gio Gios anderes Bein. Da war nichts. »Ankle holsters are difficult.« Da habe sie recht. Gio Gio schaute weiter verträumt vor sich hin. Yseut suchte nach ihrem Schuh und schob ihren Fuß hinein. Elena kam mit den Karten. Gio Gio bestellte wieder den Lugana. Elena brachte Mineralwasser. Yseut entschuldigte sich. Sie wolle sich frisch machen gehen. Gio Gio stand auf und schob ihr den Tisch aus dem Weg. Yseut ging durch den Raum zur Sitzinsel. Um die Ecke nach hinten. Ein Gang. Stiegen. Ein Pfeil nach unten. Eine geschwungene Stiege. Schwarzer Stein. Yseut lief hinunter. Unten Türen. Sie schaute sich um. Hier. Der Boden schwarz glänzend. Die Wände schwarz und goldgesprenkelt. Yseut machte gerade die Tür zur Damentoilette zu, da sah sie eine Silhouette auf die Glastür gegenüber zukommen. Yseut schloss die Tür schnell hinter sich. Sperrte sich in einer Toilette ein. Das war doch Aldo gewesen. Die Silhouette. Yseut rüttelte an der Tür. War die auch gut versperrt. Trotzdem wartete sie damit, sich auszuziehen. Sie ging dann doch auf die Toilette. Horchte die ganze Zeit. Passierte da draußen etwas. Gewitterstimmung. Es war Gewitterstimmung. Der Koch. Dieser Giampietro. Die betont freundliche Kellnerin. Niemand da. Aber Aldo. Im Keller. Sie hatte Stimmen gehört. Die Stimmen und wie die Silhouette an der Tür innegehalten. Was war hier los. Yseut zog sich an. Spülte. Stand am Waschbecken vor dem Spiegel. Wusch sich die Hände. Trug Lippenstift auf. Setzte die Brille auf und überprüfte die Ränder des Lippenstifts. Sie stand in dem goldglitzernden schwarzen Raum. Die Waschbecken goldene Schalen auf schwarzem Lack. Die Armaturen vergoldet. In einem Regal schwarze Lackschachteln. Yseut schaute hinein. Wattestäbchen. Tampons. Wattepads. Schwarze Gästehandtücher neben den Waschbecken. Yseut nahm die Brille und schaute sich noch einmal an. Waren die Lippenkonturen genau nachgezogen. Sie verstaute die Brille im Etui. Den Lippenstift im Kosmetiktäschchen. Stand vor dem Spiegel. Alles schwarz rund um sie. Sie war das einzige helle Ding im Raum. Ihr Kopf. Ihr Kopf schwebte im Spiegel. Der Körper nicht zu sehen. Ihre schwarze Bluse. Als wäre sie schon guillotiniert. Sie beugte sich vor. Geköpft. Sie sah geköpft aus. Yseut seufzte. Sie nahm ihre Tasche. Sie ging schnell davon. Schaute sich nicht um. Während sie die Stufen zum Speisesaal hinaufstieg, wurde Musik eingeschaltet. Ennio Morricone. Filmmusiken. Yseut hatte gerade eine Serie über Filmmusik auf Ö1 gehört gehabt. Das war Musik für einen Western. Langgezogene Maultrommelklänge. Viel Hall. Pferde. Wind. Die Landschaft die eigentliche Handlung. Yseut ging schnell. Sie ging gegen den Takt der Musik. Yseut hatte Lust, den Takt dieser Musik zu zertreten. Sie war mit einem Mal zornig. Im Speisesaal. Es war niemand anderer da. Nur Gio Gio. Er saß mit dem Rücken zur Wand. Grinste ihr zu. Stand auf. Wartete, bis sie wieder auf der Bank saß. Schob ihr ein Glas Wein hin. Yseut nahm die Karte. Sie musste wieder nach der Brille suchen. Sie kramte in ihrer Tasche. Sie musste den Kopf gesenkt halten. Wollte nicht, dass er ihr Gesicht sehen könnte. Beim Gehen auf ihn zu. Während sie die ganze Länge des Speisesaals auf ihn zugegangen war. Die Frage war aufgesprungen. Die Frage stellte sich während des Brillensuchens. Während sie die Speisekarte las. Wie schaute sein Penis aus. Was für einen Penis er wohl hatte. Sie versuchte, sich auf die Karte zu konzentrieren. Sie starrte auf die Liste der Vorspeisen. Ob sie schon eine Wahl getroffen habe. Elena stand an ihrem Tisch. Yseut zeigte auf die erste Speise. Das wolle sie. Elena nahm ihr die Karte ab. Eine gute Wahl, sagte sie. Gio Gio sagte, er nähme dasselbe. Elena nickte und ging. Yseut hob ihr Glas. Ob er schon einmal jemanden umgebracht habe, fragte sie ihn. Gio Gio nahm einen Schluck. Lehnte sich zurück. Verschränkte die Arme. Nein. Das habe er nicht. »A pity.«, sagte Yseut. »Peccato.« Sie nahm einen großen Schluck Wein. Sie war gereizt. Sie merkte, wie sie dasaß. Angespannt. Als wollte sie sich mit einem Sprung auf jemanden stürzen. Gio Gio lachte. Wie schön, sagte er dann. Wie schön. Mit ihr gäbe es wirklich nur Relevantes zu besprechen. Yseut trank einen Schluck Wasser. Was denn los sei, fragte Gio Gio. Sie sei als freundliche Person weggegangen. Was sei geschehen. Yseut schaute sich um. Die Musik. War das »La Cage aux Folles«. Sie waren allein. Yseut sah sich mit Gio Gio dasitzen. Wie zwei verlorene Kinder. Nicht eingeladen. Der Geburtstag schon vorbei. Sie wurde traurig. Musste seufzen. Gio Gio legte die Hand auf ihren Arm. Yseut deutete auf die anderen Tische. Gio Gio zuckte mit den Achseln. Sie seien früh. Man äße hier nicht vor 9 Uhr am Abend. Er fände das nett. So allein mit ihr. So allein zu zweit. Solo per due. Aber er war auch unruhig. Er schob sich auf dem Sessel hin und her. Stellte die Füße nebeneinander. Dann lehnte er sich nach rechts zurück. Legte den Arm über die Sessellehne. Yseut musste lachen. Sie musste über sich lachen. Sie hatte sich das wirklich vorgestellt gehabt. Offenkundig hatte sie etwas erwartet und kam nun nicht zurecht. Warum sollte es ihm nicht genauso gehen. Sie fragte ihn, ob er Kinder habe. Gio Gio setzte sich wieder gerade hin. Schaute auf sein Weinglas. Doch. Er habe zwei Töchter. Aber die studierten schon. Und außerdem. Er sei kein guter Vater gewesen. Wie sie sich vorstellen könne, sei er kein guter Vater gewesen. Aldo stand am Tisch. Yseut hatte ihn nicht bemerkt. Er zog einen Sessel vom Nachbartisch heran und setzte sich. Er schaute nur Gio Gio an. Yseut wollte noch grüßen, aber Aldos Haltung ließ sie sofort schweigen. Aldo stützte sich auf dem Tisch auf und beugte sich Gio Gio zu. Gio Gio verschränkte wieder die Arme. Er lehnte sich gegen die Wand hinter ihm. Elena kam mit den Vorspeisen. Ob sie für Aldo ein Gedeck bringen solle. Aldo winkte sie davon. Yseut schaute Gio Gio an. Der schob seinen Teller weg. Yseut begann zu essen. Knusprig gebratene Scheiben von Melanzane waren übereinandergestapelt. Zwischen den Melanzanescheiben eine Füllung von einer Pilzsauce. Es schmeckte köstlich. Die Männer sagten weiter nichts. Gio Gio hatte sich abgewandt. Aldo schaute auf seine Hände auf dem Tisch. Mit einer abrupten Bewegung wandte Gio Gio sich an sie. Ob sie schon von diesem Blödsinn mit dem Venetic gehört habe, fragte er auf

Englisch. Aldo warf die Hände in die Höhe. Worum es denn ginge, fragte Yseut. Diese Kleinverbrecher. Gio Gio wies mit dem Kinn auf Aldo. Diese Kleinkriminellen wollten ihre Verbrechen hinter einer Befreiungsbewegung verstecken. Dabei gehe es nur einfach darum, wer hier in der Region die Macht habe. Yseut kaute. Schluckte. Sie nahm einen Schluck Wein. Vielleicht ginge es darum, dass diese Kleinkriminellen nicht auf eine andere Struktur zurückgreifen könnten. Wie die Mafia auf die Familie. Die Politik auf die Polizei. Wie die Partisanen, die sich in der Not zusammengefunden hatten. Die Vorstellung, dass das Sprechen einer gemeinsamen Sprache die Sprechenden zusammenführe. Das sei doch auch nur die Idee des Nationalstaats. Gio Gio wandte sich ab. Angewidert. Elena kam an den Tisch. Sie sah die Haltung Gio Gios und ging gleich wieder. Sie verschwand in der Küche. Die Musik. Yseut dachte, dass das immer noch »La Cage aux Folles« wäre. Sie aß weiter. Aldo trommelte mit seinen Fingern auf dem Tisch. Ob es um diese Theorie ginge, dass Venetic eigentlich eine nordische Sprache sei, fragte sie Aldo. »We are northerners. No question about that, and we will defend that.« Yseut schaute Gio Gio an. Gio Gio schloss kurz die Augen. Sie habe Aufsätze gelesen, in denen vertreten werden würde, dass Venetic eigentlich auf das Finnische zurückzuführen sein sollte. Sie habe keine Ahnung, wie das in der Sprachwissenschaft eingeschätzt werden würde. Wie meistens klänge der Linguist, der diese These verträte, durchaus plausibel. Sie dächte, es handelte sich um Spekulation. Aldo zog seine Hände vom Tisch. Ließ die Hände auf seine Oberschenkel sinken. Was

Gio Gio mit dieser alten Frau da wolle, fragte er. Er sprach wieder Italienisch. Er zischte böse. Yseut musste lachen. Das wäre also doch wirklich kein Argument, sagte sie. Was habe ihr Alter mit einer linguistischen Theorie zu tun. Soviel sie wüsste, wäre man mit dem Fund. Was war das nur gewesen. Eine Beinschiene mit Inschrift. War das nicht eine Beinschiene mit Inschrift gewesen, die man in den 90er Jahren gefunden hätte. Aber hätte dieser Fund nicht die Kontroverse noch verstärkt, ob Venetic zum Italischen zu zählen sei oder doch ein eigenständiger Zweig des Indoeuropäischen sei. »Indoeuropean.«, sagte Yseut. »Indogermanico.« rief Aldo. Yseut legte ihr Besteck ab. Das wäre aber eine sehr veraltete Bezeichnung. A very outdated designation. Aldo schaute weiter nur Gio Gio an. Yseut schaute Aldo an. Er würdigt mich keines Blicks, dachte sie. »Non vorrei andare a letto con lei.« Aldo schaute Gio Gio herausfordernd an. Yseut musste lachen. »Who would want him.«, lachte sie. Gio Gio nahm sein Glas und hielt es Yseut zum Anstoßen hin. Yseut prostete ihm zu. Sie lächelte. Das habe wohl alles mit einer Vaterproblematik zu tun, sagte sie zu Gio Gio. Father issues. Aldo stand auf und ging. Er verschwand in Richtung der Toiletten. Yseut holte tief Luft. Sie war wieder fröhlich. Gio Gio zog den Teller zu sich. Es schmecke köstlich, sagte Yseut. Sie lächelte Gio Gio zu. Er grinste zurück. Er habe gewusst, dass sie alle Sprachen spräche, sagte Gio Gio und lachte. Er begann zu essen. Er aß auf amerikanische Art. Er nahm die Gabel in die rechte Hand und legte den linken Arm auf seine Oberschenkel. Yseuts Handy läutete. Sie fischte es aus der Tasche und stand auf. Sie käme gleich wieder. Während Yseut zur Eingangstür ging, nahm sie den Anruf an. Madeline. Yseut ging schnell auf die Straße hinaus. Was es gäbe, fragte sie Madeline. Sie habe sich nur Sorgen gemacht, sagte Madeline. Ob alles in Ordnung sei. Yseut sagte, dass alles besonders in Unordnung sei. Sie säße mit einem mindestens 15 Jahre jüngeren Mann beim Abendessen. Dann wolle sie nicht stören, rief Madeline. Yseut solle sie anrufen und berichten. Yseut lachte und legte auf. Sie hatte befürchtet, die Pistole wäre doch in die Hände der Polizei gelangt und man hätte sie zu Madeline zurückverfolgt. Yseut stand einen Augenblick vor der Tür. Die Sicherheitsscheinwerfer. Sie waren nicht angegangen. Die hatten doch vorhin noch geleuchtet. Yseut ging zurück. Gio Gio hatte fertiggegessen. Yseut blieb am Tisch stehen. Ob das etwas bedeuten könnte, fragte sie. Aber die Scheinwerfer draußen. Die seien abgeschaltet. Hätte dieses Restaurant heute doch geschlossen. Sie fände das plötzlich alles komisch. Gio Gio schaute vor sich auf den Tisch. Dann sprang er auf. Er nahm die Flasche. Nahm Yseut an der Hand. Yseut konnte gerade noch nach ihrer Tasche greifen. Gio Gio ging schnell. Er zog sie mit. Yseut lief hinter ihm her. Gio Gio ging durch die Küchentür. Am Spültisch hantierte ein Afrikaner. Sonst war niemand da. Gio Gio ging an den Nirostatischen vorbei nach hinten. Er drückte eine Tür da auf. Ein Gang. Durch eine Tür kamen sie auf die Straße. Gio Gio überquerte die Straße. Er ging rasch und ohne sich umzusehen. Sie kamen gegenüber dem Parkplatz heraus. Gio Gio beugte sich vor. Schaute die Straße hinauf und hinunter. Dann deutete er auf Yseuts Auto. Yseut musste den Autoschlüssel suchen. Gio Gio seufzte. Ungeduldig. Yseut lief über die Straße. Klickte die Autotüren auf. Startete. Rollte nach hinten hinaus. Blieb für Gio Gio stehen. Dann fuhr sie los. Nach zwei Kilometer kam ihnen die Kolonne der Polizeiwagen entgegen. Dem Wagen der Einsatzleitung folgten zwei Mannschaftswagen. Die Polizeikolonne fegte an ihnen vorbei. Yseut schaute zu Gio Gio hinüber. Gio Gio deutete ihr, schneller zu fahren. »A destra.«, sagte er dann. Sie solle nach rechts abbiegen. Yseut lenkte nach rechts. Dann riss sie das Lenkrad zurück und fuhr weiter. Sie fahre zur Villa zurück. Für sie sei dieser Abend beendet.

36. Folge.

Yseut fuhr schnell. Autos kamen entgegen. Blendeten. Yseut schaltete das Fernlicht ab. Blendete wieder auf. Sie fuhr auf die Romea hinauf. Dichter Verkehr. Sie reihte sich ein. Yseut wollte nicht auffallen. Sie ließ sich überholen. Gio Gio saß neben ihr. Schaute nach vorne hinaus. Sagte nichts. Dann lachte er. Er habe diese Flasche Wein. Ob sie trinken wolle. Yseut schüttelte den Kopf. Nein. Danke. Gio Gio saß wieder ruhig da. Sprach nicht. Wo Mascha geblieben sei, fragte Yseut dann. Gio Gio schnaufte kurz. Yseut fuhr. Es sei halt schwierig, nach Plan zu leben, sagte er dann. To live according to plan. Aber was es sonst gäbe, fragte Yseut. Sich treiben lassen. To drift. Gio Gio beugte sich nach vorne. Stützte seine Arme auf seinen Knien auf. Hielt die Flasche. Er solle die Flasche in den Becherhalter stellen, sagte Yseut. Sie schob den Becherhalter gleich bei der Handbremse auf. Gio Gio stellte die Flasche ab. Er schlug die Hände zusammen. Rieb sich die Hände. Ihm sei jetzt kalt. Yseut schaltete die Heizung ein. Septembernächte. Sie konnten warm und konnten kalt sein. Gio Gio redete gedankenverloren vor sich hin. Yseut schwieg. Sie wollte von der

Straße weg. Sie wollte in ihr Zimmer. Sie hätte sofort nach Wien zurückfahren wollen. Die Pistole war weg. Ob Aldo etwas mit den Venetic-Terroristen zu tun habe. Gio Gio lachte. Zu tun habe. Was he involved. Er war der Capo. Das war doch das Interessante an der Situation. Ein griechisches Drama. Der Primo dirigente und sein Sohn. »And Mascha.«, fügte Yseut an. Das auch. Gio Gio ließ sich in den Sitz zurückfallen. »It's nice to have a classic education.« Yseut schaute kurz zu ihm hinüber. Im Licht eines entgegenkommenden Fahrzeugs. Er starrte nach vorne hinaus. »That bad.«, fragte Yseut. Er schob sich im Sitz nach vorne. Suchte in seiner Hosentasche. Holte sein Handy heraus. Schaute auf das helle Display. Schaltete das Handy aus. Steckte es in die Hosentasche zurück. Sie habe ihn das schon einmal gefragt, sagte er dann. Yseut schaute wieder hinüber. Sie seufzte. Fuhr schneller. Sie musste lachen. Unterdrückte das Lachen. Presste die Lippen zusammen. Wie war das gewesen. Waren die Stimmungen damals. Waren die auch so in sich zusammengebrochen. Lord Byron. Man hätte es Launen genannt. Und Launen. Die kamen von innen. Die Moderne. Stimmungen. Gemacht. Von außen. Und in der flexiblen Moderne. Die Stimmungen wechselten nur. Flexibel war da gar nichts. War dann die Insistenz auf ihre Raserei. War das ein Überbleibsel. Hatte sie sich auf diesem Weg vom Kind durch alle Epochen hindurch die Raserei der Romantik erhalten. Hatte die Einweisung ins Katholische und das erzählungslose Reden des Nachkriegs-Wien sie auf diese Insel festgesetzt. Und der im Trinken gefangene Vater. Seine Verdammung in den Alkohol. Keine Rettung. Sie hatte nichts von Rettung lernen können. Nur Zwischenspiele. Frieden. Das waren Zwischenspiele gewesen. Zwischen den Schlachten mit dem Alkohol. Ihr Missolonghi. Immer und immer wieder. Blaulicht hinter ihnen. Gio Gio warf sich herum. Schaute nach hinten hinaus. Eine Feuerwehr. Yseut fuhr an den Rand der Straße. Die Feuerwehr rasend an ihnen vorbei. Yseut lenkte auf die Fahrbahn zurück. Der Fahrer hinter ihnen schneller. Drängte sich vor sie. Wieder Sirenen. Blaulicht. Eine zweite Feuerwehr. Das Blaulicht auf der geraden Straße lange zu sehen. Gio Gio setzte sich wieder zurecht. Was wohl los sei. Yseut fuhr. War Byrons Raserei auf das Schreiben beschränkt gewesen. Das Leben in der Villa ein gemütliches Dahin von erotischem Theater. Alle Spieler und Publikum in einem. Vertrieben einander die Zeit. Das Rasen. Gebündelt in den dünnen Tintenfaden des Geschriebenen. Und nur dort. Und immer nur dort. Nie gelebt. Mood swings. Gab es die damals auch. Yseut stellte sich vor. Byron auf der Terrasse. Die Contessa Guiccioli im Negligé auf dem Balkon. Sie winkt ihm, hinaufzukommen. Er winkt mit der Reitgerte. Deutet auf die Stallungen. Sie legt den Kopf schief. Lächelt. Er lächelt zurück. Geht rückwärts. Schaut zu ihr hinauf und läuft dann doch ins Haus. Sein Ausritt kann ja warten. Der Stallbursche wird das Pferd im Kreis führen, bis der Lord wieder Zeit hat. Zeitvertreib. Und das war keine Stimmungsschwankung. Das war der Laune folgen. Yseut überlegte. Hier war irgendwo die Abfahrt von der Romea. Gio Gio saß in seine böse Stimmung eingehüllt. Yseut dachte, er könnte jetzt diese Bewegung machen. Den weiten Reitmantel so über die Schulter werfen und mit großen Schritten davon. Napoleonisch. Die Abfahrt. Gio Gio hatte auf die Abfahrt hinweisen wollen. Hatte Luft geholt zu reden. Der Blinker war aber schon an. Die Brautmoden. Viale Kennedy. Der Einbahnzirkus von Taglio. Die Straße auf den Damm. Wolken von Moskitos über der Straße. Yseut blinzelte unwillkürlich beim Fahren in diese Wolke. Der Himmel bedeckt. Die Wolken hell. Nach den ersten Kurven. Links. Weit in der grauschwarzen Landschaft. Ein Feuer. Die Fattoria. Flammen aus dem Dachstuhl. Der schwarze Rauch gegen das tiefe Grau der Wolkennacht. Tief am Horizont noch ein Schimmer vom Sonnenuntergang. Yseut fuhr langsam. Die Feuerwehren. Auf der Landesstraße. Das Blaulicht. Vorwärts. Es sah eifrig aus. Hintereinander. Die Feuerwehren fuhren hintereinander. Bogen von der Straße ab. Auf die Sandstraße. Yseut blieb stehen. Sie schaute hinüber. Die Fattoria. Die Flüchtenden. Dann fuhr sie an. Fuhr schnell. Was geschah nun weiter. Gio Gio hatte ja offenkundig kein Auto bei der Villa. Oder doch. Dachte er, dass sie. Weil sie hierher gefahren war. Gab es Taxis hier. Sie schüttelte den Kopf. Sie machte sich schon wieder Gedanken. Das ging sie nichts an. Das war nicht wichtig. Sie fuhr sehr schnell. Die grüne Wanze. Die hatte sie da irgendwo ausgesetzt. War die zurückgekehrt. Oder war das eine Brutstätte. Der hellblaue Brokat vom Betthimmel. Brütete der giftgrüne Schildwanzen aus. Yseut schüttelte den Kopf und schaltete das Licht aus. Rollte nur noch. Es schien ihr plötzlich richtig, unsichtbar zu sein. Sie fuhr die letzten Biegungen den Fluss entlang. Schleichgang. Kaum ein Geräusch. Sie ließ sich die Abfahrt zur Villa hinunterfallen.

Ohne Motorengeräusch. Sie konnte nur die Reifen hören. Auf der Sandstraße. Knirschend. Beim Zwergenrondeau. Bewegungen. Laufen. Ducken. Ein Gerangel. Yseut hatte sich vorgebeugt. Schaute. Gio Gio klickte seinen Sicherheitsgurt auf. Ließ den Gurt in die Halterung zurückschnalzen. Yseut suchte nach dem Schloss ihres Gurts. Sie ließ das Auto fast bis zur Hintertür der Villa rollen. Bremste. Sie schaltete das Fernlicht ein. Der Major stand da. Ein Mann kniete. Der Major hielt ihm eine Pistole an den Kopf. Der Major hob den Arm, sich vor dem Licht zu schützen. Der Mann blieb knien. Die Arme hängend. Erstarrt. Yseut sprang aus dem Wagen. Stürzte zu den beiden Männern. Sie wollte etwas sagen. Etwas rufen. Ausrufen, das sei doch einer von denen von gestern. Sie schnappte aber nur nach Luft. Gio Gio kam nach. Gio Gio tänzelte in das Licht. Hatte die Hände wieder in den Hosentaschen. Der Major nickte. Deutete mit dem Pistolenlauf auf den knienden Mann. Der Major hielt Yseut die Pistole hin. Yseut nahm sie. Der Major führte ihre Hand. Nachdrücklich. Sie müsse den Pistolenlauf an den Kopf halten. Direkt. Der Major grunzte. Yseut hielt die Pistole gegen den Kopf. Drückte den Lauf in die Haare. Spürte die dünne Hautschicht. Die Härte der Knochen. Der Major holte die Elektrolarynx aus seiner Sakkotasche. Man solle hineingehen, schnarrte er. Die Polizei würde gleich da sein. Gio Gio machte einen Schritt auf Yseut und den Mann zu. Yseut schüttelte den Kopf. Sie nahm den Mann am Arm. Hielt ihm die Pistole gegen den Rücken. Stieß ihn an. Dann lachte sie. Der Major hatte nicht entsichert. Sie zögerte einen Augenblick. Dann drückte sie den Lauf tiefer in den Rücken. Stieß den Lauf gegen die Rippen des Manns. Die gelbe Lederjacke weich. Sie fühlte sich wie dicke Haut an. Gio Gio kam auf die rechte Seite des Manns. Er knurrte etwas. Der Mann schüttelte den Kopf. Gio Gio hievte ihn hoch. Yseut rief »Hey.«, Der Major piepste mit der Elektrolarynx. Die Haustür ging auf. Die Contessa schaute heraus. Dann öffnete sie die Tür weit. Ging zur Seite. Gio Gio schleppte den jungen Mann zur Tür. Er zerrte ihn an der Lederjacke am Kragen. Trug ihn wie eine Katze im Genick. Der junge Mann stolperte über den Kies. Gio Gio verschwand mit ihm im Haus. Yseut stand mit der Pistole da. Sie drehte sich zum Major um. Deutete auf den Sicherungsbolzen. Der Major hielt die Elektrolarynx hoch. Piepste. Yseut ging zum Auto zurück. Sie parkte neben der Terrasse. Schaltete das Licht aus. Holte ihre Tasche vom Rücksitz. Verriegelte das Auto. Sie ging ins Haus. Die Pistole in der Hand. Beim Gehen entsicherte sie doch. Sie fand alle im roten Salon. Gio Gio stand vor dem jungen Mann. Der lag wie hingeworfen im Fauteuil, in dem Yseut am frühen Abend gesessen hatte. Yseut blieb stehen. Die Contessa hatte sich gesetzt. Der Major schnarrte »Good evening.«. Was man nun machen solle, fragte die Contessa. Nur diesen einen, schnarrte der Major. Sie wären das also gewesen, fragte Yseut. Arsonists. Brandstifter. Der Major piepste zustimmend. Ob sie von dem Feuer wüssten. Die Contessa nickte. Sie hätten die Feuerwehr verständigt. Sie hatte das Feuer von ihrem Balkon sehen können. Ob jemand in dem Gebäude gewesen sei. Der Major piepste in Richtung des jungen Manns. Sie solle ihn fragen. Der Mann reagierte nicht. Hielt die Augen geschlossen. Nein, sagte die Contessa müde. Die wären doch alle schon. Sie schaute zu Gio Gio. Gio Gio zog scharf den Atem ein. »Ja, ja.«, sagte die Contessa. So seien die jetzt in Sicherheit. Wenigstens. Gio Gio schnaufte wieder und kehrte ihnen den Rücken. Ging zu einer Kommode an der Wand. Kam zurück. Ob er diesen Burschen kenne, fragte Yseut. This lad. Gio Gio zuckte mit den Achseln. Wandte sich ab. Ging an die französischen Türen. Rüttelte an den Scherengittern. Gedankenverloren. »Are you from the Venetic Freedom Army or however you call yourself.« Yseut musste die Pistole ruhig halten. Sie hatte die Pistole schwingen wollen. Das hatte sie bei Prüfungen gemacht. Die Hände schwingen. Das hatte dann die Prüfer nervös gemacht. Die Prüferinnen. An der Tafel stehen und Ableitungen rechnen, und die Hand mit der Kreide schwingen. Beim Nachdenken. Sie schaute den jungen Mann an. Der Kopf rasiert. Grauschattiger Nachwuchs. Das Gesicht dünn. Die Nase scharf vorspringend. Sehr jung. 17. 16. Oder doch schon älter. Er hatte die Augen geschlossen. Die Contessa seufzte. Was solle man schon machen. Mit gewalttätigen jungen Männern. Yseut sah, wie der junge Mann. Der Bursch. Wie er die Augen einen Spalt öffnete. Die Contessa anschaute. Dann die Augen wieder schloss. Er seufzte. Setzte sich auf. Gio Gio ging sofort auf ihn zu. Stellte sich neben den Fauteuil. Yseut setzte sich auf das Sofa. Sie saß da, wo Gio Gio am frühen Abend gesessen war. Die Erinnerung. Sie musste den Kopf schütteln. Sie hielt die Pistole mit beiden Händen. Schießposition. Sie hätte nur die Hände heben müssen. Sie grinste den Major an. Sie spielten hier Theater, dachte der wohl. Gesichertes Theater. Der Major piepste ihr Zustimmung zu. Die Contessa gähnte. Sie hob ihre Hand. Hielt sie hoch. Der Major ging. Stellte sich neben ihren Fauteuil. Nahm die Hand. Hielt sie mit der linken. Man könne ihn laufen lassen, sagte die Contessa. Der Major schaute skeptisch. Die Contessa schaute zu ihm auf. Sie könnten keinen Schaden mehr anrichten. Die Fattoria sicher ausgebrannt. Mittlerweile. Der Major zog die Schultern hoch. Verzog den Mund. Nein, meinte die Contessa. Was hätten sie denn noch vorgehabt. Yseut hielt ihren Blick auf dem Burschen. »Angry.«, schnarrte der Major. Die Contessa zog ihre Hand zurück. »Angry.«, fragte sie. Diese jungen Männer seien nicht wütend. Die seien sadistisch. Wie könne man Wehrlose jagen. Sie könne da keine Wut entdecken. Wut. Das könne sie ja verstehen. Der junge Mann setzte sich auf. Riss die Augen auf. Er ließ sich aber gleich wieder nach hinten fallen. Schloss die Lider. Sie habe es satt, sagte die Contessa. »I am fed up.« Yseut schaute zur Contessa. Die winkte ihr zu. Ja. Sie habe es satt. Richtig satt. »Pardon my french.« Ihr Leben lang habe sie mit dieser Art von jungem Mann zu tun gehabt. Junge Männer, die nicht wüssten, was sie mit ihrer Zeit anfangen sollten. Yseut seufzte. Was sollten sie denn machen. Gedichte schreiben. Die Contessa beugte sich vor. »Yes. My dear.« Das wäre eine gute Idee. »Even bad poems. At least it would be civilized.« Gio Gio lachte. »Shoot him.«, sagte er lachend. Der Major piepste zustimmend. Die Contessa wandte sich ab. Yseut musste lachen. Der Major piepste. Wedelte mit seinem Gerät. Gio Gio fragte, was man sonst mit so jemandem machen könne. Die Contessa sagte, man solle die Welt vor diesen Typen bewahren. Yseut sagte, man solle ihn auf die Universität schicken. Wäre das nicht die neue Form von Arbeitslager. Yseut fühlte, wie sie zu schwitzen begann. Ihre Hand feucht. Sie justierte ihren Griff. Legte die linke Hand auf ihren Oberschenkel. Presste die Hand gegen den Stoff. Sie wollte nicht, dass jemand merkte, wie sie schwitzte. Sie hielt ihren Blick auf dem jungen Mann. Es war still. Der Major schnaufte. Der junge Mann sprang auf. Unvermittelt. Er zog die Beine an und stieß Gio Gio zurück. Er ließ sich vom Schwung des Stoßes nach vorne fallen. Sprang auf. Yseut schoss auf den Teppich vor ihm. Er blieb stehen. Schwankte nach vorne. Drohte hinzufallen. Der Länge nach. Gio Gio war gegen eine Kommode getaumelt. Er sprang zurück. Warf den Mann auf den Fauteuil zurück und kniete sich auf dessen Brust. Gio Gio fluchte dabei. In einem fort stieß er Schimpfnamen aus. Stieß dem Mann mit seinem Knie in den Hals. Die Contessa seufzte. Yseut schaute die Einschussstelle an. Sie hatte in die Mitte einer Blumengirlande geschossen. Sie beugte sich vor, die Stelle genau anzuschauen. Sie beugte sich aber auch so tief vor, ein Grinsen zu verbergen. Ein blödes Grinsen hatte sich über ihr Gesicht ausgebreitet. Ein Grinskrampf. Yseut legte die Pistole weg und begann, ihr Gesicht zu massieren. »Well done.«, schnarrte der Major. Aber der Teppich. Yseut blieb vorgebeugt. Es gäbe das alte Eishaus. Ob der Major wüsste, was sie meine, fragte die Contessa zum Major hinauf. Der verneinte. O.k., sagte die Contessa. Wenn er das Eishaus nicht fände, dann müsse sie mitkommen. Sie hole den Schlüssel.

Die Contessa rutschte auf dem Fauteuil vor. Stützte sich auf den Armlehnen auf. Stemmte sich in die Höhe. Yseut wollte ihr zu Hilfe kommen. Die Contessa wies auf die Pistole und dann auf die zwei Männer. Gio Gio hielt den jungen Mann im Würgegriff. Dem jungen Mann rann Blut aus der Nase. Yseut nahm die Pistole wieder in die Hand. Hob sie. Zielte auf den Mann. Gio Gio könne ihn loslassen. Yseut musste immer noch grinsen. Gio Gio schaute sie an. Prüfend. Sie müsse lachen, sagte sie, weil dieser Mann glaube, sie würde nicht abdrücken. »I hope he tries again.«, sagte sie, und sie wünschte sich das wirklich. Sie meinte das. Man müsse sich beeilen. Die Contessa war schon fast aus dem Zimmer. Es wäre unvermeidlich, dass die Polizei hier auftauchen würde. Yseut stand auf. Der Polizei übergeben, fragte sie. Die Contessa drehte sich um. Schaute sie spöttisch an. Diesen Faschisten. Die wären doch selber alle solche Schläger. Nein. Nein. Der käme jetzt einmal weg. Yseut nickte. Gio Gio zog den Mann aus dem Fauteuil. Yseut schaute sich um. Sie sah nichts, was sich als Fessel geeignet hätte. Sie ging an die Kommode. Öffnete die oberste Lade. Papier. Geschenkpapier. Rollen weißen Seidenpapiers. Bänder. Schleifen. Yseut rollte rosarotes Geschenkband ab. Hielt es Gio Gio hin. Der schaute skeptisch. Yseut ließ das Band abrollen. Nahm das Band dreifach. Gio Gio riss dem Mann die Arme zurück. Kreuzte die Handgelenke. Umwickelte sie mit dem rosaroten Band. Verknotete es. Ob er ein Handy bei sich habe, fragte Yseut. Gio Gio hielt den Mann hinten an den gefesselten Händen fest. Das könne sie gleich nachschauen. Gut gedacht, sagte er. Yseut ging vor den

Mann hin. Sie musste ihn durchsuchen. Sie hielt die Pistole gegen seine Brust. Schlug mit der linken Hand unter die Arme. Unter die Jacke. Schweißgeruch. Benzingeruch. Yseut schaute hinunter. Die Hosenbeine. Die Skinny Jeans hatten dunkle Flecken. Brandbeschleuniger, dachte sie. Arschlöcher. Das Handy war in der rechten Gesäßtasche. Schlüssel. Sonst nichts. Gio Gio zerrte den Mann schon zur Tür. Der Major trat an die linke Seite. Zog mit. Der Mann taumelte zwischen den beiden. Yseut dahinter. Den Gang zur Hintertür. Draußen. Ein Licht. Die Contessa hatte ihre Pannenleuchte an. War schon fast bei den Stallungen. Autos waren zu hören. Fuhren in den Park. Die Scheinwerfer in den Baumkronen zu sehen. Gio Gio und der Major begannen zu laufen. Zerrten den Mann zwischen sich. Yseut eilte hinterher. Verwundert. Sie hatte gedacht, mit einer Waffe spiele man die Hauptrolle. Vor ihr. In der Dunkelheit. Gegen das entfernte Licht der Pannenleuchte. Die drei Männer bildeten ein Ungeheuer. Ein hüpfendes rollendes Ungeheuer. Ein Tier mit sechs Beinen. Yseut ekelte es. Wie es sie immer geekelt hatte. »Sie machen das Tier mit den vier Beinen.« Sie hätte den Othello spielen können. Aber anders. Gegen die Verachtung. Sie hätte sich mit Desdemona solidarisiert, und das hätte dieser Mann auch tun sollen. Wenn sie doch im gleichen Boot waren. Die Contessa winkte mit der Pannenleuchte. Sie stand an einem langgezogenen niedrigen Haus. Die drei Männer schwenkten nach rechts. Eine dicke Holztür. Gio Gio und der Major schleiften den jungen Mann hinein. Sie kamen wieder heraus. Die Contessa warf die Tür zu. Verschloss die Tür mit einem dicken großen Schlüssel. Sie drehte sich um. Der Major hielt ihr den Arm hin. Sie hängte sich ein. Sie sackte gegen ihn. Richtete sich wieder auf. Sie ist wirklich alt, dachte Yseut. Sie gingen zum Haus zurück. Ein Wagen mit Blaulicht kurvte um die Ecke bei der Terrasse. Die Contessa und der Major. Yseut und Gio Gio. Sie gingen den Weg zur Villa. Langsam. Ein Abendspaziergang. Yseut schob die Pistole in ihren Hosenbund. Vorne. Das Spitzenoberteil war gerade geschnitten. Es sollte nichts zu sehen sein. Das Blaulicht wurde abgestellt. Es war still. Sie hörten Autotüren schlagen. Bei der Villa. Ein Carabiniere kam aus dem Haus heraus. Wo Rosina sei, fragte er die Contessa. Verstört. Wo seine Rosina sei. Aus dem niedrigen, langgezogen Haus war nichts zu hören gewesen. Yseut hatte keine Fenster gesehen. Yseut griff unter ihr Oberteil. Sicherte die Waffe. Das Metall nur kurz kühl gegen die Haut.

37. Folge.

Yseut war müde. Sie brauchte ein Taschentuch. Die Pistole bohrte sich in ihren Bauch. Sie ging auf die Haustür zu. Der Carabiniere stellte sich ihr in den Weg. Wo sie hinwolle. Einen Augenblick fiel Yseut keine Sprache ein. Sie holte Luft. »I. Ich. Io. Io voglio.« Diese Frau sei ein Gast in diesem Hotel. Die Contessa kam zu Yseut. Sie nahm Yseut am Arm und ging mit ihr ins Haus. Der Carabiniere trat aber nicht zur Seite. Sie mussten um ihn herumgehen. »Rosina.«, sagte er. Rosina sei verreist. Zu einer Hochzeit. Das glaube sie jedenfalls. Die Contessa sprach im Gehen zu ihm zurück. Eine Hochzeit. Der Mann kam ihnen nach. Stellte sich neben die Tür. Von einer Hochzeit wüsste er. Von einer Hochzeit müsste er wissen. Die Contessa schaute kurz zu ihm hinauf. Hob die Schultern. Sie könne nichts sagen. Sie verharrte einen Augenblick. Dann ging sie ins Haus voraus. Yseut hinter ihr. Yseut musste sich zwingen, nicht zu laufen. Am Rücken. Sie meinte, den Blick des Polizisten am Rücken brennen zu spüren. Von diesem Brennen geschoben zu werden. Ins Laufen gestoßen. Rennen. Das Atmen. Sie musste seufzen. Das Seufzen irgendwie durcheinander. Sie bekam Schluckauf. Hielt sich die Hand vor den Mund. Hielt den Bauch gespannt. Die Pistole rutschte tiefer. Das »Hick« des Schluckaufs nicht zu unterdrücken. Die Contessa ging langsam. Yseut drängte sich dann doch an ihr vorbei und lief in den roten Salon. Sie zog die Pistole aus dem Hosenbund. Vergrub sie in der Tasche. Das Handy summte. Eine Nachricht. Yseut schaute nach. Lynn. »Now.«, hatte Lynn geschrieben. Yseut setzte sich. Schaute auf die Nachricht. Das Display wurde wieder dunkel. Yseut lehnte sich zurück. Die Contessa hatte sich in ihren Fauteuil gesetzt. Saß. Yseut konnte nichts denken. Das »Now« tanzte vor ihren Augen. Selbstmitleidig. Sie würde nun allein bleiben. Dann schüttelte sie den Kopf. Das war nicht zu ändern, und sie sollte an Lynn denken. Das half nichts. Sie war bitter. Frostig bitter. Wenn es Lynn so schlecht ging. Sie würde zurückbleiben. Ohne diese Vorstellung, dass da drüben. Da über dem halben Globus. Dass es da eine Zuflucht gab. Eine Möglichkeit. Letzthin. In dieser rechtspopulistischen Kulisse. In diesem Zwangsgriff des Kontrolliert-Seins. In diesem aristotelischen Europa. Und jeden Tag eine neue Registrierung. Aber so hatte es ja begonnen. Yseut saß da und sagte sich das Weihnachtsevangelium vor. »Da ging jeder in seine Stadt, sich eintragen zu lassen.« Die Ungeheuerlichkeit des Bogens. Vom Gründungsmythos bis zu ihr. Jetzt. Die Rechten. Die erfüllten diese Sätze. Ein jeder sollte gehen und sich registrieren lassen. Es war nichts anderes. Das ganze Parteiprogramm der Rechten. Eine Rückkehr in die ersten Sätze und ins römische Reich. Jesus war zur Episode gemacht. Registrieren und abgeben. Es war ja auch damals um Steuern gegangen. Yseut begann zu weinen. Still. Eine Träne in jedem Auge. Die linke Träne rollte auf die Wange. Versickerte. Die rechte blieb am Unterlid hängen. Lynn. Die Mühsal des Kommenden. Und schon wieder der Gedanke, wie wird es für mich sein. Wann werde ich sterben. Wie. Der Neid auf die, die es dann schon ahnen konnten. Wissen konnten. Wussten. Und keine Flucht mehr. Sie konnte dann nicht mehr sagen, dass sie auswandern wollte. Auswandern konnte. Sie. Sie könne ja zu ihrer Freundin nach Kalifornien ziehen. Sie könne dem Scheiß hier entgehen. Todmüde. Yseut fühlte sich todmüde. Sie saß auf dem Sofa. Die weichen Rückenpolster gegen die Schultern. Den Kopf auf der Rückenlehne aufgestützt. Sie konnte nicht aufstehen. Sich nicht bewegen. Eine Fliege an den Fenstern der Türen. Surrend. Klatschte gegen das Fenster. Stille. Wieder das Surren. Das Licht des Kronleuchters. Die Schäbigkeit des Raums. Die sehr alte Frau. Trostlos. Das war trostlos. Die Trostlosigkeit ersetzte die Müdigkeit. Sanft flossen die Zustände ineinander. Yseut lag auf dem Sofa und sah zu. Die Zustände wie außerhalb. Die Trostlosigkeit kroch in die Müdigkeit. Färbte sie. Sickerte. Besetzte. Kehrte zurück. Die Trostlosigkeit ließ sich in ihr nieder. Ordnete sich in ihr ein. Sanft. Kein Reißen oder Zerren. Eine sanfte Einlassung. Im Atem mit. Sie atmete tief. Seufzte. Atmete. Sie musste ein Auto mieten. Das Ticket besorgen. Die Wohnung. Es war alles geordnet. Nichts Verderbliches im Eiskasten. Keine Blumen zu gießen. Ihr Auto in die Garage. Sie sollte in 2 Tagen bei Lynn sein können. Yseut schaltete das Handy wieder ein. Unter das »Now«. Sie schrieb

»2 days. Love.«. Schickte die Nachricht ab. Ließ das Handy sinken. Sie blieb einen Augenblick liegen. Schaute auf die Wand. Die Porträts. Die Sinnlosigkeit dieser Bilder. Eine gewaltige Welle. Fiel über sie her und sie stand auf, nicht erdrückt zu werden. Ob sie etwas tun könnte, fragte sie die Contessa. Die lächelte. Sagte nichts. Schaute sie an, als hätte sie sie noch nie gesehen. Lächelte lieb. Das hier sei der rote Salon, sagte sie. Zu Byrons Zeiten habe es hier natürlich anders ausgesehen. Ob sie Byron kenne. Yseut lächelte zurück. Doch. Doch. Sie habe Byron gelesen. Ob die Contessa sie entschuldigen wolle. Die alte Frau nickte. Lächelte wieder. Yseut ging. War das nun Fake, oder hatte die alte Dame eine kleine demente Episode. Gio Gio sollte ihr ein Resort mit irischem Bürgerkrieg einrichten. Gegen die Demenz. Das war doch das Prinzip. Ein Schwindel. Natürlich. Wenn man in die Erinnerung versetzt wurde, musste man sich ja nicht mehr erinnern. Ein Kurzschluss war das. Aber die Leben. In Zukunft. Nur noch in Anstalten. Die Leben wurden nur noch veranstaltet. Das war ja jetzt schon so. Yseut blieb an der Stiege zu ihrem Zimmer hinauf stehen. Sollte sie noch einmal hinaus. Sie konnte die Männer reden hören. Scharf. Das Piepsen der Elektrolarynx. Es ging immer noch um Rosina. Yseut machte die Haustür auf. Schaute hinaus. Der Carabiniere stand mit dem Rücken zu ihr. Der Major und Gio Gio. »Non lo so.« zischte Gio Gio. Er sah sie. Schaute dem Carabiniere ins Gesicht. Ging auf das Haus zu. Der Carabiniere sagte etwas. Schrie das noch einmal. Drehte sich Gio Gio zu. Das Licht über dem Eingang reichte nicht bis zu den Männern. Der Carabiniere schrie wieder. Ein Befehl. Dann lag Gio Gio auf dem Kies. Yseut hörte den Schuss erst nachher. Gio Gio lag schon auf dem Kies. Der Carabiniere war der Erste bei ihm. Der Polizist hielt weiter die Waffe auf Gio Gio gerichtet. Er hielt die Waffe mit gestreckten Armen auf den Rücken des liegenden Manns gerichtet. Yseut stand starr. Ging. Zu Gio Gio. Die Beine steif. Sie starrte auf den Polizisten. Dann schrie sie. Sie stand vor dem Mann und schrie. Sie fand keine Worte. In ihrem Kopf taumelte sie zwischen den Worten herum. Konnte keines fixieren. Es fand sich kein Wort für ihre Wut. Ihren Hass. Ihre Enttäuschung. Ihren Zorn. Die Verzweiflung. Der Schrei. Ihr Schreien. Yseut wunderte sich. Es klang voller, als sie gedacht hatte. Voll. Tiefer. Eingestrichenes C. C-Dur. Sie hatte sich das höher vorgestellt. Schriller. Dünner. Nicht so Oper. Der Schrei ging ins Schluchzen über, und Yseut beugte sich zu Gio Gio hinunter. Sie sah ihn liegen. Hingeworfen. Gefällt. Sie richtete sich wieder auf. Trat dem Carabiniere gegen das Schienbein. Sie hätte begonnen, auf ihn einzuschlagen. Der Mann wandte sich ab. Ging davon. Er sagte etwas im Weggehen. Yseut warf ihre Tasche auf den Boden. Kniete sich darauf. Gio Gio bewegte den Kopf. Er hob den Kopf. Drehte den Kopf Yseut zu. Er stöhnte. Stützte sich auf den Armen auf. Er schaute zu Yseut auf. Grinste. Stöhnte. Schaute sich um. Der Carabiniere war ins Haus gelaufen. Gio Gio ließ sich fallen. Schien die Besinnung verloren zu haben. Yseut hatte plötzlich Angst vor ihm. Hatte die Vorstellung, wenn sie ihn auf den Rücken drehen würde. Blut. Sie sah Blut aus seiner Brust quellen. Im Takt des Pulses. Herausgepumpt. »Bitte nicht.«, sagte sie sich. »Bitte nicht.« »Gio Gio.«, flüsterte sie. Sie beugte sich seinem Ohr zu. »Gio Gio.«. Der Carabiniere kam aus dem Haus gelaufen. Er stürzte zu seinem Wagen. Setzte sich ins Auto. Fuhr los. Schon im Park schaltete er die Sirene ein. Raste davon. Yseut hockte sich auf. Suchte nach den Handy. Wie war die Notfallnummer in Italien. Sie scrollte die Nachrichten entlang. Fand die Verständigung. »Willkommen in Italien.« stand da und wie viel es kosten würde, in Italien das Handy zu benutzen. Am Ende die Notfallnummer. Sie tippte die Nummer an. Eine Hand schloss sich um ihr Handgelenk. Der Major. Er wedelte mit der Elektrolarynx. Verneinend. »No?«, schrie Yseut. »No?« Der Major zog die Schultern hoch. Grinste entschuldigend. Yseut schaute auf Gio Gio hinunter. Der hatte sich auf den Rücken gedreht. Stöhnte. Es war aber kein Blut zu sehen. Yseut trat zurück. Gio Gio nickte ihr zu. Da habe er sich aber jetzt schon erschreckt. Aveva paura. Gio Gio setzte sich auf. Der Major nickte. Lächelte. Wedelte mit der Elektrolarynx. Yseut nahm ihre Tasche. Sie setzte sich auf das Gras am Rand des Wegs. Gleich neben ihr stand der moosblinde Zwerg. Im Dunkel. So weit von der Lampe über dem Eingang weg. Es sah aus, als trüge der Zwerg eine dunkle Binde. Yseut legte den Kopf auf ihre Knie. Sie verstand nichts. Sie wollte nichts verstehen. Sie hörte, wie Gio Gio sich aufrappelte. Kies knirschend. Der Major schnarrte etwas. Schleifende Schritte. Gio Gio zog sie hoch. Er nahm ihre Hand und zog. Yseut ließ sich aufziehen. Gio Gio stand da. Gio Gio war verlegen. Der Major war ins Haus gegangen. Hielt ihnen die Tür auf. Gio Gio ging voraus.

Er ging langsam. Bewegte seine rechte Schulter. Drehte die Schulter. Yseut schloss die Tür. Sie drehte den Schlüssel im Schloss. Ging in den roten Salon. Gio Gio lag schon auf dem Sofa. Der Major saß im Fauteuil neben der Contessa. Die Contessa war eingeschlafen. Der Major nickte Yseut zu. Yseut blieb stehen. Schaute fragend. Gio Gio grinste. Er deutete ihr, sich an den Rand des Sofas zu setzen. Neben ihn. Yseut setzte sich auf die Armlehne eines Fauteils. Was war das alles. Schössen die Carabinieri plötzlich mit Platzpatronen oder was. Nein, sagte Gio Gio besänftigend. Nein. Er trage ein kugelsicheres Hemd. Ein Hämatom werde er aber doch haben. Da müsste die Technologie noch verbessert werden. Aber wie das weitergehen sollte. Yseut überlegte. Wenn die Polizei nur mehr parteilich war, dann war doch Krieg. Eigentlich war dann Krieg. Der Major piepste zustimmend. Gio Gio lachte. Er habe gedacht, sie habe das begriffen. Der Major piepste. Dann verabschiede sie sich jetzt besser, sagte Yseut. Gio Gio setzte sich auf. Yseut ging zu ihm. Küsste ihn auf die Wange. Auf die Wangen. Sie küsste den Major. Sie lief in ihr Zimmer. Warf ihre Kleider in den Koffer. Stopfte den Koffer voll. Holte den Plastiksack für die Schmutzwäsche aus dem Kasten. Räumte den Rest ihrer Sachen in den Sack. Den Laptop in ihre Tasche. Sie schaute sich um. Sie ging an den Brokatvorhang beim Bett. Horchte. Stand vor dem Vorhang. Nein. Sie wollte es nicht wissen. Dann schob sie die Vorhangfalten doch auseinander. Nichts. Keine Wanze. Yseut ließ die Falten zurückfallen. Nahm ihre Sachen. Beladen stieg sie die Stufen hinunter. An der Haustür. Sollte sie noch einmal. Aber der rote

Salon schien schon weit weg. Sie lud ihr Gepäck in den Kofferraum. Weg von hier. Die Polizei sollte sie nicht aufhalten. So schnell wie möglich in die USA, und wenn sie einmal da war, dann konnte sie das schon managen. Die Vorstellung, nicht hineingelassen zu werden. An der Grenze abgewiesen werden. Nicht zu Lynn gelangen zu können. Getrennt zu werden. Festgesetzt und nach Wien zurück. Yseut warf sich ins Auto. Startete. Der junge Mann. Im Eishaus. Yseut schaltete auf »Drive«. Konnte sie. Konnte man jemanden so zurücklassen. Der. Dieser Bursche. Er war fast noch ein Kind. Aber er war schon im Eishaus gewesen, bevor sie ihn dahin gebracht hatten. Wenn einer Kinder niederfackeln konnte. Da war er selbst ein fensterloses Haus. Ein Eishaus. Sie schüttelte den Kopf. Sie musste ihre eigene Brigade gründen. Der Major und die Contessa konnten die Ehrengeneräle werden. Jetzt. Jetzt einmal. Sie musste in Richtung Chioggia. Auf dem Damm. Alles still. Rechts in den Feldern nichts zu sehen. Der Mond wieder heraußen. Sie fuhr. Zuerst nach Chioggia. Dann Venedig. Dann Portogruaro. Udine. Tolmezzo. Villach. Graz. Wien. San Francisco. Santa Rosa. Windsor.